Wolfgang Hohlbein

THOR GARSON

Der Fluch des Goldes

UEBERREUTER

ISBN 978-3-8000-5354-4

Umschlaggestaltung von Init, Büro für Gestaltung, Bielefeld,
unter Verwendung von Fotos von Getty Images (2)
und akg-images / Richard Fleischhut (1)

Druck: Druckerei Theiss GmbH, St. Stefan i. L.
1 3 5 7 6 4 2

Ueberreuter im Internet: www.ueberreuter.at
Wolfgang Hohlbein bei Ueberreuter im Internet: www.hohlbein.com

IRGENDWO IN SÜDAMERIKA
1943

Es war, als hätte die Hölle ihre Pforten geöffnet, aber es war keine Hölle aus Feuer und Glut, sondern aus Wasser und tobendem Wind und Eis. Unsichtbare Fäuste griffen nach dem kleinen Flugzeug. Orkanböen wirbelten es hin und her. Wasser und Eis hämmerten mal abwechselnd und mal gleichzeitig gegen die Kanzel. Der Kompass spielte ebenso verrückt wie die elektronischen Instrumente, und manchmal zuckten die Blitze so rasch hintereinander um die winzige Maschine nieder, dass Corda das Gefühl hatte, er wäre in einem Käfig aus gleißendem blauweißem Licht gefangen.

Er hatte längst die Orientierung verloren. Er wusste nicht mehr, wo Norden oder Süden, Osten oder Westen war. Und der Höllensturm dort draußen musste auch die Sinnesorgane in seinem Körper durcheinandergebracht haben, denn er vermochte nicht einmal mehr zu sagen, wo oben und wo unten war. Dass er das Flugzeug noch nicht in den Boden gerammt hatte, war längst nicht mehr seinem fliegerischen Können zu verdanken. Seine Hände umklammerten den Steuerknüppel so fest, dass einige seiner Fingernägel abgebrochen waren und bluteten, aber er tat es im Grunde nur noch, um sich irgendwo festzuhalten. Die Maschine war vollständig zum Spielball der entfesselten Elemente geworden. Die Stöße, die sich manchmal über den Steuerknüppel bis in seine Schultern und den Rücken fortsetzten, ließen seine Zähne aufeinanderschlagen und ihn vor Schmerz aufstöhnen. Ein unheimliches Knirschen und Mahlen hatte sich in das Heulen des Sturmes gemischt, als stöhne das Flugzeug wie ein lebendes Wesen im Todeskampf, und Corda rechnete seit Minuten damit, dass die Maschine einfach auseinanderbrechen würde. Er hatte aufgehört zu zählen, wie oft er sich überschlagen hatte, wie oft das Flugzeug wie ein Stein in die Tiefe gestürzt und von brüllenden Orkanböen wieder in die Höhe geschleudert worden war, wie oft zwischen den kochenden Wolken das Blau des Himmels oder das grünbraune Fleckenmuster des Dschungels sichtbar geworden war.

In den letzten Minuten hatte sich Corda an den Gedanken gewöhnt, sterblich zu sein. Er hatte in der Vergangenheit oft über den Tod nachgedacht. Über ihn geredet. Sogar einmal ein kleines Essay verfasst, das aber niemals veröffentlicht worden war und sich mit der Situation von Menschen befasste, die dem Tod ins Auge blickten. Trotzdem hatte er bisher zur großen Mehrheit der Menschen gehört, die den Tod als Möglichkeit für sich selbst leugnen; so lange, bis er dann kommt.

Aber vielleicht war dieser Augenblick jetzt da. Professor Stanley Corda war sicher, dass er die nächsten Minuten nicht überleben würde. Er hatte sich immer für einen guten Flieger gehalten, aber kein Pilot der Welt, ganz gleich, wie gut er war, kein von Menschen gebautes Flugzeug, ganz gleich, wie stabil es war, konnte *das hier* überstehen. Früher oder später würde ihn eine dieser ungeheuren Sturmböen gegen den Boden oder einen Berg schmettern oder die Maschine einfach in der Luft zermalmen wie die Faust eines Riesen, die sich um ein Spielzeug schloss und es zerdrückte.

Und wahrscheinlich eher *früher* als *später.*

Wieder traf ein ungeheurer Schlag das kleine zweisitzige Sportflugzeug und diesmal *spürte* Corda, wie etwas in dessen Rumpf zerbrach. Die Maschine kippte über den Propeller nach vorn, schien einen Moment völlig reglos in der Luft zu stehen und begann dann wie ein Stein zu stürzen. Eines der Seitenfenster zerbrach. Mit Eis und Glassplittern vermischtes Regenwasser überschüttete Corda, und ein Heulen wie das Geräusch eines angreifenden Kampfbombers mischte sich in das Brüllen des Orkans. Ganz instinktiv zerrte Corda mit aller Kraft am Steuer, die Maschine begann zu bocken und sich wie ein Kreisel um die Längsachse zu drehen, stürzte aber weiter senkrecht dem Boden entgegen.

Also ist jetzt der Moment gekommen, dachte Corda. Bei allen Irrtümern, die ihm bei seinen früheren Gedanken an den Tod und das Sterben unterlaufen sein mochten, war doch eines wahr: Er hatte nicht die Spur von Angst. Ganz im Gegenteil. Auf einmal breitete sich eine fast heitere Gelassenheit in ihm aus, während das Flugzeug immer schneller und schneller dem Boden entgegenraste, und er verspürte allenfalls eine leise Trauer, als er an Marian dachte. Nicht weil er sie nun nie wiedersehen würde, sondern weil ihr letztes Treffen so hässlich enden musste. Es hatte eine Zeit gegeben, da hatten sie sich geliebt. Bei all den hässlichen Dingen, die in den letzten Jahren geschehen waren, hatte er geglaubt, dass dieses Gefühl erloschen wäre, aber das stimmte nicht ganz. Etwas davon war immer noch in ihm verborgen, ganz tief in ihm, zugedeckt unter Erinnerungen an Streit und Auseinandersetzungen, an ausgeteilten und eingesteckten Verletzungen, aber es war noch da. Er hätte viel darum gegeben, hätte er noch einmal mit ihr reden und ihr das sagen können.

Plötzlich traf ein fürchterlicher Schlag das Flugzeug. Die Maschine wurde wie ein Fußball vom Kick eines Soccer-Spielers im rechten Winkel aus ihrer Bahn geschleudert, überschlug sich ein Dutzend Mal und wirbelte dabei um vier oder auch acht verschiedene Achsen gleichzeitig. Das Glas vor Cordas Gesicht zerbarst, zerfetzte die Polster neben ihm und hinterließ tiefe blutige Schnitte in seinem Gesicht, und der Sturm hämmerte mit solcher Gewalt in die Kabine, dass er nicht mehr atmen konnte. Er sah, wie eine der Tragflächen abbrach und mit einer Bewegung wie ein spöttisches Winken im grauen Chaos des Orkans verschwand, dann riss die Wolkendecke unter ihm für den Bruchteil einer Sekunde auf. Es ging zu schnell, als dass er wirklich etwas hätte *sehen* können, aber was er wie eine vorüberhuschende Impression aus einem Albtraum wahrnahm, war ein metallisches Aufblitzen von gelber Farbe; als rase er über einen riesigen Spiegel dahin, der nicht mit Silber, sondern mit Gold beschichtet war.

Die Lücke in der Wolkendecke schloss sich so schnell wieder, wie sie entstanden war, und rings um Corda und das auseinanderbrechende Flugzeug war nur noch ein graues, brüllendes Chaos, aus dem aus allen Richtungen zugleich unsichtbare Fäuste auf das Flugzeug einzuschlagen und es in Stücke zu hauen schienen. Corda warf sich zurück und zerrte mit aller Gewalt am Steuerknüppel, doch plötzlich war kein Widerstand mehr da. Er wusste, dass die Maschine nach ihrer Tragfläche nun auch das Leitwerk verloren hatte.

Als der Aufprall dann kam, ging alles so schnell, dass er nicht einmal wirklich Zeit fand, noch zu erschrecken. Kantige graue Schatten stachen plötzlich wie riesige Speere aus dem wirbelnden Chaos heraus und schlitzten den Rumpf der Maschine unter Corda auf. Er hörte das Splittern von Holz, und sein Gehör wurde vom Kreischen zerberstenden Metalls gemartert, wieder schlug die Welt vor seinen Augen einen doppelten oder auch dreifachen Salto, dann traf ein erneuter Schlag den Rumpf des Flugzeugs und zermalmte ihn endgültig. Corda wurde nach vorne und aus dem zerbrochenen Fenster der Maschine geschleudert, sah das wirbelnde Messer des Propellers auf sich zurasen und im letzten Moment in die Tiefe sacken und begriff gerade noch, dass ihm eine weitere, kostbare Sekunde Lebenszeit geschenkt worden war, ehe er auf den Boden aufprallen und zerschmettern musste.

Dann nichts mehr.

Aber der Aufprall tötete ihn nicht. Er raubte ihm nicht einmal das Bewusstsein. Für eine Zeitspanne, deren Länge er unmöglich abschätzen konnte, schien ein Teil seines Fühlens und Denkens abgeschaltet zu sein. Er nahm alles, was mit ihm und um ihn herum geschah, weiterhin mit fast übernatürlicher Klarheit wahr, aber er registrierte nur noch, ohne zu verstehen. Irgendetwas fing seinen Sturz auf; mit einer entsetzlichen Wucht, die ihn vor Schmerz hätte aufbrüllen lassen müssen, die er aber einfach nur teilnahmslos zur Kenntnis nahm. Er fiel weiter, brach durch einen zweiten, nicht mehr ganz so unerbittlichen Widerstand, dann durch einen dritten – und landete auf etwas Hartem und zugleich Nachgiebigem, das den zahllosen Prellungen und Schnitten an seinem Körper weitere hinzufügte, seinem Fall aber gleichzeitig die tödliche Wucht nahm.

Er näherte sich der Bewusstlosigkeit – vielleicht dem Tod – so sehr, wie es gerade noch möglich war, ohne einem von beiden zu erliegen. Die pochenden Schmerzen und das Gefühl der feuchten Wärme seines eigenen Blutes, das über sein Gesicht und über seine Hände lief, verblassten. Das Licht schien schwächer zu werden und erlosch dann ganz. Auch das Heulen des Sturmes sank zu einem kaum mehr wahrnehmbaren Flüstern herab, wie das Singen ferner, trauriger Kinderstimmen, die in einen nie endenden Kanon eingestimmt hatten.

Wie lange er so dalag, wusste er nicht. Die Zeit verstrich. Irgendetwas berührte sein Gesicht und zog sich wieder zurück und der strömende Regen durchnässte ihn. Er spürte die Feuchtigkeit, aber nicht die Kälte. Irgendwann nach Minuten, die ihm wie Jahre vorkamen, zogen sich die Bewusstlosigkeit und ihr größerer dunkler Bruder von ihm zurück, als hätten sie ihn geprüft und noch nicht für würdig befunden, in ihr Reich aufgenommen zu werden, und Corda öffnete langsam die Augen. Er fühlte, dass er auf dem Rücken lag, aber über ihm war kein Himmel, sondern nur ein schwarzes, konturloses Nichts. Doch auch dieser letzte Schatten einer finsteren Welt, die er für Bruchteile von Sekunden berührt hatte, verschwand und plötzlich sah er das Schimmern von Blau und Gold und schwarzer Lava. Die wirbelnden Schemen, die er jetzt noch wahrnahm, waren die kochenden Wolken des Sturmes, der noch immer über ihm tobte.

Das erste wirklich reale Gefühl, dessen er sich bewusst wurde, war Erleichterung. Nicht Erleichterung, noch am Leben zu sein, sondern *sehen* zu können, denn als er die Augen geöffnet hatte und nichts sah, hatte er angenommen, blind zu sein. Aber er war weder blind noch lebensgefährlich verletzt, und als er es versuchte, konnte er sich sogar aufrichten. Natürlich fiel er sofort wieder zurück. Übelkeit und Schwindel wechselten minutenlang miteinander ab, sodass er wieder mit geschlossenen Augen und leise stöhnend stillhielt. Bis auch das verging und er vorsichtig ein zweites Mal die Lider hob.

Als wäre der Sturm nur geschickt worden, um ihn und sein Flugzeug zu vernichten, und zöge sich nun nach getaner Arbeit zurück, war der Himmel bereits wieder überwiegend blau. Hier und da war noch eine Wolke zu sehen und es roch nach Regen und nassem Fels und noch etwas anderem, was Corda im ersten Moment nicht benennen konnte, aber über ihm schien bereits wieder die Sonne. Das Brüllen des Sturmes und das Krachen der Donnerschläge waren zu einem fernen Raunen geworden. Vorsichtig hob er die Hand, tastete mit spitzen Fingern sein Gesicht ab und fühlte sein eigenes Blut, aufgeschürfte Haut – und einen kleinen dreieckigen Glassplitter, der sein linkes Auge nur um einen Zentimeter verfehlt hatte und wie eine Pfeilspitze in seiner Schläfe steckte. Corda biss die Zähne zusammen, ergriff ihn mit spitzen Fingern und zog ihn vorsichtig aus seinem Fleisch. Es tat sehr weh, viel mehr als alles, was er vorher je erlitten hatte, und aus der Wunde lief ein Strom hellroten Blutes über sein Gesicht und seine Hände. Stöhnend verbarg Corda das Gesicht in den Händen, blieb so einige Augenblicke reglos sitzen und richtete sich dann wieder auf. Einen Moment lang betrachtete er die winzige Glasscherbe, die er zwischen Daumen und Zeigefinger hielt und die sich von seinem eigenen Blut hellrot gefärbt hatte, und erschauderte bei dem Gedanken, wie knapp sie sein Auge verfehlt hatte. Einen Zentimeter weiter und sie hätte ihn geblendet oder sich in sein Gehirn gebohrt und ihn umgebracht. Dann begriff er, wie lächerlich dieser Gedanke war. Bei allem, was er überlebt hatte, war dieser kleine Schnitt an seiner Schläfe weniger als nichts. Er lachte, hob die Hand und schleuderte den Glassplitter in hohem Bogen von sich.

Ein goldener Schimmer brach sich auf dem wirbelnden Glas und Corda blickte der kleinen Scherbe verwirrt nach, bis sie zwischen den Felsen verschwand. Der Lichtblitz erinnerte ihn an etwas anderes, das er gesehen hatte, Sekunden bevor das Flugzeug auseinandergebrochen war und ihn abgeschüttelt hatte. Danach noch einmal, ebenso flüchtig und ohne dass er dem Ganzen irgendeine Bedeutung hätte zumessen können.

Zum ersten Mal sah er sich wirklich aufmerksam um. Er war zwischen scharfkantigen Graten aus Lava und verwittertem Granit aufgeschlagen, und was seinen Sturz aufgefangen hatte, war ein verkrüppelter Baum ohne Blätter, der seine Wurzeln in winzige Spalten und Risse des Bodens krallte.

Ein Zufall mit einer Chance von eins zu mehr als einer Million, dachte Corda schaudernd. So weit er sehen konnte, erblickte er nur nackten Fels und rasiermesserscharfe Kanten. Dieser Baum war der einzige Abgesandte der Vegetation, der in diese kahle Welt aus Stein und Härte vorgedrungen war.

Er sah sich weiter um. Die Felsen, gegen die sein Flugzeug geprallt war, gehörten zum Rand eines gewaltigen Kraterwalles, der sich unendlich weit über die grünen Wipfel des bolivianischen Dschungels erhob. Corda schätzte, dass er für den Abstieg Stunden brauchen würde; wenn er ihn überhaupt schaffte. Langsam drehte er sich in die entgegengesetzte Richtung und versuchte einen Blick ins Innere des erloschenen Vulkans zu werfen. Dort sah er aber nichts als grauen Dunst und Nebel, die wie eine Decke über dem Krater lagen und alles, was weiter als dreißig oder vierzig Schritte von ihm entfernt war, seinen Blicken entzogen. Aber er *hatte* etwas golden aufblitzen sehen, nicht nur gerade, als er den Glassplitter fortwarf, sondern schon vorher aus der Kanzel seines abstürzenden Flugzeugs heraus.

Seine Vernunft sagte ihm, dass er sein bisschen Kraft lieber dafür aufheben sollte, sich umzudrehen und den langen und wahrscheinlich gefährlichen Abstieg in den Dschungel hinab zu beginnen. Aber da war noch eine andere Stimme in ihm, die nichts mit Vernunft zu tun hatte und im Moment stärker war als alles andere. Er *spürte* einfach, dass sich hinter diesem wallenden Vorhang aus Nebel und Dunst etwas verbarg – etwas Großes und Geheimnisvolles.

Mit zusammengebissenen Zähnen humpelte Corda an dem Baum vorbei, dessen Äste ihm das Leben gerettet hatten und dabei zerborsten waren. Mit jedem Schritt wurde ihm qualvoll bewusst, dass zwischen den Begriffen »nicht schwer verletzt« und »unverletzt« Welten lagen; ein weiß glühender Pfeil bohrte sich von innen genüsslich langsam durch sein Knie und in den Oberschenkel hinauf. An seinem ganzen Körper schien es plötzlich keine Stelle mehr zu geben, die nicht brannte, pochte, stach oder auf irgendeine andere vorstellbare (und auch unvorstellbare) Weise wehtat. Zitternd hielt er inne, streckte die Hand nach dem Baumstamm aus – und zog sie überrascht wieder zurück.

Der Baum sah aus wie ein Baum und er *war* ein Baum – aber seine Rinde fühlte sich an wie Stein. Corda griff ein zweites Mal zu, kratzte vorsichtig mit dem Fingernagel über die Baumrinde und sah, wie sich die dünne Asche- und Rußschicht löste, die die Jahrhunderte darauf abgeladen hatten. Aber darunter kam kein versteinertes Holz zum Vorschein, sondern – *Gold!*

Sekundenlang stand Professor Stanley Corda einfach da und starrte fassungslos auf das kleine Loch in der Rinde, dann begann er plötzlich mit beiden Händen hektisch an der Baumrinde zu scharren und zu kratzen, schließlich nahm er einen von seinem Hemd abgerissenen Stoffstreifen zu Hilfe, um die Ablagerungen der Jahrhunderte zu entfernen. Es gelang ihm nicht überall, aber dort, wo es ihm gelang, bot sich ihm überall der gleiche Anblick: blind gewordenes, zerschrammtes Gold. Aber eindeutig Gold! Corda hatte in seinem Leben als Archäologe (und nebenberuflicher Grabräuber) zu viel dieses kostbaren Metalls in der Hand gehalten, um auch nur eine Sekunde lang unsicher zu sein. Es war Gold. Er fühlte die charakteristische samtene Härte und die Weichheit des Metalls.

Aber das war unmöglich!

Verblüfft drehte sich Corda wieder herum und blickte zum ersten Mal bewusst auf die zerbrochenen Äste hinab, die er bei seinem Sturz vom Baum abgerissen hatte. Sie waren schwarz und mit einer zentimeterdicken Schicht aus Ruß und Asche bedeckt, aber hier und da blitzte es auch an ihnen golden auf, und als er einen davon aufhob und die Bruchstelle genauer betrachtete, blendete ein hellgelber Schimmer seine Augen.

Verblüfft ließ Corda den Ast fallen und wandte sich wieder dem Baum zu. Minutenlang stand er einfach da und starrte ihn an. Er erwog und verwarf in dieser Zeit Dutzende von Erklärungen für das, was er sah. Keine war wirklich überzeugend. Ein Zufall? Eine Goldader, die von einer Laune der Natur aus dem Berg herausgewaschen worden war? Unmöglich. Selbst wenn es in dieser Lava Gold gegeben hätte, wäre es weicher gewesen als der Stein und von der Erosion fortgespült worden.

Ein Kultgegenstand, ein jahrtausendealtes Kunstwerk, das die Indios, die diesen Dschungel einst bewohnt hatten, zu Ehren ihrer Götter errichtet hatten? Ebenso unmöglich. Die Inkas und Mayas waren nie in diesen Teil Boliviens vorgedrungen, und selbst wenn – Corda kannte *ihre* Kunstwerke zur Genüge. Er hatte mehr als eines davon geborgen und ins Museum gebracht, und mehr als eines war auch auf dem Weg zwischen dem Fundort und besagtem Museum auf unerklärliche Weise verschwunden, und jedes Mal hatte sich Cordas Guthaben bei seiner Bank auf unerklärliche Weise beträchtlich erhöht.

So fantastisch es klang – es schien nur eine einzige Erklärung zu geben.

Aber die war noch schwerer zu akzeptieren.

Widerstrebend wandte er sich von dem fantastischen Baum ab und blickte wieder auf die Decke aus Nebel und brodelnden grauen Schwaden hinab, die das Innere des Vulkankraters verbarg. Erst jetzt fiel ihm auf, dass es sie eigentlich gar nicht geben konnte. Der Sturm war zwar vorüber, aber selbst wenn dort unten ein Sumpf gewesen wäre, hätte sich der Nebel nicht so schnell erneuern können.

Er sah sich unsicher nach allen Seiten um, entdeckte nach kurzem Suchen nur wenige Meter entfernt eine Stelle, die ihm günstig schien, ins Innere des Kraters hinabzugelangen, und machte sich mit zusammengebissenen Zähnen und wankend auf den Weg.

Es ging leichter, als er gedacht hatte. Aber es war auch unheimlicher, als er erwartet hatte. Der Nebel hüllte ihn ein wie feuchte Watte und durchtränkte seine Kleider und sein Haar mit kalter Nässe; dabei ließ er den Boden unter seinen Füßen schlüpfrig werden, sodass er aufpassen musste, wohin er seine Schritte setzte. Die Gefahr, auszurutschen und sich auf den scharfen Lavagraten noch mehr zu verletzen, war groß. Außerdem war es der seltsamste Nebel, den Corda je erlebt hatte. Er war so dicht, dass er glaubte, ihn anfassen zu können, und ein sonderbarer Geruch ging von ihm aus: scharf und fremdartig, nicht einmal unbedingt unangenehm, doch so präsent, dass er alle anderen Sinneseindrücke zu überlagern schien.

Nicht dass es sehr viele andere Eindrücke gegeben hätte. Vor ihm war nichts als eine graue Wand, in die er sich hineintasten musste, und manchmal sah er nicht einmal, was unter seinen Füßen war. Er kam nur sehr langsam voran und es war ihm völlig unmöglich, die Entfernung zu schätzen, die er zurücklegte. Dann und wann glaubte er, einen Umriss in den grauen Schwaden vor sich zu erkennen, fand aber nie etwas, wenn er in diese Richtung ging. Manchmal glaubte er, Geräusche zu hören: unheimliche, bizarre Laute, die der allgegenwärtige Nebel dumpf und irgendwie *feucht* klingen ließ.

Er war jetzt nicht mehr sicher, ob es wirklich eine gute Idee gewesen war, in diesen Vulkankrater hinabzusteigen. Er hatte mehr Glück gehabt, als er sich auch nur hätte träumen lassen, und vielleicht war das Schicksal der Meinung, dass er seinen Kredit bei ihm bis an den Rest seiner Tage ausgeschöpft hatte. Corda gestand sich ein, dass er sich offensichtlich verirrt hatte. Seine Chancen, den Weg aus diesem Nebel wieder herauszufinden, waren gleich null.

Er blieb stehen, drehte sich einmal im Kreis und begriff mitten in der Bewegung voller Schrecken, dass er auf dem besten Wege war, auch sein letztes bisschen Orientierung zu verlieren. Hastig drehte er sich wieder in die gleiche Richtung zurück, machte einen weiteren, unsicheren Schritt – und blieb abermals stehen.

Vor ihm war etwas. Im allerersten Moment hielt er es wieder für eine der Täuschungen, die ihn auf dem Weg hier herunter schon mehrmals genarrt hatten, aber diesmal verschwand der Schatten nicht, als er genauer hinsah. Im Gegenteil, er schien deutlicher zu werden, ohne dabei an Form zu gewinnen. Corda sah, dass vor ihm etwas war, aber er wusste nicht, was das sein mochte.

Sein Herz schlug schneller. Er war niemals abergläubisch gewesen. Geschichten von Geistern und Gespenstern hatten ihm stets nur ein müdes Lächeln abgerungen, obwohl – oder vielleicht gerade weil – er sich so oft damit beschäftigte, wenn er auf den Spuren versunkener Kulturen war oder jahrtausendealte Gräber öffnete. Aber in diesem Moment hätte es ihn nicht besonders überrascht, wenn der Nebel einen brüllenden Dämon ausgespien hätte, der gekommen war, um den Frevel zu rächen, den er begangen hatte, als er diesen verbotenen Ort betrat.

Doch der Schatten rührte sich nicht. Corda lauschte. Er hörte nichts außer dem Rauschen seines eigenen Blutes und den unheimlichen dumpfen Lauten des Nebels, von denen er mittlerweile nicht mehr sicher war, ob sie nicht nur seiner eigenen Fantasie entsprangen.

Unendlich vorsichtig ging er weiter. Der Schatten wuchs

ganz langsam an, blieb aber immer noch formlos. Doch je näher Corda ihm kam, desto deutlicher sah er, dass vor ihm kein schwarzer Fels aus dem Boden ragte. Was er sah, war ein metallisches Schimmern; ein Schimmern von gelber Farbe.

Dann, ganz plötzlich, als hätte er eine unsichtbare Grenze überschritten, *erkannte* Corda, was vor ihm stand.

Mit einem gellenden Schrei prallte er zurück, verlor das Gleichgewicht und stürzte schwer zu Boden. Seine Wange streifte etwas Kaltes, das hart war, aber nicht so hart wie der Stein, auf den er gestürzt war, und er drehte automatisch den Kopf und schrie abermals auf, diesmal voller Ekel, als er sah, was seine Wange gestreift hatte.

Dann wurden seine Augen groß und rund vor Staunen und aus dem Schrei wurde ein ungläubiges Keuchen.

Direkt neben seinem Gesicht hockte eine Spinne. Es war die größte Spinne, die er jemals zu Gesicht bekommen hatte – ein Körper wie zwei nebeneinandergelegte Männerfäuste, weit gespreizte Beine, die eine Spannweite von gut vierzig oder fünfzig Zentimetern haben mussten, und Augen von der Größe polierter Heftzwecken, die ihn mit kalter Wut anstarrten.

Aber es war nicht die Größe oder die unbeschreibliche Hässlichkeit dieses Wesens, die Corda wie erstarrt daliegen und es einfach anstarren ließen. Die Spinne lebte nicht. Und sie war genauso wenig eine Spinne, wie der Baum dort oben am Kraterrand ein Baum gewesen war.

Sie bestand aus purem Gold.

Trotzdem verspürte Corda ein heftiges Ekelgefühl, das ihn dazu brachte, sich aufzurichten und hastig ein Stück weit von dem künstlichen Tier fortzukriechen. Abgesehen von seiner Farbe wirkte es so lebensecht, dass es ihn nicht erstaunt hätte, wäre es plötzlich auf ihn losgeschossen. Die großen Augen blickten ihn mit einem Ausdruck erstarrter Wut an, die hässlichen, haarigen Beine waren bis ins Feinste nachgebildet, sodass man jedes Härchen, jedes Gelenk, selbst die winzigen gebogenen Krallen an ihren Enden erkennen konnte. Auf dem aufgedunsenen Leib klebte etwas wie goldener Schaum; ein Eierpaket, wie es viele Spinnen mit sich herumschleppen und das der unbekannte Künstler, der dieses Tier erschaffen hatte, perfekt nachgebildet hatte.

Aber Corda war mit einem Male auch nicht mehr sicher, ob dieses Tier wirklich *nachgebildet* worden war.

Mühsam riss er seinen Blick von der riesigen Kreatur los, wandte den Kopf und starrte wieder den größeren, golden schimmernden Schatten an, bei dessen Anblick er zurückgeprallt war.

Er konnte ihn jetzt deutlich erkennen. Es war kein Schatten mehr. Es war ein Koloss von mehr als drei Metern Höhe und einer Länge, die er nicht bestimmen konnte, denn der hintere Teil des Körpers verschwand im Nebel. Der Schädel, groß und hässlich und dreieckig und mit einem klaffenden Maul, in dem fingerlange Haifischzähne blitzten, war bis ins kleinste Detail ausgearbeitet! Corda konnte jede einzelne Schuppe erkennen. Er sah die riesigen geblähten Nüstern, die faustgroßen Reptilienaugen, die ihn mit der gleichen Wut (oder war es Schmerz?) anstarrten wie die der Spinne, und darunter die gewaltigen Krallen des Ungeheuers, die unheimlich an menschliche Hände erinnerten und in einer zupackenden Bewegung ausgestreckt waren.

Schaudernd richtete sich Corda auf, trat einen Schritt auf das bizarre Wesen zu und blieb abrupt stehen. Er wagte es einfach nicht, ihm näher zu kommen. Er versuchte nicht mehr zu begreifen, was hier vorging. Aber er wusste jetzt zweifelsfrei, dass er nicht dem Werk eines Inka- oder Maya-

Künstlers gegenüberstand. Es konnten nicht menschliche Hände gewesen sein, die diese Statue erschaffen hatten.

Corda war kein Paläontologe, aber er kannte sich in der Frühgeschichte der Erde gut genug aus, um zu wissen, dass das, was da vor ihm stand – völlig aus Gold und in Lebensgröße! –, ein Allosaurus war. So etwas wie ein kleinerer, aber kaum weniger gefährlicher Bruder des größten Raubtieres, das jemals auf diesem Planeten gelebt hatte, des Tyrannosaurus Rex. Und abgesehen von seiner Gefräßigkeit hatte er noch etwas anderes mit jenem Urbild eines Sauriers gemein: Er war ebenfalls vor gut fünfundsechzig Millionen Jahren ausgestorben.

Mit aller Kraft, die er aufbringen konnte, überwand Corda seine Angst und trat nun doch näher an die Statue heran. Seine Hand zitterte, als er sie ausstreckte und über die Schuppen des gewaltigen Körpers tastete, an denen jede Einzelheit exakt herausgearbeitet war. Sie waren kalt und feucht von der Nässe, die der Nebel auf ihnen abgeladen hatte, und er spürte nicht nur das Gold, sondern jede noch so winzige Unebenheit der gepanzerten Echsenhaut. Schaudernd trat er zurück und starrte aus weit aufgerissenen Augen in den Nebel. Ein unwirkliches Gefühl überkam ihn, als er sich vorzustellen versuchte, was noch in diesem unheimlichen Nebel lauern mochte. Fast grenzte es an Panik.

Doch er würde es herausfinden.

NEW YORK

Thor Garson wartete sehnsüchtig darauf, dass das Schrillen der Glocke das Ende der Vorlesung verkündete.

Er fühlte sich, vorsichtig ausgedrückt, nicht besonders gut, und das nicht, weil er diesmal *hinter* dem großen Pult an der Stirnseite des Raumes saß, statt wie während seiner Zeit als Student davor. Daran hatte er sich in den vergangenen drei Tagen bereits gewöhnt. Aber am vergangenen Abend hatte er noch ein Glas mit Dale Anderson getrunken, seinem früheren Professor, und war mit ihm den Unterrichtsstoff des heutigen Tages durchgegangen. Es war nicht bei diesem einen Glas geblieben, denn sie hatten viel über alte Zeiten gesprochen und waren ins Schwärmen gekommen.

Entsprechend schlecht war er an diesem Morgen aus dem Bett gekommen und der Tag hatte bisher auch keine Lichtblicke gebracht – im Gegenteil: Als er in die Universität gekommen war, hatte er einen Zettel vorgefunden, er solle sich nach seiner zweiten Vorlesung bei Grissam melden, dem Dekan der Universität. Die Nachricht war in Grissams eigener Handschrift hingekritzelt, die so kantig und unangenehm war wie der Mann selbst. Thor Garson und ihn konnte man nicht gerade Freunde nennen. Schon während seines Studiums war Thor des Öfteren mit ihm aneinandergeraten und die vergangenen Tage hatten diese alte Ablehnung nicht nur neu entfacht, sondern auch auf einer ganz anderen Ebene als früher vertieft.

Thor war sich ganz und gar nicht sicher, ob es wirklich klug gewesen war, Andersons Angebot anzunehmen, für knapp zwei Wochen als Gastdozent für Archäologie an seine alte Uni zurückzukehren, die er vor rund zwei Jahren ohne

Abschluss – nicht zuletzt wegen Leuten wie Grissam – verlassen hatte. Aber Dale hatte für ihn gekämpft und die Studenten hatten begeistert hinter ihm gestanden. Immerhin war Thor durch seine sehr erfolgreichen Reportagen über die Abenteuer und Expeditionen, an denen er in den vergangenen Monaten teilgenommen hatte, zu so etwas wie einer lokalen Berühmtheit geworden. Und obwohl er sein Studium nicht beendet hatte und keinen akademischen Grad besaß, konnte es an seiner fachlichen Qualifikation keinen Zweifel geben. Schließlich war er der Sohn eines anerkannten Archäologen und Paul Garson hatte ihm von Kindheit an all sein Wissen über das Altertum und versunkene Kulturen vermittelt. Oft hatte Thor ihn auf Expeditionen begleitet und viele der Wunder, über die andere Dozenten nur aus zweiter oder dritter Hand zu berichten vermochten, mit eigenen Augen gesehen. Als er noch selbst die Studentenbank gedrückt hatte, hatte er seine Professoren – Dale Anderson eingeschlossen – mit seinem überlegenen praktischen Fachwissen oft geradezu zur Verzweifelung getrieben.

Anfangs hatte sich Grissam mit Händen und Füßen gegen eine Rückkehr Thors gewehrt, wie Anderson ihm berichtet hatte, und dabei vor allem auf Formalitäten wie den fehlenden akademischen Titel gepocht. Fast war Thor erleichtert gewesen, denn er war sich selbst nicht sicher, was er von der ganzen Idee halten sollte. Staubige Hörsäle und Klassenzimmer waren nie seine Welt gewesen, deshalb hatte er sein Studium ja auch an den Nagel gehängt. Der Gedanke, jetzt an die Uni zurückzukehren, wenn auch nur für ein paar Tage, hatte ihn nicht gerade mit Begeisterung erfüllt.

Zu seiner eigenen Überraschung aber hatte Grissam schließlich doch eingelenkt, aber von der ersten Sekunde an keinen Hehl daraus gemacht, was er von den Exkursionen und dem Ruf seines prominenten Gastdozenten hielt: nämlich gar nichts. Thor hatte sich einen langen Vortrag über Sinn und Zweck der hehren Wissenschaft anhören müssen und über die Rolle als Vorbild, die er als Lehrer den jungen Menschen gegenüber habe. Er hatte sich weiter anhören müssen, dass man lebensgefährliche Abenteuer in verlassenen Winkeln der Welt, Kämpfe mit eingeborenen Wilden, Expeditionen an die Grenzen des Vorstellbaren und (mit einem vorwurfsvollen Blick) Erlaubten doch lieber denen überlassen solle, die dafür geschaffen seien: hirnlosen Abenteurern eben, die – so wie Thor – wohl nur auf dem Papier der Zeitungen, die über sie berichteten, schillernde Gestalten seien.

Seine ablehnende Haltung Grissam gegenüber hatte sich seit jenem denkwürdigen Gespräch noch vertieft. *Sehr vertieft*, um genau zu sein.

Pünktlich mit dem Ende der Unterrichtsstunde sprang er als Erster auf, stopfte die Unterlagen auf seinem Pul in eine abgewetzte braune Aktentasche und hastete aus dem Hörsaal, noch bevor einer der Studenten auf ihn zukommen und ihn mit Fragen löchern konnte, die er normalerweise gerne beantwortete, wozu ihm jetzt aber die Zeit und die Nerven fehlten. Er erwog in Gedanken ein paar Ausreden, die es ihm ermöglichen würden, das Treffen mit Grissam sausen zu lassen, verwarf sie aber alle wieder.

Als er den Hörsaal verlassen hatte, wandte er sich nach rechts, um nun ohne sonderliche Hast die Treppe hinaufzusteigen, die ihn zu Grissams Refugium führte. Er war so sehr mit Gedanken darüber beschäftigt, welche Vorwürfe ihm Grissam wohl heute wieder machen würde, dass er um ein Haar mit einer schlanken Frau zusammengeprallt wäre, die die Treppe herunterkam. Im letzten Moment stoppte er, griff automatisch zu, als auch sein blondes Gegenüber erschrocken zurückprallte und um ein Haar das Gleichgewicht verloren hätte, und ließ dabei seine Mappe fallen. Sie ging auf und verstreute ihren Inhalt über das untere Drittel der Treppe. Erst jetzt erkannte Thor, wen er vor sich hatte.

»Marian!«, rief er überrascht und erfreut zugleich. Doch schnell erlosch sein Lächeln, als er den Ausdruck auf Marian Cordas Gesicht sah. Sie lächelte zwar ebenfalls, aber sie hatte sich nicht gut genug in der Gewalt, um ihre wirklichen Gefühle zu verbergen. Ganz kurz hatte Thor einen Ausdruck von Schmerz, ja, fast Furcht, auf ihren Zügen gesehen.

»Was hast du?«, fragte er besorgt.

»Nichts«, antwortete Marian hastig. Sie lächelte wieder, aber Thor sah Tränen in ihren Augen schimmern. Bevor er dazu kam, irgendetwas zu sagen, löste sich Marian mit einer raschen Bewegung aus seinem Griff und blickte schuldbewusst auf das Durcheinander von Papieren hinab, das auf der Treppe lag.

»Oh«, sagte sie. »Das tut mir leid. Warte – ich helfe dir das aufzuheben.«

Sie ging an Thor vorbei und wollte sich nach der Aktentasche bücken, aber er griff rasch erneut nach ihren Schultern und zog sie mit sanfter Gewalt in die Höhe. Er kannte Marian Corda seit mehreren Jahren; seit er zum ersten Mal seinen Fuß in diese Universität gesetzt und zunächst bei ihrem Mann sein Studium begonnen hatte. Schon damals hatte sie oft in der Universitätsbibliothek gearbeitet. Wohl in erster Linie als Zeitvertreib, denn auf das bisschen zusätzliche Geld waren die Cordas sicherlich nicht angewiesen. Dort hatte Thor sie auch kennengelernt und zum Missfallen ihres Mannes hatten sie sich miteinander angefreundet. Der Unterschied zwischen Stanley und Marian Corda war der, dass er sie mochte; ihren Mann nicht. Das war auch die

Grund gewesen, weshalb er bereits nach einem halben Semester in die Kurse Andersons gewechselt war, mit dem er wesentlich besser zurechtgekommen war und mit dem ihn seither eine Freundschaft verband.

»Was ist los?«, fragte er.

Marian versuchte abermals seine Hand abzustreifen, doch diesmal hielt er sie fest.

»Nichts«, sagte sie. »Ich war in Gedanken – das ist alles. Es tut mir leid.«

Sie wollte sich wieder aus seinem Griff winden und er spürte, dass er schon etwas mehr als leichten Druck würde anwenden müssen, um sie festzuhalten. Widerwillig ließ er sie los und sah einen Moment lang schweigend zu, wie sie mit kleinen, hastigen Bewegungen die Blätter von der Treppe auflas und in seine Aktenmappe zurückstopfte.

»Ist es wegen Stanley?«, fragte er.

Marian sah nicht auf, aber sie hielt für einen Moment mitten in der Bewegung inne und er konnte sehen, wie ihre Schultern zu zittern begannen.

Behutsam ließ er sich neben ihr in die Hocke nieder, nahm ihr die Aktentasche aus der Hand, legte sie auf den Boden und berührte ihre Schultern. Marian Corda war zehn Jahre älter als er, sah aber jünger aus, als sie tatsächlich war. Sie war eine Schönheit, um die viele ihren Mann beneideten. Aber das Leben an der Seite eines harten, manchmal grausamen Mannes hatte sie bitter gemacht. Thor stimmte das traurig, sooft er sie sah. Eine Frau wie Marian hätte einen anderen Mann verdient gehabt.

»Ja«, sagte sie schließlich. Sie wandte den Kopf ab, aber Thor sah trotzdem, dass sie mit den Tränen kämpfte.

»Kann ich dir irgendwie helfen?«, fragte er.

»Nein«, antwortete sie. »Es ist nichts Besonderes. Wir hatten Streit, das ist alles.« Sie griff erneut nach seiner Aktenmappe, ließ sie dann aber los, richtete sich auf und machte zwei schnelle Schritte an Thor vorbei die Treppe hinunter, blieb jedoch plötzlich noch einmal stehen. »Weißt du, wo er ist?«

»Stanley?« Thor schüttelte den Kopf. »Nein. Ich habe ihn heute noch nicht gesehen. Eigentlich fängt seine Vorlesung in zehn Minuten an. Er müsste schon im Hörsaal sein. Warst du dort?«

Marian nickte und schüttelte fast im selben Moment den Kopf. »Ja, vor einer halben Stunde. Er kommt sonst immer sehr früh, um alles vorzubereiten. Aber vielleicht gehe ich noch einmal hin.«

»Und du bist sicher, dass ich dir nicht helfen kann?«, fragte Thor.

Einen Moment lang sah sie ihn traurig an und er rechnete fast damit, dass sie sein Angebot annehmen und ihm erzählen würde, was passiert war. Aber dann schüttelte sie wieder den Kopf und zwang sich zu einem unsicheren Lächeln. »Nein. Es war ... nur das Übliche.« Mit einem Ruck drehte sie sich um und lief mit raschen Schritten die Treppe hinunter.

Thor blieb stehen und blickte ihr nach, bis sie am Ende des Korridors verschwunden war. Danach setzte er seinen Weg zu Grissam fort.

Das Gespräch mit Grissam wurde genauso unerfreulich, wie er erwartet hatte. Wie sich herausstellte, hatte der Dekan ihn natürlich aus keinem anderen Grund zu sich zitiert, als an seinen Unterrichtsmethoden herumzumäkeln und ihm Vorwürfe zu machen. »So geht das nicht weiter, Mister Garson«, sagte er, wobei seine makellos manikürten Finger mit einem daumennagelgroßen Anhänger spielten, der vor ihm auf der Tischplatte seines ebenso makellos aufgeräumten Schreibtisches lag.

Thor zog die linke Augenbraue hoch. »Und was genau geht so nicht weiter?«

Grissam nickte und bedachte ihn dabei mit einem Blick, mit dem der Direktor eines Heimes für schwer erziehbare Kinder den schlimmsten seiner Zöglinge mustern mochte. »Sie wissen, dass ich von Anfang an dagegen war, Sie als Gastdozenten zu beschäftigen, und was ich mittlerweile über Ihren Unterricht höre, bestätigt meine schlimmsten Befürchtungen. Sie vermitteln den Studenten Wissen, und das sehr anschaulich, wie man mir sagte, daran gibt es offenbar nichts auszusetzen. Doch Sie vermitteln Ihnen auch ein völlig falsches Bild von der Archäologie. Es handelt sich immer noch um eine ernsthafte und angesehene Wissenschaft, aber Ihren Ausführungen zufolge könnte man eher glauben, dass sie nur aus irrwitzigen Abenteuern, gefährlichen Expeditionen und dergleichen Unfug bestünde. Sie setzen den Studenten Flausen in den Kopf, Mister Garson. In den Schmierblättern, für die Sie schreiben, können Sie das machen, aber in meinen Hörsälen werde ich das nicht dulden.«

»Ich habe nur am Rande berichtet, was ich selbst erlebt habe«, verteidigte sich Thor. »Und an meiner bislang letzten Expedition habe ich immerhin im Auftrag und auf ausdrückliches Drängen der Regierung teilgenommen.«

Grissam seufzte. »Ich weiß, was Sie sagen wollen, ich kenne Ihre Akte, Mister Garson. Sie haben wichtige Dinge für unser Land getan. Und Sie haben eine Menge für diese Universität getan. Ich weiß, dass wir einige kostbare Stücke unserer archäologischen Sammlung, die Sie von Ihren Reisen mitgebracht haben, Ihren großzügigen Spenden zu verdanken haben. Trotzdem ...« Er schüttelte abermals den Kopf und seufzte noch tiefer. »Sie müssen das verstehen. Auch ich muss mein Amt ordnungsgemäß versehen und das besteht nun einmal darin, für einen reibungslosen Ablauf des Universitätsbetriebes zu sorgen. Das geht nicht gegen Sie persönlich. Ich weiß, es gab Missverständnisse zwischen uns, aber das eine hat mit dem anderen nichts zu tun. Ich würde hier sitzen und dasselbe zu Ihnen sagen, wenn wir alte Freunde wären.«

Thor bezweifelte, dass Grissam Freunde hatte, und schon gar alte Freunde, aber er zog es vor, diesen Einwand für sich zu behalten. »Worauf wollen Sie hinaus?«, fragte er. »Wenn Sie mich feuern wollen, dann sagen Sie es ruhig.«

»Aber nein«, antwortete Grissam fast erschrocken. »Ich fürchte, wenn ich das täte, hätte ich eine Studentenrevolte am Hals.« Er lächelte schmerzlich. »Ob es mir gefällt oder nicht, ich werde Ihr Engagement hier für die vereinbarte Zeit dulden müssen. Es sind ja nur noch ein paar Tage. Ich möchte Sie nur bitten, sich bei Ihren Vorlesungen auf den reinen Lehrstoff und die Vermittlung von Wissen zu beschränken, statt irgendwelche Räuberpistolen zu erzählen, die mit ernsthafter Archäologie nichts zu tun haben.«

Thor starrte ihn sekundenlang wütend an, sagte aber nichts mehr, sondern drehte sich mit einem Ruck um und stampfte auf die Tür zu. Kurz bevor er sie erreichte, rief ihn Grissam noch einmal zurück: »Mister Garson!«

Eine halbe Sekunde lang war Thor geneigt, einfach weiterzugehen und die Tür hinter sich ins Schloss zu knallen, aber dann blieb er doch stehen und drehte sich noch einmal zu Grissam um. »Ja?«

»Da ist noch etwas«, sagte Grissam.

Thor sah ihn fragend an, bekam aber keine Antwort, und so trat er schließlich widerwillig an den Tisch zurück. Grissam schob ihm das kleine goldene Schmuckstück, mit dem er bisher gespielt hatte, über die Platte hinweg zu. »Haben Sie das schon einmal gesehen?«

Thor griff danach und drehte es mit wachsender Verwunderung in den Fingern. Was er bisher für einen goldenen Anhänger gehalten hatte, war gar keiner. Es war ein winziger Käfer, der ganz aus Gold bestand. Und es war die mit Abstand perfekteste Nachahmung eines Lebewesens, die Thor jemals gesehen hatte.

»Nein«, sagte er verwirrt. »Wieso? Was ist das überhaupt?«

Grissam beugte sich vor und nahm ihm den Käfer aus den Fingern. »Das möchte ich auch gern wissen«, sagte er. »Ich hatte gehofft, von Ihnen eine Antwort auf diese Frage zu bekommen.«

»Wieso?«, wunderte sich Thor. »Woher stammt das?«

»Auch das weiß ich nicht«, antwortete Grissam. »Ich hatte heute Morgen schon sehr früh Besuch, Mister Garson. Sehr unangenehmen Besuch, wie ich hinzufügen möchte.«

Thor sah ihn fragend an.

»Es handelte sich um dieses Schmuckstück«, fuhr Grissam nach einer langen unangenehmen Pause fort. »Um dieses und andere. Sie wurden gestohlen.«

»Gestohlen?«

»Nun«, Grissam zuckte mit den Schultern, »ich nehme es jedenfalls an. Welchen anderen Grund sollte es geben, wenn die Polizei bei mir auftaucht und mich fragt, was ich über die Herkunft dieser Stücke weiß?«

Thor verstand nun gar nichts mehr. Unaufgefordert zog er sich einen Stuhl heran und ließ sich darauf fallen. Grissam blickte zuerst den Stuhl, dann ihn selbst und dann wieder den Stuhl sehr tadelnd an, überging Thors Eigenmächtigkeit aber und beließ es bei dem strafenden Blick und fuhr fort: »Leider haben mir die Beamten auch nichts Konkretes gesagt. Aber in den letzten Wochen sind eine ganze Reihe solcher Kleinodien in der Stadt zum Verkauf angeboten worden. Sie konnten oder wollten mir nicht sagen, wer sie verkauft hat, aber es muss sich um ein Mitglied des Lehrkörpers handeln.«

»Es ist nicht verboten, Gold zu verkaufen«, sagte Thor.

»Nicht, wenn man es auf legalem Wege erworben hat«, stimmte ihm Grissam zu. »Aber wäre das so, wäre wohl kaum die Polizei bei mir erschienen, um sich zu erkundigen, welcher meiner Mitarbeiter wohl als Verkäufer dieser Schmuckstücke infrage käme, nicht wahr?«

Es dauerte noch eine Sekunde, bis Thor begriff. Dann verdüsterte sich sein Gesicht. »Ich verstehe«, sagte er gepresst. »Irgendjemand an unserer Universität steht im Verdacht, Fundstücke unterschlagen oder gestohlen zu haben. Und ganz selbstverständlich denken Sie dabei an mich.«

Grissam antwortete nicht darauf.

»Ich muss Sie enttäuschen, Mister Grissam«, fuhr Thor aufgebracht fort. »Ich verdiene mittlerweile zum Glück mit meinen *Räuberpistolen* genug, um nicht stehlen zu müssen. Und selbst wenn ich es täte«, fügte er in noch schärferem Tonfall hinzu, als Grissam ihn unterbrechen wollte, »wäre ich kaum so dämlich, meine Beute gerade hier an den Mann bringen zu wollen, wo ich für zwei Wochen als Gastdozent arbeite.«

»So war das nicht gemeint, Mister Garson«, begann Grissam. Aber Thor hörte ihm gar nicht mehr zu. So heftig, dass sein Stuhl scharrend zurückflog und umfiel, sprang er auf, drehte sich herum und stürmte aus dem Büro.

Und diesmal knallte er die Tür so heftig hinter sich zu, dass es noch drei Stockwerke tiefer zu hören sein musste.

Thor kochte innerlich noch immer vor Zorn, als er zehn Minuten später den Campus verließ und mit weit ausgreifenden Schritten die Straße überquerte. Hätten sich mit dieser Universität neben einer Menge Enttäuschungen nicht auch so viele schöne Erinnerungen verbunden und hätte er hier nicht so viele Freunde, dann hätte er nicht nur die Tür zu Grissams Büro zu-, sondern auch gleich dessen Schreibtisch umgeworfen und ihm endlich einmal gesagt, was er wirklich von ihm hielt. Welchen rachsüchtigen Gott mochte er bei irgendeinem seiner Abenteuer so erzürnt haben, dass er ihm einen Widerling wie Grissam schickte, um ihm das Leben zu vergällen?

Als er die andere Straßenseite erreicht hatte, wandte er sich erst nach rechts und fast in der gleichen Bewegung in die entgegengesetzte Richtung. Nein – er konnte jetzt nicht nach Hause gehen. Er brauchte einen Kaffee oder besser noch einen kräftigen Schluck Whiskey, um sich zu beruhigen. So steuerte er ein kleines Café wenige Schritte entfernt an, das den Studenten als Treffpunkt diente und selbst zu dieser frühen Stunde bereits gut besucht war. Schon früher war er oft hier gewesen. Die meisten Tische waren besetzt und auch an der Theke fand er keinen Platz mehr. Aber er musste nicht lange suchen, bis einer der Kellner erschien und ihn an einen kleinen Tisch am Fenster führte. Thor setzte sich, bestellte einen Kaffee und einen Bourbon und wandte demonstrativ den Blick ab, als ihn einige der Studenten an den Tischen erkannten und ihm zulächelten.

Ein sonderbares, fast melancholisches Gefühl überkam ihn, als er zum Universitätsgebäude auf der anderen Straßenseite hinübersah. Noch vor kaum zwei Jahren war er selbst nur ein einfacher Student unter vielen gewesen. Wie viel hatte sich in dieser kurzen Zeit verändert. Allein in diesen zwei Jahren hatte er mehr erlebt, als die meisten anderen in ihrem ganzen Leben. Und nun war er als eine Art Berühmtheit zurückgekehrt und hielt sogar selbst Vorlesungen. Obwohl er es selbst nicht erwartet hatte – es gefiel ihm sogar und er würde dieses Experiment gerne wiederholen.

Der Gedanke, dass es einem Kriecher wie Grissam gelingen könnte, ihm all dies zu nehmen, machte ihn wütend. Aber er war inzwischen fast sicher, dass Grissam am Ende siegen würde. Die Grissams dieser Welt würden es immer irgendwie schaffen, die Sieger zu bleiben.

Der Kellner kam und brachte den Kaffee und den Bourbon. Thor stürzte den Inhalt seines Glases mit einem Zug hinunter und begann dann lustlos in seiner Tasse zu rühren. Der Whiskey brannte in seiner Kehle und hinterließ eine warme Spur in seiner Speiseröhre bis in seinen Magen hinab, aber seine Hände zitterten eher noch stärker. Statt ihn zu beruhigen, bewirkte der Alkohol eher das Gegenteil. Sein Zorn auf Grissam wuchs ins Unermessliche. Für einen Moment spielte er mit dem Gedanken, aufzustehen und zurückzugehen, um das unterbrochene Gespräch mit dem Dekan zu Ende zu bringen, und zwar zu dem, das es verdiente.

Im selben Moment sah er, wie Marian Corda aus dem Gebäude trat und die Straße überquerte, ohne nach rechts und links zu blicken. Sie ging sehr schnell, und obwohl sie zu weit entfernt war, als dass er ihr Gesicht erkennen konnte, spürte er ihre Erregung. Ihre Haltung war verkrampft und ihre Bewegungen ruckhaft und gezwungen. Offenbar war er nicht der Einzige, für den dieser Tag nicht besonders gut verlief.

Als Marian die andere Straßenseite erreicht hatte, hielt ein Auto direkt hinter ihr. Marian fuhr ganz leicht zusammen, warf einen Blick über die Schulter – dann wandte sie sich mit einem Ruck nach rechts und setzte sich entschlossen in Bewegung. Im selben Augenblick öffneten sich die beiden Türen des Wagens und zwei Männer in maßgeschneiderten Anzügen mit hellen Hüten stiegen aus und folgten ihr. Sie rannten nicht, aber sie schritten zu schnell aus, als dass Thor ihre Eile hätte übersehen können. Auch

Marian beschleunigte ihre Schritte und die beiden Anzugträger wurden ebenfalls schneller. Thor sah erstaunt zu. Was ging dort vor?

Plötzlich machte seine Niedergeschlagenheit einem Gefühl heftiger Anspannung Platz. Er vergaß schlagartig Grissam und das unangenehme Gespräch, stand auf und verließ eilig das Café, nachdem er ein paar Münzen auf den Tisch gelegt hatte.

Als er auf die Straße hinaustrat, hatte Marian bereits die Ecke des Blocks erreicht und wandte sich nach rechts. Sie ging sehr schnell und warf den beiden Männern hinter sich dabei immer wieder rasche, fast ängstliche Blicke zu, und als sie in die Seitenstraße einbog, beschleunigte sie ihre Schritte noch einmal, sodass sie nun beinahe rannte.

Auch die beiden Anzugträger legten Tempo zu. Thor Garson aber rannte nicht nur beinahe, sondern tatsächlich, als auch sie um die Ecke bogen und ihn somit nicht mehr sehen konnten.

Erst als er in die schmale Seitenstraße einbog, fiel auch er wieder in ein normales Tempo zurück. Sein Abstand zu Marians Verfolgern war ebenso zusammengeschmolzen wie deren zu ihr.

»Mrs Corda!«

Marian wandte erschrocken im raschen Gehen den Blick, als einer der beiden ihren Namen rief, geriet ins Stolpern und stürzte nur deshalb nicht, weil sie im letzten Moment an der Wand neben sich Halt fand. Aber die Verzögerung durch ihr Straucheln reichte den beiden Männern, um sie einzuholen.

»Mrs Corda, bitte!«, sagte der Größere der beiden. »Das hat doch keinen Sinn. Wir wollen Ihnen nur ein paar Fragen stellen.«

Marian sah sich mit dem Blick eines gehetzten Tieres um,

das man in die Enge getrieben hat. Es gab tatsächlich keinen Ausweg mehr für sie. Einer der beiden Burschen stand direkt vor ihr, der andere war an ihr vorbeigegangen und blockierte den Fluchtweg die Straße hinab. Thor ging ein wenig langsamer und tat so, als betrachte er interessiert die Auslagen eines Geschäfts, spitzte aber aufmerksam die Ohren und verfolgte das Geschehen in der Spiegelung der Schaufensterscheibe.

»Lassen Sie mich in Ruhe!«, sagte Marian. Ihre Stimme zitterte vor Angst. »Ich habe Ihnen schon gesagt, dass ich nichts weiß.«

»Davon möchten wir uns lieber persönlich überzeugen«, fuhr der Große fort. Er streckte die Hand aus, um Marian am Ellbogen zu ergreifen, aber sie zog ihren Arm hastig zurück und presste sich enger an die Wand.

»Lassen Sie mich in Ruhe!«, sagte sie noch einmal.

Thor schlenderte fast gemächlich näher, steckte beide Hände in die Jackentaschen und blieb unmittelbar hinter dem größeren der beiden Burschen stehen.

»Sie werden jetzt mit uns kommen, Mrs Corda«, fuhr der Mann fort. »Es sei denn –«

»Haben Sie nicht gehört, was die Lady gesagt hat?«, unterbrach ihn Thor.

Der Mann drehte sich mit einem Ruck herum und blickte sein Gegenüber mit einer Mischung aus Zorn und Überraschung an. Er hatte ein schmales, markantes Gesicht mit einer kleinen Narbe auf der linken Wange. Seine Augen waren kalt und taxierten Thor mit einem raschen Blick, stuften ihn offenbar schnell als harmlos ein. »Verschwinden Sie!«, sagte er grob.

Thor verschwand nicht, sondern blickte ihn eine Sekunde lang lächelnd an, musterte dann den zweiten Mann – er war das genaue Gegenteil des Großen: klein, stämmig bis fett, mit einem teigigen Gesicht von ungesunder Farbe und kräftigen Händen mit kurzen Stummelfingern – und sagte dann: »Ich glaube, es ist besser, wenn *Sie* verschwinden. Und nehmen Sie Ihren Freund mit. Bevor ich die Polizei rufe.«

Der Mann riss erstaunt die Augen auf, aber bevor er noch antworten konnte, trat sein Freund mit einem zornigen Schritt auf Thor zu und fuhr ihn an: »Halt dich da raus, Freundchen. Oder –«

»Oder?«, fragte Thor freundlich, als der Dicke nicht weitersprach, sondern den Rest des Satzes als unausgesprochene Drohung in der Luft hängen ließ.

»Jetzt reicht's!«, sagte der Dicke. »Hau ab, Mann, oder ich mach dir Beine!« Seine Hand hob sich und verschwand unter der Jacke und Thor schlug ihm ohne jede Vorwarnung die Faust unter das Kinn.

Der Schlag war so hart, dass er selbst vor Schmerz aufstöhnen musste. Der Dicke verdrehte die Augen und fiel wie ein nasser Sack zu Boden. Währenddessen fuhr Thor blitzartig herum, packte den anderen an den Aufschlägen seiner maßgeschneiderten Anzugjacke, zerrte seinen Oberkörper mit einem plötzlichen harten Ruck nach vorn und unten und winkelte gleichzeitig das Bein an. Sein Knie grub sich knirschend in die Rippen des Mannes und er konnte hören, wie die Luft pfeifend aus dessen Lungen entwich.

Trotzdem war der andere keineswegs geschlagen. Obwohl er sich vor Schmerzen krümmte und kaum atmen konnte, schoss er einen Fausthieb nach Thors Gesicht ab, dem dieser nur um Haaresbreite entgehen konnte und der ihn zurück und auf Distanz zu seinem Gegner trieb. Sofort setzte ihm dieser nach, drosch wild und zu dem einzigen Zweck, ihn weiter vor sich herzutreiben, mit der linken Hand nach ihm und versenkte gleichzeitig die rechte in die Jackentasche. Es gehörte nicht besonders viel Fantasie dazu, zu erraten, was er darin trug.

Thor gab ihm jedoch keine Chance, seine Waffe zu ziehen. Er nahm ganz bewusst einen der wütend, aber nicht besonders zielsicher geführten Fausthiebe in Kauf, sprang den Kerl an und hämmerte ihm drei-, viermal hintereinander die Fäuste in den Leib; sehr hart und gezielt auf die gleiche Stelle, an der ihn sein Knie getroffen hatte. Und diese grobe Behandlung war selbst für diesen Riesen zu viel. Stöhnend taumelte er zurück, stieß Thor mit einer verzweifelten Bewegung von sich und kippte nach vorn, wobei er sich gleichzeitig drehte. Es gelang ihm zwar, seinen Sturz mit ausgestreckten Armen abzufangen, indem er sich kaum einen Meter neben Marian an der Wand abstützte, aber er stand in einer so grotesk nach vorn geneigten Haltung da, dass Thor der Versuchung einfach nicht widerstehen konnte, ihm die Beine unter dem Leib wegzutreten. Der Kerl schrie auf, prallte mit dem Gesicht gegen die raue Ziegelsteinmauer und schrammte an ihr entlang zu Boden.

Thor wartete nicht ab, ob er endlich aufgab oder auch diese Attacke einfach wegsteckte. Mit einem Satz sprang er über ihn hinweg, packte Marians Handgelenk und zerrte sie hinter sich her, während er die Straße hinabzurennen begann. Sie schrie vor Schreck auf und versuchte sich instinktiv loszureißen, aber Thor hielt ihren Arm mit eiserner Kraft fest, sodass sie hinter ihm herstolpern musste, ob sie wollte oder nicht.

Sie erreichten die nächste Straßenecke, wandten sich abermals nach rechts. Thor blieb auch jetzt nicht stehen, sondern lief im Gegenteil noch schneller, als er nur ein paar Schritte entfernt etwas entdeckte, was ihm die Glücksgöttin persönlich geschickt haben musste: ein Taxi, das mit laufendem Motor am Straßenrand stand und aus dem gerade ein Fahrgast ausstieg und den Chauffeur bezahlte.

Noch während dieser sein Wechselgeld in Empfang nahm, riss Thor hastig die hintere Tür auf, stieß Marian in den Wagen und folgte ihr mit einem Sprung. Während er die Tür hinter sich zuwarf, sah er zurück in die Richtung, aus der sie gekommen waren. Von ihren beiden Verfolgern war noch nichts zu sehen. Aber das würde nicht lange so bleiben. Dass er sie so leicht hatte ausschalten können, war pures Glück gewesen und dem Umstand zu verdanken, dass er sie überrascht hatte. Ganz offensichtlich hatten sie ihn unterschätzt. Ein zweites Mal würde ihnen dieser Fehler nicht unterlaufen.

Der Mann, der gerade aus dem Taxi gestiegen war, stand noch immer wie erstarrt da, den Oberkörper in den Wagen gebeugt und die Hand mit dem Wechselgeld vor sich ausgestreckt, und blickte Thor und Marian verblüfft an. Auch der Taxichauffeur schien im ersten Moment völlig perplex. Dann verdunkelten schwarze Gewitterwolken sein Gesicht. »He!«, sagte er. »Was soll das? Ich übernehme keine Fuhre mehr. Feierabend!«

Thor sah abermals zurück und fuhr erschrocken zusammen, als er die beiden so unterschiedlich großen Männer nebeneinander wie Pat und Patachon – wankend und trotzdem sehr schnell – am Ende der Straße auftauchen sah. »Fahren Sie los!«, sagte er.

Der Taxifahrer schüttelte stur den Kopf. »Haben Sie was an den Ohren, Mann? Ich hab Feierabend. Meine Schicht ist um!«

»Ich flehe Sie an!«, sagte Thor. Wieder sah er hastig über die Schulter zurück. Die beiden Burschen waren noch zwanzig oder dreißig Schritte entfernt; allerhöchstens. Und sie kamen sehr schnell näher. Das Gesicht des größeren hatte sich auf dramatische Weise verändert. Sein Blick auch. Er hatte die linke Hand gegen Mund und Nase gepresst und in der rechten hielt er einen Revolver, mit dem er wütend herumfuchtelte.

»Um Gottes willen – fahren Sie los!«, sagte Thor zum dritten Mal. Einer plötzlichen Eingebung folgend fügte er hinzu: »Das da ist ihr Mann und sein Bruder. Die beiden bringen uns um, wenn sie uns erwischen!«

Das wirkte. Der Fahrer starrte die beiden näher kommenden Killer noch eine halbe Sekunde lang aus aufgerissenen Augen im Spiegel an, dann gab er plötzlich Gas und fuhr so abrupt los, dass Thor und Marian in die Polster zurückgeschleudert wurden und sein voriger Fahrgast gerade noch rechtzeitig Kopf und Oberkörper aus dem Wagen reißen konnte, um nicht die Hand zu verlieren. Für das Wechselgeld, das darauf gelegen hatte, ging das zu schnell. Es regnete klimpernd auf den Beifahrersitz und zwischen die Füße des Fahrers nieder.

Thor stemmte sich ächzend aus dem Polster hoch und sah durch die Heckscheibe. Pat und Patachon waren stehen geblieben. Der Kleine gestikulierte wütend hinter dem Wagen her und schüttelte drohend die Faust, während der andere noch ein paar Schritte weiterlief und dabei unentwegt mit seiner Pistole herumfuchtelte. Aber er wagte nicht, auf den Wagen zu schießen. Nicht auf offener Straße und am helllichten Tag. Schließlich war das hier nicht der Wilde Westen.

Einige Sekunden später hatten sie die nächste Kreuzung erreicht und der Fahrer ließ den Wagen mit kreischenden Reifen um die Kurve schlingern. Thor wurde halbwegs auf Marian geschleudert, fing sich im allerletzten Moment wieder und stemmte sich mit einem entschuldigenden Lächeln hoch.

Sie schien es nicht einmal bemerkt zu haben. Ihr Gesicht war bleich wie das einer Toten und ihre Lippen zitterten.

Tränen glitzerten in ihren Augen. Sie beherrschte sich nur noch mit allerletzter Kraft.

»Sag jetzt nichts«, sagte Thor ganz leise. »Später.«

»Mann!«, ächzte der Taxifahrer. »Das war verdammt knapp. Die beiden sahen ja richtig gefährlich aus!«

Thor setzte sich auf und fuhr sich glättend mit den Händen übers Haar. »Das sind sie auch«, antwortete er. »Ich bin Ihnen zu großem Dank verpflichtet.«

»Das scheint mir auch so«, antwortete der Taxifahrer. Er grinste anzüglich, war aber diskret genug, keine aufdringlichen Fragen zu stellen. »Wohin fahren wir überhaupt?«

Thor nannte seine Adresse.

Der Taxifahrer seufzte und enthielt sich jedes weiteren Kommentars, bis sie ihr Ziel erreicht hatten. Thor bezahlte ihn, ging mit raschen Schritten um den Wagen herum und half Marian beim Aussteigen. Sie schien immer noch wie betäubt zu sein. Ihr Blick war leer und sie folgte ihm wie ein willenloses Kind, das gar nicht begriff, was mit ihm geschah, ins Haus.

Er schloss die Tür seiner Wohnung hinter sich, legte – ganz gegen seine sonstigen Gewohnheiten – die Kette vor und führte Marian ins Wohnzimmer. Der Raum sah aus, wie das Wohnzimmer eines Junggesellen nach einer halb durchzechten Nacht nun einmal aussieht: reichlich chaotisch. Auf dem Tisch standen eine zu drei Vierteln geleerte Flasche Whiskey, zwei Gläser, ein ganzer Berg von Büchern, Zeitschriften, Pergamenten, Aktendeckeln, Fotografien und Zeichnungen. Das Durcheinander war Thor plötzlich peinlich. Aber Marian war nicht in der Verfassung, auf so etwas zu achten.

Er bugsierte sie zur Couch und drückte sie mit sanfter Gewalt darauf nieder. Sie ließ sich auch das widerstandslos gefallen, aber sie hatte jetzt nicht mehr die Kraft, die Tränen zurückzuhalten. Sie weinte lautlos und heftig.

Thor kam sich plötzlich verlegen und hilflos vor wie ein Schuljunge. »Ist alles in Ordnung mit dir?«, fragte er.

Marian antwortete nicht, aber Thor begriff auch so, dass das wohl die mit Abstand dämlichste Frage war, die er in den letzten Jahren gestellt hatte. Mit einem verlegenen Achselzucken trat er zurück, blickte noch einen Moment schweigend auf sie hinunter und floh dann in die Küche, um einen starken Kaffee für Marian und vor allem für sich selbst zuzubereiten.

Er fühlte sich zutiefst verwirrt, hilflos und zugleich wütend auf sich selbst, weil er so wenig für Marian tun konnte. Aber in seinem Hinterkopf arbeitete es bereits, während er aus dem Durcheinander im Spülbecken zwei saubere Tassen und Unterteller herauszufischen versuchte und Kaffeepulver in die Kanne tat. Er fühlte sich ein bisschen schuldbewusst, dass er jetzt hier und nicht drüben im Wohnzimmer bei Marian war, um sie zu trösten. Gleichzeitig sagte ihm eine innere Stimme, dass es so richtig war. Er kannte Marian lange und gut genug, um zu wissen, dass sie jetzt allein sein wollte.

Als er nach zehn Minuten mit einem Tablett mit dampfenden Kaffeetassen und einem halben Paket Salzcräcker, das vom vergangenen Abend übrig geblieben war, in den Wohnraum, eine Mischung aus Wohnzimmer, Bibliothek und Arbeitszimmer, zurückkehrte, saß Marian aufrecht auf der Couch und hatte die Tränen vom Gesicht gewischt. Sie war noch immer blass und ihre Finger zitterten unmerklich, als sie nach der Kaffeetasse griff, aber sie wirkte trotzdem gefasst.

Thor setzte sich ihr gegenüber, gewann noch einige Sekunden damit, einen Schluck von dem kochend heißen Kaffee zu trinken, und fragte dann übergangslos: »Also – was war da los?«

»Nichts«, antwortete Marian. Sie wich seinem Blick aus.

Er setzte die Tasse ab, hob die rechte Hand und betrachtete mit einem fast melancholischen Lächeln seinen angeschwollenen Knöchel. »Das sah mir aber gar nicht nach *nichts* aus.«

»Ich weiß nicht, wer die beiden waren«, behauptete Marian. »Wirklich. Ich weiß nicht, was sie von mir wollten.«

Thor seufzte. »Aha, und was war das? ›Ich habe Ihnen schon einmal gesagt, dass ich Ihnen nicht helfen kann‹«, zitierte er aus dem Gedächtnis.

Marian zog die Unterlippe zwischen die Zähne und begann darauf herumzukauen. »Ich … ich will dich da nicht hineinziehen, Thor«, sagte sie leise. »Bitte.«

»Ich glaube, ich bin schon mittendrin«, erwiderte Thor ruhig.

Gegen ihren Willen musste Marian lächeln; aber nur ganz kurz, und der Ausdruck von Schmerz und Trauer in ihren Augen blieb. »Das ist schlimm genug«, sagte sie. »Ich bin dir sehr dankbar, dass du mir geholfen hast. Aber jetzt muss ich gehen.«

Sie stand auf, doch Thor griff über den Tisch nach ihrem Arm und drückte sie sanft, aber sehr energisch auf die Couch zurück. »Du wirst nirgendwohin gehen, bevor du mir nicht erzählt hast, was los ist«, sagte er.

Auf Marians Gesicht breitete sich ein fast gequälter Ausdruck aus. »Bitte, Thor«, sagte sie. »Ich … ich weiß nicht, wer diese Männer waren, das ist die Wahrheit. Ich habe sie noch nie gesehen. Ich habe heute Morgen mit einem von ihnen telefoniert, das ist alles. Aber ich glaube, sie sind gefährlich. Ich will nicht, dass du auch noch in Gefahr gerätst.«

»Auch noch?«, hakte Thor nach. Er machte eine Handbewegung, als Marian antworten wollte. »Wer ist denn sonst alles in Gefahr?«

Marian blickte ihn an und schwieg.

»Jetzt hör mir mal gut zu«, sagte Thor ernst. »Du solltest mich gut genug kennen, um zu wissen, dass ich einen Freund nicht im Stich lasse. Also – was ist los? Es hat mit Stanley zu tun, nicht wahr?«

Marians sichtbares Zusammenzucken bewies ihm, dass er ins Schwarze getroffen hatte.

»Was hat er angestellt?«, fragte Thor. »Jemanden betrogen? Ein Grab zu viel ausgeräumt und dabei das Wertvollste in seiner Tasche verschwinden lassen?«

Diesmal fuhr Marian wie unter einem Schlag zusammen. Ihre Augen wurden groß und Thor hatte alle Mühe, ein bitteres Auflachen zu unterdrücken.

»Ich weiß es seit Jahren«, sagte er. »Dein Mann ist nicht unbedingt das, was man eine Zierde seines Berufs nennen würde. Er hat eine Menge von dem, was er gefunden hat, für sich selbst abgezweigt.«

»Und du hast nie darüber gesprochen?«

Thor schüttelte den Kopf. »Nein«, bestätigte er. »Ich billige sein Verhalten nicht, aber ich bin auch kein Denunziant.« Was er nicht sagte, war, dass der Hauptgrund für sein Schweigen ihm gegenüber auf der Couch saß. Es war vor allem die Rücksicht auf Marian gewesen, deretwegen er Corda bisher geschont hatte, obwohl er dessen Art von Grabräuberei verabscheute.

»Ich weiß nicht, worum es geht«, sagte Marian nach einer Weile, und diesmal spürte er, dass es die Wahrheit war. »Stan hat sich verändert.«

»Ich weiß.« Thor nickte. »Er ist nicht mehr der Mann, den du geheiratet hast, nicht wahr? Aber ich glaube, das war er nie.«

»Das meine ich nicht«, antwortete Marian. »Es hat nichts mit uns zu tun. Ich weiß nicht, was es ist, aber seit er von seiner letzten Reise zurück ist, geht … irgendetwas mit ihm vor. Er spricht kaum noch mit mir und hat sich ständig in seinem Arbeitszimmer vergraben und die Tür abgeschlossen. Ich habe es seit drei Monaten nicht mehr betreten. Er ist wie besessen.«

»Wovon?«

»Genau das weiß ich ja nicht«, erwiderte Marian. »Aber ich habe Angst um Stan. Es muss etwas mit dieser letzten Reise zu tun haben. Er muss irgendetwas gefunden oder entdeckt haben, was ihn so verändert hat. Er redet wirres Zeug und er … er trifft sich mit sonderbaren Leuten. Unheimlichen Leuten.«

»Wie meinst du das?« Thor wurde hellhörig.

Marian hob die Schultern. »Ich habe sie nur ein- oder zweimal gesehen«, sagte sie. »Und Stan war deshalb sehr wütend auf mich.«

»Männer wie die beiden von vorhin?«

Wieder schüttelte Marian den Kopf. »Nein. Es waren … ziemlich zwielichtige Gestalten. Und er gibt ihnen Geld, sehr viel Geld.« Sie stockte einen Moment und Thor konnte sehen, welche Überwindung es sie kostete, weiterzusprechen. »Ich war heute Morgen auf der Bank und wollte etwas abheben. Aber unser Konto ist völlig leer. Stanley hat gestern Abend alles bis auf den letzten Dollar abgehoben. Deshalb war ich vorhin in der Universität, um mit ihm zu sprechen.«

»Und was hat er gesagt?«, erkundigte sich Thor.

»Er war nicht da«, sagte Marian. »Er ist gar nicht erschienen. Er ist heute Morgen wie immer aus dem Haus gegangen, aber er ist nicht in der Universität angekommen.«

»Und jetzt hast du Angst, dass ihm etwas passiert ist«, vermutete Thor. Er überlegte einen Moment. »Diese Männer, die anriefen«, sagte er dann. »Was genau wollten sie von dir?«

Marian machte eine hilflose Geste. »Sie haben … Fragen gestellt. Aber ich habe gar nicht begriffen, was sie wollten. Sie fragten nach irgendeinem Plan. Nach einer Karte, die Stanley ihnen versprochen hat. Und sie haben gedroht, sie würden sie sich mit Gewalt holen, wenn ich sie ihnen nicht gäbe. Aber ich kann sie ihnen nicht geben, weil ich gar nicht weiß, wo sie ist. Ich weiß nicht einmal genau, wovon sie überhaupt reden.«

»Hast du in Stans Arbeitszimmer nachgesehen?«

»Es ist abgeschlossen«, sagte Marian. »Und Stanley hat den einzigen Schlüssel immer bei sich.«

»Du solltest zur Polizei gehen«, sagte Thor ernst. »Ich würde dir das sogar ganz dringend empfehlen. Die beiden Burschen, die dich vorhin verfolgt haben, sahen nicht so aus, als ob sie sehr viel Spaß verstünden.«

»Zur Polizei?« Marians Stimme wurde fast schrill.

»Es wäre das Beste«, sagte Thor besänftigend. »Mit Männern, die mit Pistolen herumfuchteln, sollte man nicht scherzen.«

»Aber was soll ich der Polizei denn sagen?«, fragte Marian. »Dass Stan sich verändert hat? Dass er wie besessen ist? Dass er sich mit zwielichtigen Gestalten trifft und ihnen Karten zum Kauf anbietet? Das ist nicht verboten.«

»Es kommt erst einmal darauf an, was für Karten es sind und was für Gestalten«, antwortete Thor. Aber er verstand, warum Marian davor zurückscheute, die Polizei einzuschalten. Trotz allem war Stanley ihr Mann. »Wenn du möchtest, dann rede ich mit ihm«, fuhr er fort. »Noch besser – ich begleite dich nach Hause und sehe mir an, was er in seinem Arbeitszimmer in den letzten drei Monaten getrieben hat.«

»Die Tür ist abgeschlossen.«

Thor lächelte flüchtig. »Das Schloss, das mich aufhält, muss erst noch konstruiert werden.«

»Das ist wirklich lieb von dir, Thor«, sagte Marian. »Aber ich möchte nicht, dass du noch tiefer in die Sache hineingezogen wirst. Du hast meinetwegen schon genug Ärger gehabt.«

Thor sah sie durchdringend an. Er zweifelte nicht an dem, was Marian ihm bisher erzählt hatte – aber es war nicht die ganze Wahrheit. Er spürte sehr deutlich, dass es da noch etwas gab, was sie ihm verschwieg.

»Ich möchte jetzt gehen, Thor«, sagte sie plötzlich.

»Den Teufel wirst du tun«, antwortete er. »Du wirst diese Wohnung nicht ohne mich verlassen. *Ich* werde zu dir nach Hause mitfahren und dort nach dem Rechten sehen. Diese beiden Typen von vorhin wissen vielleicht nicht, wo ich wohne. Aber ich bin ziemlich sicher, dass sie wissen, wo du wohnst. Möchtest du ihnen noch mal begegnen?«

Marian wurde noch ein bisschen blasser und Thor fuhr, nach einer angemessenen Pause, um seine Worte wirken zu lassen, fort: »Ich halte es für falsch, nicht zur Polizei zu gehen. Aber es ist deine Entscheidung. Ich respektiere sie, doch dann musst du auch meine Hilfe annehmen, ob es dir passt oder nicht.«

Das Haus, in dem Marian und Stanley Corda lebten, lag fast am entgegengesetzten Ende der Stadt, in einer Gegend, in der die Grundstückspreise dreimal so hoch waren wie in der, in der Thor seine Wohnung hatte. Hier versuchten die Häuser vielleicht bescheiden *auszusehen,* waren es aber ganz und gar nicht mehr. Vor dem Gebäude erstreckte sich eine Rasenfläche von der Abmessung eines kleinen Parks.

Thor blieb auf der Treppe vor dem Eingang stehen und sah sich aufmerksam nach allen Seiten um, während Marian ihre Handtasche aufklappte und nach dem Hausschlüssel zu suchen begann. Er fühlte sich wie auf dem Präsentierteller.

Von dem schwarzen Ford, mit dem die beiden Schläger vor der Universität vorgefahren waren, konnte er keine Spur entdecken. Aber so dumm waren sie bestimmt nicht, dass sie nicht früher oder später hierherkommen und in aller Ruhe auf Marian warten würden.

»Was ist los?«, fragte er, als Marian immer hektischer in ihrer Handtasche herumkramte und dabei die Stirn runzelte.

Sie seufzte, blickte ihn eine Sekunde lang fast hilflos an – und seufzte dann noch einmal sehr viel tiefer. »Ich Dummkopf!«, sagte sie. »Der Schlüssel ist ja im Wagen!«

Thor sah sie fragend an.

»Er steht noch auf der Straße vor der Universität.«

Jetzt war er überrascht.

Sie lächelte; verwirrt und auch ein wenig verlegen. »Ich war ... viel zu aufgeregt, um daran zu denken«, gestand sie. »Ich –«

Der Rest ihrer Worte ging in einem überraschten halblauten Aufschrei unter. Sie hatte sich mit der Schulter gegen die Tür gelehnt, während sie mit Thor sprach – und der verhinderte einen Sturz nur im letzten Moment, als die Tür unter der Berührung nachgab und nach innen schwang.

Thor war mit einem Satz bei ihr und riss sie zurück – nicht nur weil sie zu stürzen drohte. Vielmehr hatte er gesehen, dass Marian keineswegs nur vergessen hatte, die Tür hinter sich zuzuziehen. Jemand hatte ein Brecheisen genommen und das Schließblech mitsamt einem Gutteil des Türrahmens einfach herausgebrochen!

Marian riss erstaunt die Augen auf, doch Thor legte hastig den Zeigefinger auf die Lippen, schob sich mit einer schnellen Bewegung an ihr vorbei und blieb mit angehaltenem Atem und lauschend in dem großen Wohnzimmer stehen, das er betreten hatte.

Er hörte nichts. Obwohl draußen heller Tag war, waren die Vorhänge zugezogen, sodass das Zimmer in einem unwirklichen Dämmerlicht dalag, in dem die Möbel zu gestaltlosen Umrissen zusammenschmolzen und die Schatten voller bedrohlicher Bewegungen zu sein schienen. Aber alles, was er hören konnte, waren Marians hastige Atemzüge hinter ihm, und er *spürte* einfach, dass niemand hier war. Zumindest nicht in diesem Zimmer.

So leise er konnte drehte er sich zu ihr um und flüsterte: »Bleib hier. Wenn du irgendein verdächtiges Geräusch hörst oder jemand anderes als ich oder Stanley hier auftaucht, dann lauf weg und ruf die Polizei.«

Er gab Marian keine Gelegenheit zu antworten, sondern schlich auf Zehenspitzen durch das Wohnzimmer und betrat vorsichtig die angrenzende Küche.

Nichts. Der Raum war vollständig verwüstet: Jemand hatte sämtliche Schränke geöffnet und ihren Inhalt auf den Boden verteilt, den Tisch und die Stühle umgeworfen und sogar die Rückwand des Einbauschrankes neben der Spüle herausgerissen, sodass das nackte Mauerwerk sichtbar war. Aber auch hier fand er niemand.

Tatsächlich war im ganzen Haus niemand. Thor durchsuchte es Zimmer für Zimmer und es war überall der gleiche Anblick: Verwüstung und Unordnung. Sämtliche Schränke waren durchwühlt, sämtliche Schubladen auf den Boden geleert, sämtliche Kommoden untersucht worden. Jemand hatte dieses Haus gründlich und offensichtlich in aller Ruhe vom Dachboden bis zum Keller durchsucht; und zwar jemand, der sein Handwerk verstand. Und der es nicht besonders eilig gehabt haben konnte. Aber dieser Jemand war nicht mehr da. Thor überlegte einen Moment, ob es vielleicht Pat und Patachon gewesen waren; aber dieser Gedanke überzeugte ihn nicht.

Marian hatte die Gardinen zurückgezogen und betrachtete nun im hellen Sonnenlicht fassungslos die Zerstörung, die auch vor ihrem Wohnzimmer nicht haltgemacht hatte. Wer immer hier gewesen war, hatte im wahrsten Sinne des Wortes viel Porzellan zerschlagen.

»Und ich hatte Hemmungen, dich mit in meine Wohnung zu nehmen«, sagte er, nur um Marian ein wenig aufzuheitern. »Wenn ich du wäre, dann würde ich meine Putzfrau feuern – und zwar auf der Stelle.«

»Was … was ist hier … passiert?«, hauchte Marian fassungslos. »Wer war das?«

»Wahrscheinlich dieselben, die dich heute Morgen angerufen haben«, vermutete Thor.

Marian sah auf. Ihre Augen waren weit und dunkel vor Schrecken. »Die beiden Männer vor der Universität?«

Wieder zögerte Thor mit einer Antwort. Das hier passte nicht zu den beiden. Außerdem hätten sie gar keine Zeit dazu gehabt. Er zuckte nur mit den Schultern, ging zur Haustür und drückte sie zu. Sie schwang fast sofort wieder auf, da das Schloss ja herausgebrochen war.

»Stanley«, murmelte Marian. »Ich … ich muss Stan anrufen.« Sie ging zum Fenster, hob das Telefon auf, das einmal auf einem jetzt umgeworfenen Blumenhocker daneben gestanden hatte, wählte die ersten drei Ziffern des Universitätsanschlusses und ließ den Hörer dann resigniert sinken. »Aber ich weiß ja gar nicht, wo er ist«, murmelte sie.

Es wäre aber besser, es würde dir einfallen, dachte Thor. Er sprach es nicht aus, denn er hatte das Gefühl, dass Marian im Moment nicht mehr besonders viele schlechte Nachrichten vertragen würde – aber er war ziemlich sicher, dass diejenigen, die für diese Verwüstung verantwortlich waren, nicht gefunden hatten, was sie suchten. Und das bedeutete, dass sie wahrscheinlich wiederkommen würden.

»Du solltest die Polizei rufen«, sagte er.

Marian schüttelte fast erschrocken den Kopf. »Keine Polizei«, sagte sie.

Thor widersprach nicht. Im Moment war die Frage, was vernünftig war oder nicht, völlig unwichtig. Das Einzige, was im Augenblick zählte, war, dass Marian sich beruhigte. Er spürte, dass sie mit ihren Kräften fast am Ende war. Er trat hinter sie, legte ihr behutsam den Arm um die Schulter und drückte sie sanft an sich. Marian zitterte. Wieder sah er Tränen in ihren Augen schimmern, aber sie hatte sich noch immer in der Gewalt.

»Okay«, sagte er. »Wie du willst. Aber dann musst du mir erlauben, dir zu helfen. Wir gehen jetzt zusammen in Stans Arbeitszimmer hinauf und sehen uns dort ein wenig um – einverstanden?«

Marian nickte fast unmerklich. Sie wollte antworten, brachte aber keinen Ton heraus, sondern schluckte nur ein paarmal mühsam. Dann deutete sie eine Kopfbewegung zur Treppe an.

Thor machte sich keine sonderlichen Hoffnungen, dort oben wirklich etwas von Bedeutung zu finden. Wenn das, wonach die Einbrecher gesucht hatten, wirklich dort gewesen war, dann hatten sie es zweifellos gefunden und mitgenommen. Aber vielleicht fand er einige andere Hinweise, die endlich Licht in diese mysteriöse Geschichte brachten.

»Zumindest kann uns Stan jetzt nicht mehr vorwerfen, sein Schloss aufgebrochen zu haben«, sagte er in einem neuerlichen – vergeblichen – Versuch, Marian aufzuheitern, als er das zertrümmerte Schloss an der Tür zu Stanleys Arbeitszimmer bemerkte.

Das Zimmer bot einen ebenso chaotischen Anblick wie der Rest des Hauses. Hunderte, wenn nicht Tausende von Büchern, die zuvor säuberlich geordnet auf den Regalen gestanden hatten, die drei der vier Wände bis zur Decke einnahmen, waren auf den Boden geworfen worden. Dazwischen lag der Inhalt von Stanleys Schreibtisch; zahllose, zum größten Teil eng bekritzelte Blätter mit seiner fast unleserlichen Handschrift, zerrissene Notizbücher, Landkarten, Notizen, ein Tintenfass, das aufgeschraubt und offenbar absichtlich über einige der herumliegenden Bücher ausgeschüttet worden war, eine zerbrochene Maya-Statue, die Stanley von einer seiner zahlreichen Expeditionen nach Südamerika mitgebracht hatte, ein silberner Fotorahmen – das Glas war zerschlagen und das Bild herausgerissen, als hätte man dahinter nach etwas gesucht – und etwas, das Thors besondere Aufmerksamkeit erregte: eine kleine Silberschatulle, deren Deckel mit Smaragd- und Rubinsplittern besetzt war. Verblüfft bückte er sich danach und klappte sie auf. Seine Verwirrung wuchs noch mehr, als er sah, dass ihr Inhalt noch vollzählig war. Sie enthielt die schönsten Stücke aus Stanleys Münzsammlung, die zwar klein, aber von erlesenem Geschmack war. Er verstand das nicht. Die Schatulle allein würde in einem Antiquitätengeschäft sicherlich an die tausend Dollar bringen und die Münzen, die Stan darin aufbewahrte, noch einmal das Drei- bis Vierfache. Aber die Einbrecher hatten sie achtlos liegen gelassen.

»Wenigstens wissen wir jetzt, dass sie nicht nach Wertsachen gesucht haben«, sagte er, als er wieder aufstand, sich nach kurzem Zögern noch einmal vorbeugte und die Schatulle aufhob, um sie auf ihren Platz auf dem Schreibtisch zurückzustellen.

Marians Blick folgte seiner Bewegung. »Aber was dann?«, flüsterte sie.

»Das weiß ich nicht«, antwortete Thor. Er ergriff Marian am Arm und sah sie durchdringend an. »Bitte denke nach, Marian«, sagte er. »Stan muss doch irgendetwas gesagt haben. Irgendeine Andeutung, eine Bemerkung, *irgendetwas …*«

»Er hat ja kaum noch mit mir gesprochen«, sagte Marian hilflos. »Das heißt –«

»Ja?«, fragte Thor, als Marian stockte.

»Einmal hat er eine Bemerkung gemacht, die ich nicht verstanden habe«, sagte sie. »Es ergab keinen Sinn, weißt du?«

»Was genau hat er gesagt?«

»Genau weiß ich es nicht mehr«, sagte Marian. »Er … er hat ein Buch gelesen, weißt du? Und plötzlich hat er laut aufgelacht und gesagt, was für Narren die Spanier doch waren.«

»Wieso?«

»Das war alles«, antwortete Marian. »Ich habe ihn auch nicht gefragt. – Er hätte mir sowieso nicht geantwortet.« Die letzten Worte hatte sie mit leiser, trauriger Stimme hervorgestoßen und Thor widerstand der Versuchung, weiter in sie zu dringen. Er hatte ohnehin die Erfahrung gemacht, dass es sehr wenig Sinn hatte, jemanden mit Gewalt dazu bringen zu wollen, sich zu erinnern. Trotzdem stellte er noch eine letzte Frage. »Kannst du dich noch erinnern, welches Buch es war?«

»Nein«, sagte Marian hilflos. »Es … es stand auf dem Regal neben dem Fenster, auf dem zweiten oder dritten Brett, glaube ich.« Sie deutete mit der ausgestreckten Hand dorthin, wo das Buch gestanden hatte. Jetzt befand sich dort nur noch eines von zahllosen leeren Regalbrettern.

Thor seufzte enttäuscht. Eine Sekunde lang tastete sein Blick über den Haufen von Büchern, der vor dem Regal auf dem Boden lag, aber er gab den Gedanken, ihn methodisch durchzusuchen, beinahe so schnell wieder auf, wie er ihm gekommen war. Es war völlig sinnlos, in diesem Tohuwabohu nach einem bestimmten Buch zu suchen, einem Buch noch dazu, das Marian wahrscheinlich nicht einmal wiedererkennen würde, auch wenn sie es selbst in der Hand hielt. Und selbst wenn – Stanley Cordas Spezialgebiet war die südamerikanische Geschichte während und nach der Eroberung durch die Konquistadoren. Wahrscheinlich gab es Hunderte von Büchern in diesem Zimmer, die sich mit den Spaniern befassten.

»Warum gehst du nicht hinunter in die Küche und siehst nach, ob noch zwei Tassen heil geblieben sind?«, fragte er. »Ich könnte jetzt einen Kaffee vertragen. Ich sehe mich inzwischen hier noch ein bisschen um. Vielleicht finde ich ja doch etwas.«

Marian wandte sich wortlos um und Thor sah ihr nach, bis sie auf der Treppe verschwunden war. Ihm stand der Sinn ganz und gar nicht nach Kaffee, aber er wusste, dass sie am besten mit der Situation fertig werden würde, wenn sie sich irgendwie beschäftigte. Und der Anblick dieses verwüsteten Zimmers und der quälende Gedanke daran, was Stan all diese Monate hindurch darin getan haben mochte, würden ihr ganz bestimmt nicht helfen, ihre Fassung zurückzuerlangen.

Und vielleicht fand er ja tatsächlich etwas. Thor gab sich zwar nicht der Illusion hin, sich nur bücken zu müssen, um plötzlich auf einem Blatt Papier die Antwort auf alle Fragen in der Hand zu halten. Aber er kam bestimmt schon ein gutes Stück weiter, wenn er herausbekam, *woran* Stan seit seiner Rückkehr aus Bolivien gearbeitet hatte.

Zum zweiten Mal und sehr viel gründlicher begann er das Zimmer zu durchsuchen. Er blickte auf und unter Regalbretter, sah unter die Platte von Stans Schreibtisch und zog die Schubladen heraus, um sie herumzudrehen und auch den leeren Raum dahinter abzutasten. Er durchsuchte sämtliche Verstecke, auf die er gekommen wäre und die vor ihm schon Männer gefilzt hatten, die wahrscheinlich sehr viel mehr davon verstanden als er. Dann begann er Stans Aufzeichnungen und Notizen vom Boden aufzuheben und zu drei unordentlichen Stapeln auf der Schreibtischplatte zu türmen. Zuerst sortierte er alles aus, was ihm auf den ersten Blick uninteressant erschien. Thor war sich allerdings darüber im Klaren, dass dieses Auswahlverfahren höchst unsicher war und er möglicherweise gerade das, was er brauchte, mit einem Achselzucken beiseiteschob. Aber jedes einzelne dieser Schriftstücke durchzulesen und nach einem verborgenen Sinn zu suchen, hätte wahrscheinlich Monate gedauert. Trotzdem blieb noch immer ein erschreckend großer Stapel von Blättern und losen Notizzetteln übrig.

Er hatte gerade den Stuhl aufgerichtet und wollte sich daraufsetzen, als er aus dem Erdgeschoss das Klirren von Porzellan hörte. Es war nicht das erste Mal – Marian hatte hörbar damit begonnen, die zerbrochenen Tassen und Teller zusammenzufegen –, aber es war lauter. Eine Sekunde später hörte er Marian etwas in erschrockenem Tonfall sagen. Hastig drehte er sich um und machte einen Schritt zur Tür – und blieb ruckartig wieder stehen.

Eine Männerstimme antwortete Marian. Und obwohl Thor nicht verstehen konnte, was sie sagte, hörte er doch deutlich den drohenden Ton darin. Auf Zehenspitzen schlich er weiter, blieb an der Tür stehen und lauschte gebannt. Er konnte noch immer nicht verstehen, was Marian und der Mann sagten, aber er achtete auch nicht auf die Worte, sondern versuchte sich an den Geräuschen zu orientieren; er versuchte herauszubekommen, ob der Mann dort unten allein war, und wenn nicht, wie viele es waren.

Marians Stimme und die des Mannes wurden erregter, dann hörte er schnelle Schritte, die Geräusche eines kurzen

Kampfes und dann ein helles Klatschen, dem ein eher überraschter als schmerzhafter Aufschrei folgte. Einen Augenblick später schrie Marian auf, und er konnte hören, wie ein schwerer Körper zu Boden fiel.

Thor vergaß seine Vorsicht, stürmte aus dem Zimmer und die Treppe hinunter – und blieb nach zwei oder drei Stufen wie angewurzelt stehen.

Er hatte sich geirrt. Entweder war es das oder die beiden Männer am unteren Ende der Treppe hatten gewusst, dass er da war, und sich mucksmäuschenstill verhalten. Besonders überrascht wirkten sie jedenfalls nicht. Einer von ihnen – ein wahrer Koloss von Mann mit schwarzem Haar, einem narbigen Gesicht und Muskelpaketen an den Oberarmen, deren bloßer Anblick Thor schier vor Ehrfurcht erstarren ließ – blickte ihm mit unbewegter Miene entgegen. Der andere – er war kleiner, aber deswegen keineswegs schmächtig – grinste wie ein Honigkuchenpferd und zielte mit einer doppelläufigen Schrotflinte auf Thor.

»Hallo, Jungs«, sagte Thor unsicher.

Der Große antwortete nicht.

Der Kleinere sagte: »Hallo, Blödmann!«, und drückte ab.

Thor hatte das Gewehr keinen Sekundenbruchteil aus den Augen gelassen und sah, wie sich der Finger um den Abzug krümmte. Im letzten Moment warf er sich zur Seite und zurück.

Der Knall war ohrenbetäubend. Etwas surrte mit dem Geräusch eines zornigen Hornissenschwarmes so dicht an seinem Gesicht vorbei, dass er einen kochend heißen Luftstrom spüren konnte, und schlug ein kopfgroßes Loch in die Tür zu Stans Arbeitszimmer.

Thor sprang mit einem Satz in den Raum zurück und ließ sich fallen. Im gleichen Augenblick entlud sich die Schrotflinte unten an der Treppe ein zweites Mal und zertrümmerte das Fenster, das der Tür gegenüberlag. Gleichzeitig hörte er ein wütendes Knurren und dann ein Geräusch, als stampfe eine ganze Elefantenherde die Treppe herauf. Es gehörte nicht besonders viel Fantasie dazu, sich auszumalen, *woher* dieses Geräusch kam.

Thor rappelte sich hoch und sah sich verzweifelt nach einem Fluchtweg um. Der Raum hatte keine zweite Tür, und gegen einen gewagten Sprung aus dem Fenster sprachen sowohl die Höhe, in der das Zimmer lag, als auch die scharfkantigen Glasscherben, die noch im Rahmen steckten. Und es gab in diesem Zimmer absolut nichts, was sich als Waffe eignete.

Die Schritte des Riesen ließen das ganze Haus erzittern und näherten sich rasend schnell. Thors Gedanken überschlugen sich. Er spürte, wie er in Panik zu geraten drohte, und verschwendete eine kostbare Sekunde darauf, sie niederzukämpfen. Er brauchte eine Waffe – irgendetwas, um diese lebende Lawine aus Fleisch und Muskeln zu stoppen! Aber es gab hier nichts, nichts außer –

Ein gehetzter Blick über die Schulter zeigte ihm nicht nur den schwarzhaarigen Riesen, der bereits zwei Drittel der Treppe zurückgelegt hatte, sondern auch die Tür. Nicht nur dass ein Loch von der Größe eines Medizinballes in der oberen Hälfte klaffte, die Schrotladung hatte sie auch halb aus den Angeln gerissen, sodass sie nur wie durch ein Wunder noch nicht umgestürzt war. Die Idee, die ihm gekommen war, schien ihm selbst völlig verrückt, aber außergewöhnliche Situationen erforderten nun einmal außergewöhnliche Einfälle.

Während der Riese weiter die Treppe heraufstürmte, machte Thor mitten in der Bewegung kehrt, rannte ihm entgegen und packte mit beiden Händen die Tür. Die Angst verlieh ihm zusätzliche Kraft, sodass er sie fast mühelos gänzlich aus den Angeln riss und weiterstürmte, ohne auch nur merklich langsamer zu werden. Auch der Riese stürmte heran. Er hatte die Arme jetzt halb erhoben und zu Fäusten geballt und auf seinen Zügen machte sich ein verblüffter Ausdruck breit, als er Thor erblickte, der ihm brüllend entgegengestürmt kam und dabei nichts Geringeres als ein ganzes Türblatt vor sich her trug. Offensichtlich konnte er kaum glauben, was er sah.

Eine halbe Sekunde später glaubte er es dann wohl doch – als nämlich die zollstarke Eichenplatte, noch beschwert durch Thors Gewicht, gegen sein Gesicht prallte und ihn einfach umwarf. Er fiel nach hinten und zurück auf die Treppe, klammerte sich dabei aber instinktiv an der Tür fest und riss sowohl sie als auch Thor mit sich, was vielleicht auch nicht so besonders klug war. Die Tür samt Thor Garson begrub ihn unter sich und dann begannen sie alle drei – das Muskelpaket zuunterst, Thor obenauf und die Tür zwischen ihnen wie die Käsescheibe eines Sandwichs – die steile Holztreppe hinunterzurutschen; direkt und immer schneller werdend auf den zweiten Gangster zu, der gerade sein Gewehr aufgeklappt hatte, um es neu zu laden, und ihnen jetzt aus fassungslos aufgerissenen Augen entgegenstarrte.

Als er endlich *begriff*, dass das, was er sah, weder ein Albtraum noch die verspäteten Nachwirkungen einer Zechtour waren, reagierte er sofort – und völlig falsch. Mit einem Schrei ließ er das Gewehr fallen, wirbelte herum und raste davon, wobei er jedoch nicht auf die Idee kam, einfach mit einem Sprung zur Seite zu entkommen, sondern sich in gerader Linie von der Treppe fortbewegte.

Eine Sekunde später hatte Thor die letzte Treppenstufe erreicht und verlor die untere Hälfte seines improvisierten Schlittens, als sich die Füße des Muskelmannes im Geländer verhakten und er abrupt stoppte. Die Tür fuhr scharrend über seine Brust und sein Gesicht hinweg und schoss weiter, wobei sie auf dem Teppich in die Höhe sprang wie ein flach geworfener Stein auf dem Wasser, dadurch noch an Geschwindigkeit gewann, sodass die Entfernung zwischen ihr und dem Flüchtenden rasend schnell zusammenschmolz.

Der Typ hatte das Fenster erreicht und blieb stehen. Mit entsetzt aufgerissenen Augen fuhr er herum und riss die Hände schützend vor das Gesicht, als er das Türblatt und Thor auf sich zuschießen sah. Aber es erreichte ihn nicht. Das Wohnzimmer der Cordas maß weit mehr als zehn Meter, und diese Distanz und vor allem der Teppich, der sich vor der Tür zu immer größeren Wellen zusammenschob, reichten aus, ihren Schwung aufzuzehren und sie kaum einen halben Meter vor den Füßen des Kerls zum Stillstand kommen zu lassen. Er stand da wie erstarrt und reagierte nicht einmal, als Thor sich mühsam in die Höhe rappelte.

»Das war ganz schön knapp, wie?«, fragte Thor.

Der Gangster nahm die Arme herunter, klappte den Mund zu und sah Thor vollkommen fassungslos an. Dann nickte er, begann dümmlich zu grinsen und atmete erleichtert auf. Im selben Augenblick versetzte Thor ihm einen Faustschlag unter das Kinn, der ihn zurück- und durch das zerborstene Fenster in den Garten hinausstürzen ließ.

»Was ist denn da draußen los?«, drang eine zornige Stimme aus der Küche. Thor fuhr auf der Stelle herum, spannte sich – und erstarrte abermals mitten in der Bewegung, als er in die Mündung eines großkalibrigen Revolvers starrte, mit der eine Gestalt von der Küchentür her auf ihn zielte.

Der Mann war groß, dunkelhaarig und von drahtiger Statur. Das, was er sah, schien ihn zwar zornig zu machen, ihn aber keinen Sekundenbruchteil lang zu überraschen. Thor begriff sofort, dass er hier dem gefährlichsten der drei Männer gegenüberstand.

»Rühr dich nicht!«, sagte der Mann. Er machte nicht einmal eine drohende Bewegung mit der Waffe, doch Thor sah, dass der Hahn gespannt und ein Zeigefinger um den Abzug gekrümmt war. Blitzschnell überschlug er seine Chancen, sich mit einem Sprung in Sicherheit zu bringen. Das Ergebnis, zu dem er kam, gefiel ihm nicht besonders.

»Wer bist du?«, fragte der Dunkelhaarige und legte den Kopf schräg. »Was tust du hier?«

»Nichts«, antwortete Thor hastig. »Ich habe mich in der Tür geirrt. Entschuldigen Sie bitte, ich gehe sofort wieder.«

Der Mann lächelte nicht. »Du hast wohl deinen witzigen Tag heute, wie?«, fragte er kalt. Jetzt hob er doch drohend die Pistole, sodass ihr Lauf nun nicht mehr auf Thors Magen, sondern auf eine Stelle genau zwischen seinen Augen zielte. »Ich habe dich etwas gefragt: Wer bist du? Was tust du hier?«

Thor sah eine Bewegung hinter dem Mann, dann erschien Marian in seinem Blickfeld, bleich, zitternd, aus einer kleinen Platzwunde über dem Auge blutend – und mit einer gläsernen Milchkaraffe in der linken und einer gusseisernen Bratpfanne in der rechten Hand.

»Nimm die Pfanne«, sagte Thor. »Das ist sicherer. Und hol kräftig aus.«

Ein flüchtiges verächtliches Lächeln huschte über die Züge des Mannes mit der Pistole. »Für wie blöd hältst du mich?«, fragte er. »Auf diesen Trick fällt doch keiner mehr rein.«

»Das ist gut«, sagte Thor, und Marian holte aus und schlug dem Burschen die Karaffe mit solcher Wucht gegen die Schläfe, dass sie klirrend zerbarst und er wie vom Blitz getroffen zusammenbrach. Noch im Sturz krümmte sich sein Finger um den Abzug. Ein ungeheurer Knall ließ das Haus bis in seine Grundfesten erbeben und hinter Thor zersplitterte das letzte Bild an der Wand, das die Einbrecher bei ihrem ersten Besuch herunterzureißen vergessen hatten.

Mit einem Sprung war Thor bei Marian, als er sah, wie sie zu taumeln begann. Er fing sie auf, trug sie zum Sofa und überzeugte sich rasch davon, dass sie nicht ernsthaft verletzt war. Sie wirkte benommen und reagierte nicht, als er sie ansprach. Sie war offensichtlich geschlagen worden, denn ihre rechte Gesichtshälfte begann sich dunkel zu verfärben und anzuschwellen. Aber es war wohl nur der Schock, der sie so apathisch machte.

Thor ging zum Fenster und sah, dass der Kerl, den er niedergeschlagen hatte, ebenso bewusstlos war wie die beiden anderen. Aber das würden sie nicht lange bleiben. Sie mussten hier weg, und zwar schnell.

Trotzdem nahm er sich die Zeit, die drei Gangster zu durchsuchen – allerdings ohne Erfolg. Er fand weder Ausweise noch andere Papiere oder irgendetwas, was auf ihre Identität hätte schließen lassen. Aber das hatte er beinahe erwartet. Die drei waren Profis; vielleicht nicht besonders helle, aber auch nicht so dumm, ihre Visitenkarten zu einem Überfall mitzunehmen.

Marian bewegte sich stohnend auf dem Sofa und Thor kehrte mit zwei, drei raschen Schritten zu ihr zurück.

»Was ist passiert?«, murmelte sie verstört. »Thor, was –«

»Jetzt nicht«, unterbrach er sie. Er streckte die Hand aus und half ihr aufzustehen. Marians Augen weiteten sich erschrocken, als sie die beiden bewusstlosen Gestalten unter der Küchentür und vor der Treppe sah, aber Thor gab ihr keine Gelegenheit, etwas zu sagen, sondern fragte hastig: »Kannst du laufen?«

Sie nickte.

»Gut«, sagte er. »Dann geh zum Wagen. Warte dort. Ich komme sofort nach.«

»Wo willst du hin?«

»Ich hole nur rasch etwas«, sagte er. »Lauf ins Auto und verriegele die Tür von innen. Und warte nicht auf mich, wenn einer von den Kerlen hier herauskommt.«

Er drehte sich schnell um, sprang mit einem Satz über den bewusstlosen Gangster vor der Treppe hinweg und war in Stanleys Arbeitszimmer verschwunden, noch bevor Marian das Haus verlassen hatte.

Es dauerte drei oder vier Stunden, bis Marian ihre Fassung so weit zurückgewonnen hatte, dass er mit ihr reden konnte. Während der Fahrt zu ihm nach Hause hatte sie bleich und zitternd neben ihm auf dem Beifahrersitz gesessen und ins Leere gestarrt. Sie hatte überhaupt nicht reagiert, als Thor sie ein paarmal ansprach. Auch später in Thors Wohnung hatte sie kein Wort gesprochen, ja nicht einmal geantwortet, als er sie mehrmals fragte, ob sie damit einverstanden sei, dass er Professor Anderson um Hilfe bitten wollte. Schließlich hatte er ihr Schweigen als Zustimmung ausgelegt und seinen alten Freund und Mentor angerufen, der nicht einmal eine halbe Stunde später erschien war und sich mit wachsendem Schrecken anhörte, was Thor ihm erzählte.

Dale war ein etwas korpulenter, manchmal leicht schusselig wirkender Wissenschaftler der alten Schule, kein Abenteurer wie Stanley Corda, aber dafür eine grundehrliche Haut. Natürlich hatte auch er sofort vorgeschlagen, zur Polizei zu gehen. Was Thors Zureden nicht geschafft hatte, das bewirkte dieses Wort.

Als Marian das Wort Polizei hörte, fuhr sie zusammen

und erwachte aus ihrer Lähmung. Und so wie Thor zuvor gelang es auch Dale nicht, sie davon zu überzeugen, dass es wirklich das Beste wäre, sich an die Behörden zu wenden. Er willigte ein, wenigstens noch so lange zu warten, bis sie Cordas Aufzeichnungen gesichtet und vielleicht ein wenig Licht in diese Angelegenheit gebracht hatten.

Was sich als wesentlich leichter gesagt als getan erwies. Das meiste von dem, was Thor aus Stans Arbeitszimmer mitgebracht hatte, war vollkommen nutzlos. Notizen, die sich mit seiner Arbeit befassten. Entwürfe für Vorlesungen, Querverweise auf Literatur, ganze Blätter mit völlig unverständlichen Kürzeln, die in Cordas privater Schnellschrift abgefasst waren und die auch Marian nicht lesen konnte. Aber hier und da glaubte Thor auch eine Spur zu sehen. Er konnte sie nicht greifen. Es waren nur Andeutungen, ein angefangener Satz, ein Wort hier, ein Begriff da, Längen- und Breitenangaben, die aber verschlüsselt zu sein schienen, denn sie ergaben nicht den mindesten Sinn, als Thor sie auf einer Karte nachzuvollziehen versuchte – aber er hatte plötzlich das Gefühl, der Lösung sehr nahe zu sein. Was immer Stanley da auf Dutzenden von eng bekritzelten Blättern entworfen hatte, *ergab* einen Sinn. Nur schien er ihm jedes Mal zu entschlüpfen, wenn er die Hand danach ausstrecken wollte. Aber das änderte nichts daran, dass es ihn gab.

Es begann bereits zu dämmern, als Dale und er vorläufig aufgaben. Thors Kopf schwirrte von all den scheinbar sinnlosen Informationen, die er aufgenommen und aus denen er versucht hatte ein Muster zu bilden. Seine Augen brannten, denn Stanleys Handschrift war nicht nur nahezu unleserlich, sondern auch so winzig, dass er das Alte Testament damit bequem auf drei Seiten hätte packen können. Erschöpft lehnte sich Thor zurück und griff nach der Tasse mit längst kalt gewordenem Kaffee, den Marian vor zwei oder drei Stunden zubereitet hatte.

Sein Wohnzimmer unterschied sich mittlerweile kaum noch von dem der Cordas – auf dem Tisch, der Couch, den Stühlen, dem Kaminsims und dem Boden stapelten sich Bücher und Papiere, und die Luft war zum Schneiden dick vom Qualm der Pfeife, die Dale rauchte. Auch er sah müde aus; seine Augen waren rot und hatten dunkle Ringe und der Ausdruck auf seinem Gesicht schwankte zwischen irritiert und erschrocken. Offensichtlich erging es ihm genau wie Thor. Sie beide spürten, dass sich in diesem scheinbar sinnlosen Durcheinander etwas verbarg, etwas Großes und Bedeutendes.

»Stanley *muss* doch irgendetwas gesagt haben«, murmelte Thor müde und wahrscheinlich zum zweihundertsten Mal im Verlaufe des Nachmittags. Und zum genauso vielten Male antwortete Marian nicht darauf.

»Er hat sich ziemlich verändert in den letzten Wochen«, sagte Dale, während er sich zurücklehnte und schon wieder Tabak in seine gerade erst erloschene Pfeife stopfte.

Thor sah interessiert auf. »Und?«

Dale zuckte mit den Achseln. »Nichts und«, sagte er. »Er war schon immer ziemlich verschlossen, aber in den letzten Wochen hat er kaum noch mit jemandem geredet. Einige seiner Studenten haben sich schon über ihn beschwert, weil er so unhöflich war und praktisch keine Fragen mehr beantwortet, die nicht während der Vorlesung gestellt wurden.«

Thor sah Marian fragend an, aber sie wich seinem Blick aus und starrte in die flackernden Flammen des Kaminfeuers.

»Machen wir Schluss für heute«, meinte Dale seufzend. »Ich schlage vor, ich fahre noch einmal an eurem Haus vorbei und sehe dort nach dem Rechten.«

»Kommt nicht infrage«, antwortete Thor an Marians Stelle. »Es könnte sein, dass du dort auf jemand anderen als Stanley triffst.«

Dale nahm die Pfeife aus dem Mund und fuhr sich müde mit Daumen und Zeigefinger über die Augen. »Ich habe nicht vor hineinzugehen«, sagte er. »Niemand wird Verdacht schöpfen, wenn ich daran vorbeifahre. Schließlich kennen die Burschen mich nicht.« Er zögerte einen Moment, wandte sich dann an Marian und fügte hinzu: »Sie sollten doch die Polizei rufen, meine Liebe. Ich weiß zwar immer noch nicht, was hier vorgeht, aber mit diesen Burschen ist offensichtlich nicht zu spaßen.«

Marian schüttelte nur den Kopf. »Lassen Sie mich wenigstens noch bis morgen damit warten. Es … gibt vielleicht noch eine Spur.«

Thor war das unmerkliche Stocken in ihren Worten sehr wohl aufgefallen. Alarmiert sah er Marian an. »Was für eine Spur?«

Wieder wich sie seinem Blick aus. »Morgen«, sagte sie. Sie stand auf. »Professor Anderson hat recht, Thor. Es war ein anstrengender Tag, für uns alle. Ich werde jetzt gehen –«

»Unsinn!«, unterbrach sie Thor. »Du gehst nirgendwohin! Die Burschen werden wiederkommen.«

»Ich will dich nicht in Gefahr bringen.«

»Das tust du nicht«, antwortete Thor mit einer Überzeugung in der Stimme, die ihm selbst etwas aufgesetzt vorkam. Trotzdem fügte er hinzu: »Du bist hier in Sicherheit. Und ich auch. Wenn sie wüssten, wer ich bin und wo ich wohne, wären sie längst hier aufgetaucht.«

Marian widersprach nicht mehr, aber sie sah ihn sehr zweifelnd an. Thor hatte plötzlich das ungute Gefühl, dass es alles andere als eine ruhige Nacht werden würde.

Wie er es erwartet hatte, schlief Thor sehr schlecht in dieser Nacht. Nach einem halbherzigen Versuch, das Chaos in seinem Wohnzimmer wieder zu beseitigen, waren Marian und er früh zu Bett gegangen, doch keiner von ihnen hatte mehr als eine oder zwei Stunden Schlaf gefunden. Thor war bei jedem noch so winzigen Geräusch hochgeschreckt und ein paarmal hatte er gehört, wie auch Marian sich im Zimmer nebenan unruhig im Bett hin und her wälzte. Zweimal war er aufgestanden und zum Fenster gegangen, als er draußen auf der Straße Geräusche hörte, aber es waren nur harmlose nächtliche Spaziergänger gewesen, die sich unterhielten.

Er verstand selbst nicht, warum er so nervös war. Es war weiß Gott nicht das erste Mal, dass er sich mit seinen Fäusten hatte zur Wehr setzen müssen, und auch nicht das erste Mal, dass jemand versucht hatte ihn umzubringen. Und trotzdem gab es einen Unterschied: Bisher war stets *er* es gewesen, der diese friedliche Welt verlassen hatte, um sich in die weit weniger friedliche, aber sehr viel aufregendere draußen zu stürzen. *Er* hatte die Gefahr gesucht, nicht *sie* ihn. Diesmal war es umgekehrt. Etwas war in sein so übersichtlich geordnetes Zuhause eingebrochen und plötzlich war nicht mehr er es, der die Initiative übernahm, sondern andere. Menschen, von denen er nicht wusste, wer sie waren, geschweige denn *warum* sie taten, was sie taten. Das Gefühl, nicht zu agieren, sondern nur zu reagieren, machte ihn nervös.

Er war sehr froh, als die einzige Vorlesung, die er an diesem Tag halten musste, zu Ende war und er den Hörsaal verlassen konnte. Aber seine Erleichterung war möglicherweise ein wenig voreilig gewesen.

Er hatte den Hörsaal gerade verlassen, als er jemand seinen Namen rufen hörte und stehen blieb. Durch den Strom der sich lärmend zum Ausgang wälzenden Studenten versuchte sich Grissams Sekretärin zu ihm durchzuarbeiten. Thor beobachtete sie einige Sekunden lang mit gemischten Gefühlen – irgendetwas sagte ihm, dass sie keine guten Neuigkeiten brachte, und außerdem hatte er jetzt wahrlich Besseres zu tun, als sich mit irgendwelchem Verwaltungskram herumzuschlagen –, fügte sich dann aber in sein Schicksal und ging ihr entgegen.

»Gut, dass ich Sie noch treffe, Mister Garson«, begann sie atemlos. »Mister Grissam sucht sie.«

Thor verdrehte die Augen. »Sagen Sie ihm, ich wäre nicht mehr da«, antwortete er und machte bereits Anstalten, sich herumzudrehen und weiterzugehen. »Erzählen Sie ihm, ich wäre zum Südpol abgereist, um Pinguine zu zählen.«

»Ich glaube, Sie sollten besser zu ihm gehen, Mister Garson. Er sah sehr zornig aus.«

Thor blieb erneut stehen. Dass Grissam zornig aussah, war nichts Besonderes. Aber etwas in der Stimme der Sekretärin sagte ihm, dass es mehr als der übliche Kleinkrieg zwischen ihnen war. So entschied er sich nach einigen Augenblicken, wenn auch widerwillig, das einzig Vernünftige zu tun und den unangenehmen Teil dieses Tages so schnell wie möglich hinter sich zu bringen.

Ohne anzuklopfen, betrat er Grissams Zimmer. Eine halbe Sekunde später wünschte er sich, es nicht getan zu haben, sondern stattdessen tatsächlich zum Südpol abgereist zu sein.

Grissam saß wie der gestaltgewordene Zorn Gottes hinter seinem Schreibtisch und musterte ihn mit Blicken, die so eisig waren, dass er damit leicht den Pazifischen Ozean hätte einfrieren können.

Er war nicht allein. Hinter ihm standen Pat und Patachon. Der Kleinere der beiden hatte die Arme vor der Brust verschränkt und die Beine leicht gespreizt. Er stand da wie ein Catcher, der einen hoffnungslos unterlegenen Gegner mustert und überlegt, auf welche Weise er ihm wohl am besten Arme und Beine verknoten könnte. Der Größere der beiden hatte sich nicht ganz so gut in der Gewalt – seine Hände zitterten leicht und in seinen Augen blitzte eine nur noch mühsam unterdrückte Wut. In Anbetracht dessen, was mit seinem Gesicht passiert war, konnte Thor das sogar verstehen. Es war auch gestern schon nicht besonders hübsch gewesen, aber die Rutschpartie an der Mauer hinunter hatte ihm im wahrsten Sinne des Wortes den letzten Schliff verliehen. Es erinnerte an das eines uralten Indianers mit dem fürchterlichsten Sonnenbrand, den man sich nur vorstellen kann.

»Mister Garson«, begann Grissam. »Wie schön, dass Sie uns mit Ihrer Anwesenheit beehren.« Er machte eine herrische Handbewegung. »Schließen Sie die Tür.«

Thor gehorchte. Seine Gedanken überschlugen sich, während er langsam auf Grissams Schreibtisch zutrat und dabei abwechselnd ihn und die beiden Ganoven musterte. Er hatte plötzlich ein sehr ungutes Gefühl. Etwas war hier nicht so, wie es sein sollte. Besser gesagt, nicht so, wie er *geglaubt* hatte, dass es war.

»Was geht hier vor?«, fragte er knapp.

Grissams Gesicht verdüsterte sich noch weiter. »Halten Sie den Mund, Garson«, sagte er. »Ich wusste gleich, dass ich Ihretwegen Ärger bekommen würde. Aber ich hätte mir nicht einmal träumen lassen, wie groß dieser Ärger sein könnte.« Er deutete mit einer abgehackten Kopfbewegung auf die beiden Gestalten hinter sich. »Wie ich höre, haben Sie sich ja bereits kennengelernt. Meine Herren, darf ich vorstellen: Das ist Thor Garson.« Er machte eine Handbewegung auf Thor, dann nur eine angedeutete Geste auf die beiden Kerle hinter sich. »Mister Garson – das sind Mister Henley und Mister Reuben. Die beiden Herren möchten Ihnen einige Fragen stellen. Und ich bete um Ihretwillen, dass Sie ein paar verdammt gute Antworten darauf wissen.«

»Vielleicht erklären Sie mir erst einmal, was hier überhaupt vor sich geht!«, sagte Thor, absichtlich in den gleichen ruppigen Ton verfallend wie Grissam. Er beugte sich vor, stützte die Fäuste auf die Tischplatte und funkelte den Dekan von oben herab an. »Ich kenne diese beiden Typen in der Tat. Ich konnte Marian Corda gestern gerade noch –«

Er sprach nicht weiter. Der Größere der beiden – Reuben – hatte in der gleichen Geste wie gestern unter sein Jackett gegriffen, aber er zog keine Waffe darunter hervor, sondern ein schmales Kunstlederetui, das er nun mit einer gekonnten Bewegung unmittelbar unter Thors Gesicht aufklappte.

Thor starrte völlig perplex sekundenlang auf den Ausweis, den es enthielt. »FBI?«, stotterte er schließlich.

Reuben ließ das Etui mit einer sichtlich triumphierenden Geste wieder in seiner Jacke verschwinden und nickte. »Special Agent Reuben«, sagte er und deutete auf seinen Begleiter. »Das ist Special Agent Henley.«

»Oh«, sagte Thor betroffen.

Reuben wirkte nicht betroffen, sondern nur wütend. »Sie haben uns eine Menge Schwierigkeiten bereitet, Mister Garson«, sagte er. »Bedanken Sie sich bei Mister Grissam, dass wir Sie nicht auf der Stelle verhaftet und für die nächsten zwanzig Jahre eingesperrt haben.«

»Aber –«, begann Thor, wurde jedoch sofort wieder von Reuben unterbrochen.

»Widerstand gegen die Staatsgewalt, Mister Garson. Behinderung eines FBI-Agenten im Dienst. Tätlicher Angriff auf einen Staatsbeamten. Ich könnte noch mehr aufzählen, aber das allein reicht schon für fünfzehn Jahre.«

»Woher, zum Teufel, sollte ich wissen, wer Sie sind?«, begehrte Thor auf. »Sie hätten sich ausweisen müssen!«

»Das haben wir versucht«, sagte Henley.

»Aber Sie haben uns ja sofort angegriffen«, fügte Reuben hinzu, »heimtückisch und ohne jede Vorwarnung.«

Thor hatte die Szene etwas anders in Erinnerung, aber er wusste sehr wohl, wie wenig es ihm jetzt nutzen würde, sich mit diesen beiden Männern zu streiten. Er sagte nichts mehr, sondern musterte Grissam und Pat und Patachon nur abwechselnd mit finsteren Blicken.

»Wo ist Mrs Corda, Garson?«, fragte Grissam.

»Woher soll ich das wissen?«, gab Thor ruppig zurück.

Reuben machte eine zornige Handbewegung. »Halten Sie uns nicht zum Narren, Garson. Nachdem Sie uns beide überfallen haben, ist sie zusammen mit Ihnen verschwunden. Seither hat sie niemand mehr gesehen.«

»Waren Sie bei ihr zu Hause?«, erkundigte sich Thor lächelnd.

Reubens Gesicht wurde noch röter, als es ohnehin schon war. Er sah aus, als würde er jeden Moment explodieren, und Thor trat vorsichtshalber einen halben Schritt vom Schreibtisch zurück. »Das ist die zweite Frage auf unserer Liste, Mister Garson«, knurrte er. »Das Haus wurde vom Dachboden bis zum Keller auseinandergenommen. Sie wissen nicht zufällig von wem – und warum?«

»Nein«, antwortete Thor ruhig. »Und ich denke, es ist besser, wenn ich jetzt gar nichts mehr sage.« Er wandte sich an Grissam. »Gestatten Sie, dass ich Ihr Telefon benutze?«

»Wozu?«, fragte Grissam.

»Um meinen Anwalt anzurufen«, antwortete Thor ruhig.

Reuben wollte erneut auffahren, aber Thor bekam plötzlich Schützenhilfe von einer Seite, von der er sie am allerwenigsten erwartet hatte. Grissam hob beruhigend die Hand und sagte: »Ich bitte Sie, Mister Garson, das ist doch nicht nötig. Sie stehen hier nicht unter irgendeiner Anklage. Die beiden Herren wollen lediglich ein paar Informationen von Ihnen. Es geht um Professor Corda. Er ist seit gestern Morgen verschwunden. Nach seiner letzten Vorlesung hat ihn niemand mehr gesehen. Die beiden Herren wollten seiner Frau lediglich ein paar Fragen stellen, als Sie dazugekommen sind.«

»Für mich sah das anders aus«, murmelte Thor, aber Grissam ignorierte seinen Einwand einfach.

»Sie erinnern sich gewiss an das Amulett, das ich Ihnen gestern gezeigt habe?«, fragte er und zog gleichzeitig eine Schublade in seinem Schreibtisch auf. Thor nickte und Grissam nahm den winzigen Goldkäfer heraus und stellte ihn mit spitzen Fingern vor sich auf die Tischplatte. »Bitte, denken Sie noch einmal in Ruhe nach, Garson«, sagte er. »Es ist wichtig. Möglicherweise nicht nur für Professor Corda, sondern auch für einige andere Leute – zum Beispiel für seine Frau; an der Ihnen ja eine Menge zu liegen scheint.«

Thor überging die Spitze geflissentlich, bedachte den kleinen Goldkäfer nur mit einem flüchtigen Blick und schüttelte dann den Kopf. »Nein«, sagte er. »Aber worum geht es hier eigentlich?«

Wieder wollte Reuben auffahren und wieder unterbrach Grissam ihn mit einer raschen Geste. »In wenigen Worten darum: In den letzten Wochen ist eine Anzahl solcher und ähnlicher Kunstgegenstände hier in der Stadt aufgetaucht. Jemand hat dieses Zeug in erstaunlicher Menge verkauft; zu überaus günstigen Preisen und so geschickt, dass er seine Identität bisher erfolgreich geheim halten konnte.«

»Das haben Sie mir gestern schon erzählt«, sagte Thor. »Aber ich verstehe nicht, was das FBI damit zu tun hat? Ich meine, selbst wenn es sich um gestohlene Kunstgegenstände handelt –«

»Das tut nichts zur Sache«, mischte sich Henley ein. »Wir wissen seit gestern, dass diese Kunstgegenstände von Professor Corda stammen. Die Frage ist, woher er sie hat.«

»Das kann ich Ihnen auch nicht sagen«, entgegnete Thor. »Weil ich selbst keine Ahnung habe.«

»Seltsam«, sagte Henley nachdenklich und mit einem Lächeln, das abstoßend unecht war. »Aber irgendwie glaube ich Ihnen nicht, Mister Garson.«

Thor zuckte nur mit den Achseln.

»Wo ist Mrs Corda?«, fragte Reuben. »Sie handeln sich eine Menge Ärger ein, wenn Sie uns nicht helfen, Garson.«

»Ich weiß es nicht«, sagte Thor – was zumindest im Augenblick sogar der Wahrheit entsprach. Er hatte Marian zwar in seinem Haus zurückgelassen, aber er war davon überzeugt, dass sie nicht mehr dort war.

Henley blickte ihn an, als könne er seine Gedanken auf seiner Stirn ablesen. Aber zu Thors Überraschung sagte er nichts, sondern schüttelte nur den Kopf und seufzte hörbar.

»So kommen wir nicht weiter«, sagte Reuben. »Was gestern passiert ist, war sicherlich nur die Folge eines Missverständnisses. Ich bin bereit, darüber hinwegzusehen und es zu vergessen – wenn Sie mit uns zusammenarbeiten. Es ist auch in Mrs Cordas Interesse.«

»Wieso?«

»Weil wir glauben, dass sie sich in Gefahr befindet«, sagte Henley. »Ebenso wie ihr Mann.« Er deutete mit einer flatternden Handbewegung auf den goldenen Käfer auf der Tischplatte. »Wir müssen wissen, woher diese Dinge kommen, Mister Garson. Verstehen Sie mich richtig – es interessiert mich nicht, ob Ihr Kollege das Grab eines Pharaos ausgeräubert hat oder nicht. Es ist uns völlig egal, *wie* er in den Besitz dieser Schmuckstücke gekommen ist.«

»Ich fürchte, jetzt verstehe ich gar nichts mehr«, sagte

Thor tatsächlich etwas verwirrt. »Zuerst wollen Sie wissen, woher das Zeug kommt, und dann –«

»Es ist gefährlich, Garson«, unterbrach ihn Grissam. Reuben sah ihn fast erschrocken an, worauf Grissam ein Kopfschütteln zur Antwort andeutete und fortfuhr: »Irgendetwas stimmt mit diesen Dingern nicht. Einige der Leute, denen Corda sie verkauft hat, sind krank geworden. Es hat bereits zwei Tote gegeben.«

»Wie bitte?«, fragte Thor erschrocken.

Grissam nickte und rückte instinktiv ein kleines Stück von dem kleinen Goldkäfer vor sich weg. »Ich weiß, es hört sich albern an«, sagte er mit einem unsicheren Lächeln, »aber es sieht so aus, als verfüge Professor Corda seit einiger Zeit über einen nahezu unbegrenzten Goldschatz. Ich will jetzt gar nicht darüber reden, ob er ihm gehört oder nicht. Aber etwas stimmt mit diesem Gold nicht. Es ist, als –«

»– als läge ein Fluch darauf«, murmelte Thor, als Grissam nicht weitersprach.

Der Dekan sah ihn schweigend mit geweiteten Augen an. Er lächelte noch immer. Doch es wirkte gequält; es war eher eine Grimasse als ein wirkliches Lächeln. »Es klingt verrückt, ich weiß«, sagte er nach einer Weile. »Aber für verrückte Dinge sind Sie ja hier der Spezialist, nicht wahr?«

»Das reicht«, sagte Reuben grob. »Ich frage Sie zum letzten Mal, Mister Garson. Wo ist Marian Corda?«

»Ich weiß es nicht«, antwortete Thor. »Sie war gestern bei mir, das ist richtig. Ich habe darauf bestanden, dass sie in meinem Haus übernachtet.«

»Wieso?«, fragte Henley.

»Wieso?« Thor lachte abfällig. »Sie haben ihr Haus doch gesehen, oder?«

»Und Sie dachten, dass wir dafür verantwortlich wären«, fügte Henley hinzu.

Diese Einsicht überraschte Thor nur im ersten Moment, bis er begriff, dass Henley damit lediglich sein Vertrauen gewinnen wollte. »Ich habe mich geirrt«, gestand er mit einem Achselzucken.

»Und Mrs Corda hat nichts erzählt?«, fragte Reuben. »Nichts davon, was ihr Mann mitgebracht hat?« Er machte ein abfälliges Geräusch. »Sie können mir nicht erzählen, dass jemand König Midas' Schatz gefunden hat und nicht darüber spricht.«

»Unsinn!«, antwortete Thor. »Ich –« Etwas machte *klick* hinter Thors Stirn und er brach mitten im Wort ab und starrte Reuben aus weit aufgerissenen Augen an. Plötzlich glaubte er noch einmal, Marians Worte vom vergangenen Abend zu hören: *Es ist alles wahr! Was waren die Spanier doch für Narren!* Und dann wusste er es. Die Erkenntnis blitzte so plötzlich in seinen Gedanken auf, dass er sich am liebsten selbst geohrfeigt hätte. Dale und er hatten die Lösung die ganze Zeit in Händen gehalten. Es stand alles in Stans Papieren, so deutlich, dass man nur hinzusehen brauchte. Er verstand einfach nicht, warum er es nicht sofort gesehen hatte.

»Was haben Sie, Garson?«, fragte Grissam, dem Thors veränderter Gesichtsausdruck ebenso wenig entgangen war wie den beiden FBI-Männern.

»Nichts«, antwortete Thor unsicher. Er versuchte zu lächeln, spürte aber selbst, dass es zur Grimasse geriet. »Mir ist nur … gerade etwas eingefallen.«

»Was?«, hakte Reuben nach.

»Wahrscheinlich ist es nicht von Bedeutung«, murmelte Thor ausweichend.

»Vielleicht überlassen Sie es uns, das zu beurteilen«, sagte Henley.

»Als ich … mit Marian gestern in ihrem Haus war«, sagte er, »ist uns ein Mann aufgefallen.«

»Was für ein Mann? Was hat er getan? Wie sah er aus?«

»Ein Mann eben«, antwortete Thor. »Er stand auf der anderen Straßenseite und ich hatte das Gefühl, er beobachtet das Haus. Er war sehr groß, bestimmt an die zwei Meter, und sehr muskulös. Ein ziemlich hässlicher Kerl. Aber wie gesagt – wahrscheinlich hat es nichts zu bedeuten.«

Der Blick, den Henley mit seinem Kollegen tauschte, überzeugte Thor davon, dass es *sehr wohl* etwas zu bedeuten hatte. Und dass den beiden der Mann, den Thor ihnen beschrieben hatte, keineswegs fremd war.

»Ist das alles?«, fragte Reuben misstrauisch.

Thor nickte. »Ja. Es tut mir leid, dass ich Ihnen nicht weiterhelfen kann.«

»Es wäre aber besser für Sie, wenn Sie es könnten«, sagte Reuben. Nachdenklich tastete er mit den Fingerspitzen über sein zerschrammtes, aufgeschürftes Gesicht und fügte hinzu: »Wissen Sie, mein Gedächtnis wird schlechter, je besser Ihres wird.«

»Ich werde nachdenken«, versprach Thor. »Falls mir noch etwas einfällt, sage ich es Ihnen.« Er wandte sich an Grissam. »Kann ich jetzt gehen? Ich habe noch eine Menge zu tun.«

»Sicher«, antwortete der Dekan.

Thor wollte gehen, aber Henley rief ihn noch einmal zurück. »Noch etwas, Mister Garson.«

Thor drehte den Kopf, wandte sich aber nicht mehr ganz zu ihm um. »Ja?«

»Es hat nichts mit dieser Geschichte zu tun«, sagte Henley, »aber – haben Sie jemals den Begriff Manhattan-Projekt gehört?«

Thor überlegte einen Moment und verneinte dann. »Was soll das sein?«

»Oder hat Professor Corda etwas davon erwähnt?«, fuhr Henley unbeirrt fort.

Thor verneinte abermals. »Ich habe ihn erst vor ein paar Tagen zum ersten Mal seit Jahren wiedergesehen und wir haben nicht viel miteinander geredet«, erklärte er.

Henley schien eher erleichtert als enttäuscht und machte eine Handbewegung, dass er gehen könne.

Thor verließ mit gemessenen Schritten Grissams Büro, ging mit etwas weniger gemessenen Schritten durch das Vorzimmer und begann zu rennen, kaum dass er wieder draußen auf dem Flur war. Einige Studenten warfen ihm irritierte Blicke nach, als er im Laufschritt durch die langen Korridore des Universitätsgebäudes hetzte, aber er achtete nicht darauf, sondern legte die Entfernung zum Museum im Westflügel in wenigen Minuten zurück. Dort stürmte er in Dale Andersons winziges, mit in Bücherregalen und großen Kisten und Kartons gesammelten Fundstücken bis zum Bersten vollgestopftes Büro, ohne anzuklopfen.

Dale saß an seinem Schreibtisch und verpestete die Luft mit blauen Qualmwolken. Er sah überrascht auf, als Thor hereinplatzte, kam aber nicht einmal dazu, etwas zu sagen, denn Thor stieß atemlos hervor: »Dale! Wir waren Idioten! Ich weiß jetzt, was Corda entdeckt hat!«

»Was?«, fragte Dale und nahm die Pfeife aus dem Mund.

Thor atmete zweimal hintereinander tief ein und aus, damit sich seine rasenden Lungen wieder halbwegs beruhigen konnten, bevor er antwortete. »Ich glaube, er hat El Dorado gefunden.«

Es war alles da.

Dale und er hatten auf der Stelle die Universität verlassen und waren zu Thors Haus zurückgerast. Sie fragten sich beide erneut und mehr als einmal, wieso es ihnen nicht schon gestern Abend klar geworden war. Jetzt, wo sie wussten, wonach sie zu suchen hatten, erwiesen sich Cordas Aufzeichnungen als nahezu unerschöpfliche Quelle an Informationen. So fantastisch der Gedanke auch schien: Stanley Corda war überzeugt, das sagenhafte Goldland El Dorado entdeckt zu haben.

»Das ist unfassbar«, murmelte Dale immer und immer wieder. »Er hat es wirklich gefunden! Es existiert, Thor! Und wir alle waren davon überzeugt, dass es sich nur um eine Legende handelt!«

»Die Spanier nicht«, sagte Thor. »Sie wussten, dass es existiert. Wahrscheinlich«, fügte er nach sekundenlangem Zögern hinzu, »haben einige von ihnen es auch gefunden.«

»Aber keiner ist zurückgekommen«, sagte Dale.

»Dann hätte auch keiner davon erzählen können«, korrigierte Thor mit sanftem Tadel. »Nein, nein. Da muss noch mehr sein.« Er blickte nachdenklich auf die Blätter hinab, die er vor sich auf dem Tisch ausgebreitet hatte. Sie enthielten die Antworten auf fast alle Fragen, die jemals im Zusammenhang mit dem sagenhaften Goldland gestellt worden waren. Bis auf eine Kleinigkeit – den Ort, an dem es lag. »Ich muss immer daran denken, was Grissam gesagt hat«, fuhr er nachdenklich fort. »Ein paar von denen, denen Corda das Zeug verkauft hat, sind krank geworden. Zwei sind sogar schon gestorben.«

Dales Gesicht verdüsterte sich. »Dieser Kerl ist eine Schande für uns alle«, sagte er. »Er gehört ins Gefängnis. Das muss man sich einmal vorstellen! Er findet El Dorado und hat nichts Besseres zu tun, als sich die Taschen vollzustopfen!«

»Ich fürchte, ganz so einfach ist es nicht!«, murmelte Thor. »Irgendetwas stimmt mit diesem Gold nicht.«

Dale sah ihn eine Sekunde lang erschrocken an, dann versuchte er zu lachen, aber es gelang ihm nicht ganz. »Gleich wirst du erzählen, dass ein Fluch auf diesem Gold liegt.«

Thor nickte ernst. »Ganz genau das hatte ich vor.«

»So etwas wie einen todbringenden Fluch gibt es nicht«, behauptete Dale – obwohl er es eigentlich besser wissen musste.

Trotzdem nickte Thor. »Wahrscheinlich hast du recht«, sagte er. »Aber vielleicht gibt es etwas, was in der Wirkung auf dasselbe hinausläuft.« Er fuhr sich nachdenklich mit dem Zeigefinger am Kinn entlang. »Ich frage mich nur, was dieser FBI-Mann gemeint hat, als er vom Manhattan-Projekt sprach.« Er sah Dale dabei nicht an, aber er bemerkte sogar aus den Augenwinkeln, wie Anderson zusammenfuhr. »Was hast du?«, fragte er.

»Nichts«, antwortete Dale viel zu hastig, um überzeugend zu wirken.

»Du weißt, was das ist«, stellte Thor fest.

Dale druckste eine Weile herum. Schließlich nickte er. »Es gibt Gerüchte«, sagte er. »Ich habe davon gehört, ja. Aber ich dürfte es gar nicht wissen. Und dir schon gar nicht weitererzählen.«

»Dann tu es auch nicht«, riet ihm Thor. »Erzähl es dem Kamin oder der Standuhr. Ich verspreche dir, nicht hinzuhören.«

Dale zog eine Grimasse, griff in die Jackentasche und förderte Tabaksbeutel und Pfeife zutage. »Wie gesagt«, begann er, während er sich mit kleinen fahrigen Bewegungen seine Pfeife zu stopfen begann, »es sind nur Gerüchte. Aber angeblich sind sie dabei, oben in Nevada eine neue Waffe zu konstruieren.«

»Und?«, fragte Thor verwundert.

»Eine *Kernspaltungswaffe*«, sagte Dale.

Jetzt war es Thor, der erschrocken zusammenfuhr und seinen Freund ungläubig anstarrte. »Wie bitte?«

Anderson setzte seine Pfeife in Brand und nahm einen

tiefen Zug. Er hustete ein paarmal, bevor er antwortete. »Eine Atombombe, ja. Washington fürchtet schon seit einer Weile, dass die Deutschen dabei sind, eine solche Waffe zu konstruieren. Sie setzen alles in Bewegung, um ihnen zuvorzukommen. Sie basteln seit einem Jahr an diesem Ding herum. Der Codename für das Projekt ist –«

»Manhattan«, murmelte Thor.

Anderson nickte und zog abermals nervös an seiner Pfeife, sodass der Tabak in ihrem Kopf hellrot aufglühte.

»Aber was hat das mit Stanley und El Dorado zu tun?«, fragte Thor verwirrt.

Anderson hob die Schultern. »Keine Ahnung«, sagte er.

Bevor Thor weiterreden konnte, klopfte es an der Tür. Er stand auf, bedeutete Dale mit Gesten, die Papiere verschwinden zu lassen, und ging langsam auf die Tür zu. Das Klopfen wiederholte sich, kurz bevor er sie erreicht hatte, und diesmal klang es rasch und nervös. Trotzdem legte Thor die Kette vor und trat einen halben Schritt zur Seite, bevor er die Klinke herunterdrückte.

Draußen stand Marian, und als Thor den gehetzten Ausdruck auf ihrem Gesicht sah, hatte er es plötzlich sehr eilig, die Kette wieder zu entfernen und die Tür aufzureißen. Mit einem raschen Griff zog er Marian zu sich herein und sah sich blitzschnell auf der Straße um, bevor er die Tür wieder zudrückte.

»Marian! Wo bist du gewesen? Hast du Stanley gefunden?«

Sie schüttelte den Kopf und blickte instinktiv auf die geschlossene Tür hinter sich, sodass Thor sofort hinzufügte: »Verfolgt dich jemand?«

»Ich bin nicht sicher«, antwortete sie zögernd.

Thor bugsierte Marian mit sanfter Gewalt zur Couch und gab Dale einen Wink: »Erzähl es ihr«, sagte er. »Alles.«

Dann eilte er zurück zur Tür, trat an das schmale Fenster daneben und zog die Gardine einen Spaltbreit zur Seite.

Im ersten Moment sah er nichts. Die Straße lag ruhig und friedlich vor ihm, nur dann und wann kam ein Fußgänger oder ein einzelnes Auto vorbei. Thor blieb sicherlich fünf Minuten am Fenster stehen, während Dale und Marian sich mit gedämpften Stimmen hinter ihm unterhielten. Er wollte schon aufgeben und sich zu ihnen gesellen, als das gleiche einsame Automobil zum dritten Mal zufällig die Straße hinunterfuhr. Thor erhaschte einen flüchtigen Blick auf die beiden Männer in der Fahrerkabine, nicht schnell genug, um sie zu identifizieren, aber immerhin konnte er erkennen, wer sie *nicht* waren, nämlich Reuben und Henley, die beiden FBI-Männer. Er blickte dem Wagen nach, bis er aus seinem Gesichtsfeld verschwunden war, dann ließ er die Gardine zurückgleiten und ging zu Marian und Anderson hinüber.

»Du hattest recht«, sagte er an Marian gewandt. »Jemand verfolgt dich.«

Marian erschrak sichtbar und Thor hob beruhigend die Hand. »Ich glaube nicht, dass sie hierherkommen«, sagte er. »Wenn sie das wollten, hätten sie es längst getan. Offenbar beschatten sie dich nur. Nicht besonders geschickt.«

»Das FBI?«, fragte Anderson.

Thor verneinte. »Die beiden sind zwar nicht gerade helle, aber so blöd nun auch wieder nicht. Das da draußen sind Amateure. Ich fürchte, wir haben es nicht nur mit ihnen zu tun.«

»Das müssen die Burschen sein, die euch beide gestern in Stanleys Haus überfallen haben«, vermutete Anderson.

Thor sah Marian fragend an, aber wieder blickte sie weg. »Bitte denk genau nach, Marian«, sagte er eindringlich. »Du musst dich doch an irgendetwas erinnern. Du hast erzählt,

Stan hätte sich manchmal mit *seltsamen Leuten* getroffen. Hat er nie einen Namen genannt? Oder eine Adresse, einen Treffpunkt … irgendetwas?«

Marian schüttelte schon fast automatisch den Kopf, stockte dann aber und überlegte einen Moment. »Einen Namen nicht«, sagte sie schließlich. »Aber einmal rief jemand an. Stan war im Bad und hatte vergessen, die Tür seines Arbeitszimmers abzuschließen. Er ist ziemlich wütend geworden, dass ich überhaupt ans Telefon gegangen bin.«

»Wer hat angerufen?«, hakte Thor nach.

»Ich erinnere mich nicht genau«, sagte Marian unglücklich. »Ein Mister Rogers oder Rudgers oder so ähnlich …« Sie zuckte mit den Schultern und sah Thor fast verlegen an. »Aber er war Antiquitätenhändler, so viel weiß ich noch.«

»Antiquitätenhändler?« Thor runzelte zweifelnd die Stirn. Er kannte jeden Antiquitätenhändler in der Stadt; sowohl die offiziellen als auch die, die ihre Geschäfte nicht ganz legal betrieben, vorsichtig ausgedrückt. Diese sogar ganz besonders gut. Aber einen Namen wie den, den Marian gerade genannt hatte, hatte er noch nie gehört.

»Bist du sicher?«

»Ja«, antwortete Marian. »Ich erinnere mich jetzt sogar an die Adresse. Kensington Drive 194.«

Thor tauschte einen überraschten Blick mit Dale. Es wunderte ihn allerdings nicht besonders, dass Marian sich an die Adresse des Antiquitätenhändlers so genau erinnern konnte – trotz seines vornehmen Namens war der Kensington Drive die mit Abstand berüchtigtste Straße der Stadt. Eine jener Straßen, die man selbst bei hellem Tageslicht besser mied, wenn man nicht entweder lebensmüde oder Mitglied einer der zahllosen Straßengangs war, die das Viertel beherrschten. Umso mehr erstaunte es ihn, dass dort ein Antiquitätenhändler sein Geschäft betreiben sollte.

»Und du bist dir ganz sicher?«, vergewisserte er sich noch einmal.

Marian nickte. »Ich habe Stan noch gefragt, was er in dieser Gegend verloren hat, aber er hat nicht geantwortet.«

Thor stand auf. »Nun, dann werden wir am besten diesen Mister Rogers, oder wie immer er genau heißen mag, danach fragen.«

Dale wurde ein bisschen blass und nahm die Pfeife aus dem Mund. »Du willst doch nicht etwa dorthin gehen?«

»Nicht unbedingt«, antwortete Thor. »Wenn du mir den Weg abnehmen willst ...«

Dales Gesicht verlor noch mehr an Farbe. »Das ist nicht ungefährlich«, sagte er nervös.

»Ich weiß. Aber Gefahr ist mein zweiter Vorname.«

»Und Leichtsinn dein dritter«, fügte Dale düster hinzu. »Du bist verrückt.«

»Wem sagst du das?«, seufzte Thor.

Bei Tageslicht wirkte der Kensington Drive vielleicht sogar noch unheimlicher als bei Nacht. Das lag zum einen natürlich daran, dass Thor nach Einbruch der Dunkelheit hier tatsächlich noch nie gewesen war, mit einer einzigen Ausnahme, als er sehr schnell mit dem Wagen das Viertel durchquert und dabei gebetet hatte, nur ja keine Reifenpanne zu haben oder auf andere Weise aufgehalten zu werden. Vor allem aber lag es am hellen Sonnenlicht, das gnadenlos die ganze Schäbigkeit des Viertels enthüllte.

Dabei handelte es sich nicht einmal um das ärmste Viertel der Stadt. Trotzdem fühlte sich Thor mehr als unwohl. Dicke puerto-ricanische Frauen lehnten auf Kissen in weit geöffneten Fenstern und beobachteten den spärlichen Verkehr; Farbige in Leinenhosen und weißen Unterhemden standen in Hauseingängen und beäugten den Eindringling misstrauisch, schmuddelige Kinder spielten lärmend auf der Straße oder rannten dem Wagen einige Schritte hinterher; zwielichtige Gestalten, die ihre vernarbten Gesichter hinter Bärten verbargen, spannten sich beim Anblick des altersschwachen Fords und verschwanden blitzschnell hinter Türen, ehe sie noch erkennen konnten, dass der Mann darin vielleicht nicht ihresgleichen, aber auch ganz sicher kein Polizist war. Vor einigen Häusern standen auch Automobile, protzig und chromblitzend und wahrscheinlich teurer als die Gebäude, vor denen sie abgestellt waren. Es gab eine ganze Anzahl von Spelunken und Spielhöllen, doch auch kleinere Läden, deren Auslagen etwas vortäuschten, was in den Geschäften dahinter ganz bestimmt nicht gehandelt wurde.

Thor fuhr langsamer, als er sich dem Haus mit der Nummer 194 näherte. Er war nervös und er war sich der Tatsache bewusst, dass man ihm seine Nervosität ansehen konnte, obwohl er sich alle Mühe gab, äußerlich gelassen zu erscheinen. Das war nicht gut; nicht in einer Gegend wie dieser. Thor Garson hatte genug Erfahrung im Umgang mit zwielichtigen Subjekten und Verbrechern, um zu wissen, dass sie spürten, wenn man Angst vor ihnen hatte. Und diese Furcht machte sie aggressiv und reizte sie zum Angriff.

Aber er hatte sich gut vorbereitet; so gut eben, wie man sich auf etwas vorbereiten kann, von dem man nicht einmal genau weiß, was es ist. In seiner rechten Jackentasche trug er einen zweischüssigen Damenrevolver, der zwar nur auf kurze Distanz wirksam war, dafür aber den Vorteil hatte, dass man ihn in der geschlossenen Hand verbergen konnte. Er hatte Dale eingeschärft, die Straße im Auge zu behalten und sofort die Polizei anzurufen, falls sich dort irgendetwas Verdächtiges tat. Und dasselbe zu tun, wenn er nach Ablauf von zwei Stunden nicht zurück war oder sich auf anderem Wege bei ihnen gemeldet hatte.

Schließlich erreichte er das Haus und lenkte den Wagen an den Straßenrand. Er stellte den Motor ab und stieg aus. Ganz automatisch wollte er die Tür verriegeln, zog den Schlüssel dann aber wieder aus dem Schloss, ohne ihn herumgedreht zu haben. Etwas so Simples wie das Türschloss eines Fords würde niemanden in dieser Gegend länger als zehn Sekunden aufhalten. Und wenn sie sich schon an seinem Wagen zu schaffen machten, dann sollten sie wenigstens nicht die Scheiben einschlagen.

Als er die Straße überquerte, spürte er die vielen Blicke, die ihm folgten. Niemand sprach ihn an oder hielt ihn auf, aber direkt neben der Tür des schäbigen Ladens, den er ansteuerte, standen zwei Furcht einflößend aussehende Gestalten, deren Blicke ihn regelrecht durchleuchteten und die ihn – und vor allem den Inhalt seiner Taschen – binnen Sekunden bis auf den letzten Heller taxierten. Das Ergebnis, zu dem sie kamen, schien sie nicht zu befriedigen, denn sie ließen ihn unbehelligt passieren, wandten sich dafür seinem Wagen zu und musterten nun diesen. Doch Thor glaubte nicht, dass sie sich daran vergreifen würden. Der Wagen war so alt, dass er fast nur noch von Rost und den Gebeten seines Besitzers zusammengehalten wurde, und man sah ihm das deutlich an.

Vor der Tür des Ladens blieb er stehen und musterte einen Moment lang die Auslagen. Sehr viel gab es nicht zu sehen – hinter der blind gewordenen Scheibe prangte ein gewaltiges Scherengitter, das nichts als ein vierteiliges Teeservice aus imitiertem Gold, bei dem das Sahnekännchen fehlte, und eine Handvoll falschen Schmuck beschützte. Thor drückte die Türklinke hinunter und betrat unter dem Bimmeln einer kleinen Glocke, die über der Tür angebracht war, den Laden.

Drinnen war es überraschend kalt und so dunkel, dass

Thor im ersten Moment überhaupt nichts sah außer Schatten. In der Luft hing ein Gemisch aus Moder und Desinfektionsgeruch. Der Laden war winzig. Als sich Thors Augen nach einigen Momenten an die Dämmerung gewöhnt hatten, sah er, dass er weder Regale noch Auslagen enthielt, sondern nichts als eine über die ganze Breite des Raumes reichende Theke, die von einem weiteren geschmiedeten Gitter abgeschirmt wurde. Da begriff er schließlich, wo er war und wieso er sich an keinen Antiquitätenhändler namens Rogers oder so ähnlich erinnern konnte. Es war ein Pfandleihhaus.

In dem eisernen Gitter über der Theke öffnete sich eine winzige Klappe und ein schmales, von roten Pusteln entstelltes Gesicht mit gierigen Augen blickte Thor an. »Bitte?«

Thor räusperte sich gekünstelt, warf einen Blick über die Schulter zurück, wie um sich davon zu überzeugen, dass ihm auch niemand gefolgt war, und trat näher an den Tresen heran. »Mister Rogers?«

»Der bin ich«, antwortete der Mann hinter dem Gitter. »Was kann ich für Sie tun? Wollen Sie etwas versetzen oder kaufen?«

»Weder – noch«, antwortete Thor. Erneut sah er sich um, und ihm war bewusst, dass seine Nervosität Rogers irgendwann auffallen musste. Doch das war ja beabsichtigt. »Ich komme nicht als Kunde«, sagte er. »Jedenfalls nicht direkt.«

Rogers sah ihn fragend, aber mit deutlich mehr Misstrauen als zuvor an und schwieg.

Thor beschloss aufs Ganze zu gehen. »Professor Corda schickt mich«, sagte er.

Rogers sagte noch immer nichts, doch die Reaktion auf seinem Gesicht bewies Thor, dass er ins Schwarze getroffen hatte. »Es geht um die letzte Lieferung«, fuhr Thor fort.

»Was für eine Lieferung?«, fragte Rogers. »Wovon reden

Sie überhaupt, Mann? Ich kenne Sie nicht. Und ich habe niemals von einem Professor Corda gehört.«

»Tatsächlich?«, fragte Thor. »Dann muss ich mich wohl getäuscht haben. Ich werde Stanley sagen, dass er mir wohl versehentlich die falsche Adresse genannt hat. Aber falls Sie Ärger mit einem Ihrer Kunden bekommen, Rogers, dann beschweren Sie sich nicht bei mir oder Stan.« Er drehte sich auf dem Absatz herum und ging mit raschen Schritten zur Tür. Er hatte sie fast erreicht und begann schon zu befürchten, dass er es etwas übertrieben hatte, als Rogers ihn zurückrief.

»Warten Sie!«

Thor blieb stehen, drehte sich provozierend langsam um und sah, wie Rogers eine Klappe in seinem Tresen öffnete und mit mühsamen Bewegungen auf ihn zugeschlurft kam. Er zog das rechte Bein nach und auch mit seinem rechten Arm schien etwas nicht zu stimmen, so wie er ihn hielt.

»Was haben Sie damit gemeint – wenn ich Ärger mit einem meiner Kunden bekomme?«

Thor zuckte mit den Schultern. »Nichts. Ich muss mich geirrt haben. Bitte entschuldigen Sie die Störung.«

Er drehte sich wieder zur Tür, doch Rogers packte ihn grob an der Schulter und zerrte ihn zurück. Thor wandte sich langsam zu ihm um, blickte eine Sekunde lang auf Rogers' Hand hinab und der kleine Mann mit dem blassen, pickeligen Gesicht zog seinen Arm hastig zurück.

»Okay, okay«, sagte er. »Sie sind richtig hier. Schließlich muss man vorsichtig sein, nicht wahr? Ich kenne Sie nicht. Was ist mit der letzten Lieferung?«

»Vielleicht nichts«, antwortete Thor. »Aber vielleicht doch. Haben Sie sie noch hier?«

Wieder blitzte es in Rogers' Augen misstrauisch auf. »Warum?«

»Ich muss sie sehen«, antwortete Thor. »Es kann sein, dass eines der Stücke falsch ist.«

»Falsch?« Rogers' Gesicht verdüsterte sich vor Zorn. »Corda hat –«

»Ich sagte, es *kann* sein«, unterbrach ihn Thor scharf. »Es ist möglich, dass man uns hereingelegt hat.«

»Ihr habt mich betrogen«, sagte Rogers lauernd. Seine Augen wurden noch kleiner, als sie ohnehin waren. »Ihr –«

»Ich wäre kaum hier, wenn wir das wollten«, sagte Thor ruhig. »Im Gegenteil. Stanley war sehr zufrieden mit den Geschäften, die er mit Ihnen gemacht hat. Er hat vielleicht noch mehr für Sie.«

»Das klang bei unserem letzten Gespräch aber etwas anders«, sagte Rogers.

Thor zuckte mit den Schultern. »Missverständnisse kommen vor. Er hat mich extra hergeschickt, um das Schlimmste zu verhindern. Ist die Ware noch hier?«

Wieder zögerte Rogers und Thor begann bereits zu befürchten, dass er es nun doch übertrieben hatte. Doch dann nickte der Alte widerwillig, machte eine Geste zu Thor, er solle ihm folgen, und schlurfte zu seiner Theke zurück.

Der Raum dahinter war wesentlich größer als der davor, jedoch bis unter die Decke vollgestopft mit Regalen voller Kisten und Kartons, Radiogeräte, Schmuckstücke, Uhren, Werkzeuge, Waffen, Musikinstrumente … der übliche Kram eben, der sich in einem Pfandleihhaus im Laufe der Zeit ansammelte. Thor vermutete, dass das meiste davon ohnehin gestohlen war.

Rogers führte ihn in ein angrenzendes Zimmer, dessen Tür mit einem überdimensionalen Schloss gesichert war. Es war überraschenderweise aufgeräumt und enthielt im Grunde nichts außer einem kleinen Schreibtisch, zwei Stühlen und einem alten, aber äußerst massiv aussehenden Safe. Rogers ging zu diesem Geldschrank und sah Thor abwartend an, bis der verstand und sich diskret zur Seite drehte, während der Pfandleiher die Kombination einstellte. Als er das saugende Geräusch der sich öffnenden Geldschranktür hörte, wandte er sich wieder um und trat neugierig hinter ihn.

Trotz allem hatte er Mühe, seine Überraschung zu verbergen, als er sah, was der Safe enthielt. Neben ganzen Bündeln von Bargeld, Wertpapieren und sicherlich mehr als hundert goldenen Armband- und Taschenuhren lagen auf mehreren samtbezogenen Tabletts gute zwei Dutzend jener kleinen goldenen Figürchen, wie er eins in Grissams Büro gesehen hatte. Sie stellten die unterschiedlichsten Dinge dar: Tiere, Blätter, Äste, Blüten … Einige waren auch einfach nur formlose Goldklumpen unterschiedlicher Größe und bei zwei oder drei Figuren schien es sich eindeutig um Kunstgegenstände zu handeln, wenn es Thor auch unmöglich war, sie einer bestimmten Kultur oder Epoche zuzuordnen.

»Welches ist es?«, fragte Rogers und stellte die Tabletts auf den Schreibtisch.

Thor trat näher heran und beugte sich neugierig vor. Zögernd streckte er die Hand nach einem der kleinen Goldgegenstände aus, führte die Bewegung aber nicht zu Ende. Irgendwie hatte er plötzlich das Gefühl, dass es besser sei, sie nicht anzufassen. Er wusste nicht, woher diese Ahnung kam, aber sie war zu deutlich, als dass er sie ignorieren konnte. Da war irgendetwas, was er gehört hatte, irgendetwas, was man ihm erzählt – oder vielleicht gerade *nicht* gesagt – hatte und da war irgendetwas mit Rogers, was nicht stimmte.

»Ist das alles?«, fragte er, während er sich wieder aufrichtete.

»Ja«, antwortete Rogers. »Es –«

Das Geräusch der Glocke über der Tür unterbrach ihn. Fast erschrocken drehte er sich herum, machte einen Schritt zur Tür und blieb wieder stehen. Draußen war eine Frauenstimme zu hören, die Thors Namen rief. Rogers musterte abwechselnd Thor und den offen stehenden Safe. Ganz offensichtlich gefiel ihm der Gedanke nicht, den Fremden mit all diesen Kostbarkeiten allein zu lassen. Aber noch bevor er dazu kam, etwas zu sagen, hörten sie näher kommende Schritte und dann wurde die Tür zu dem Büro so heftig aufgestoßen, dass sie knallend gegen die Wand flog. Unter dem Eingang erschien –

»Marian!«, rief Thor überrascht. »Was tust du denn hier?«

Rogers fuhr zusammen und starrte abwechselnd ihn und Cordas Frau wütend an. »Was hat das zu bedeuten?«, schnappte er. »Wer ist diese Frau?«

»Sie sind hinter mir her!«, sagte Marian atemlos. »Sie haben Dale überfallen und –« Der Rest ihrer Worte ging im Klirren von Glas und dem Geräusch von zerbrechendem Holz unter.

Marian machte einen weiteren stolpernden Schritt und fiel Thor halbwegs in die Arme, während Rogers erschrocken aufschrie und versuchte seinen Goldschatz vom Schreibtisch zu raffen und wieder in den Tresor zurückzustopfen; natürlich viel zu hastig und mit dem Ergebnis, dass ihm die Hälfte davon herunterfiel. Thor registrierte am Rande, dass eines der Stücke dabei in zwei Teile zerbrach. Aber er verschwendete kaum mehr als einen flüchtigen Gedanken daran, denn er hatte alle Hände voll damit zu tun, Marian zu beruhigen, die sich aus seinem Griff befreit hatte und so schnell abgehackte Sätze hervorsprudelte, dass er nur Bruchstücke verstand: Dale, FBI und Männer.

Allerdings verging kaum eine Sekunde, bis er auch so begriff, was geschehen war: Das Splittern von Holz wiederholte sich und fast im selben Moment erschien eine hünenhafte Gestalt in der Tür zu Rogers' Allerheiligstem. Thor erschrak, als er ihn erkannte. Sein Gesicht hatte sich zwar auf dramatische Weise verändert, aber es war ohne Zweifel der gleiche eindrucksvolle Riese, der gestern zusammen mit den beiden anderen in Stanleys Haus eingebrochen war.

Sein Gegenüber schien ihn fast gleichzeitig zu erkennen und in seinen dicht beieinanderstehenden Augen erschien ein tückisches Funkeln. Er machte einen Schritt auf Thor zu, fegte Marian mit einer fast beiläufigen Bewegung zur Seite und streckte die Arme aus.

Thor wartete bis zum letzten Moment, dann duckte er sich, packte einen ausgestreckten Arm des Riesen, zerrte mit aller Kraft daran, drehte sich gleichzeitig halb um seine eigene Achse und verlagerte sein Körpergewicht ruckartig nach vorn, sodass dem Angreifer seine eigene Kraft zum Verhängnis wurde und er über seine gekrümmte Schulter hinwegflog.

Theoretisch.

Sein Kopf tat ihm so weh, dass er sich im allerersten Moment ganz ernsthaft wünschte, gar nicht mehr aufgewacht, sondern gleich gestorben zu sein. Er war gefesselt und lag auf der Seite auf nacktem Stein- oder Betonboden und rings um ihn herum herrschte Finsternis, die nur von einem bleichen grauen Schimmern durchbrochen wurde. Aber so schwach dieses Licht war, ließ es ihn doch erneut vor Schmerz aufstöhnen, als er die Augen öffnete.

Hastig senkte er die Lider wieder und biss die Zähne zusammen, um einen neuerlichen Schmerzenslaut zu unterdrücken. Das Hämmern in seinem Hinterkopf ließ allmählich nach und war jetzt nicht mehr unvorstellbar, sondern nur noch unerträglich, und im gleichen Maße, wie der

Schmerz verebbte, begann er seine Umgebung deutlicher wahrzunehmen.

Er sah nicht sehr viel, denn das graue Licht war zu schwach, um mehr als vage Umrisse aus der Dämmerung hervorzuheben, aber er hörte ein leises Stöhnen und die Geräusche eines oder mehrerer Menschen, die sich in seiner unmittelbaren Nähe bewegten. Dann flüsterte eine Stimme seinen Namen. Eine Stimme, die er sehr gut kannte. Aber der Schmerz in seinem Kopf war noch zu heftig, als dass er einen klaren Gedanken fassen konnte.

»Er kommt zu sich.«

Und dann eine andere Stimme, die er nach einigen Augenblicken als die Marians identifizierte. »Gott sei Dank. Ich hatte schon Angst, dieser Riesenkerl hätte ihn umgebracht.«

»Keine Sorge – er hat einen harten Schädel. In jeder Beziehung.«

Diesmal konnte er die Stimme identifizieren. Mit einem überraschten Ruck drehte er sich herum und setzte sich halb auf – was er im selben Sekundenbruchteil schon bitter bereute, denn das Dröhnen in seinem Hinterkopf steigerte sich zum Trommelfeuer einer ganzen Batterie schwerer Geschütze. Stöhnend schloss er die Augen und ließ sich wieder nach vorn sinken, bis seine Stirn den grauen Betonboden berührte. Erst nach einigen Sekunden und sehr viel vorsichtiger als das erste Mal wagte er es, sich erneut aufzurichten und den Kopf in die Richtung zu drehen, aus der er Marians und Dales Stimmen gehört hatte. Obwohl sie kaum fünf Meter von ihm entfernt waren, konnte er sie nur als Schatten in der Dunkelheit wahrnehmen.

»Dale?«, fragte er überrascht. »Was tust du hier?«

»Dasselbe wie du«, antwortete Dale gelassen. »Gefesselt herumsitzen.«

Auch ohne den hämmernden Schmerz in seinem Kopf wäre Thor im Moment nicht nach Scherzen zumute gewesen. Er beherrschte sich jedoch und schluckte die ärgerliche Antwort, die ihm auf der Zunge lag, hinunter. »Was ist passiert?«, fragte er gepresst.

»Sie haben uns hereingelegt«, sagte Dale. »Sie sind gekommen, als du gerade weg warst.«

»Diese Gangster?«

Er hörte, wie Dale den Kopf schüttelte. »Die beiden FBI-Männer, von denen du erzählt hast. Sie haben eine Menge dummer Fragen gestellt.«

»Und?«, fragte Thor, als Dale nicht weitersprach.

Anderson zögerte auch jetzt noch einen Moment. »Ich konnte sie abwimmeln«, sagte er dann. »Aber kaum eine Minute später klopfte es schon wieder. Ich bin zur Tür gegangen und dachte, sie hätten noch etwas vergessen oder ...«

»Oder?«, hakte Thor nach.

»Ich weiß, es war leichtsinnig«, gestand Dale zerknirscht. »Diese Schufte müssen draußen gewartet und uns die ganze Zeit beobachtet haben. Ich hatte kaum die Tür geöffnet, da hat mich auch schon einer von ihnen gepackt und der andere hat sich gleichzeitig auf Marian gestürzt. Es ... es tut mir leid. Ich wollte ihnen nicht verraten, wo du bist. Aber ...«

Dale sprach nicht weiter und auch Thor schwieg. Er konnte sich vorstellen, wie Anderson zumute war. Aber er spürte nicht einmal Ärger. Dale Anderson war kein Held. Er hatte auch niemals behauptet, einer zu sein. Und außerdem hatte Thor berechtigte Zweifel, ob es überhaupt irgendjemanden auf der Welt gab, der dem Riesenkerl, der ihn vorhin niedergeschlagen hatte, länger als einige Sekunden eine Antwort verweigern konnte.

»Es tut mir leid, Thor«, murmelte nun auch Marian.

»Aber sie haben mich gezwungen, sie zu dir zu bringen. Ich habe mich losgerissen, als wir aus dem Wagen stiegen, aber sie waren zu schnell.«

»Schon gut«, sagte Thor. »Das macht alles nichts.«

»Es macht doch etwas«, grollte Dale. »Ich Idiot hätte sie gar nicht hereinlassen sollen. Schließlich hast du mir eingeschärft, niemandem die Tür aufzumachen. Aber ich Trottel –«

»Es ist gut«, sagte Thor noch einmal. »Ich nehme es dir nicht übel, Dale. Wahrscheinlich hätte ich an deiner Stelle nicht anders gehandelt.«

Ein leises Lachen irgendwo aus der Dunkelheit hinter ihnen hinderte Dale daran, zu widersprechen.

Thor setzte sich mühsam mit angezogenen Knien weiter auf und wandte den Kopf in die Richtung. Nach einigen Sekunden wiederholte sich das Lachen und ein Schatten begann sich aus der grauen Dämmerung zu schälen. Er kam nicht nahe genug heran, dass sie ihn genau erkennen konnten, aber irgendetwas an ihm war … falsch.

»Wie edel, Mister Garson«, sagte eine schnarrende, unangenehme Stimme. »Wenn ich an Ihrer Stelle wäre, hätte ich jetzt Lust, Mister Anderson den Hals herumzudrehen. Aber ich glaube fast, Sie meinen das wirklich so.«

»Wer sind Sie?«, fragte Thor.

Wieder lachte die Gestalt und machte ein paar schlurfende Schritte. Thor sah nun, dass der Mann humpelte. Obwohl er noch immer halb in den Schatten verborgen war, konnte Thor jetzt erkennen, dass der Mann ein Krüppel war: Er zog das rechte, offensichtlich steife Bein nach und seine Schultern waren unterschiedlich hoch. Der rechte Arm war in einer unnatürlichen Haltung angewinkelt und schien ebenfalls nutzlos zu sein.

»Wer sind Sie?«, fragte Thor noch einmal.

Er bekam auch jetzt keine Antwort, aber der Krüppel kam noch näher und hinter ihm tauchten zwei weitere, schattenhafte Umrisse aus der Schwärze auf – einer davon war so groß, dass Thor sofort wusste, zu wem er gehörte. Und offensichtlich war der Verkrüppelte mit der unangenehmen Stimme ihr Auftraggeber.

»Mein Name ist Ramos«, sagte er schließlich mit seiner dünnen, unangenehmen Stimme.

»Interessant«, antwortete Thor. »Und *wer* sind Sie?«

Wieder lachte Ramos und machte einen Schritt auf ihn zu. »Eine berechtigte Frage, Mister Garson«, sagte er. »Ich glaube, wir hatten bisher noch nicht das Vergnügen. Umso mehr freut es mich, dass Sie meine Einladung nun doch angenommen haben. Ich hoffe, Sie entschuldigen die kleinen Unbequemlichkeiten.«

Thor schenkte ihm einen bösen Blick. »Hören Sie auf mit dem Unsinn und sagen Sie endlich, was Sie von uns wollen«, schnappte er.

Ramos legte den Kopf schräg und blickte auf ihn herab. »Von Ihnen? Nichts.« Er schüttelte den Kopf. »Aber von Ihrer entzückenden Freundin, Mrs Corda.«

»Ich weiß auch nicht, wer Sie sind«, sagte Marian.

»Das glaube ich Ihnen sogar«, antwortete Ramos. »Dafür weiß Ihr Mann umso besser, wer ich bin. Er und ich hatten eine geschäftliche Transaktion verabredet. Ich habe meinen Teil eingehalten – Ihr Mann leider nicht.«

»Hören Sie, Ramos«, sagte Thor. »Ich weiß nicht, welches krumme Geschäft Stanley mit Ihnen abgeschlossen hat, und es interessiert mich auch nicht. Aber was immer zwischen Ihnen ausgemacht ist – wenden Sie sich an ihn und nicht an seine Frau. Marian weiß nichts von Stanleys Geschäften.«

»Ich bin beinahe geneigt, Ihnen zu glauben, Mister Garson«, antwortete Ramos. »Sehen Sie, ich habe eine Weile mit

Professor Corda gearbeitet und glaube, ihn ganz gut zu kennen. Aber was soll ich machen? Ich habe eine Menge Geld und Mühe investiert. Auch ich habe Verpflichtungen. Meine Geschäftspartner erwarten, dass ich ihnen nachkomme. Professor Corda besitzt etwas, was von Rechts wegen mir gehört.«

»Dann suchen Sie ihn, zum Teufel, und fragen ihn danach«, sagte Thor. »Ich –«

»Ich«, unterbrach ihn Ramos betont, »habe ein Prinzip, Mister Garson, von dem ich niemals abgehe. Ich bekomme immer, was ich haben will. Niemand betrügt mich. Verstehen Sie, was ich meine?«

Thor glaubte es zumindest. Ein rascher eisiger Schauer lief über seinen Rücken. Behutsam richtete er sich weiter auf und zerrte dabei probehalber an seinen Fesseln; allerdings nur ein einziges Mal. Ein scharfer Schmerz schnitt in seine Handgelenke und er begriff auf einmal, dass man ihn nicht mit Stricken, sondern mit dünnem Draht gebunden hatte. Jeder Versuch, seine Fesseln zu sprengen, würde ihm nur Schmerzen oder Verletzungen einbringen.

»Lassen Sie uns wie vernünftige Männer miteinander reden, Mister Ramos«, sagte er.

Ramos kam näher, gefolgt von seinen beiden Schatten. Thor konnte endlich erkennen, dass er tatsächlich so verkrüppelt und missgestaltet war, wie er vorher angenommen hatte. Sein Gesicht war das eines hässlichen, bösen Zwerges. Seine Augen waren milchige weiße Kugeln ohne Pupillen. Er war blind.

»Ich höre, Mister Garson«, sagte er.

»Ich weiß nicht, welche Art von Geschäft Stanley mit Ihnen abgeschlossen hat, und es interessiert mich auch nicht«, sagte Thor. »Aber ich gebe Ihnen mein Wort, dass Marian nichts damit zu tun hat und nichts darüber weiß.«

»Wer sagt, dass ich das bezweifle?«

»Ihre Männer waren in Cordas Haus«, fuhr Thor fort. »Sie haben es zweifellos gründlich durchsucht. Wenn sie nicht gefunden haben, was sie suchten, dann kann Marian Ihnen auch nicht weiterhelfen. Es nutzt Ihnen also gar nichts, uns hier gefangen zu halten.«

»Ich weiß«, sagte Ramos lächelnd.

Thor blickte ihn verwirrt an. »Ich glaube, ich verstehe wirklich nicht ganz –«

»Ich glaube, Sie verstehen sehr wohl, Mister Garson«, sagte Ramos. »Ich sagte bereits: Ich kenne Professor Corda. Ich glaube nicht, dass er zurückkommt, um seine Frau auszulösen. Nicht bei dem, was ich von ihm will.«

»Warum dann dieser Überfall?«, fragte Dale.

»Eine berechtigte Frage, Mister Anderson«, sagte Ramos. »Ich werde sie Ihnen gern beantworten. Sehen Sie, ich habe Erkundigungen eingezogen; nicht nur über Professor Corda, sondern auch über Sie und Mister Garson hier. Was ich von Ihnen will, ist ganz einfach: Professor Corda ist seit gestern Morgen verschwunden und es war mir trotz aller Mühe nicht möglich, ihn aufzuspüren. Aber ich denke, es gibt jemanden unter uns, dem es gelingen wird.«

»Ich habe keine Ahnung, wo er sein könnte«, beteuerte Marian.

Ramos schüttelte lächelnd den Kopf. »Ich rede nicht von Ihnen, meine Liebe«, sagte er. Dann drehte er sich wieder zu Thor und blickte aus seinen unheimlichen blinden Augen auf ihn herab. »Ich denke, wir haben uns verstanden.«

Thor schwieg.

»Wovon reden Sie überhaupt?«, fragte Dale verwirrt.

Diesmal war es Thor, der an Ramos' Stelle antwortete: »Er will, dass ich Stanley finde«, sagte er. »Und ich schätze, er wird euch beide so lange hierbehalten, bis ich zurück bin.«

Ramos klatschte spöttisch in die Hände. »Ich sehe, ich habe mich nicht in Ihnen getäuscht, Mister Garson«, sagte er lächelnd. »Und ich bin ziemlich sicher, dass Sie mich auch weiterhin nicht enttäuschen werden. Zumal ich Ihnen genau drei Tage gebe, Professor Corda zu finden, bevor ich damit beginne, Ihrem Freund zuerst die Finger und dann die Zehen abzuschneiden. Jeden Tag ein Stück.«

Dale sog scharf die Luft ein und Marian stieß einen leisen Schrei aus. Thor blickte den blinden Verbrecher durchdringend an. Ramos lächelte noch immer, aber es war das kälteste, böseste Lächeln, das Thor jemals gesehen hatte. Drohungen wie diese hatte er schon mehr als ein Mal gehört, sogar noch schlimmere. Aber er wusste, dass Ramos seine Worte ernst meinte.

»Drei Tage sind zu wenig«, sagte er. »Ich –«

»Drei Tage«, unterbrach ihn Ramos, »und den Rest von heute – ich will ja nicht kleinlich sein. Und falls es Sie noch ein wenig anspornt, lassen Sie sich gesagt sein, dass ich mit Mrs Corda weitermachen werde, wenn ich Ihren Freund in Stücke geschnitten habe und Sie nicht zurück sind.«

»Er blufft!«, behauptete Dale.

»Nein«, sagte Thor ruhig. »Das tut er nicht.«

»Das tue ich in der Tat nicht, Mister Anderson«, sagte Ramos ruhig. »Ich versichere Ihnen, dass ich niemals lüge. Aber ich habe mit dieser Reaktion gerechnet. Nur um Sie davon zu überzeugen, dass ich es ernst meine –« Er drehte sich halb um und gab den beiden Männern hinter sich einen Wink. »Bringt ihn her.«

Die beiden verschwanden für einen Moment in der Dunkelheit, und als sie zurückkamen, führten sie einen dritten, zappelnden Schatten zwischen sich. Als sie näher kamen, erkannte Thor, dass es sich um Rogers handelte. Wie er selbst, Dale und Marian war auch der Hehler an Händen und Füßen gefesselt, trug aber zusätzlich einen Knebel, der so fest angelegt war, dass er kaum Luft bekam. Er wehrte sich ebenso heftig wie erfolglos gegen den Griff der beiden Gangster und seine Augen waren groß und weit aufgerissen vor Angst.

Ramos wandte sich wieder um und blickte in die Richtung, aus der Dales Stimme gekommen war. »Sie denken, ich bluffe?« Er lächelte kalt. »Bringt ihn um.«

»Nein!«, rief Thor. »Warum –?«

Rogers bäumte sich noch einmal mit verzweifelter Kraft auf, denn auch er hatte Ramos' Befehl gehört. Aber seine Gegenwehr war sinnlos. Während der Riesenkerl ihn nun allein festhielt, zog der kleinere ein Klappmesser aus der Jacke, ließ die Klinge herausschnappen und stieß sie Rogers mit einer fast gemächlichen Bewegung ins Herz. Der erschlaffte im Griff des Riesen und fiel reglos zu Boden, als dieser ihn losließ.

Marian wandte sich mit einem wimmernden Laut ab, während Dale und Thor Ramos fassungslos anstarrten. »Warum ... warum haben Sie das getan?«, flüsterte Thor schließlich. »Das ... das war völlig sinnlos, Ramos.«

»Vielleicht«, antwortete Ramos ruhig. »Aber wenn es Sie beruhigt, Mister Garson: Es ist nicht besonders schade um ihn. Er war eine Kreatur, die den Tod schon lange verdient hatte.«

Thor starrte ihn fassungslos an. Es war nicht das erste Mal, dass er dem Tod begegnete. Es war nicht einmal das erste Mal, dass er Zeuge eines Mordes wurde. Aber er hatte selten erlebt, dass ein Mensch so kalt und fast beiläufig umgebracht wurde; völlig sinnlos, nur um einer überflüssigen Machtdemonstration willen. Er hörte, wie Dales Atem hinter ihm schneller ging und Marian mit immer weniger Erfolg gegen ein Schluchzen ankämpfte, aber er drehte sich nicht zu ihnen um, sondern starrte weiter Ramos an. Und obwohl die blinden Augen des Verbrechers nichts anderes als ewige Dunkelheit sehen konnten, schien Ramos seinen Blick zu spüren, denn nach einer Weile verzogen sich seine Lippen zu einem dünnen, bösen Lächeln.

»Ich sehe, wir haben uns verstanden, Mister Garson«, sagte er.

Thor *hatte* verstanden. Und trotzdem und wider besseres Wissen versuchte er es noch einmal. »Hören Sie, Ramos«, sagte er eindringlich. »Wir wissen nicht, wo Stan ist. Aber ich gebe Ihnen mein Wort, dass ich es Ihnen sagen werde, wenn ich es herausfinde. Lassen Sie Marian und Dale laufen und ich finde Corda, das verspreche ich Ihnen.«

Ramos lachte leise. »Für wie dumm halten Sie mich, Mister Garson?«, fragte er.

»Ich –«, begann Thor. Aber er kam nicht dazu, weiterzureden, denn Ramos machte eine blitzschnelle, kaum sichtbare Bewegung mit der linken Hand und einer seiner beiden Schläger trat vor und versetzte Thor eine Ohrfeige, die ihn hilflos nach hinten und auf den Betonboden stürzen ließ. Bunte Sterne tanzten vor seinen Augen und der Geschmack seines eigenen Blutes füllte plötzlich seinen Mund.

»Denken Sie daran, Mister Garson«, sagte Ramos. »Drei Tage – von morgen früh an gerechnet.«

Obwohl er nach den Ereignissen der letzten Tage eigentlich bereits Übung im Niedergeschlagenwerden hätte haben müssen, erwachte Thor auch das nächste Mal wieder mit den schlimmsten Kopfschmerzen seines Lebens. Helles Sonnenlicht stach wie Nadeln in seine Augen, als er die Lider hob, und in seinem Hinterkopf saß ein hässlicher Zwerg und schwang einen gewaltigen Schmiedehammer. Thor vermutete, dass es wohl der gleiche Zwerg wie am Abend zuvor war; schon weil es die gleiche Faust gewesen war, die ihn auf die gleiche Art und Weise ins Land der Träume befördert hatte.

Immerhin, dachte er sarkastisch, hatte er eine gute Chance, dass es nicht noch schlimmer werden konnte. Wenn er Ramos' Riesenbaby noch ein paarmal auf die gleiche Weise begegnete, würde er mit Sicherheit bald eine Hornhaut im Nacken haben.

Vorsichtig versuchte er sich aufzusetzen. Das Hämmern in seinem Schädel hielt an, aber er registrierte jetzt zumindest, wo er war – nicht mehr in Ramos' Lagerhalle, sondern in seinem eigenen, total verwüsteten Wohnzimmer.

Stöhnend hob er die Hände, verbarg für einen Moment das Gesicht zwischen den Fingern und wartete darauf, dass das dumpfe rhythmische Dröhnen zwischen seinen Schläfen endlich nachließ. Aber es geschah nicht, und nach einigen weiteren Sekunden begriff er endlich, warum das so war. Das Hämmern war nicht *in* seinem Schädel, sondern es kam von außerhalb – von der Tür. Mit einer Bewegung, auf die sein misshandelter Kopf mit neuerlichen wütenden Schmerzen und einem heftigen Schwindelgefühl reagierte, sah er auf, überlegte einen Moment und stemmte sich dann unsicher in die Höhe. Thor war noch viel zu benommen, um überhaupt darüber nachzudenken, wer dort vor der Tür stehen mochte; aber das Klopfen klang hektisch. Mehr taumelnd als gehend schleppte er sich zur Tür, brauchte zwei Versuche, um den Knauf zu ergreifen und herumzudrehen, und zog sie einen Spaltbreit auf.

Einen Sekundenbruchteil später wurde sie mit einem Ruck, der ihn um ein Haar aus dem Gleichgewicht gebracht hätte, vollends aufgestoßen und Pat und Patachon marschierten herein. Während der Kleine einfach an ihm vorüberstampfte und sich mit einer Mischung aus Misstrauen und kaum verhohlener Schadenfreude in dem verwüsteten Zimmer umsah, schlug Reuben die Tür mit einem Knall wieder zu, der Thors Schädel vollends zum Platzen zu bringen schien, und baute sich herausfordernd vor ihm auf.

»Guten Morgen, Mister Garson«, sagte er mit ironischer Betonung.

»Was soll an diesem Morgen gut sein?«, nuschelte Thor. Er hob die Hand, presste Daumen und Zeigefinger für einen Moment auf die Augen und versuchte den Schmerz wegzublinzeln, ohne dass es ihm gelang.

»Das muss ja eine wüste Party gewesen sein, gestern Abend«, sagte Henley gehässig. Er drehte sich um und blickte Thor herausfordernd an. »Oder hatten Sie Besuch?«

»Möglicherweise Besuch, der uns interessiert?«, fügte Reuben hinzu.

Thor schenkte den beiden einen bösen Blick, tastete sich unsicher zur Küche vor und versuchte mit zitternden Händen den Gasherd in Gang zu setzen, um einen Kaffee zu kochen. Reuben sah ihm einen Moment lang dabei zu, schob ihn dann mit einem wortlosen Kopfschütteln beiseite und entzündete die Flamme mit einem kleinen goldenen Feuerzeug, das er aus seiner Tasche zog. Offensichtlich war er zu dem Schluss gekommen, dass Thor im Moment gute Chancen hatte, das Haus in die Luft zu sprengen.

Thor lächelte dankbar und etwas gequält, nahm die Dose mit bereits gemahlenem Kaffee vom Bord und versuchte vergeblich mit zitternden Fingern den Verschluss zu öffnen. Reuben schüttelte abermals den Kopf, nahm ihm die Dose aus der Hand und übernahm auch diese Arbeit.

Thor sah ihm mit wachsender Verwunderung zu. »Woher diese plötzliche Freundlichkeit?«

»Setzen Sie sich hin, Mister Garson«, sagte Reuben. »Ich mache das hier schon.«

Thor verzichtete auf eine Antwort, sondern tat, was der FBI-Mann ihm geraten hatte, und schleppte sich ins Wohnzimmer zurück.

Je klarer sein Kopf wurde, desto deutlicher begriff er das Ausmaß der Verwüstung seiner Wohnung. Es waren nicht nur die Spuren eines Kampfes, die er sah. Mit Ausnahme der Couch, auf der er erwacht war, waren sämtliche Möbelstücke umgeworfen und zum größten Teil zu Bruch gegangen. In den Regalen stand kein einziges Buch mehr und selbst die Bilder waren von den Wänden gerissen worden. Offensichtlich hatten Ramos' Männer ihrer Zerstörungswut freien Lauf gelassen.

»Sie sehen nicht gut aus, Mister Garson«, sagte Henley.

»Wenn ich so aussehe, wie ich mich fühle«, murmelte Thor, »dann muss ich entsetzlich aussehen.«

»Das tun Sie tatsächlich«, erwiderte Henley sehr ernst. »Soll ich Ihnen einen Arzt rufen?«

Thor widerstand im letzten Augenblick der Versuchung, den Kopf zu schütteln, und beließ es bei einem gemurmelten Nein.

Henley zog zweifelnd die Augenbrauen zusammen, sagte aber nichts darauf, sondern steckte nur die Hände in die Jackentaschen und sah sich weiter mit gerunzelter Stirn um. »Ramos?«, fragte er schließlich.

Einige Sekunden lang zögerte Thor noch. Dann begriff er, wie sinnlos es wäre, weiter den Unwissenden zu spielen. »Was wissen Sie von Ramos?«, fragte er.

»Wahrscheinlich mehr als Sie, Mister Garson«, antwortete Reuben, der in diesem Moment, eine Kanne Kaffee und drei Tassen balancierend, aus der Küche kam. Er lud seine Last klirrend auf dem Tisch ab, sah sich vergeblich nach einer heil gebliebenen Sitzgelegenheit um und fuhr nach einer Pause fort: »Wenn Sie uns gleich alles erzählt hätten, was Sie wissen, Mister Garson, dann wäre Ihnen das hier vermutlich erspart geblieben. Und Ihre Kopfschmerzen auch.«

»Vermutlich«, gestand Thor kleinlaut. »Ich glaube, es ist an der Zeit, mich zu entschuldigen.«

»Vergessen Sie es«, sagte Henley. Er lächelte schief. »Wissen Sie, wir sind das gewöhnt – die Leute misstrauen uns meistens. Anscheinend ist das das Schicksal aller Polizisten. Die wenigsten begreifen, dass wir auf ihrer Seite stehen.«

Thor langte unsicher nach der Tasse Kaffee, die Reuben ihm eingeschenkt hatte, nahm einen gewaltigen Schluck und wartete, bis die belebende Wirkung des Getränks einsetzte. Seine Kopfschmerzen wurden dadurch eher noch schlimmer, aber das Denken fiel ihm jetzt trotzdem leichter. Zumindest leicht genug, um sich einzugestehen, dass er sich – sehr vorsichtig ausgedrückt – den beiden gegenüber zum Narren gemacht hatte. »Wer ist dieser Ramos?«

Auch Reuben nahm einen Schluck Kaffee und verzog das Gesicht, sodass Thor nicht sagen konnte, ob die Grimasse von dem Getränk oder dem Namen herrührte, den er gehört hatte. »Ein ziemlich übler Bursche«, sagte er. »Wir wissen noch nicht besonders viel über ihn – aber was wir wissen, reicht schon.«

»Er ist hier so etwas wie der ungekrönte Unterweltkönig«, fügte Henley hinzu. »Es gibt im Umkreis von fünfzig Meilen kaum ein krummes Geschäft, in dem er nicht seine Finger drinhat. Angefangen von Marihuana bis hin zu einem gekauften Killer können Sie alles von ihm haben – wenn Sie ihn bezahlen können.«

Reuben stellte seine Tasse ab und sah Thor auf einmal ernst und fast besorgt an. »Sie haben Glück, dass Sie noch am Leben sind, Mister Garson«, sagte er. »Wenn auch nur die Hälfte von dem stimmt, was wir über Ramos wissen, dann zählt für ihn ein Menschenleben nicht viel.«

»Ich weiß«, sagte Thor.

Die beiden FBI-Männer tauschten einen verblüfften Blick. »Sie haben ihn zu Gesicht bekommen?«, fragte Henley.

Thor nickte.

»Dann haben Sie uns etwas voraus«, fügte Reuben hinzu. »Wir wissen nicht einmal, wie er aussieht.«

»Oh, da haben Sie nicht viel versäumt«, murmelte Thor und rettete sich durch einen weiteren Schluck aus seiner Tasse davor, weitersprechen zu müssen.

»Was wollte er von Ihnen?«, fragte Henley.

»Dasselbe wie Sie«, antwortete Thor. »Wissen, wo Professor Corda ist.«

»Haben Sie es ihm gesagt?«, fragte Reuben.

»Ich *weiß* es nicht«, antwortete Thor gereizt.

»Und selbstverständlich hätten Sie es ihm auch nicht gesagt, *wenn* Sie es wüssten«, sagte Reuben spöttisch.

Thor starrte ihn böse an. »Das hätte ich sogar ganz bestimmt«, antwortete er.

Reubens Gesicht verdüsterte sich. »Wieso?«

»Weil er Marian hat«, antwortete Thor. »Und Professor Anderson.«

Für einige Sekunden wurde es still. Reuben sah plötzlich sehr aufmerksam aus, während Henley ehrlich betroffen wirkte.

»Was soll das heißen?«, fragte Reuben schließlich.

»Genau das, was ich gesagt habe«, knurrte Thor. »Seine Männer haben Dale Anderson und Marian Corda entführt. Und er hat mir drei Tage Zeit gegeben, Stanley Corda zu finden. Oder er wird sie beide umbringen.«

»Entführt?«, vergewisserte sich Reuben noch einmal.

Thor war ein wenig verwirrt. Der FBI-Mann sah überhaupt nicht erschrocken oder zumindest betroffen aus, sondern beinahe zufrieden.

»Ja«, bestätigte Thor. »Warum fragen Sie?«

»Weil uns das die Möglichkeit gibt, ganz anders vorzugehen«, antwortete Henley an Reubens Stelle. »Vergessen Sie nicht – wir sind FBI-Beamte. Unsere Befugnisse sind trotz allem beschränkt. Aber in einem Fall von Kidnapping können wir die örtliche Polizei übergehen. Wir finden Ihren Freund und Mrs Corda, keine Sorge. Wo ist das Telefon?«

Thor deutete mit einer Kopfbewegung auf das, was einmal sein Schreibtisch gewesen war. »Irgendwo dort«, sagte er.

Henley stand auf und begann unter durcheinandergeworfenen Papieren und zerrissenen Büchern nach dem Telefon zu suchen.

Thor sah ihm einen Moment lang dabei zu, ehe er sich wieder an Reuben wandte. »Was hat ein Mann wie Stanley Corda mit Ramos zu tun?«

»Das fragen wir uns auch«, antwortete Reuben. »Wir …« Er zögerte. Einige Sekunden lang sah er seinen Kollegen fast hilflos an und Thor entging keineswegs das stumme Zwiegespräch, das sie in dieser Zeit führten. Dann nickte Henley fast unmerklich. Reuben atmete tief und hörbar ein und begann von Neuem.

»Wir werden ganz offen zu Ihnen sein, Mister Garson. Jedenfalls soweit uns das möglich ist. Es geht hier wahrhaftig nicht um ein paar gestohlene Kunstgegenstände oder ein ausgeräumtes Pharaonengrab. Wir wissen selbst noch nichts Genaues, aber es ist durchaus möglich, dass es sich um eine Angelegenheit von nationalem Interesse handelt. Ich muss Sie also zu absolutem Stillschweigen verpflichten.«

»Woher dieses plötzliche Vertrauen?«, fragte Thor, ohne direkt auf Reubens Worte einzugehen.

Der FBI-Mann wirkte jetzt doch ein bisschen verlegen. »Nach unserem letzten Gespräch haben wir Erkundigungen über Sie eingezogen, Mister Garson«, sagte er. »Wir wissen inzwischen, wer Sie sind, und vor allem, *was* Sie sind. Sie haben einige einflussreiche Gönner in hohen Positionen.« Er räusperte sich. »Man erwähnte, dass Sie der Regierung vor kurzer Zeit einen großen Dienst erwiesen hätten. Einzelheiten hat man mir nicht mitgeteilt, aber ich denke, wir können Ihnen vertrauen.«

Henley hatte endlich das Telefon gefunden und begann eine Nummer zu wählen. Reuben trank umständlich einen weiteren Schluck Kaffee, ehe er fortfuhr. »Was immer Professor Corda gefunden oder entdeckt oder gestohlen oder was auch immer hat, es muss sich um eine große Sache handeln.«

Thor fuhr sich demonstrativ mit der Hand über den schmerzenden Nacken. »Den Eindruck hatte ich auch.«

Reuben schüttelte den Kopf. »Ich meine groß im wortwörtlichen Sinne«, sagte er. »Henley und ich waren nicht ganz untätig in den letzten Tagen. Wir wissen immer noch nicht, welche Rolle Ramos in dieser ganzen Angelegenheit spielt, aber wir wissen immerhin, was Professor Corda von ihm wollte.«

»Und was?«, fragte Thor, als Reuben nicht von sich aus weitersprach.

Der FBI-Mann zuckte mit den Schultern. »Wenn ich es richtig sehe«, sagte er, »dann ist es die Ausrüstung für eine Expedition.«

Thor sah ihn fragend an.

»Werkzeuge, Lebensmittel, Zelte, Waffen …«

»Und eine kleine Armee«, fügte Henley hinzu.

»Wie bitte?«

Reuben nickte betrübt. »Er hat sich ein Dutzend ziemlich üble Burschen von Ramos besorgen lassen«, sagte er. »Söldner, um genau zu sein. Ich nehme an, Sie kennen diese Art von Männern – Typen, die für Geld alles tun.«

Thor schwieg verwirrt. Söldner? Es fiel ihm schwer, Reuben zu glauben. Er mochte Corda nicht, aber das, was der FBI-Mann da behauptete, klang einfach unglaublich. Stanley Corda war immerhin Professor. Zwar jemand, der sich schon mal an archäologischen Funden bereicherte, aber gewiss niemand, der mit einem bewaffneten Trupp aufbrechen würde, um etwas zu rauben.

Doch dann erkannte er den Fehler in seinen Gedankengängen. Sie sprachen ja nicht über einen x-beliebigen Schatz. Was Corda gefunden hatte, das war kein altes Königsgrab, sondern El Dorado, das sagenumwobene Goldland. Vielleicht stimmte es ja, dass jeder Mensch seinen Preis hat.

Henley hatte seine Nummer gewählt und begann mit leiser, sehr bestimmter Stimme zu sprechen, ohne dass Thor genau verstehen konnte, was er sagte. »Wenn Sie das alles wissen«, wandte er sich an Reuben, »dann wissen Sie ja vielleicht auch, wohin Stan wollte.«

»Natürlich«, antwortete Reuben. »Er hat für sich, seine zwölf Begleiter und die Ausrüstung eine Schiffspassage nach São Paulo gebucht. Für den einundzwanzigsten.«

»Das ist in einer Woche.«

»Ich weiß«, antwortete Reuben leicht ungeduldig. »Aber Corda ist seit zwei Tagen verschwunden. Ebenso wie die Männer, die er angeheuert hat. Und die komplette Ausrüstung. Offenbar hat er Ramos nicht getraut. Die Passage und alles andere diente nur dem Zweck, ihn über sein wahres Ziel zu täuschen.«

»Aber dreizehn Männer und ein ganzer Lastwagen voll Ausrüstung können doch nicht einfach so verschwinden«, sagte Thor.

»Genau dasselbe dachte Ramos offensichtlich auch«, antwortete Reuben. »Aber er hat sich getäuscht. Sie sind allesamt wie vom Erdboden verschluckt.«

Henley hatte sein Telefongespräch beendet und kam zu ihnen herüber. »In spätestens drei Stunden wimmelt es hier von FBI-Beamten«, sagte er. »Wir finden Mrs Corda und Mister Anderson, keine Sorge.«

Thor war in diesem Punkt nicht ganz so optimistisch. Wenn er eines bei seinem ersten Zusammentreffen mit Ramos begriffen hatte, dann, dass dieser Mann vielleicht durch und durch schlecht, aber auch sehr intelligent war. Er war hundertprozentig davon überzeugt, dass Ramos sein Haus beobachten ließ.

»Sicher«, sagte Reuben, als Thor ihm seine Besorgnis mitteilte. »Sie stehen auf der anderen Straßenseite. Zwei Trottel in einem alten Ford, die sich einbilden unsichtbar zu sein.«

»Und Sie unternehmen nichts?«, wunderte sich Thor.

Reuben lächelte. »Warum sollten wir? Solange *sie* nicht wissen, dass *wir* wissen, dass *sie* da sind, sind sie nicht gefährlich. Im Gegenteil.«

»Aha«, meinte Thor.

»Wir lassen die beiden außerdem beobachten«, fügte Henley erklärend hinzu. Er sah auf die Uhr. »Sie sollten sich allmählich fertig machen, Mister Garson. Ihre Vorlesung beginnt in einer knappen Stunde. Solange Ramos nicht weiß, dass Sie mit uns zusammenarbeiten, müssen Sie sich ganz normal benehmen.«

Reuben stand auf. »Wir gehen jetzt«, sagte er. »Oder – noch besser – werfen Sie uns raus. Aber so, dass diese beiden Trottel dort drüben es sehen.«

»Wir wollen doch nicht, dass unser Freund Ramos am Ende denkt, Sie würden mit uns zusammenarbeiten«, fügte Henley hinzu. Er lächelte, aber seine Augen blieben kalt wie Glas und Thor las eine unausgesprochene Frage darin. Er beantwortete sie nicht.

Tatsächlich fiel es ihm nicht sehr schwer, die beiden FBI-Männer so demonstrativ aus dem Haus zu werfen, dass selbst ein Blinder begreifen musste, dass sie *nicht* unbedingt seine Freunde waren. Und er war nicht einmal selbst ganz sicher, ob er den Zorn in seiner Stimme und seinen Gesten tatsächlich nur gespielt hatte.

Er hatte eine weitere Tasse des entsetzlichen Kaffees hinuntergewürgt, den Reuben gebraut hatte, bis ihm endlich einfiel, dass es Samstag war und es somit keine Vorlesung gab, zu der er pünktlich erscheinen musste. Aber die Vorstellung, die nächsten Stunden mit nichts anderem zu verbringen, als darauf zu warten, dass das Telefon klingelte oder die FBI-Männer zurückkamen, war ihm schier unerträglich. Außerdem wusste er einfach, dass es für Marian und Dale keine Rettung gab, wenn er sich auf Pat und Patachons Methoden verließ. Er zweifelte nicht an den Fähigkeiten der beiden FBI-Beamten, aber er spürte, dass sie bei Ramos versagen würden.

Der Mann war mehr als ein Verbrecher. Er war verrückt, ein Wahnsinniger ohne die Spur eines Gewissens, der nicht nur körperlich, sondern auch geistig verkrüppelt war. Aber er war zugleich auch hochintelligent und auf eine subtile Art gefährlich. Auf eine Art, die auch Thor nicht mit Worten beschreiben konnte, die er aber überdeutlich gespürt hatte. Selbst jetzt lief ihm noch ein eisiger Schauer über den Rücken, wenn er an sein Zusammentreffen mit dem Blinden dachte.

Und außerdem war es nie seine Art gewesen, einfach dazusitzen und die Hände in den Schoß zu legen. Er musste irgendetwas *tun.* Aber was?

Unschlüssig und nervös ging er zur Tür, schob die Gardine vor dem schmalen Fenster daneben behutsam ein Stück zur Seite und sah auf die Straße hinaus. Er entdeckte Ramos' Männer sofort. Sie waren noch da und benahmen sich tatsächlich so ungeschickt und auffällig, wie Reuben behauptet hatte. Doch eigentlich, fand Thor, war das sehr sonderbar. Ramos war alles andere als ein Dummkopf. Wenn er ihn beschatten ließ, dann bestimmt von Männern, die ihren Job verstanden. Diese beiden Trottel dort drüben benahmen sich so ungeschickt, dass man schon blind hätte sein müssen, um sie nicht zu bemerken.

Es sei denn, er *sollte* sie sehen.

Noch einmal und aufmerksamer ließ er seinen Blick über die Straße schweifen. Aber er entdeckte nichts Auffälliges. Wenn Ramos einen dritten Mann geschickt hatte, um ihn zu beobachten, dann war dieser tatsächlich sehr viel geschickter als die beiden in dem Wagen dort drüben.

Thor ließ die Gardine wieder zurückgleiten, trat von der Tür weg und sah sich in seinem total verwüsteten Wohnzimmer um. Er war plötzlich nicht mehr sicher, ob diese Verheerung hier wirklich nur Ausdruck bloßer Zerstörungswut war. Ramos' Leute hatten tatsächlich alles kurz und klein geschlagen, was sich irgendwie zerstören ließ, aber wenn man genauer hinsah, dann erkannte man auch, dass sie dieses Zimmer – ebenso wie den Rest der Wohnung – bis auf den letzten Winkel durchsucht hatten. Aber warum? Und vor allem – wonach?

Er wusste die Antwort, noch bevor er den Gedanken zu Ende gedacht hatte. Und fast im gleichen Moment wusste er auch, was sie alle bisher übersehen hatten.

Es war beinahe schon lächerlich: Die beiden Ganoven in ihrem Wagen strengten sich nicht einmal an, in irgendeiner Weise unauffällig zu sein. Ihr Wagen folgte dem Ford von Thor so dicht, dass er zweimal fast damit rechnete, sie würden auf ihn auffahren. Bei der dritten Ampel, an der Thor halten musste, widerstand er nur noch mit Mühe der Versuchung, auszusteigen und den beiden vorzuschlagen, der Einfachheit halber gleich bei ihm mitzufahren.

Als er den halben Weg zur Universität zurückgelegt hatte, entdeckte er schließlich den zweiten Wagen. Es war ein grauer Kombi mit der Aufschrift einer Wäscherei auf der Seite, der ihnen in sehr großem Abstand und so unauffällig folgte, dass Thor anfangs nicht einmal sicher war, ob es sich tatsächlich um ein zweites Beschatter-Team handelte. Aber der Wagen blieb hinter ihm und seinen Verfolgern, selbst als Thor schließlich vom direkten Weg abwich und willkürlich um ein paar Blocks kurvte. Als er wieder auf die Hauptstraße einbog, entdeckte er den Kombi in einer halben Meile Abstand erneut im Rückspiegel.

Er parkte den Wagen auf der Straße vor der Universität, stieg aus und widerstand diesmal nicht mehr der Versuchung, den beiden Deppen, die ihm folgten, freundlich zuzuwinken, ehe er mit einem großen Schritt über das »Rasen betreten verboten!«-Schild hinwegstieg und quer über die sorgfältig manikürte Wiese auf das Universitätsgebäude zuging. Für einen Moment rechnete er beinahe damit, dass die beiden ihm einfach hinterherfahren würden, aber so weit ging die Dreistigkeit seiner Verfolger dann doch nicht. Als er die Treppe hinaufging und das Gebäude betrat, fuhr der graue Lieferwagen im Schritttempo vorbei und verschwand hinter der nächsten Biegung.

Obwohl Samstag war und die Semesterferien bereits ihre Schatten vorauswarfen, herrschte auf dem Campus und auch hier drinnen ein reges Kommen und Gehen. Studenten bevölkerten die Flure, standen in großen und kleinen Gruppen herum und redeten oder strebten der Bibliothek oder einem der Lesesäle zu. Zweimal bereitete es Thor einige Mühe, nicht in ein Gespräch hineingezogen zu werden, und einmal machte er im letzten Moment eine blitzschnelle Schwenk nach rechts und floh in einen verwaisten Hörsaal, als er Grissams Gestalt am oberen Ende der Treppe vor sich auftauchen sah. Aber schließlich erreichte er doch unbehelligt sein Ziel: Stanley Cordas Büro.

Und diesmal war das Glück ausnahmsweise auf seiner Seite – sogar gleich doppelt: Cordas Büro war nicht abgeschlossen und der makellos aufgeräumte Schreibtisch seiner Sekretärin verriet, dass sie an diesem Morgen nicht zum Dienst erschienen war.

Thor warf einen sichernden Blick den Flur hinauf und hinunter, zog die Tür hinter sich zu und begann dann rasch, aber sehr gründlich Stanley Cordas Schreibtisch zu durchsuchen.

Er brauchte sehr lange dazu, denn das Dutzend Schubladen war bis zum Bersten vollgestopft. Sein anfänglicher Optimismus schwand bald dahin und schlug schließlich in Enttäuschung um, denn er fand nichts, was ihm irgendwie weiterhalf. Wie es aussah, beschränkte sich der Inhalt dieses Schreibtisches ausschließlich auf Cordas Arbeit an der Universität.

Schließlich gab er enttäuscht auf, beseitigte das Chaos, das er angerichtet hatte, so gut er konnte, und ging wieder zur Tür. Er streckte die Hand nach der Klinke aus, zog sie jedoch wieder zurück und drehte sich noch einmal um, um sich diesmal dem Arbeitsplatz von Stans Sekretärin zuzuwenden. Vielleicht …

Er fand fast auf Anhieb, wonach er gesucht hatte, und es

war beinahe schon zu leicht. Auf dem obersten Blatt des aufgeschlagenen Terminkalenders, das das Tagesdatum zeigte, waren eine Telefonnummer und die Worte *Dr. Benson, 14.30 Uhr* notiert.

Aufgeregt streckte Thor die Hand aus, um das Blatt kurzerhand herauszureißen, besann sich dann aber eines Besseren und suchte in der Schublade nach einem Blatt Papier und einem Stift, um sich Telefonnummer und Namen des Arztes aufzuschreiben.

Er hatte keinen Beweis, dass ihm sein Fund weiterhelfen würde, aber er erinnerte sich plötzlich an Reubens Bemerkung, dass mehrere von Stans »Kunden« krank geworden seien.

Thor war so sehr mit seinen eigenen Gedanken beschäftigt, dass er weder das Geräusch der Tür registrierte, die leise hinter ihm geöffnet wurde, ohne wieder geschlossen zu werden, noch die Schritte, die sich ihm ebenso leise näherten und kaum einen Meter hinter ihm stockten.

»Was tun Sie da, Mister Garson?«

Thor fuhr wie von der Tarantel gestochen herum und spannte sich, auf einen Angriff gefasst. Aber hinter ihm standen weder Reuben noch Henley noch einer von Ramos' Schlägern. Trotzdem war ihm der Anblick der dunkelhaarigen, in einen maßgeschneiderten grauen Anzug gehüllten Gestalt mindestens ebenso unangenehm.

»Ich wiederhole meine Frage, Mister Garson«, sagte Grissam. »Was tun Sie da?« Der Blick seiner ärgerlich funkelnden Augen irrte zwischen Thors Gesicht und dem Zettel in seiner rechten Hand hin und her.

»Nichts«, antwortete Thor unsicher.

»Nichts?« Grissams Stirnrunzeln wurde noch stärker. Anklagend deutete er mit dem Zeigefinger auf Thors rechte Hand, die vergeblich versuchte, den kleinen Zettel vor seinen Blicken zu verbergen. »Das da sieht mir nicht nach nichts aus.«

Thor entspannte sich wieder ein wenig und zog eine leichte Grimasse. »Das ist privat«, sagte er.

»Privat, so?« Grissams Zorn erlosch und machte einem überheblichen Lächeln Platz. »Falls es Ihrer Aufmerksamkeit bisher entgangen ist, Mister Garson«, sagte er mit einem süffisanten Grinsen. »Sie befinden sich hier auf dem Gelände der Universität und noch dazu in einem fremden Büro. Nichts, und ich betone, *gar nichts,* was hier vorgeht, ist in irgendeiner Weise privat.« Er streckte herausfordernd die Hand aus. »Bitte händigen Sie mir diesen Zettel aus.«

»Ich sagte bereits, es ist privat«, beharrte Thor stur.

»Und *ich* sagte –«

Grissam kam nicht dazu, den Satz zu beenden, denn in der geöffneten Tür hinter ihm erschienen plötzlich zwei Gestalten. Und auch wenn Grissam sie nicht sah, so registrierte er doch den erschrockenen Ausdruck auf Thors Gesicht und drehte sich instinktiv herum – um mit einem fast komisch klingenden Schreckenslaut einen Schritt zurück und gegen Thor zu prallen, die Hände in Schulterhöhe erhoben. Sein Erschrecken galt allerdings weniger dem Anblick der beiden Männer in der offenen Tür als vielmehr der abgesägten Schrotflinte, mit der einer der beiden auf ihn zielte.

»Was …?«, krächzte Grissam.

»Schnauze!«, unterbrach ihn einer der beiden grob. Es war der mit dem Gewehr. Thor erkannte ihn jetzt als einen der beiden, die ihm im Wagen gefolgt waren. Der unsauber abgesägte Doppellauf der Flinte fuchtelte einen Moment lang vor Grissams Gesicht herum und richtete sich dann auf Thors Magen.

»Aber uns werden Sie Ihren Fund doch aushändigen,

oder?«, fragte er feixend. Sein Zeigefinger fummelte nervös am Abzug herum und Thor versuchte vergeblich, einen Schritt zurück und zur Seite zu machen, um aus der direkten Schusslinie zu gelangen. Es ging nicht. Hinter ihm stand der Schreibtisch und vor ihm Grissam, der noch dazu auf seinem Fuß stand und ihn mit dem Absatz an den Boden nagelte. Der Schmerz trieb Thor fast die Tränen in die Augen.

»Wer … wer sind Sie?«, krächzte Grissam. »Was fällt Ihnen ein –?«

Es schien sein Fluch zu sein, an diesem Morgen keinen Satz zu Ende zu bringen, denn der Bursche mit dem Gewehr schüttelte mit einem lautlosen Seufzen den Kopf, machte eine fast beiläufige Bewegung und rammte Grissam den Lauf seiner Waffe in den Magen. Mit einem schmerzhaften Keuchen klappte der Dekan zusammen, fand im letzten Moment Halt an der Tischkante und blieb gekrümmt und vor Schmerz stöhnend stehen – allerdings noch immer, ohne den Fuß von Thors Zehen zu nehmen.

»Also?«, fuhr der Gangster mit einer herausfordernden Handbewegung fort. »Was haben Sie da, Garson?«

»Das nutzt Ihnen nichts«, sagte Thor. »Was soll dieser Überfall? Ich habe Ramos mein Wort gegeben –«

Auch er wurde unterbrochen. »Vielleicht glaubt Ihnen Mister Ramos aber nicht«, erklärte der Bursche mit dem Gewehr grinsend. »Geben Sie schon her!«

»Damit können Sie überhaupt nichts anfangen«, beharrte Thor auf seiner Einschätzung und vom Flur her fügte eine Stimme hinzu: »Aber wir vielleicht.«

Die beiden Ganoven drehten sich verblüfft um – und erstarrten ebenso wie Grissam vor ihnen, denn nun waren sie es, die direkt in die Läufe zweier großkalibriger Pistolen starrten, die sich vom Korridor her auf ihre Gesichter richteten. Die dazugehörigen Hände ragten aus den Ärmeln maßgeschneiderter dunkelblauer Anzüge, die zwei auffallend große, breitschultrige Gestalten verhüllten. Einer der beiden Männer schob sich jetzt ins Zimmer, wobei er darauf achtete, weder Grissam noch Thor zwischen sich und die beiden Gangster geraten zu lassen, während der andere, seine Pistole unbeirrt weiter auf die Stirn des Mannes mit dem Schrotgewehr (das übrigens noch immer auf Thors Magen gerichtet war) haltend, mit der freien Hand ein schmales Lederetui aus der Tasche zog und es aufklappte. Es enthielt einen Ausweis der gleichen Art, wie Thor ihn schon bei Reuben gesehen hatte.

»FBI?«, fragte Thor überrascht.

Ein flüchtiges Lächeln huschte über das Gesicht des Agenten und erlosch so schnell, wie es gekommen war, während er mit einer gekonnten Bewegung die kleine Ledermappe wieder zuklappte und sie gleichzeitig in der Tasche verschwinden ließ. »Special Agent Reuben war der Meinung, dass es sicherer sei, wenn wir ein bisschen auf Sie aufpassen«, sagte er. Mit einer Kopfbewegung auf die beiden Gangster fügte er hinzu: »Sieht so aus, als hätte er recht gehabt.«

Der graue Lieferwagen, dachte Thor. Er hatte sich also nicht getäuscht.

»Was haben Sie gefunden, Mister Garson?«, fragte der FBI-Mann.

»Das ist wirklich nichts«, sagte Thor. »Ich bin nicht einmal sicher, ob –« Er brach mitten im Wort ab, als hinter dem FBI-Mann ein riesiger Schatten erschien, einen ebenso riesigen Arm von hinten um dessen Hals schlang und ein noch riesigeres Messer mit der Spitze an seine Kehle setzte.

»Eine einzige falsche Bewegung, Freundchen«, sagte eine

Stimme, die ebenso ungeschlacht und grob klang, wie der dazugehörige Körper aussah, »und ich lege dich um.«

Es war Ramos' Leibwächter, der Zweimeterzehn-Riese, mit dessen Fäusten Thor schon unangenehme Bekanntschaft geschlossen hatte.

Für eine halbe Sekunde erstarrte jede Bewegung im Raum. Das Messer des Gangsters war so fest gegen die Kehle des FBI-Agenten gedrückt, dass ein einzelner Blutstropfen aus seiner Haut quoll und in seinem Kragen versickerte, während seine Pistole weiterhin auf die Stirn des Ganoven gerichtet blieb, der mit dem Schrotgewehr auf Thors Magen zielte. Der zweite FBI-Mann und der andere Gangster standen reichlich hilflos daneben und überlegten sichtlich, ob sie sich auf ihren Gegner stürzen oder das Klügere – nämlich gar nichts – tun sollten.

»Wenn Sie zustoßen, erschieße ich Ihren Kumpel«, sagte der FBI-Mann mit dem Messer an der Kehle. Seine Stimme klang krächzend, weil Ramos' Leibwächter seinen Kopf so weit in den Nacken bog, dass er kaum noch Luft bekam.

Der Riese grinste und ritzte seine Haut noch ein bisschen mehr. »Wer sagt, dass mich das stört?«, fragte er.

»Ich«, sagte Reuben, der auf Zehenspitzen hinter dem Riesen erschienen war, holte mit seiner Waffe aus und schlug ihm den Knauf mit aller Kraft in den Nacken. Der Riese stolperte nach vorne, ließ das Messer fallen – allerdings erst, nachdem es einen langen, blutigen Schnitt in der Haut des Agenten hinterlassen hatte – und riss den FBI-Mann dabei halb mit sich. Dessen Pistole entlud sich mit einem ohrenbetäubenden Knall, als sich sein Finger instinktiv um den Abzug krümmte. Die Kugel verfehlte das Gesicht des zweiten Ganoven um Millimeter, sodass der einen erschrockenen Hüpfer zur Seite machte und dabei gegen Grissam, seinen Kumpel und den zweiten FBI-Agenten prallte und den Abzug seiner eigenen Waffe durchzog. Die beiden Schrotladungen sausten so dicht an Thor vorüber, dass er glaubte ihren Luftzug zu spüren, und verwandelten den Schreibtisch hinter ihm in einen Trümmerhaufen. Und dann brach in dem winzigen Büro ein unbeschreibliches Chaos los.

Thor versuchte die Tür zu erreichen, aber er kam nicht weit, denn Ramos' Leibwächter war keineswegs außer Gefecht gesetzt, sondern hatte sich wieder auf die Knie erhoben und rang stumm, aber mit verbissener Wut mit Reuben und Henley zugleich, die sich auf ihn gestürzt hatten. Der Bursche mit dem Schrotgewehr war gegen Grissam getaumelt und hatte ebenfalls Schwierigkeiten, wieder auf die Füße zu kommen, denn der Dekan klammerte sich mit aller Kraft an seine Beine, während der zweite FBI-Beamte und der letzte Ganove hinter dem zertrümmerten Schreibtisch zu Boden gefallen waren und sich ein wütendes Handgemenge lieferten. Thor konnte nicht erkennen, wer von beiden die Oberhand gewann – er sah nur dann und wann eine Faust, ein Bein oder einen anderen Körperteil hinter dem Schreibtisch auftauchen und hörte die Geräusche eines verbissenen Kampfes.

»Garson!«, kreischte Grissam. *»Helfen Sie mir!«* Seine Stimme überschlug sich vor Panik fast. Der Bursche, den er gepackt hatte, versuchte sich loszureißen, aber Grissam klammerte sich mit der puren Kraft der Verzweiflung an seine Knie, zog und zerrte wie besessen daran und biss ihm schließlich herzhaft in die Wade. Der Bursche heulte vor Schmerz auf, versuchte Grissam das Knie ins Gesicht zu rammen, verfehlte ihn und verlor durch die abrupte Bewegung vollends die Balance. Einen Moment lang stand er in einer fast grotesk nach hinten gebeugten Haltung da, dann ließ er sein Gewehr fallen, kippte vollends hintenüber und

schlug schwer auf dem Boden auf. Thor war mit einer blitzartigen Bewegung bei ihm, zerrte ihn am Kragen halb in die Höhe und versetzte ihm einen Schlag auf die Kinnspitze, der ihn die Augen verdrehen und bewusstlos zurücksinken ließ.

Grissam hob stöhnend den Kopf, als Thor neben ihm anlangte. Seine Nase blutete und sein Blick war verschleiert.

»Alles in Ordnung?«, erkundigte sich Thor besorgt.

Grissam nickte, dann weiteten sich seine Augen erstaunt, als er den Bewusstlosen sah, der vor ihm lag. »Den hat es erwischt«, murmelte er fassungslos.

Thor nickte – und duckte sich automatisch, weil er eine Bewegung aus den Augenwinkeln wahrnahm. Etwas Großes, heftig Zappelndes und Schreiendes flog über ihn hinweg, prallte gegen Cordas Besucherstuhl und zertrümmerte ihn. Thor fuhr herum, sah einen der Ganoven hinter Cordas Schreibtisch wieder auftauchen und holte aus, um ihn mit einem Schlag außer Gefecht zu setzen, stolperte aber über den bewusstlosen Gangster zu seinen Füßen und kippte plötzlich hilflos nach vorne. Mit wild rudernden Armen gelang es ihm, seinen Sturz im letzten Moment abzufangen, sodass er sich an den Überresten von Cordas Schreibtisch nicht sämtliche Zähne einschlug, sondern sich nur einen hässlichen Kratzer an der Stirn einhandelte. Aber diese kleine Verzögerung genügte dem Schläger, um mit einem kraftvollen Satz über das Möbelstück zu flanken und Thor an der Kehle zu packen. Brutal riss er ihn in die Höhe, versetzte ihm einen Faustschlag ins Gesicht und holte gerade aus, um Thor die Füße unter dem Leib wegzutreten.

»He!«

Der Gangster wandte verblüfft den Blick, als Grissam ihm die Faust unter das Kinn schlug, aber sofort mit einem

Schmerzensschrei wieder zurücksprang und seine geprellte Hand umklammerte, während der Schläger eher verwirrt als sonderlich beeindruckt dastand.

Doch er war dadurch für den Bruchteil einer Sekunde abgelenkt, und diese winzige Zeitspanne reichte Thor, seinen Griff zu sprengen und ihm seinerseits das Knie in den Magen zu rammen. Der Bursche krümmte sich stöhnend – direkt in Thors zum zweiten Mal hochgerissenes Knie hinein. Mit einem keuchenden Laut prallte er zurück und stürzte unmittelbar vor Grissams Füße.

Der Dekan starrte aus großen Augen auf ihn hinunter, blickte dann wieder seine bereits im Anschwellen begriffenen Fingerknöchel an und schüttelte immer wieder den Kopf. »Na, so etwas«, murmelte er verstört. »Das ist –«

»*Vorsicht!*«

Thor warf sich auf Grissam und riss ihn von den Füßen, kurz bevor Henley, den Ramos' Leibwächter gepackt und wie ein Spielzeug durch die Luft geschleudert hatte, ihn treffen konnte. Aneinandergeklammert stürzten sie zu Boden. Grissam begann abermals zu kreischen, um sich zu schlagen und zu treten, sodass es Thor einige Mühe kostete, sich aus seiner Umklammerung zu befreien und wieder aufzurappeln.

Keine Sekunde zu früh.

Reuben und Henley schienen ihren Gegner kräftig unterschätzt zu haben, denn weder Reubens Schlag mit dem Pistolenknauf noch der gemeinsame Angriff danach hatten den Riesen wirklich außer Gefecht gesetzt. Er taumelte und seine Bewegungen hatten etliches von ihrem Schwung und ihrer Schnelligkeit eingebüßt, aber er hatte immer noch die Kraft eines Ochsen – und er kämpfte jetzt wie ein verwundeter Ochse, was ihn noch gefährlicher machte. Henley lag stöhnend in den Trümmern eines Bücherregals, in das ihn der Riese geschleudert hatte, und Reuben versuchte vergeblich, seine Waffe auf den Gegner zu richten. Die Schläge des Riesen prasselten so schnell und mit solcher Wucht auf ihn ein, dass er alle Mühe hatte, sein Gesicht vor den ärgsten Treffern zu schützen, und hilflos vor dem Tobenden zurückwich.

Thor sprang ihn mit weit ausgebreiteten Armen an, um ihn von den Füßen zu reißen. Der Riese wankte, aber er tat ihm nicht den Gefallen zu stürzen, sondern schüttelte sich nur, sodass Thor, der sich mit Armen und Beinen an ihn klammerte, wild hin und her geschleudert wurde. Aber immerhin verschaffte sein überraschender Angriff Reuben die winzige Atempause, die er brauchte, um aus der Reichweite des Riesen zu gelangen und seine Waffe in Anschlag zu bringen.

»Keine Bewegung mehr!«, schrie er. »Nimm die Hände hoch!«

Der Riese erstarrte für einen halben Atemzug, dann hob er die Arme langsam in Schulterhöhe und trat einen Schritt zurück. Thor, der noch immer an seinem Rücken hing und sich mit Armen und Beinen an ihm festklammerte, schien er nicht einmal zu bemerken.

»Zurück!«, befahl Reuben, während er sich mit der linken Hand das Blut aus dem Gesicht wischte, das aus seiner Nase und seinen aufgeplatzten Lippen lief. »Weiter zurück! Und keine falsche Bewegung!«

Ramos' Leibwächter folgte den Anweisungen, streckte dabei die Arme noch mehr in die Höhe und packte plötzlich die sechsarmige Lampe, die über Cordas Schreibtisch hing. Ohne sichtbare Anstrengung riss er sie herunter, um sie auf den FBI-Agenten zu schleudern.

Reuben entging dem Wurfgeschoss mit einem verzweifelten Satz und fiel schwer auf Hände und Knie. Die Pistole entglitt seinen Fingern und flog polternd davon. Der Riese sprang schon wieder mit einem zornigen Knurren auf ihn zu und trat nach seinem Gesicht. Er hätte zweifellos getroffen und Reuben das Genick gebrochen, hätte Thor nicht in diesem Moment beide Arme von hinten um seinen Hals geschlungen und sich mit aller Kraft zurückgeworfen. Und das war selbst für diesen Burschen zu viel.

Er keuchte vor Schmerz und Wut, taumelte zurück und versuchte diesen lästigen Gegner von seinem Rücken herunterzupflücken. Seine Finger fuhren über Thors Schultern und Hals und hinterließen brennende Kratzer auf seiner Haut, aber Thor verdoppelte nur seine Anstrengungen, den Kopf des Burschen in den Nacken zu drücken und ihm so die Luft abzuschnüren.

Reuben stemmte sich unsicher in die Höhe, ballte die Fäuste und stürmte los – direkt in einen Fußtritt des Riesen hinein, der ihn zum zweiten Mal – und jetzt am Rande zur Bewusstlosigkeit – in die Knie gehen ließ.

Aber der Tritt raubte auch Ramos' Leibwächter endgültig das Gleichgewicht. Hilflos und wie ein Stein stürzte er.

Nach hinten.

Thor hatte das Gefühl, unter einem zusammenbrechenden Wolkenkratzer begraben zu werden, als der Gigant zu Boden fiel und ihn dabei unter sich begrub. Bunte Sterne tanzten vor seinen Augen. Er konnte hören (und noch viel deutlicher *spüren*), wie seine Rippen knackten und jedes bisschen Luft aus seinen Lungen gepresst wurde. Trotzdem klammerte sich Thor weiter mit aller Kraft an seinen Gegner.

Ramos' Leibwächter warf sich wütend hin und her und versuchte ihn mit seinem bloßen Körpergewicht zu zerquetschen, doch gleichzeitig drückte ihm Thor mit aller Kraft beide Daumen gegen die Halsschlagadern.

Der Riese bäumte sich erneut auf, als er begriff, was Thor vorhatte. Mit einer schier unvorstellbaren Kraftanstrengung stemmte er sich auf die Füße, wobei er Thor einfach mit sich zog, und versuchte mit wild grapschenden Händen Thors Haar zu packen, um ihn von sich herunterzureißen. Aber seine Bewegungen erlahmten bereits und seine Hände fuchtelten eher ziellos durch die Luft. Er taumelte, machte einen schwerfälligen Schritt, fiel auf ein Knie und stemmte sich noch einmal in die Höhe, während Thors Daumen weiterhin die Blutzufuhr zu seinem Gehirn unterbrachen.

Noch einmal sammelte er all seine Kraft und stieß einen Ellbogen mit aller Gewalt nach hinten, sodass sich Thor mit einem Schmerzenslaut krümmte und abermals bunte Sterne vor seinen Augen tanzten. Doch er wusste auch, dass es sein sicheres Todesurteil sein würde, wenn er jetzt losließe, und so verstärkte er seinen Druck nur noch mehr.

Ramos' Leibwächter begann zu zittern. Thor spürte, wie die Kraft aus seinen Gliedern wich. Er taumelte, sank ganz langsam auf die Knie und begann nach vorne zu kippen. In diesem Moment erschien Grissam vor ihm, stieß einen fast lächerlich klingenden Schrei aus und schlug ihm die Handkante gegen den Hals – genauer gesagt: gegen Thors linken Daumen, der sich noch immer tief in die Haut des Riesen bohrte. Thor stöhnte vor Schmerz auf und zog instinktiv die Hand zurück, aber der Riese verlor bereits endgültig das Bewusstsein und fiel aufs Gesicht.

Auch Thor wankte. Er hatte plötzlich Mühe, auf den Beinen zu bleiben. Halt suchend griff er um sich, bekam die Kante des Schreibtisches zu fassen und klammerte sich daran. Das Zimmer drehte sich vor seinen Augen, seine geprellten Rippen schmerzten höllisch und er schmeckte sein eigenes Blut auf der Zunge. Für einen Augenblick drohten ihm die Sinne zu schwinden. Hilflos sank er neben dem bewusstlosen Riesen auf die Knie, fiel nach vorne und fing den Sturz gerade noch mit den Händen auf.

Als sich seine Sinne wieder klärten, war das Erste, was er erblickte, Grissams Gesicht, das sich besorgt über ihn beugte.

»Alles in Ordnung, Mister Garson?«, fragte der Dekan.

Thor nickte, versuchte auf die Füße zu kommen und schaffte es erst im dritten Anlauf. Das Zimmer drehte sich noch immer wild um ihn, und seine geprellten Rippen schmerzten so höllisch, dass er es kaum fertigbrachte zu atmen.

»Das war verdammt knapp«, sagte Grissam. »Großer Gott – dieses Monster hätte Sie glatt umgebracht, wenn ich nicht dazwischengegangen wäre.«

Thor war nicht ganz sicher, ob er wirklich verstand, was Grissam meinte. Aber er nickte vorsichtshalber, fuhr sich mit dem Handrücken über das Gesicht und spürte warmes, klebriges Blut. Mühsam stolperte er zu Reuben hinüber, ließ sich neben ihm in die Hocke sinken und registrierte erleichtert, dass der FBI-Agent zwar ebenso angeschlagen und benommen wirkte wie er, aber nicht ernsthaft verletzt zu sein schien.

»Alles okay?«, fragte Thor besorgt, als Reuben sich stöhnend zum zweiten Mal aufsetzen wollte und abermals zurücksank.

»Ja«, murmelte der FBI-Mann. Langsam hob er die Hand und tastete mit zusammengebissenen Zähnen behutsam mit den Fingerspitzen über das Gesicht, als müsse er sich davon überzeugen, dass noch alles vorhanden und an seinem angestammten Platz war. »Was war das? Eine Dampfwalze?«

Thor lächelte flüchtig, aber ehe er noch antworten konnte, sah er eine Bewegung am Rand seines Gesichtsfelds und hörte ein gedämpftes Stöhnen. Ramos' Leibwächter erwachte wieder!

Hastig beugte er sich vor und begann unter Reubens Jacke herumzusuchen.

»Was tun Sie da?«, fragte Reuben.

»Ich suche ...«, antwortete Thor, ertastete in diesem Moment die Handschellen, die Reuben unter den Gürtel gehakt hatte, und hielt sie mit einem triumphierenden »Das da!« in die Höhe.

Reuben blickte ihn verblüfft an und wollte protestieren, aber Thor drehte sich bereits herum, kroch das kurze Stück zu Ramos' bereits wieder zu Bewusstsein kommenden Leibwächter kurzerhand auf Händen und Knien zurück und versuchte die beiden stählernen Ringe um seine Handgelenke schnappen zu lassen.

Es ging nicht.

Die Handschellen waren ganz normal groß, aber die Handgelenke des Kolosses waren einfach zu dick.

»Was tun Sie da, Mister Garson?«, erklang Grissams Stimme hinter ihm.

Thor ignorierte ihn und versuchte zum zweiten Mal die Handschellen irgendwie zuzubekommen – mit dem einzigen Ergebnis allerdings, dass der Riese sich stöhnend noch heftiger zu bewegen begann und die Augen aufschlug.

»Ich habe Sie gefragt, was Sie da tun!«, erscholl Grissams Stimme erneut. Sie klang schon wieder so überheblich und herrisch wie gewohnt.

Der Riese hob stöhnend den Kopf und blinzelte Thor an. Der ließ hastig die Handschellen fallen, verschränkte beide Hände zu einer einzigen Faust und schlug sie dem Giganten mit solcher Gewalt unter das Kinn, dass er glaubte, jeden einzelnen seiner zehn Finger in eine andere Richtung davonfliegen zu spüren. Ramos' Leibwächter verlor zum zweiten

Mal das Bewusstsein, Thor Garson sank mit einem Schmerzlaut zurück und presste seine pochenden Hände an die Brust, und Grissam sog hörbar die Luft zwischen den Zähnen ein.

»Da hört sich doch alles auf«, ereiferte er sich. »Lassen Sie den Mann in Ruhe, Garson! Was fällt Ihnen ein!«

Thor ignorierte ihn weiterhin, sah sich fast verzweifelt nach irgendetwas um, mit dem er den Riesen fesseln konnte, und zog schließlich dessen Gürtel aus den Schlaufen. Als er seine Handgelenke mit dem breiten Lederband zusammenband, regte der Koloss sich bereits erneut.

Diesmal wartete Thor nicht erst, bis er den Kopf hob, sondern versetzte ihm sofort einen weiteren Kinnhaken – womit er seiner ohnehin lädierten rechten Faust den Rest gab. Den pochenden Schmerzen in seinen Knöcheln nach zu schließen, würde es mindestens eine Woche dauern, ehe er auch nur wieder seinen Namen schreiben konnte.

Grissam keuchte, als stünde er kurz davor, einen Herzschlag zu bekommen. »Sie hören sofort damit auf, diesen Mann zu misshandeln!«, keifte er. »Ich dulde keine sinnlose Gewalt an meiner Universität!«

Thor schenkte ihm einen giftigen Blick, stand auf und ging rasch zu Reuben zurück. Der FBI-Beamte hatte sich in eine halb kniende Position hochgestemmt. Er wirkte noch immer benommen – aber das war Thor im Moment sogar recht.

»Was in drei Teufels Namen geht hier eigentlich vor?«, murmelte Reuben.

»Das möchte ich auch gerne wissen«, fügte Grissam hinzu. »Ich verlange eine Erklärung von Ihnen, Mister Garson.« Anklagend deutete er mit dem ausgestreckten Zeigefinger wie mit einer Waffe auf Reuben. »Und von Ihnen auch!«

Bevor Thor noch antworten konnte, begann sich die Gestalt am Boden schon wieder zu regen. Ein gequältes Stöhnen war zu hören, dann begann sich der Riese aufzurichten. Der lederne Gürtel, mit dem seine Hände zusammengebunden waren, knirschte hörbar, und Reubens Augen weiteten sich ungläubig.

»Passen Sie bloß auf den Kerl auf!«, sagte Thor. »Das Beste wird sein, Sie rufen Verstärkung. Oder vielleicht gleich die Nationalgarde.«

Es war nicht sicher, ob Reuben seinen letzten Ratschlag überhaupt noch gehört hatte, denn während er noch sprach, war er bereits auf dem Flur und raste zur Treppe.

Nicht einmal zehn Minuten später hämmerte Thor Garson mit beiden Fäusten gegen die Tür von Dr. Bensons Praxis, neben der ein kleines Messingschild verkündete, dass sie an Wochenenden sowie während der Semesterferien geschlossen sei. Er hatte die Adresse aus dem nächsten erreichbaren Telefonbuch. In der Einfahrt des kleinen Hauses standen gleich zwei Wagen; außerdem hatte er eine Bewegung hinter einem der Fenster gesehen, als er seinen alten Ford mit quietschenden Bremsen neben dem Haus zum Stehen brachte. Benson – oder irgendjemand sonst – musste also zu Hause sein.

Trotzdem vergingen endlos scheinende Minuten, bis endlich das Geräusch schlurfender Schritte auf Thors ungeduldiges Hämmern antwortete. Er hörte, wie drinnen rasselnd eine Kette vorgelegt wurde, dann öffnete sich die Tür einen Spalt und ein verschrecktes, schmales Zwergengesicht mit einer randlosen Brille lugte zu ihm heraus. »Ja?«

»Doktor Benson?«, begann Thor. Die Frage war im Grunde überflüssig – er hatte sich zwar nicht an den Namen erinnert, erkannte den grauhaarigen alten Mann aber sofort wieder. Er hatte ihn ein paarmal an der Universität gesehen, und wenn er sich recht erinnerte, ein oder zweimal davon im Gespräch mit Stanley Corda.

Benson nickte. Er wirkte noch immer ein bisschen erschrocken. »Ja. Was kann ich für Sie tun? Die Praxis ist –«

»– geschlossen, ich weiß«, unterbrach ihn Thor ungeduldig. Er musste sich beherrschen, nicht immer wieder auf die Straße hinter sich zu sehen. Er benahm sich auch so schon auffällig genug. »Ich weiß«, sagte er noch einmal. »Aber bitte, lassen Sie mich doch hinein. Es ist … sehr wichtig.«

Benson machte keine Anstalten die Tür zu öffnen, sondern blinzelte nur mit noch größerem Misstrauen zu ihm herauf. »Worum geht es?«, erkundigte er sich.

»Mein Name ist Thor Garson. Die Angelegenheit ist … etwas delikat. Es wäre mir wirklich lieber, wenn wir sie nicht auf der Straße besprechen müssten.«

Seine Worte schienen jedoch eher das Gegenteil dessen zu bewirken, was sie sollten: Das kaum erloschene Misstrauen kehrte in Bensons Blick zurück. Er stand geschlagene zwanzig Sekunden da und blickte Thor durchdringend an, bevor er schließlich mit sichtlichem Widerwillen zurücktrat, die Tür schloss und die Kette entfernte. Thor nutzte die winzige Pause, um einen weiteren raschen, sichernden Blick in alle Richtungen zu werfen. Er hatte den Zettel mit Bensons Telefonnummer zwar noch immer sicher in der Jackentasche, aber er rechnete trotzdem nicht damit, dass sein Vorsprung allzu groß war. Wahrscheinlich würde Ramos' Leibwächter Reuben und seine Männer noch eine Weile beschäftigen, aber früher oder später würden sie ihn überwältigt haben und dann – nicht lange danach – würden sie garantiert hier auftauchen.

Thor hatte den Campus kaum verlassen gehabt, als ihm siedend heiß eingefallen war, dass er zwar den Zettel mit seiner Notiz, nicht aber das von Cordas Sekretärin geschriebene Original mitgenommen hatte. Und Pat und Patachon waren vielleicht nicht besonders helle, aber auch nicht so dumm, einen Hinweis zu übersehen, der so offen dalag.

Endlich öffnete Benson die Tür. Thor musste sich beherrschen, um sie nicht mit einem Ruck aufzustoßen und an dem Arzt vorbeizustürmen. Aber es gelang ihm offensichtlich nicht, seine Nervosität ganz zu überspielen, denn Benson musterte ihn weiter mit sehr wachen, sehr misstrauischen Augen, und auch er warf einen langen Blick auf die Straße hinaus, bevor er die Tür schließlich zuschob und mit der anderen Hand eine einladende Geste ins Haus machte.

»Gehen wir in mein Arbeitszimmer, Mister Garson«, sagte er.

»Ihre Praxis wäre mir lieber«, sagte Thor geradeheraus.

»Sind Sie krank?« Benson sah ihn verblüfft an.

»Nein.« Thor lächelte. »Es geht nicht um mich.«

»Sondern?«

»Um Professor Stanley Corda«, antwortete Thor. »Er war in den letzten Wochen bei Ihnen in Behandlung, nicht wahr?«

Es war ein Schuss ins Blaue, aber die Reaktion Bensons bewies ihm, dass er mit seiner Vermutung richtiglag. Allerdings fiel sie völlig anders aus, als Thor gehofft hatte – Bensons angedeutetes Lächeln erlosch völlig und das Misstrauen in seinem Blick machte Ablehnung und Feindseligkeit Platz.

»Ich muss Sie enttäuschen, Mister Garson«, sagte er. »Was immer es ist – ich kann und darf nicht über meine Patienten reden.«

»Das weiß ich«, antwortete Thor. »Aber es …« Er zögerte. Irgendetwas warnte ihn davor, Benson zu belügen. Der Arzt war vielleicht alt und schon ein bisschen zitterig, doch er hatte wache Augen und er schien zu jener Art Menschen zu gehören, die jede Lüge schon im Ansatz durchschauten. »Es geht um Leben und Tod«, sagte er schließlich. »Und das im wahrsten Sinne des Wortes, Doktor Benson.«

»Trotzdem«, beharrte Benson. »Ich kann und darf nicht –«

»Ich will nichts über Corda wissen«, unterbrach ihn Thor.

Benson blinzelte.

»Jedenfalls nicht über seine Krankheit«, schränkte Thor ein.

»Warum sind Sie dann hier?«, fragte Benson verwirrt. »Ich weiß sonst nichts über den Professor.«

»Vielleicht doch«, sagte Thor. »Er hatte einen Termin bei Ihnen, nicht wahr? Und er ist nicht erschienen?«

»Richtig.« Benson nahm seine Brille ab. »Aber –«

»Professor Corda ist seit zwei Tagen spurlos verschwunden, Doktor Benson«, unterbrach ihn Thor sehr ernst. »Und ich fürchte, er befindet sich in akuter Lebensgefahr.«

Benson blickte ihn eine Sekunde lang fast erschrocken an, dann lächelte er. »Bestimmt nicht. Er ist – nein, ich werde Ihnen nicht verraten, woran er erkrankt ist, aber so viel kann ich sagen: Seine Krankheit ist nicht lebensbedrohlich.«

»Es geht nicht darum, weswegen er bei Ihnen in Behandlung war, Doktor Benson«, erwiderte Thor, obwohl er sich nicht einmal dessen sicher war. »Ich kann Ihnen jetzt nichts Näheres sagen, schon um Sie nicht zu gefährden. Ich kann Sie nur bitten mir zu glauben, dass es lebenswichtig für ihn ist, dass ich ihn finde.«

»Das mag sein«, antwortete Benson in einem Ton ehrlichen Bedauerns. »Aber wie Sie selbst gesagt haben: Er hatte einen Termin bei mir und ist nicht erschienen. Ich weiß so wenig wie Sie, wo er sich aufhält.«

»Aber vielleicht wissen Sie, wo er gewesen ist«, antwortete Thor.

»Das ist kein Geheimnis. Ganz im Gegenteil. Wir haben

uns lange über seine letzte Reise unterhalten. Und er ist richtig ins Schwärmen geraten. Er war in Bolivien.«

»Und wo genau?«

»In …« Benson überlegte einen Moment. »Warten Sie«, sagte er dann. »Ich habe es irgendwo in seiner Akte notiert. Wenn Sie sich einen Augenblick gedulden, hole ich sie.«

Er schlurfte davon und Thor widerstand auch jetzt nur mit Mühe dem Impuls, ihm zu folgen. Als Benson den Hausflur verlassen hatte, trat er rasch zur Tür zurück, öffnete sie ein Stück und warf einen Blick hinaus. Die Straße lag ruhig da. Aber er fragte sich, wie lange das noch so bleiben würde.

Es vergingen nur einige Augenblicke, bis Benson zurückkam, eine aufgeschlagene – und bis auf ein einzelnes Blatt, auf dessen oberer Hälfte eine farbige Postkarte aufgeklebt war, völlig leere – Akte in Händen haltend. Als er Thors Blick bemerkte, lächelte er flüchtig und vielsagend, dann nahm er das Blatt aus der Akte und hielt es ihm hin. »Sehen Sie selbst, Mister Garson«, sagte er. »Er war in La Paz. Er hat mir sogar eine Postkarte von dort geschickt. In diesem Hotel hat er fast vier Wochen verbracht, müssen Sie wissen.«

Thor war enttäuscht. Bolivien war zwar ein kleines Land, aber auch kleine Länder hatten die unangenehme Eigenschaft, relativ *groß* zu sein; zumindest wenn man einen einzelnen Menschen sucht, noch dazu einen, der keinen besonderen Wert darauf legt, gefunden zu werden. Trotzdem griff er nach dem Blatt, auf dem sich tatsächlich nichts weiter befand als die aufgeklebte Postkarte und ein handschriftlicher Gruß von Corda an Benson, und betrachtete das Bild. Es zeigte in übertrieben kitschigen Farben ein vierstöckiges Hotel, dessen Inneres garantiert nicht hielt, was die protzige Marmorfassade versprach.

»Vier Wochen?«

»Annähernd«, bestätigte Benson. »Er hatte einen kleinen Unfall, als er aus dem Dschungel kam, und hat sich daher dort auskuriert.«

»Im Dschungel, sagen Sie? Er war im Busch?«

Wieder flammte das alte Misstrauen in Bensons Augen auf. »Sicher«, sagte er. »Er ist Archäologe. Hat er denn nicht –«

Draußen auf der Straße kreischten Autoreifen und Thor fuhr wie von der Tarantel gestochen herum, war mit einem Satz an der Tür und riss sie auf.

Aber es waren nicht Pat und Patachon, wie er halbwegs erwartet hatte. Als Thor die Tür aufriss, sah er gerade noch die aufleuchtenden Bremslichter eines schmuddeligen alten Fords, den er als denselben Wagen wiedererkannte, der ihn von seinem Haus zum Campus verfolgt hatte – und hinter dessen Steuer genau die gleichen Burschen saßen. Offensichtlich war bei Reubens Verhaftungsaktion irgendetwas vollkommen schiefgegangen. Die winzige Hoffnung, die Thor für einen Moment noch hatte, dass die beiden Gauner vielleicht seinen Wagen übersehen mochten, zerschlug sich im gleichen Moment. Der Wagen kam mit kreischenden Reifen und schlingernd wenige Dutzend Meter entfernt zum Stehen und Thor konnte deutlich das Krachen hören, mit dem der Fahrer den Rückwärtsgang hineinknüppelte.

»Was geht da vor, Mister Garson?«, fragte Benson, der hinter ihn getreten war. »Was sind das für Leute? Kennen Sie sie?«

»Nein«, antwortete Thor automatisch und verbesserte sich sofort wieder: »Oder vielleicht doch. Aber ich könnte nicht sagen, dass es Freunde von mir sind.« Seine Gedanken überschlugen sich.

Der Wagen kam schlingernd im Rückwärtsgang auf die Einfahrt zugeschossen und der Mann auf dem Beifahrersitz begann sich bereits am Türgriff zu schaffen zu machen. Noch wenige Sekunden und sie waren da. Mit ein bisschen Glück und noch mehr Schnelligkeit würde er ihnen vielleicht sogar ein zweites Mal entkommen können – aber es gehörte nicht sehr viel Fantasie dazu, sich auszumalen, was dann mit Benson geschehen würde.

»Was geht hier vor, Mister Garson?«, fragte Benson abermals und jetzt in fast befehlendem Ton. »Ich verlange eine Erklärung. Sofort!«

»Dazu ist keine Zeit!«, antwortete Thor hastig. Und plötzlich riss er die Tür vollends auf, packte den total überraschten Benson am Revers seiner Hausjacke, schüttelte ihn so heftig hin und her, dass der alte Mann vor Überraschung keuchte.

»Wehren Sie sich!«, zischte Thor. »Um Gottes willen, kämpfen Sie gegen mich, Benson! Schlagen Sie mich!«

Aber Benson dachte überhaupt nicht daran. Aus aufgerissenen Augen und aschfahl vor Schreck starrte er Thor an, bis dieser ihn schließlich so unsanft gegen den Türrahmen stieß, dass er die Rippen des alten Mannes knacken hören konnte. Aus den Augenwinkeln versuchte er dabei, den rückwärts heranschlingernden Ford im Blick zu behalten. Der Wagen hatte bereits die halbe Auffahrt hinter sich gebracht und kam jetzt mit einem Ruck zum Stehen. Sofort wurde die Beifahrertür aufgerissen.

»Um Himmels willen, *wehren Sie sich!*«, zischte Thor fast verzweifelt und packte Benson erneut bei den Jackenaufschlägen, um ihn wie wild hin und her zu schütteln. Als der Arzt immer noch keinerlei Anstalten machte, sich in irgendeiner Form zur Wehr zu setzen, warf er ihn ein zweites Mal gegen die Tür und drückte ihm dabei unauffällig die Mappe mit Stanleys Namen und der Postkarte in die Hand – um sie ihm ein zweites Mal zu entreißen. Benson stöhnte vor

Schmerz und ging langsam in die Knie, und weder das eine noch das andere war geschauspielert. Es brach Thor fast das Herz, den alten Mann so behandeln zu müssen – aber vielleicht rettete er ihm damit das Leben.

Er beugte sich über Benson, riss ihn an der Schulter in die Höhe und schleuderte ihn dann erneut zu Boden, wobei er ihn aber unauffällig im allerletzten Moment auffing, sodass er sich nicht wirklich verletzen konnte.

»Hören Sie zu!«, flüsterte er gehetzt. »Spielen Sie den Bewusstlosen! Rühren Sie sich nicht, ganz egal, was passiert. Und wenn jemand kommt und nach Cordas Akte fragt, behaupten Sie, ich hätte sie Ihnen weggenommen! Geben Sie sie auf keinen Fall heraus, an niemanden. Vielleicht hängt Ihr Leben davon ab!«

Benson verdrehte die Augen und stöhnte leise. Thor hatte keine Ahnung, ob er seine Worte überhaupt gehört, geschweige denn *verstanden* hatte. Thor betete, dass seine Taktik aufgehen würde. Um Bensons willen – und wegen Marian und Dale.

Er hörte Schritte, sah plötzlich die Gestalt eines der beiden Gauner groß und drohend über sich und stand mit einer raschen Bewegung auf.

»Was ist hier los?«, fragte der Bursche. »Wer ist der Alte?«

»Niemand«, antwortete Thor in einem überheblichen, bösen Ton. Er trat mit einem großen Schritt über Benson hinweg, der stöhnend und halb bewusstlos dalag und sich krümmte, und hob triumphierend die Akte, die er dem Arzt entrissen hatte.

»Bringen Sie mich zu Ramos«, sagte er. »Ich habe, wonach er sucht.«

»Eine Postkarte!« Ramos' Fingerspitzen glitten über die lackierte Oberfläche des bunt bedruckten Stücks Karton und der Blick seiner leeren Augen war auf die aufgeschlagene Mappe auf dem Tisch vor ihm gerichtet, als könne er sie tatsächlich sehen. Es war ein unheimlicher Anblick.

Thor zuckte mit den Schultern, obwohl er wusste, dass Ramos diese Bewegung nicht sehen konnte. »Das ist alles, was ich finden konnte«, antwortete er. »In der Mappe war sonst nichts drin.«

»Und der Arzt wusste natürlich auch nichts«, fügte Ramos mit einem Lächeln hinzu, das keines war. Dann hob er den Kopf, um in Thors Richtung zu blicken. »Oder hat er sich vielleicht auf seine ärztliche Schweigepflicht berufen und Sie haben diesen Eid selbstverständlich respektiert und sind nicht weiter in ihn gedrungen, Mister Garson?« Der beißende Spott in seiner Stimme war nicht mehr zu überhören; ebenso wenig wie die Drohung, die sich hinter diesen Worten verbarg.

»Er wusste wirklich nichts«, sagte Thor. Da er keine Möglichkeit hatte, Ramos mit einer überzeugenden Mimik oder entsprechenden Gesten zu beeindrucken, versuchte er seiner Stimme einen besonders eindringlichen Klang zu geben – womit er vermutlich eher das Gegenteil erreichte, wie ihm selbst schmerzhaft bewusst wurde. »Ich habe alles aus ihm herausgeholt, was er wusste.«

Ramos schwieg eine ganze Weile. Wieder fuhren seine Fingerspitzen leicht und tastend über die Postkarte, zogen ihre Umrisse nach und glitten schließlich über das Blatt Schreibmaschinenpapier, auf das sie aufgeklebt war. »Wieso kann ich mich des Eindruckes nicht erwehren, dass Sie nicht ganz aufrichtig zu mir sind, Mister Garson?«, fragte er leise.

»Dr. Benson hat die Wahrheit gesagt«, beharrte Thor, wobei er hoffte, dass Ramos nicht auffiel, wie er seine Frage damit geschickt umging. »Natürlich hat er sich zuerst geweigert, überhaupt mit mir zu reden. Aber ich habe ihn schließlich überzeugt.«

»Ja, Peter hat es mir auch so erzählt.« Er deutete auf den Mann zu seiner Linken; den Gangster, der aus dem Wagen gestiegen und in Bensons Haus gekommen war. Es waren tatsächlich dieselben, die ihn in Cordas Büro in der Universität überrumpelt hatten. Ramos' Leibwächter war bisher nicht zurückgekommen. Vermutlich war es Reuben, Henley und den beiden anderen FBI-Männern am Schluss doch gelungen, ihn zu überwältigen. Die beiden anderen mussten die Situation ausgenutzt haben, ihr Heil in der Flucht zu suchen. So viel zu der oft zitierten Ganovenehre, dachte Thor.

»Aber sehen Sie, Mister Garson«, fuhr Ramos fort, als Thors anhaltendes Schweigen ihn begreifen ließ, dass er keine Antwort auf seine Frage bekommen würde. »Gerade das ist es, was mich nachdenklich stimmt.«

»Was? Dass ich getan habe, was Sie von mir verlangt haben?«

»Ich habe eine Menge über Sie gehört, Mister Garson«, sagte Ramos unbeirrt, noch immer lächelnd und noch immer in einem Tonfall, der sich beinahe freundlich anhörte, es aber ganz und gar nicht war. »Ihnen eilt nicht unbedingt der Ruf voraus, besonders zimperlich zu sein. Doch dass Thor Garson auf einen wehrlosen alten Mann einschlägt, um Informationen aus ihm herauszubekommen, gehört wahrhaftig nicht zu den Dingen, die man sich über Sie erzählt. Es fällt mir daher ein wenig schwer, das zu glauben.«

»Ich habe nicht auf ihn eingeschlagen!«, verteidigte sich Thor in gespielter Entrüstung. »Ich habe ihm diese Mappe entrissen, das ist alles. Er wollte sie nicht freiwillig hergeben und es kam zu einer kleinen Rangelei, bei der er versehentlich gestürzt ist.«

»Eine Rangelei um eine völlig leere Mappe, die nichts

weiter als eine Postkarte enthält?« Ramos zog zweifelnd die Augenbrauen zusammen. »Und Sie sind sicher, dass Sie die richtige Krankenmappe mitgenommen haben?«

»Cordas Name steht in großen Buchstaben darauf«, erwiderte Thor verärgert. »Fragen Sie einen Ihrer Prügelknaben. Sie werden es bestätigen – falls sie lesen können, heißt das.«

»Oh, daran zweifele ich keine Sekunde, Mister Garson«, erwiderte Ramos. »Ich frage mich nur, ob sie immer so leer war oder ob Sie vielleicht vergessen haben, das eine oder andere mitzunehmen.«

»Vielleicht gibt es einen zweiten Ordner«, antwortete Thor. »Oder er hat die Unterlagen falsch abgeheftet. Ich hatte nicht viel Zeit, um mich gründlich umzusehen, wissen Sie. Diese beiden Idioten, die Sie hinter mir hergeschickt haben, haben schließlich ihr Möglichstes getan, um die halbe Stadt in Aufruhr zu versetzen. Eigentlich ist es ein Wunder, dass ich es überhaupt geschafft habe.«

Ramos starrte ihn an. Er bot dabei einen unheimlichen Anblick, dessen Wirkung nicht nachließ, sondern im Gegenteil immer stärker zu werden schien. Thor blickte in Augen, die niemals etwas anderes gesehen hatten als endlose Dunkelheit, und trotzdem konnte er sich plötzlich des Eindrucks nicht erwehren, durchleuchtet zu werden. Er hatte das beängstigende Gefühl, einem Mann gegenüberzustehen, dessen blinde Augen mühelos bis in sein Innerstes zu blicken und seine tiefsten Geheimnisse zu ergründen schienen, als würden sie durch eine Glasscheibe blicken.

Eigentlich nur, um überhaupt etwas zu sagen und das immer unangenehmer werdende Schweigen zu brechen, räusperte sich Thor trotzig und fuhr fort: »Ich habe meinen Teil der Abmachung erfüllt, Ramos. Jetzt halten Sie Ihr Wort und lassen Dale und Marian frei.«

Ein flüchtiges kaltes Lächeln huschte über Ramos' entstelltes Gesicht. »Oh, ich halte mein Wort, Mister Garson, keine Angst«, sagte er. »Ich werde Ihre Freunde unversehrt freilassen – vorausgesetzt, die Informationen, die Sie mir gebracht haben, sind es auch wert.«

»Was soll das heißen?«, fragte Thor scharf.

Der Mann zu Ramos' Linken machte eine ansatzweise Bewegung, doch Ramos hob rasch die Hand und brachte ihn wieder zur Ruhe. »Eine Postkarte und ein hingekritzelter Gruß sind vielleicht ein bisschen wenig, um zwei Menschenleben damit aufzuwiegen«, erklärte er böse.

»Das ist wahrhaftig alles, was ich Ihnen sagen kann!«, protestierte Thor. »Und es ist schon mehr, als alle anderen wissen.«

»Auch Sie?«, fragte Ramos mit einem neuerlichen kalten Lächeln.

Thor wollte abermals auffahren, doch er begriff gerade noch rechtzeitig, dass Ramos vielleicht gerade das wollte – ihn aus der Reserve locken, ihn aus der Ruhe bringen und möglicherweise zu einem Fehler provozieren. »Ja, auch ich«, antwortete er betont ruhig. »Und ich bin sicher, Sie wissen das längst. Sie haben Marian und Dale nicht entführt, weil Sie bereits alles über Corda wissen. Er hat seine Spur verdammt gut verwischt. Nicht einmal das FBI weiß, wohin er mit seinen Männern verschwunden ist.«

»Und wir wissen es ebenso wenig«, sagte Ramos.

»Aber das stimmt doch nicht«, protestierte Thor. Er deutete anklagend auf die Karte vor Ramos, bevor er begriff, dass der Blinde die Geste ja nicht sehen konnte. »Das da *ist* eine Spur«, beharrte er. »La Paz ist groß, aber nicht so groß. Fahren Sie hin und lassen Sie Ihre Beziehungen spielen oder meinetwegen ein paar Leute zusammenschlagen. Darin haben Sie ja Erfahrung. Ein Mann wie Corda in der Begleitung eines Dutzends Söldner wird selbst in einer Stadt wie La Paz auffallen.«

»Da mögen Sie recht haben, Mister Garson«, antwortete Ramos ruhig. Er stand auf. Mit einer Sicherheit, als könne er sehen, legte er das Blatt in den Ordner zurück und klappte ihn zu. »Ich werde darüber nachdenken«, sagte er. »Bis ich zu einer Entscheidung gekommen bin, bleiben Sie unser Gast.«

»Aber das ist –«, protestierte Thor, kam jedoch nicht weiter, denn einer von Ramos' Männern trat blitzschnell hinter ihn, packte sein Handgelenk und verdrehte seinen Arm so unsanft, dass er vor Schmerz die Zähne zusammenbiss.

»Bring ihn zu seinen Freunden«, sagte Ramos. »Damit er sich davon überzeugen kann, dass wir ihnen kein Haar gekrümmt haben.«

Der Raum musste früher einmal als Treibstofflager gedient haben oder sich in der Nähe der Heizungsanlage befinden, denn die Luft war stickig und roch so durchdringend nach altem Öl oder Benzin, dass Thor kaum atmen konnte. Das wenige schwache Licht kam von einer einzelnen Glühbirne, die an einem nackten Draht von der Decke hing, und die gesamte Einrichtung bestand aus zwei Säcken voll faulig riechendem, nassem Stroh, auf die man Marian und Dale – an Händen und Füßen gefesselt – geworfen hatte.

Ramos hatte sein Wort zwar gehalten. Sie hatten ihn hier heruntergebracht, damit er sich davon überzeugen konnte, dass Anderson und Marian Corda noch am Leben und wenigstens äußerlich unverletzt waren. Er hatte jedoch bisher nicht mit ihnen reden können. Die beiden waren nicht nur gefesselt, sondern auch geknebelt worden, und einer der beiden Männer, die Thor hierhergebracht hatten, war als Wächter zurückgeblieben und achtete darauf, dass Thor sich nicht von seinem Platz neben der Tür rührte. Thor selbst war zwar nur an den Handgelenken gefesselt worden, doch er hockte in einer unbequemen Haltung mit angezogenen Knien in einem Winkel des Raumes und der Bursche stand grinsend und mit einer entsicherten Tommy-Gun in der Armbeuge da und wartete offenbar nur darauf, dass er eine falsche Bewegung machte.

Thor hatte versucht, sich durch Blicke mit Marian und Dale zu verständigen, aber auch dieser Versuch war gescheitert. Marian kauerte mehr bewusstlos als wach auf ihrem Strohsack; ihre Augen waren offen, ihr Blick war jedoch trüb und ging ins Leere. Anderson hatte trotz seines Knebels versucht irgendetwas hervorzubringen, aber der Wächter hatte dies mit einem derben Kolbenhieb in Dales Rippen unterbunden.

Jetzt warteten sie. Worauf, wusste auch Thor nicht. Aber es war schon eine geraume Zeit vergangen, seit man ihn hergebracht hatte; sicherlich eine halbe Stunde, wenn nicht länger. Es war schwer zu schätzen, wie viel Zeit verstrich, während sie in einer winzigen Kammer ohne Fenster und voll trübem Licht eingesperrt waren, in der sich nichts rührte.

Immerhin fand Thor nun Gelegenheit, zum ersten Mal in Ruhe über alles nachzudenken – und sich einzugestehen, wie dumm er sich verhalten hatte. Hatte er wirklich geglaubt, Ramos würde sein Wort halten? Jetzt, im Nachhinein, fiel es ihm selbst schwer, sein eigenes Handeln nachzuvollziehen. Wieso hatte er nicht auf Reuben gehört – oder wenn schon nicht auf ihn, dann wenigstens auf seine eigene innere Stimme? War es, weil zum ersten Mal nicht nur er selbst, sondern jemand, dessen Leben ihm mindestens so teuer war wie sein eigenes, in Gefahr schwebte? Oder war er wirklich so verrückt gewesen zu glauben, dass Ramos so etwas wie Ehre besaß? Die Kaltblütigkeit, mit der

Ramos den Hehler hatte umbringen lassen, hätte ihn warnen müssen.

Es verging eine geraume Weile, in der Thor schweigend dasaß, ins Leere starrte und abwechselnd sich, Ramos und die ganze Welt verfluchte, bis er schließlich Schritte hörte und die rostige, aber äußerst massive Metalltür, mit der der Kellerraum verschlossen war, aufgestoßen wurde. In dem ungewohnt grellen Licht, das vom Flur hereindrang, erkannte er den verkrüppelten Schatten von Ramos und den eines zweiten Mannes, der hinter ihm stand. Thor wollte sich erheben, aber Ramos schien die Bewegung zu spüren, denn eine Geste von ihm und der Mann mit dem Maschinengewehr stieß Thor unsanft zurück.

»Sie haben mich belogen, Mister Garson!«, sagte Ramos. Er sprach leise, aber seine Stimme klang schneidend und Thor spürte die Drohung, die unausgesprochen in den Worten mitschwang.

»Ich verstehe nicht ...« begann er, aber wieder schnitt ihm Ramos das Wort ab.

»Bitte beleidigen Sie mich nicht noch, indem Sie mich für dumm halten«, sagte er. »Ich nehme es Ihnen nicht übel, dass Sie es versucht haben. Aber wenn Sie mich jetzt wie einen Narren behandeln, könnte ich wirklich ärgerlich werden.«

Thor verstand kein Wort. Verwirrt blickte er abwechselnd Ramos und den Mann hinter ihm an, den er inzwischen als einen der beiden Kerle wiedererkannte, die ihm zu Bensons Haus gefolgt waren. Er wollte etwas sagen, doch im selben Moment wehte ein leiser Knall durch die offen stehende Tür.

Ramos fuhr zusammen. Den Bruchteil einer Sekunde später identifizierte Thor das Geräusch: Es war das Echo eines Schusses. Augenblicke später fielen weitere Schüsse und er glaubte, gedämpfte Schreie und das Trappeln zahlreicher Schritte hören zu können.

»Sie haben recht, Mister Garson«, sagte Ramos, als hätte er seine Gedanken gelesen, »Ihre Freunde vom FBI sind gekommen, um Sie und die beiden anderen zu befreien. Ich habe damit gerechnet – jedoch nicht so schnell, wenn ich ehrlich sein soll.«

»Ich verstehe das nicht«, sagte Thor im Tonfall ehrlicher Verblüffung. »Ich … ich wusste doch gar nicht, wo Ihr Versteck ist. Sie hatten mir die Augen verbunden.« Plötzlich fiel ihm etwas ein. »Ihr Leibwächter!«, rief er. »Sie müssen von ihm –«

Ramos unterbrach ihn mit einer beinahe wütenden Geste. »Frank würde mich niemals verraten«, sagte er in einem Tonfall, der so scharf und aggressiv war, dass es Thor nicht wagte, zu widersprechen. »Sie sind es, der mich verraten hat, Mister Garson. Wir hatten eine Abmachung, nicht wahr? Sie haben sie gebrochen. Nun – jetzt werden Sie den Preis dafür zahlen.«

Thor wollte protestieren, aber die beiden Männer in Ramos' Begleitung zerrten ihn grob auf die Füße und stießen ihn so hart gegen die Wand, dass ihm die Luft wegblieb. Beinahe automatisch machte er trotz seiner Fesseln Anstalten, sich zu wehren, doch einer der Burschen trat einen Schritt zurück und zielte mit seiner Waffe auf Marian, sodass Thor mitten in der Bewegung erstarrte.

»Mitkommen!«, befahl Ramos.

Der Mann mit der MP zerrte erst Marian, dann Dale grob auf die Füße, während der andere Thor roh auf den Gang hinausstieß, wo ein weiterer Bewaffneter auf sie wartete. Thor sah sich automatisch nach einer Fluchtmöglichkeit um, aber der Gang war denkbar ungeeignet, um einen Fluchtversuch zu wagen. Er führte in beide Richtungen weiter, wie man in der schwachen Beleuchtung erkennen konnte, und er war so schmal, dass jeder, der auf sie schießen wollte, sie nicht verfehlen würde.

Einer von Ramos' Männern zog ein Messer und durchtrennte damit Marians und Dales Fußfesseln. Ihre Handgelenke blieben gebunden und auch die Knebel wurden nicht entfernt.

»Wohin bringen Sie uns?«, fragte Thor.

Ramos machte eine Geste, die alles oder auch nichts bedeuten konnte. »An einen sicheren Ort, Mister Garson«, antwortete er. Seine Augen wurden schmal, als er Thor anstarrte. Sie konnten vielleicht nicht sehen, aber sie waren durchaus in der Lage, Hass auszudrücken. »Sie haben mich belogen, Mister Garson«, sagte er. »Wir hatten eine Abmachung! Wir –«

Erneut hörte Thor einen Schuss und diesmal war er so nahe, dass selbst Ramos mitten im Satz abbrach und den Kopf in die Richtung wandte, aus der das Geräusch gekommen war. Wieder fielen Schüsse und fast im gleichen Moment hörten sie hastige, trappelnde Schritte und das Zuschlagen einer Tür, beinahe unmittelbar gefolgt vom Splittern von Holz und den Schatten von zwei, drei Männern, die am linken Ende des nur schwach beleuchteten Ganges auftauchten. Hinter ihnen bewegten sich andere Gestalten.

Thor setzte alles auf eine Karte. Ramos mitgerechnet befanden sich insgesamt vier Gangster hier unten und drei von ihnen waren mit Maschinenpistolen bewaffnet. Aber sie waren abgelenkt.

Thor machte einen blitzschnellen Schritt nach rechts, bemerkte eine Bewegung aus den Augenwinkeln, duckte sich und trat gleichzeitig zu. Die hastige Bewegung raubte ihm selbst das Gleichgewicht, sodass er ungeschickt zu Boden stürzte, aber sein Fuß traf trotzdem zielsicher die Magengrube eines der Kerle und schleuderte ihn rücklings gegen einen zweiten Gangster. Die beiden stürzten zu Boden, wobei einer von ihnen den Abzug seiner Maschinenpistole durchriss. Das Krachen der Salve hallte in dem engen Gang wider wie eine Folge dröhnender Kanonenschläge, und Thor zog instinktiv den Kopf zwischen die Schultern, als der Stollen plötzlich von heulenden Querschlägern und Funken erfüllt war. Dicht neben Marians Gesicht spritzte gelbes Feuer aus dem Stein und der dritte Ganove, der gerade auf Thor hatte anlegen wollen, griff sich plötzlich an die Schulter und sank mit schmerzverzerrtem Gesicht in die Knie. Doch damit war Thors Glückssträhne dann auch schon beendet.

Erst einmal rollte er herum und versuchte ungeschickt auf die Beine zu kommen, aber das war mit auf dem Rücken gefesselten Händen gar nicht so einfach – vor allem weil sich Ramos in diesem Moment umwandte und mit erstaunlicher Zielsicherheit nach Thors Gesicht trat. Er verfehlte ihn, aber sein Fuß streifte Thors Schulter und warf ihn ein zweites Mal zu Boden.

Wieder erklangen Schüsse und das Heulen von Querschlägern aus dem vorderen Teil des Ganges und einer der beiden anderen Ganoven, die sich gerade umständlich wieder in die Höhe rappelten, klappte mit einem keuchenden Schrei zusammen und blieb liegen.

Thor wälzte sich blitzschnell drei, vier Schritte zur Seite, um aus Ramos' Reichweite zu gelangen, der mit wutverzerrtem Gesicht und kleine krächzende Schreie ausstoßend wild dort auf den Boden stampfte, wo er Thor vermutete.

Plötzlich war alles voller hastender, kämpfender Gestalten, voller Schreie und huschender Bewegungen. Ramos' Männer stürmten in wilder Flucht den Gang entlang, dicht gefolgt von einem halben Dutzend Gestalten, unter denen Thor auch Pat und Patachon zu erkennen glaubte.

»Die Frau!«, kreischte Ramos. »Nehmt sie mit!«

Zwei der neu hinzugekommenen Gangster stürzten sich unverzüglich auf Marian, die sich zwar mit verzweifelter Kraft wehrte, den beiden Burschen aber nichts entgegenzusetzen hatte. Thor sprang entsetzt auf die Füße und zerrte mit aller Gewalt an seinen Fesseln, erreichte dadurch aber nur, dass die dünnen Lederriemen schmerzhaft in seine Haut schnitten. Ein Faustschlag traf ihn und warf ihn gegen die Wand. Noch während er hilflos in die Knie brach, sah er, wie ein anderer Gangster Dale packte und ihn grob mit sich zerrte.

Die Angst um seinen Freund gab Thor noch einmal neue Kraft. Er sprang hoch, rannte einen der Burschen, die sich ihm in den Weg stellen wollten, kurzerhand nieder und stürmte mit Riesenschritten hinter Ramos, Marian und Dale und der flüchtenden Gangsterbande her. Hinter ihm schrie jemand seinen Namen. Zwei, drei Schüsse krachten, dicht vor ihm prallte eine Kugel gegen die Wand und heulte als Querschläger davon, aber er achtete auf nichts von alledem, sondern rannte nur noch schneller weiter.

Der Gang endete nach wenigen Schritten vor einer verschlossenen Metalltür, an der einer von Ramos' Begleitern mit fliegenden Fingern herumfummelte. Zwei weitere Gangster hielten Marian und Dale gepackt, während der vierte Bursche sich zu Thor umwandte und ihm mit erhobenen Fäusten entgegentrat.

Thor rannte auch ihn einfach über den Haufen, prallte ungeschickt stolpernd gegen den Gangster, der Marian gepackt hielt, und riss ihn durch die pure Wucht seines Aufpralls von den Füßen. Auch Thor fiel, aber er stürzte so unglücklich (oder glücklich, das kam auf den Standpunkt an) auf den Gangster, dass dessen Kopf unsanft gegen den Boden prallte und er auf der Stelle das Bewusstsein verlor.

Während Thor sich noch aufrappelte, hatte Ramos' Begleiter bereits das Schloss geöffnet und die Tür schwang quietschend nach innen und gab den Blick auf einen Raum in völliger Dunkelheit frei. Ramos schrie etwas, das Thor nicht verstehen konnte, doch fast im gleichen Moment fuhren zwei der Gangster herum und stürzten sich auf ihn. Thor empfing den ersten mit einem Fußtritt gegen das Knie, der den Kerl mit schmerzverzerrtem Gesicht zurücktaumeln ließ, der zweite jedoch packte ihn an den Jackenaufschlägen, riss ihn in die Höhe und schleuderte ihn mit solcher Wucht gegen die Wand, dass er für einen Moment nichts als bunte Sterne sah und schon wieder zu Boden zu stürzen drohte.

Er hörte Marian schreien, dann rief Dale mit panikerfüllter Stimme seinen Namen und noch etwas, was er nicht verstand. Da fühlte er sich plötzlich gepackt und in die Höhe gerissen. Ein schemenhaftes Gesicht tauchte vor ihm auf. Thor spannte sich in Erwartung eines weiteren Schlages, aber der kam nicht. Stattdessen klärten sich die treibenden Nebel vor seinem Blick und er erkannte, dass es sich nicht um einen weiteren Gangster, sondern um einen von Reubens Männern handelte: Dessen Haar war schweißverklebt und das Gesicht vor Anstrengung gerötet, aber er trug den für FBI-Beamte typischen Anzug und hielt eine Smith & Wesson Kaliber .38 in der rechten Hand. Mit der linken hatte er Thor gepackt und schüttelte ihn wild.

»Sind Sie in Ordnung, Mister Garson?«, fragte er.

Thor machte eine Bewegung, die eine Mischung aus einem Kopfschütteln und einem Nicken darstellte, befreite sich unsicher aus dem Griff des FBI-Beamten und hätte dabei um ein Haar schon wieder das Gleichgewicht verloren. »Die Fessel«, stieß er hervor. »Schneiden Sie mich los, schnell!«

Während der FBI-Mann ein Messer aus der Tasche zog und an den dünnen Lederbändern um Thors Handgelenke zu säbeln begann, warf der einen raschen Blick zurück in den Gang. Offensichtlich hatten Reubens Männer Ramos' gesamte Bande vor sich her hier heruntergetrieben. Zwei oder drei wehrten sich noch verbissen gegen die Übermacht bewaffneter Bundespolizisten, aber die meisten standen mit erhobenen Händen da oder krümmten sich am Boden.

Thor atmete erleichtert auf, als seine Hände mit einem Ruck freikamen. Er verschwendete eine kostbare Sekunde darauf, seine Gelenke zu massieren und seine Finger zu bewegen, damit das Gefühl in seine tauben Hände zurückkehrte, dann fuhr er herum und stürmte auf die Tür zu, durch die Ramos zusammen mit Marian und Dale verschwunden war. Hinter ihm schrie Reuben seinen Namen und er hörte hastige trappelnde Schritte, aber er achtete nicht darauf, sondern rannte nur noch schneller, hob im Laufen eine Maschinenpistole auf, die einer von Ramos' Killern fallen gelassen hatte, und warf sich, ohne auch nur im Schritt innezuhalten, gegen die Tür.

Sie flog mit einem Krachen auf und prallte gegen die Wand. Thor stolperte noch ein paar Schritte weiter, ehe er in vollkommener Dunkelheit stehen blieb und sich umsah. Das Echo seiner eigenen Schritte verriet ihm, dass er sich in einem sehr großen Raum befinden musste, aber er sah absolut nichts. Das bisschen Licht, das vom Gang hinter ihm hereindrang, versickerte nach wenigen Schritten in der völligen Schwärze.

»Garson! Was, zum Teufel –« Reubens Stimme brach ab, und als Thor sich verärgert herumdrehte, sah er den Schatten des FBI-Mannes wie einen schwarzen Scherenschnitt in der Tür aufragen.

»Seien Sie still!«, sagte er. »Sie sind hier irgendwo.«

Reuben antwortete nicht, sondern legte lauschend den Kopf auf die Seite. Nach einigen Augenblicken glaubte auch Thor, gedämpfte Geräusche zu hören, die irgendwo vor ihnen in der Dunkelheit erklangen. Aber es war einfach nicht möglich, die Richtung auszumachen.

»Eine Lampe!«, befahl Reuben. »Bringt eine Lampe her! Schnell!«

Thor ging einige Schritte weiter in den Raum hinein und Reuben hob erschrocken die Hand. »Bleiben Sie stehen, Garson!«, sagte er.

Thor blieb nicht stehen, sondern tastete sich im Gegenteil mit vorsichtig ausgestreckten Armen weiter in die Dunkelheit, bis seine Finger auf einen kühlen, rauen Widerstand stießen. Hinter sich hörte er Reuben fluchen und dann noch einmal lautstark nach einer Lampe brüllen, aber er versuchte das alles zu ignorieren und sich auf das leise Scharren und Tappen zu konzentrieren, das irgendwo vor ihm erklang. Links. Er war jetzt fast sicher, dass es von links kam.

Ohne auf Reubens Fluchen und sein immer lauter werdendes »Garson«-Brüllen zu achten, tastete er sich tiefer und tiefer in die Dunkelheit hinein, bis er unter seinen Fingern plötzlich keinen Stein mehr fühlte, sondern das rostige Metall einer Tür. Hastig suchte er nach der Klinke, drückte sie herunter und registrierte erleichtert, dass die Tür nicht verschlossen war.

Als er sie behutsam aufschob, sah er Licht. Es war nur ein Schimmer, ein blasser gelber Streifen, der unter einer Tür sehr weit entfernt am Ende eines Ganges hervordrang, doch gleichzeitig waren nun auch die Geräusche lauter zu hören.

Thor betete, dass in der Dunkelheit vor ihm niemand lauerte, wechselte die Maschinenpistole von der linken in die rechte Hand und stürmte los. Hinter ihm fiel die Tür, die er gerade geöffnet hatte, krachend wieder ins Schloss.

Als er das Ende des Ganges erreicht hatte, blieb er noch einmal für eine Sekunde stehen, atmete tief ein – und sprengte die Tür mit einem kräftigen Schulterstoß auf.

Vor ihm lag ein großer, fast bis unter die Decke mit Kisten, Ballen, Ölfässern und allem möglichen anderen Gerümpel vollgestopfter Kellerraum. Eine einzelne nackte Glühbirne verbreitete gelbe Helligkeit und mehr Schatten als Licht. Ramos, Marian, Dale und zwei von Ramos' Gangstern standen vor einer verschlossenen Tür am anderen Ende des Raumes und mühten sich offenbar vergeblich mit dem Schloss ab. Als Thor hereingestolpert kam, drehte sich einer von ihnen erschrocken herum und hob eine Pistole.

Thor drückte ganz instinktiv ab.

Es war purer Zufall – aber die MP-Salve schlug Funken aus der Wand direkt neben dem Killer und die letzte Kugel der Salve traf seine Pistole und riss sie ihm aus der Hand. Der Bursche taumelte mit einem Schmerzensschrei herum und umklammerte sein Handgelenk, während der zweite die Tür Tür sein ließ und sich ebenfalls zu Thor umwandte, wobei auch er eine Maschinenpistole hob.

»Versuch das lieber nicht!«, sagte Thor und richtete seine Waffe drohend auf den Gangster.

Der Bursche erstarrte mitten in der Bewegung. Sein Blick flackerte, während er abwechselnd den zertrümmerten Revolver, seinen vor Schmerz wimmernd auf dem Boden knienden Kumpel und die Waffe in Thors Hand betrachtete.

»Erschieß ihn!«, befahl Ramos mit schriller Stimme. »Schieß ihn nieder!«

Der Mann zögerte, sichtlich hin- und hergerissen zwischen der Angst vor der Waffe in Thors Hand und der vor Ramos. Die Furcht vor seinem Herrn und Meister siegte. Plötzlich sprang er zur Seite und gab gleichzeitig einen Feuerstoß auf Thor ab. Der aber hatte die Bewegung im Ansatz gesehen und war seinerseits ausgewichen. Die MP-Salve zertrümmerte die Tür hinter ihm, während Thor gleichzeitig abdrückte. Diesmal hatte er nicht so gut gezielt. Die Kugeln trafen den Gangster in Brust und Schulter und schleuderten ihn tot zu Boden.

»Erschieß ihn!«, kreischte Ramos. »Bring den Kerl um!«

Thor senkte langsam seine Waffe. »Geben Sie auf, Ramos«, sagte er. »Da ist niemand mehr, der Ihnen helfen könnte.«

Ramos' ohnehin entstelltes Gesicht verzerrte sich noch mehr vor Wut. Mit einer Behändigkeit, die Thor ihm niemals zugetraut hätte, fuhr er herum und packte Marian. Thor fiel erst jetzt auf, dass es ihr irgendwie gelungen sein musste, sich von ihren Fesseln zu befreien. Trotzdem machte sie keinen Versuch, sich zur Wehr zu setzen. Ramos zerrte sie herum, schlang von hinten den Arm um ihren Hals und tastete mit der anderen Hand nach einer Latte, die auf einer der zahllosen Kisten lag. »Keinen Schritt näher!«, keifte er, während er wütend mit seiner improvisierten Keule in der Luft herumfuchtelte.

Thor hielt tatsächlich mitten im Schritt inne und hob seine Waffe, senkte die MP aber schon nach einer Sekunde wieder und legte sie vorsichtig zu Boden. Davon abgesehen, dass er kein Meisterschütze war, war eine Maschinenpistole keine Waffe, mit der man genau zielen konnte. Außerdem hatte er nicht vor, Ramos umzubringen.

»Geben Sie endlich auf«, sagte er. »Es hat doch keinen Sinn mehr.«

Ramos schien da anderer Meinung zu sein. Während Thor vorsichtig weiter auf ihn zuging, trieb Ramos Marian mit groben Stößen vor sich her und kam seinerseits auf ihn zu, wobei er immer wütender und heftiger in die Luft schlug.

Was er wirklich vorhatte, begriff Thor einen Sekundenbruchteil zu spät.

Ramos' Schläge waren keineswegs so ziellos, wie es anfangs den Anschein hatte. Thor war vielleicht noch vier oder fünf Schritte von ihm und Marian entfernt, als die Latte klirrend gegen die Glühbirne prallte und sie zerschlug. Absolute Dunkelheit erfüllte von einer Sekunde auf die andere den Raum.

Thor fluchte, stürmte los und warf sich mit ausgebreiteten Armen in die Richtung, in der er Ramos und Marian vermutete. Er hörte einen Schrei, prallte gegen einen Körper, den er mit sich zu Boden riss, und begriff im gleichen Moment, dass es nur Marian war, nicht Ramos.

Als er sich wieder hochstemmte, hörte er ein irres Kichern vor sich in der Dunkelheit; gleichzeitig leise schleifende Schritte, die er aber nicht genau orten konnte. »Nun, Mister Garson?«, fragte Ramos hämisch. »Glauben Sie immer noch, Sie hätten gewonnen?«

Thor kam nicht dazu, zu antworten. Er spürte, wie irgendetwas vor ihm auftauchte, dann traf ein fürchterlicher Schlag seine Schulter und schleuderte ihn zu Boden. Er fiel, rollte sich instinktiv zur Seite und riss beide Arme vor das Gesicht – den Bruchteil einer Sekunde, bevor er von Ramos' Latte getroffen wurde.

Der Schlag ließ die Haut an Thors Unterarmen aufplatzen. Er keuchte vor Schmerz und Überraschung, rollte sich erneut herum und trat blindlings in die Richtung, in der er Ramos vermutete, traf aber nichts.

Wieder hörte er rasche, ungleichmäßige Schritte und das irre Kichern des Gangsters. »Mein Kompliment, Garson«, sagte Ramos hämisch. »Sie hätten es fast geschafft. Doch eben nur fast.«

Auch diesmal spürte Thor den Schlag zwar kommen,

aber seine Reaktion war wieder nicht schnell genug. Ramos' Knüppel traf seine rechte Schulter gerade, als er sich aufsetzen wollte, und warf ihn hilflos erneut zu Boden. Thor biss die Zähne zusammen, rollte sich drei, vier, fünf Schritte zur Seite und nahm einen weiteren wütenden Hieb gegen seine Rippen in Kauf, um auf die Füße zu kommen. Blitzschnell griff er zu, bekam Ramos' Knüppel zu fassen und versuchte ihn festzuhalten, aber der Blinde zerrte mit solcher Kraft daran, dass das einzige Ergebnis winzige Splitter waren, die in Thors Händen zurückblieben.

Fluchend sprang er zurück, schloss die Augen und lauschte konzentriert auf Ramos' Schritte und das Geräusch seines Atems. Der Blinde bewegte sich dicht vor ihm durch die Dunkelheit, aber es gelang Thor nicht, genau auszumachen, wo er war.

Dafür schien Ramos umso besser zu wissen, wo *er* sich befand.

Ein weiterer Hieb traf Thors Rippen und ließ ihn taumeln. Wieder kicherte Ramos wie irre.

Thor versuchte den Schmerz zu ignorieren, stürzte vor und streckte gleichzeitig die Arme aus. Er bekam irgendetwas zu fassen. Ein spitzer, wütender Schrei erscholl, dann fühlte er Haut und nachgiebigen Stoff unter den Fingerspitzen. Er versuchte mit aller Kraft zuzupacken, aber Ramos entwand sich seinem Griff mit erstaunlichem Geschick und versetzte ihm einen weiteren Hieb mit seiner Latte.

Thor taumelte zurück und prallte gegen einen Kistenstapel, der krachend zusammenbrach. Ramos kicherte schrill, setzte ihm nach und schlug abermals zu. Thor entging dem Hieb durch eine instinktive Bewegung und die Latte sauste so dicht an seinem Gesicht vorbei, dass er den Luftzug spüren konnte. Automatisch schlug er mit der geballten Faust zu, traf aber wiederum nichts als schwarze Dunkelheit, und

Ramos' Kichern steigerte sich zu einem fast hysterischen Gelächter.

Thor befreite sich fluchend aus dem Durcheinander von zerbrochenen Kisten und Brettern, wich ein paar Schritte in die Dunkelheit zurück und prallte abermals gegen ein Hindernis. Vor sich hörte er schleifende Schritte und die Geräusche eines Körpers, der sich mühsam, aber doch fast lautlos und mit großer Sicherheit in der Dunkelheit bewegte, und Thor begriff, dass er diesen Kampf unmöglich gewinnen konnte. Die Dunkelheit war Ramos' Element, in der er sich so sicher zurechtfand, wie es nur Blinde können, und der Moment war abzusehen, in dem Ramos ihn treffen und *tatsächlich* außer Gefecht setzen würde.

Als wäre dieser Gedanke ein böses Omen gewesen, spürte er in diesem Moment einen Luftzug. Etwas traf mit furchtbarer Wucht seine Schläfe und ließ ihn um sein Bewusstsein kämpfend auf die Knie fallen. Er keuchte vor Schmerz, schlug schützend die Arme vor das Gesicht und nahm zwei, drei weitere Hiebe hin, ehe es ihm gelang, wieder auf die Füße zu kommen, um sich durch einen wütenden Faustschlag, der zwar ins Leere ging, Ramos aber zurücktrieb, für einen Moment Luft zu verschaffen.

Licht. Er brauchte Licht. Er …

Seine rechte Hand fuhr in die Jackentasche und seine Finger schlossen sich um das Benzinfeuerzeug, das er darin trug. Hastig zog er es hervor. Seine Hände waren taub von den Hieben, die er eingesteckt hatte, und er brauchte drei Versuche, ehe die Funken den Docht in Brand setzten. Das Ergebnis war eine jämmerliche blaue Flamme – aber der schwache Lichtschein reichte ihm, um den verkrüppelten Schatten erkennen zu können, der sich dicht vor ihm in der Dunkelheit bewegte.

Ramos blieb mitten im Schritt stehen. Er legte den Kopf

auf die Seite, als würde er lauschen. Vielleicht *hörte* er die Flamme, dachte Thor erschrocken, oder er spürte ihre Wärme. Auf jeden Fall schien er zu ahnen, dass etwas nicht stimmte, denn seine Bewegungen wurden plötzlich nervöser und hektischer. Seine improvisierte Keule fuhr zischend durch die Luft und verfehlte Thor um weniger als einen halben Meter, aber jetzt, wo er seinen Gegner sehen konnte, fiel es Thor nicht mehr schwer, seinen Hieben auszuweichen.

»Was tun Sie da?«, fragte Ramos. »Ich erwische Sie, Garson. Sie sind tot! Ich werde Sie umbringen! Niemand stellt sich gegen mich!«

Wieder zischte seine Latte mit erstaunlicher Zielsicherheit dort durch die Luft, wo sich Thor befunden hätte, wäre er nicht blitzschnell ausgewichen, und wieder stieß Ramos einen spitzen, enttäuschten Schrei aus.

Thor wich einen weiteren kleinen Schritt zurück, machte dann eine rasche Bewegung zur Seite und trat im gleichen Moment zu, in dem Ramos dorthin schlug, wo er gerade noch gestanden hatte. Sein Fuß traf die Hand des Krüppels und schlug ihm das Brett aus den Fingern. Die hastige Bewegung ließ die Feuerzeugflamme erlöschen, aber Thor fing sich sofort wieder und ließ das Feuerzeug erneut aufflammen.

Das blaugelbe Licht enthüllte Ramos' Gestalt, die nur einen Schritt vor ihm stand – und einen zweiten schlankeren und größeren Schatten, der sich dem Blinden lautlos von hinten genähert hatte.

Er konnte Marians Gesicht in der schwachen Beleuchtung nicht erkennen, aber dafür umso deutlicher die Klinge des Messers, das sie in den Händen hielt.

»Nein!«, schrie Thor. »Tu es nicht!«

Ramos' Kopf ruckte mit einer erschrockenen Bewegung

herum und Thor versuchte ihn zu packen und zurückzureißen. Es gelang ihm gerade noch. Das Messer, das Marian mit beiden Händen gepackt hatte und jetzt mit aller Kraft niedersausen ließ, verfehlte Ramos' Rücken, aber zum Dank stieß ihm der Blinde seine dürren Finger voll Wut ins Gesicht, dass Thor vor Schmerz aufschrie. Mit der anderen Hand schlug er nach Thors rechter. Das Feuerzeug erlosch und flog davon. Erneut erfüllte absolute Dunkelheit den Raum.

Ramos begann sich wie von Sinnen zu winden und um sich zu schlagen. Seine Hände klatschten drei-, vier-, fünfmal hintereinander in Thors Gesicht, wobei seine Knie immer wieder gegen Thors Oberschenkel stießen, während er versuchte seine Weichteile zu treffen.

Thor wirbelte den Blinden mit einem halblauten Fluch herum, umschlang seine Schultern von hinten mit den Armen und drückte mit solcher Kraft zu, dass Ramos keuchend die Luft ausstieß und Thor seine Rippen knacken hören konnte.

»Hören Sie endlich auf, Sie Idiot!«, sagte er. »Bevor ich wirklich wütend werde!«

Ramos kreischte und begann mit den Beinen zu strampeln, und Thor drückte noch ein wenig fester zu. Endlich stellte der Blinde seinen Widerstand ein.

»So«, sagte Thor, »und jetzt werden wir uns –« Ein furchtbarer Schmerz zuckte durch seinen linken Oberarm und setzte sich bis in den Hals und den Rücken fort. Thor brüllte auf, ließ Ramos los, taumelte zurück und griff mit der rechten Hand zu. Er spürte kalten, schneidenden Stahl, der tief und schmerzhaft wie ein glühender Draht in seine Handfläche schnitt, dann eine schmale Hand, die den Messergriff hielt.

»Marian!« schrie er. »Ich bin es! Thor!«

Aber Marian hatte ihn entweder nicht gehört oder sie war wie von Sinnen vor Angst. Mit einem Schrei riss sie sich los. Das Messer zog eine zweite brennende Spur aus Schmerz über Thors Oberarm. Er taumelte zurück, griff im Dunkeln noch einmal nach Marians Handgelenk und bekam es diesmal richtig zu fassen. Mit aller Kraft drückte er zu, bis Marian mit einem Schmerzensschrei den Griff lockerte und das Messer klirrend zu Boden fiel. Trotzdem beruhigte sie sich nicht, sondern gebärdete sich im Gegenteil vollkommen hysterisch und schlug und kratzte so wild nach seinem Gesicht, dass Thor schließlich auch ihre andere Hand packen musste.

Eine Sekunde lang gelang es ihm, sie festzuhalten. Dann hörte er ein schleifendes Geräusch neben sich und drehte erschrocken den Kopf –

– genau im richtigen Moment, um die Latte, die Ramos wieder aufgehoben hatte, direkt ins Gesicht zu bekommen.

Er war wohl nicht sehr lange bewusstlos, denn das nächste, was er wahrnahm, war das kalte weiße Licht einer Taschenlampe, das durch seine geschlossenen Lider drang, aufgeregte Stimmen und das Echo vereinzelter Schüsse und Schreie.

Im ersten Augenblick wünschte er sich fast, nicht so schnell wieder zu sich gekommen zu sein. Sein Gesicht fühlte sich taub und verschwollen an und sein linker Oberarm pochte unerträglich. Außerdem machte sich jemand nicht gerade sanft daran zu schaffen. Jemand anderes tastete mit den Fingerspitzen über sein Gesicht und hob schließlich eines seiner Augenlider an, sodass das Licht der Taschenlampe wie ein greller Schmerzpfeil in sein Gehirn schoss.

Thor stöhnte, hob mühsam den unverletzten rechten Arm, um die Hand mit der Taschenlampe beiseitezuschlagen, und begriff zu spät, dass er doch nicht so unverletzt war. Marians Messerklinge hatte eine schmerzende Furche in seiner Handfläche hinterlassen, die durch die unbedachte Bewegung sofort wieder zu bluten begann. Stöhnend ließ er die Hand wieder sinken.

»Bewegen Sie sich nicht, Mister Garson«, sagte eine Stimme.

Thor blinzelte, bewegte mühsam den Kopf und öffnete die Augen erst, als der grelle Schein der Taschenlampe weitergewandert war und ihn nicht mehr blendete. Jemand saß neben ihm und versuchte mit einem abgerissenen Streifen seines eigenen Hemdes die blutende Wunde an seinem Oberarm zu stillen. Reuben lag auf seiner anderen Seite auf den Knien, fuchtelte mit einer Taschenlampe herum und blickte ihn mit einer Mischung aus Erleichterung, Vorwurf und Zorn an.

»Eigentlich erübrigt sich die Frage ja fast«, sagte Reuben, »aber trotzdem: Wie fühlen Sie sich?«

»Prächtig«, murmelte Thor. »Was ist passiert? Wo sind Marian und Ramos?«

Reuben ignorierte seine Frage. »Ich weiß ganz ehrlich nicht, was mich mehr beeindruckt, Garson«, sagte er und nun war der Zorn in seiner Stimme wirklich nicht mehr zu überhören. »Ihr Mut – oder Ihre Dummheit.«

»Was ist passiert?«, fragte Thor noch einmal. Er versuchte sich aufzusetzen. Es ging, aber es tat sehr weh, und der Mann, der seinen Arm verbinden wollte, warf ihm einen vorwurfsvollen Blick zu.

»Was, zum Teufel, ist in Sie gefahren, auf eigene Faust den Helden spielen zu wollen?«, fragte Reuben zornig. »Ist Ihnen eigentlich klar, dass Sie jetzt ebenso gut tot sein könnten?«

Thor antwortete vorsichtshalber nicht und Reuben starrte ihn geschlagene zehn Sekunden lang durchdringend an, bevor er, ein wenig ruhiger, aber immer noch deutlich verärgert, fortfuhr: »Wir schätzen es nicht besonders, wenn Laien uns ins Handwerk pfuschen, Mister Garson. Wir haben Sie zwar um Ihre Hilfe gebeten, aber das heißt nicht, dass Sie jetzt zu jeder sich bietenden Gelegenheit den wilden Mann spielen können. Wieso haben Sie uns nicht gesagt, dass Sie einen Hinweis hatten?«

Thor blickte ihn fragend an und der Ausdruck auf Reubens Gesicht verdüsterte sich noch mehr. »Wir haben mit Dr. Benson gesprochen, Garson. Es hat also ziemlich wenig Sinn, irgendetwas zu leugnen.«

»Habe ich das getan?«

»Und was sollte das hier?« Reuben machte eine ausholende Handbewegung. »Wollten Sie Ramos' Festung ganz allein stürmen? Verdammt, ich habe Ihnen gesagt, dass wir Marian Corda und Ihren Freund finden werden.«

»Und woher sollte ich das wissen?«

»Sie hätten mir nur zuzuhören brauchen«, gab Reuben zornig zurück.

Thor blickte ihn mit wachsender Verwirrung an. Er fühlte sich nicht nur körperlich miserabel – er hatte plötzlich das immer stärker werdende Gefühl, sich ziemlich dumm verhalten zu haben.

»Haben Sie sich vorhin nicht gefragt, wo wir so plötzlich hergekommen sind?«, fragte Reuben.

Thor schwieg.

»Ich weiß, dass man das FBI im Allgemeinen für dümmer hält, als die Polizei erlaubt«, fuhr Reuben fort. Thors beharrliches Schweigen machte ihn offensichtlich immer zorniger. »Aber das sind wir nicht. Wir haben nicht einmal zwei Stunden gebraucht, um Ramos' Unterschlupf ausfindig zu machen. Und hätten Sie das Ganze hier uns überlassen, statt allein und auf eigene Faust den Helden spielen zu wollen, dann wäre das alles nicht passiert.«

»Was?«, fragte Thor kleinlaut.

»Diese ganze verdammte Schweinerei!«, erklärte Reuben aufgebracht. »Zwei meiner Männer sind schwer verletzt und zwei oder drei von Ramos' Leuten sind tot. Und genau das wollten wir verhindern. Aber nachdem Sie sich von diesen Burschen haben schnappen lassen, hatten wir keine andere Wahl mehr, als den Laden zu stürmen.«

Thor senkte betreten den Blick, aber er spürte, wie Reuben ihn weiter wütend anstarrte und auf eine Antwort wartete. Schließlich fragte er, nur um überhaupt etwas zu sagen: »Wo ist Ramos?«

Reuben schnaubte. »Wissen Sie, Garson«, sagte er, »ich habe eine gute und eine schlechte Nachricht für Sie. Welche wollen Sie zuerst hören?«

»Fangen Sie mit der schlechten an«, sagte Thor.

»Die gute«, sagte Reuben ungerührt, »ist, dass Marian Corda frei und unverletzt ist. Sie war ein bisschen hysterisch, aber sie beruhigt sich schon wieder.«

Thor sah auf und blickte Reuben fest ins Gesicht. »Und die schlechte ist, dass Ramos entkommen konnte«, vermutete er.

Reuben nickte. »Ja. Er und zwei seiner Handlanger. Aber das ist *nicht* die schlechte Nachricht.«

»Sondern?«, fragte Thor alarmiert.

»Sie sind weg«, antwortete Reuben. »Und sie haben Ihren Freund Dale Anderson mitgenommen.«

LA PAZ, BOLIVIEN

Selbst das Licht war hier heller und irgendwie klarer als in New York, und obwohl es nicht das erste Mal war, dass sich Thor Garson in Südamerika aufhielt, konnte er sich nicht erinnern, jemals eine so gleißende Sonne gesehen zu haben. Die Luft in den schmalen, erstaunlich sauberen Straßen von La Paz schien zu kochen. Das war eine Wärme von besonders unangenehmer feuchter Art, die jeden Atemzug zu einer körperlichen Anstrengung und jede Bewegung zur Ursache für endlose Schweißausbrüche machte. Marian hatte die Jalousien vor dem Fenster heruntergelassen und unter der Decke des Hotelzimmers drehte sich summend ein mächtiger Ventilator, doch nichts davon brachte merkliche Kühlung. Ganz im Gegenteil, manchmal hatte Thor das Gefühl, dass der Luftzug von der Decke her eher noch heißer war.

»Reuben kommt zurück«, sagte Marian, die am Fenster stand und durch einen Spalt in den Jalousien auf die Straße hinabblickte. »Vielleicht hat er etwas herausgefunden.«

Thor blickte nur kurz auf. Das Licht, das durch die Jalousien hereindrang, war so grell, dass es ihm fast sofort die Tränen in die Augen trieb und Marians Gestalt zu einem flachen, schwarzen Schatten verblassen ließ. Trotzdem bemerkte er ihr leichtes Zusammenzucken, als sie sich zu ihm herumdrehte. Er saß auf der Bettkante, hatte das Hemd ausgezogen und versuchte ungeschickt mit der bandagierten rechten Hand den frischen Verband an seinem linken Oberarm zusammenzuknoten. Der Stich war sehr tief gewesen. Obwohl er nun schon sechs Tage alt war, blutete die Wunde noch manchmal. Und sie tat noch immer ekelhaft weh.

»Warte«, sagte Marian. Sie war mit ein paar schnellen Schritten bei ihm, beugte sich vor und zog den Verband mit der Geschicklichkeit einer Krankenschwester gerade, ehe sie ihn mit einer Sicherheitsnadel befestigte.

Thor nickte dankbar, versuchte wieder in sein Hemd zu schlüpfen und biss die Zähne aufeinander, als sein linker Arm mit einem wütenden Stechen und Pochen gegen die Bewegung protestierte. Marian half ihm auch dabei. Dann trat sie einen Schritt vom Bett zurück und blickte fast niedergeschlagen auf ihn hinab.

»Es tut mir wirklich leid, Thor«, sagte sie. Sie seufzte. »Ich darf gar nicht daran denken, dass ich dich um ein Haar umgebracht hätte.«

Thor wollte abwinken, dachte aber rechtzeitig daran, dass ihm diese Bewegung nur neue Schmerzen bereiten würde, und beließ es bei einem angedeuteten Achselzucken. Die vielen Male, wo Marian in den letzten sechs Tagen genau dieselben Worte gesagt hatte, konnte er schon gar nicht mehr zählen. »Das macht doch nichts«, sagte er wie jedes Mal, obwohl es gelogen war, wie sie beide wussten. Es war wirklich nur reines Glück gewesen, dass das Messer lediglich seinen linken Bizeps und nicht sein Herz getroffen hatte. Und dass der Messerstich eigentlich Ramos und nicht ihm gegolten hatte, änderte wenig an den heftigen Schmerzen, unter denen er seit Tagen litt, und der Tatsache, dass er den Arm wahrscheinlich wochenlang nicht richtig würde benutzen können. Aber er wusste mittlerweile selbst fast nicht mehr, was ihm unangenehmer war – die klopfenden Schmerzen in seinem Arm oder Marians ununterbrochene Versicherungen, wie leid es ihr tue und wie schuldig und niedergeschlagen sie sich fühle.

Bevor Marian noch etwas sagen konnte, wurde die Tür ohne Vorwarnung aufgerissen. Reuben und Henley betraten, ohne zu fragen, das Zimmer. Reubens Gesicht blieb unbewegt, während Henley im ersten Moment überrascht aussah und dann mit einem anzüglichen Grinsen die Augenbrauen hob, als er Thor mit offenem Hemd auf der Bettkante erblickte. Thor sah erst ihn, dann Marian und dann wieder ihn an, schluckte jedoch die ärgerliche Bemerkung, die ihm auf der Zunge lag, schnell hinunter. Mochte dieser Blödmann doch denken, was er wollte.

»Mrs Corda«, begann Reuben. »Wie schön, dass Sie auch hier sind. Das erspart es mir, die ganze Geschichte zweimal zu erzählen.«

Henleys Grinsen wurde noch breiter, während Marian zunehmend verwirrter aussah.

»Was für eine Geschichte?«, fragte Thor direkt. »Haben Sie endlich eine Spur von Professor Corda entdeckt?«

»Zumindest indirekt, ja«, antwortete Reuben an Marian gewandt.

»Indirekt?« Thor setzte sich aufrechter hin und angelte mit der rechten Hand nach der Schlinge, in die er seinen Arm bettete.

»La Paz ist eine große Stadt«, sagte Reuben. »Aber selbst hier fällt ein Dutzend Galgenvögel wie die, die Corda mitgebracht hat, sofort auf. Sie waren bis vor drei Tagen hier.«

»Bis vor drei Tagen?« Thor hatte Mühe, seine Enttäuschung zu verbergen.

»Knapp verfehlt ist auch daneben«, antwortete Reuben mit einem Achselzucken. »Aber keine Sorge – wir wissen ziemlich genau, wohin sie wollten. Ich habe schon alle notwendigen Vorbereitungen getroffen. Wir können noch heute abreisen.«

»War Stanley auch bei ihnen?«, fragte Marian.

Erneut zuckte Reuben mit den Schultern. »Ich nehme es an«, sagte er. »Aber keine Sorge, Mrs Corda. Sobald wir die

Männer eingeholt haben, gebe ich Ihnen Bescheid, wie es Ihrem Mann geht.«

Es dauerte einen Moment, bis Marian ihn verstand. »Sobald Sie …«, begann sie, atmete tief ein und fuhr mit veränderter, schärferer Stimme fort: »Sie glauben doch nicht im Ernst, dass ich hierbleibe und darauf warte, ob Sie etwas erreichen oder auch nicht?«

Reuben sah plötzlich sehr unglücklich aus. »Mister Garson wird uns begleiten, Mrs Corda. Und selbst das ist eigentlich schon mehr, als ich verantworten kann.«

»Ich komme ebenfalls mit«, sagte Marian bestimmt.

Reuben schüttelte den Kopf. Er blickte Thor fast Hilfe suchend an, aber der sah demonstrativ in eine andere Richtung. Es war nicht das erste Mal, dass sie sich über dieses Thema unterhielten. Seit sie New York verlassen und die kleine Odyssee nach Bolivien und La Paz begonnen hatten, hatte er mindestens ein Dutzend Mal versucht, Marian von ihrem Entschluss, ihn und die beiden FBI-Leute zu begleiten, abzubringen – stets mit demselben Ergebnis.

»Bitte, seien Sie vernünftig, Mrs Corda«, bat Reuben. »Die Männer haben die Stadt in östlicher Richtung verlassen. Das bedeutet, dass sie wahrscheinlich in den Dschungel gegangen sind.«

»Und das ist zu gefährlich für eine zarte Frau wie mich, nicht wahr?«, fragte Marian spöttisch.

Reuben blieb ernst. »Ganz genau«, sagte er. »Es ist anstrengend und gefährlich.«

»Ich komme mit«, beharrte Marian.

Reuben seufzte. »Fragen Sie Mister Garson, wenn Sie mir nicht glauben, Mrs Corda«, sagte er. »Eine Expedition in den Dschungel ist kein Spaziergang. Und ganz davon abgesehen, wissen wir nicht einmal, was uns erwartet, falls wir Ihren Mann wirklich einholen.«

»Sie sind also nicht einmal sicher?«, hakte Marian nach.

Reuben verdrehte die Augen. »Selbstverständlich sind wir das«, antwortete er beinahe hastig. »Aber die Männer, die Ihren Mann begleiten, sind nun mal –«

»– Verbrecher der schlimmsten Sorte«, fiel ihm Henley ins Wort. Marian blickte ihn empört an, aber der FBI-Mann fuhr ungerührt fort: »Wir haben keine Ahnung, weshalb Ihr Mann hier ist, Miss Corda. Aber was immer er vorhat, es muss ziemlich gefährlich sein, sonst hätte er nicht ein Dutzend bis an die Zähne bewaffneter Galgenvögel dabei. Wir können es einfach nicht verantworten, Sie mitzunehmen.« Er deutete auf Thor. »Wir könnten es eigentlich nicht einmal verantworten, Mister Garson mitzunehmen. Wenn ich hier etwas zu entscheiden hätte, wären Sie beide nicht hier. Nicht in diesem Hotel und nicht einmal in diesem Land.«

»Gottlob haben Sie hier nichts zu entscheiden, nicht wahr?«, erklärte Marian kühl. »Ihre FBI-Marke ist hier nicht einmal das Blech wert, aus dem sie gestanzt ist, wenn ich die Sache richtig sehe. Wir sind hier in Bolivien, nicht in New York, Mister Henley. Sie haben mir nichts zu sagen. Ich kann gehen, wohin ich will.«

»Natürlich können Sie das«, sagte Henley beinahe hastig. »Aber –«

»Gut, dass Sie das endlich einsehen«, unterbrach ihn Marian. »Damit können wir die Diskussion ja wohl beenden. Ich packe jetzt meine Sachen und warte in der Halle auf Sie.« Sie schenkte dem FBI-Beamten noch einen kühlen Blick, wandte sich dann um und verließ hoch erhobenen Hauptes und mit raschen Schritten das Zimmer.

Reuben blickte ihr kopfschüttelnd nach. »Sie sollten mit ihr reden, Garson«, sagte er. »Es kann wirklich verdammt gefährlich werden.«

»Ich glaube, das weiß ich besser als Sie«, antwortete Thor. Als Reuben sich wieder zu ihm umwandte und ihn ansah, fügte er hinzu: »Aber ich kenne Marian. Lassen Sie sich nicht durch ihr Aussehen täuschen. Wenn sie sich etwas einmal in den Kopf gesetzt hat, dann tut sie es auch. Und sie hat recht – wir sind hier nicht in den USA, sondern in Bolivien. Sie können sie nicht daran hindern. Ganz im Gegenteil – sie könnte uns erhebliche Schwierigkeiten bereiten, wenn sie den richtigen Leuten ein paar Informationen zukommen lassen würde.«

Reuben fuhr sichtbar zusammen. Thor hatte einen wunden Punkt getroffen. Die Beziehungen zwischen den Regierungen der USA und Boliviens waren noch nie besonders gut gewesen und im Augenblick befanden sie sich wohl wieder auf einer Art Tiefpunkt. Reuben hatte ihm auf dem Weg nach La Paz anvertraut, dass sie nicht nur ohne Billigung, sondern auch ohne Wissen der bolivianischen Behörden dorthin fuhren, und das mit allen Konsequenzen. Spätestens seit sie den Zug verlassen hatten, waren die beiden FBI-Männer nichts anderes als Marian und er – Privatleute, die aus ausschließlich privaten Gründen diese Reise unternommen hatten.

Und Marian hatte Reuben sehr deutlich klargemacht, dass sie sich unter gar keinen Umständen davon abbringen lassen werde, nach ihrem Mann zu suchen. Sie hatte Reuben schließlich – wenn auch sehr widerwillig – das Einverständnis abgenötigt, sie zumindest bis nach La Paz mitzunehmen. Es war ohnehin fraglich gewesen, ob sie Professor Cordas Spur wirklich finden würden.

»Wie haben Sie überhaupt Cordas Spur gefunden?« Thor machte eine anerkennende Bewegung. »Das ging ja ziemlich schnell.«

Reuben setzte sich auf einen der beiden Stühle, die in

dem schäbigen Hotelzimmer vorhanden waren, während Henley zum Fenster ging und sich eine Zigarette anzündete. »Um ehrlich zu sein: Wir haben ihn nicht gefunden, sondern Ramos«, sagte Reuben.

Thor wurde hellhörig. »Ramos?«

Reuben machte eine besänftigende Handbewegung. »Er ist ein paar Stunden vor uns angekommen und offensichtlich fast sofort weitergereist. Und bevor Sie fragen – die Beschreibung eines seiner Begleiter passte auf Mister Anderson.«

»Sind Sie sicher?«, fragte Thor.

Reuben zuckte mit den Schultern, aber Henley sagte vom Fenster her, ohne sich umzudrehen: »Er wird ihm nichts tun, Mister Garson.«

»Glauben Sie?«, fragte Thor zweifelnd.

Henley sog an seiner Zigarette, blies eine blaugraue Rauchwolke durch die Jalousien nach draußen und schüttelte den Kopf. »Nein, ich *weiß* es.« Er drehte sich nun doch herum, lächelte Thor flüchtig zu und lehnte sich mit verschränkten Armen an die Wand neben das Fenster. »Ich kenne Typen wie Ramos zur Genüge. Professor Anderson ist viel zu wertvoll für ihn, als dass er ihm etwas antun würde. Nicht solange er glaubt, ihn vielleicht noch als Druckmittel gegen Sie einsetzen zu können.«

»Ich hoffe nur, Sie irren sich da nicht«, sagte Thor düster. »Ramos ist alles andere als ein Dummkopf.«

»Eben«, antwortete Henley lächelnd. »Sehen Sie, Mister Garson, das ist auch so ein Irrtum, dem die meisten Möchtegern-Detektive unterliegen. Es ist sehr viel leichter, mit einem intelligenten Verbrecher fertig zu werden, als mit einem Idioten.« Thor sah ihn verwirrt an und Henley fuhr in leicht überheblichem Tonfall fort: »Sie haben völlig recht. Ramos ist alles andere als ein Narr. Aber die Überlegungen eines intelligenten Verbrechers lassen sich nachvollziehen. Die eines Trottels, der kaum seinen Namen schreiben kann, dagegen nicht. Männer wie Ramos sind vielleicht immer für eine Überraschung gut, aber Dummköpfe sind unberechenbar, und das macht sie noch gefährlicher.«

Thor hatte das sichere Gefühl, dass er in dieser Argumentation ein halbes Dutzend Fehler finden würde, wenn er sich nur die Mühe machte, einige Augenblicke darüber nachzudenken. Aber das schien ihm die Anstrengung nicht wert zu sein. Er hoffte nur, dass Henley recht behalten würde.

Er stand auf. »Wann genau brechen wir auf?«

Reuben tauschte einen raschen, nicht sehr begeisterten Blick mit seinem Kollegen, ehe er antwortete, und er antwortete auch nicht direkt auf Thors Frage, sondern erklärte: »Ich halte es nach wie vor für eine nicht besonders gute Idee, dass Sie uns begleiten, Mister Garson. Bitte überlegen Sie es sich noch einmal. Sie wissen besser als wir, wie anstrengend eine Expedition in den Dschungel sein kann. Und mit Ihrem verletzten Arm sind Sie doch sehr gehandicapt.«

»Ich verspreche Ihnen, nicht zur Last zu fallen«, entgegnete Thor spöttisch, aber Reuben blieb ernst.

»Ich könnte Sie zwingen.«

»Ach?«, sagte Thor lauernd. »Könnten Sie das?«

Reuben nickte. »Ersparen Sie es sich und uns, mir schon wieder zu erzählen, dass wir hier nicht in den Vereinigten Staaten sind und mein FBI-Ausweis hier nichts gilt. Glauben Sie mir – wenn ich wollte, könnte ich dafür sorgen, dass Sie dieses Hotel für die nächsten zwei Wochen nicht verlassen. Aber es wäre mir lieber, wenn Sie sich freiwillig dazu entschließen würden.«

Thor wollte auffahren, beherrschte sich dann aber doch und blickte Reuben nur einige Sekunden lang sehr ernst an, bevor er fragte: »Warum?«

»Weil –«

»Ich will den *tatsächlichen* Grund wissen«, unterbrach ihn Thor sehr ruhig, aber auch sehr ernst.

Kurz flackerte der Schreck in Reubens Augen und auch Henley fuhr beinahe unmerklich zusammen. Thor wusste, dass er mit seiner Vermutung ins Schwarze getroffen hatte.

»Wie … meinen Sie das?«, fragte Reuben ausweichend.

Thor machte eine ärgerliche Handbewegung. »So wie ich es sage«, antwortete er ruppig. »Halten Sie mich doch nicht für so dumm, Reuben. Sie sind nicht hinter Corda her, weil er ein paar alte Kunstschätze aus einem Grab geraubt hat. Was wollen Sie wirklich von ihm?«

»Es ist besser, wenn Sie das nicht wissen«, sagte Reuben.

»Ich könnte es herausfinden«, erwiderte Thor.

Reuben nickte. »Das glaube ich Ihnen sogar. Aber es wäre besser für Sie und alle anderen, wenn Sie es nicht täten. Ich gebe Ihnen mein Wort, dass ich alles in meiner Macht Stehende tun werde, Mister Anderson gesund und unverletzt zurückzubringen. Aber das ist auch alles, was ich Ihnen versprechen kann.«

»Ich dachte, wir hätten eine Abmachung?«, sagte Thor.

Reuben nickte erneut und stand auf. »Die haben wir. Und ich werde sie halten, Mister Garson. Aber es gibt Dinge, über die ich nicht sprechen darf, auch wenn ich es wollte.«

»Wie zum Beispiel das Manhattan-Projekt?«, fragte Thor fast beiläufig.

Henleys Zusammenzucken war nicht zu übersehen und Reuben verlor für eine Sekunde die Kontrolle über seine Mimik und blickte ihn mit einer Mischung aus Entsetzen und Verblüffung an. Dann rettete er sich in ein sehr schlecht geschauspielertes, unsicheres Lächeln. »Was meinen Sie damit?«

»Ich meine die Atombombe, die Sie bauen«, erklärte Thor im gleichen, fast fröhlichen Tonfall. »Was hat Professor Corda damit zu tun?«

»Ich weiß überhaupt nicht, wovon Sie reden«, antwortete Reuben. »Was soll das sein – eine Atombombe?«

»Ich glaube, das wissen Sie besser als ich«, antwortete Thor. »Aber keine Sorge, es interessiert mich wirklich nicht. Ich bin Archäologe und nicht bei der Armee. Und Sie brauchen auch keine Angst zu haben, dass ich darüber schreibe oder einem meiner Kollegen etwas verrate. Aber so viel kann ich Ihnen sagen: Was Stanley Corda angeht, sind Sie auf dem Holzweg. Er ist vielleicht ein Dieb und Betrüger, aber kein Spion.«

Sekundenlang starrte Reuben ihn nur durchdringend an. »Das wird sich zeigen«, sagte er dann kühl. »Und glauben Sie mir, Mister Garson – ich hoffe, Sie behalten recht.«

RIO MAMORE
120 MEILEN NORDÖSTLICH VON TRINIDAD

Trotz Reubens Optimismus vergingen gute zwei Tage, bevor sie auf eine konkrete Spur von Ramos und seinen Begleitern stießen. Und das sah anders aus, als irgendeinem von ihnen lieb war.

Sie hatten La Paz noch am selben Tag verlassen. Die beiden FBI-Beamten hatten sich trotz Thors energischen Nachfragen in beharrliches Schweigen gehüllt, was ihr Ziel oder ihren Weg anging, aber sie hatten ein Boot genommen und waren auf einem der zahllosen kleinen Flüsse, die das bolivianische Hochland durchschnitten, nach Osten gefahren. Am Mittag des nächsten Tages hatten sie den Rio Mamore erreicht und eine Stunde vor Sonnenuntergang Trinidad, die letzte nennenswerte Stadt vor der brasilianischen Grenze. Sie hatten in einem schäbigen Hotel übernachtet, und als sie am nächsten Morgen weiterfuhren, wurde Thors Überzeugung, dass Reuben und Henley in diesem Land über ebenso wenig Macht und Einfluss verfügten wie er oder Marian, gründlich erschüttert, denn sie waren nicht mehr allein: Aus dem lecken Kahn, auf dem sie das erste Stück des Weges zurückgelegt hatten, war ein altes, aber äußerst robustes Dampfschiff geworden, auf dessen Vorderdeck sich ein halbes Dutzend finster aussehender und bis an die Zähne bewaffneter Gestalten drängte.

Zu Thors Überraschung befanden sich auch zwei bolivianische Polizeibeamte unter ihnen, mit denen sich Henley lautstark und heftig gestikulierend und in perfektem Spanisch unterhielt, während Marian und er an Bord gingen. Kaum eine Stunde nach Sonnenaufgang waren sie weiter nach Norden aufgebrochen. Kurz nach der Mittagsstunde hatte das Land rechts und links des Flusses allmählich begonnen sich zu verändern. Aus dem mit Gras und nur vereinzelten Bäumen bewachsenen Hochland war ein grünbraun getupftes Muster geworden, das langsam, aber stetig in das wuchernde Grün eines tropischen Regenwaldes überging. Der Fluss wurde breiter und verzweigte sich und Thor war bald nicht mehr sicher, ob sie wirklich noch auf dem Rio Mamore oder schon auf einem seiner zahllosen Nebenarme fuhren, die zum Teil so breit waren wie der Fluss selbst, trotzdem aber auf keiner Karte verzeichnet waren. Eine Stunde vor Sonnenuntergang fanden sie dann das zerstörte Indiodorf.

Genauer gesagt waren es die Indios, die *sie* fanden, denn der Dschungel rechts und links des Flusses war so dicht geworden, dass er sich wie eine undurchdringliche grüne Mauer erstreckte, so weit der Blick reichte.

Thor hatte es aufgegeben, die beiden FBI-Beamten weiter mit Fragen zu bombardieren, auf die er sowieso keine Antwort bekam, und stand am Bug des kleinen Dampfschiffes. Er war allein. Von den Männern, die Henley und Reuben angeheuert hatten, befand sich im Moment niemand in seiner Nähe, und Thor war auch nicht gerade unglücklich darüber. Er erkannte Söldner, wenn er sie sah. Und die acht sonnengebräunten, breitschultrigen Gestalten, die Marian und ihn am Morgen an Bord dieses Schiffes empfangen hatten, *waren* Söldner. Zum wiederholten Male – und zum wiederholten Male vergeblich – fragte sich Thor, was um alles in der Welt die beiden FBI-Männer hier im bolivianischen Regenwald zu finden glaubten.

Thor schrak aus seinen Gedanken hoch, als er Schritte hinter sich hörte. Er drehte sich halb um, erkannte Henley, der, in einen leichten Tropenanzug gehüllt und die unvermeidliche, qualmende Zigarette im Mundwinkel, gemächlich auf ihn zugeschlendert kam, und wandte sich wieder nach vorn. Der Fluss schlängelte sich in zahllosen Kehren und Windungen durch den Dschungel und ein warmer Wind wehte ihm ins Gesicht. Obwohl die Sonne bereits zur Hälfte hinter den Baumwipfeln verschwunden und ihr Licht rot geworden war, war es noch immer sehr heiß.

Henley trat neben ihn, legte die Hände auf die rostzerfressene Reling und starrte länger als eine Minute wortlos an Thor vorbei ins Leere. Dann schnippte er seine Zigarette ins Wasser, griff sofort in die Jackentasche und zündete sich eine neue an. »Es ist schön hier, nicht wahr?«, fragte er, während er sein Feuerzeug aufschnappen ließ und eine blaue Rauchwolke in die Luft blies.

Einige Sekunden lang antwortete Thor nicht. Dann wandte er sich um, lehnte sich rücklings gegen die Reling und bedachte den FBI-Mann mit einem nachdenklichen Blick. »Es wäre noch schöner«, sagte er, »wenn Sie ohne das da hergekommen wären.« Er deutete auf den Pistolengurt, den sich Henley umgeschnallt hatte.

Henley sog an seiner Zigarette und zuckte mit den Schultern. »Man weiß nie, was einen erwartet.« Er zuckte abermals mit den Schultern, blickte Thor kurz an und sah dann wieder auf den Fluss hinaus. »Wenn unsere Informationen stimmen, dann hat Ramos fast ein Dutzend Männer angeworben. Von denen, die Ihren Freund begleiten, ganz zu schweigen.«

Thor lag die scharfe Entgegnung auf der Zunge, dass Stanley Corda nicht sein Freund sei, aber er schluckte sie hinunter und zwang sich wenigstens äußerlich zur Ruhe, als er antwortete. »Wovor um alles in der Welt haben Sie Angst, Henley?«

Er rechnete nicht damit, dass Henley wirklich antworten würde – aber er tat es. Sekundenlang starrte er weiter nachdenklich in die Fluten, die der stumpfe Bug des Dampfschiffes seit Stunden teilte, dann beugte er sich vor, stützte sich mit den Unterarmen auf der Reling ab und seufzte tief. »Ich weiß es nicht, Mister Garson«, sagte er. »Das ist tatsächlich die Wahrheit. Niemand weiß, was Professor Corda hier sucht.«

»Und weswegen folgen Sie ihm dann bis ans Ende der Welt?«, bohrte Thor weiter.

Henley blickte ihn sehr ernst an. »Es könnte sein, dass er etwas von enormer Wichtigkeit gefunden hat.«

»Und weil es sein *könnte,* riskieren Sie und Reuben Ihr Leben – von den möglichen diplomatischen Verwicklungen ganz abgesehen?«, fragte Thor zweifelnd.

Henley nickte. »Wenn es das ist, was wir vermuten, dann stehen mehr als zwei Menschenleben auf dem Spiel, Mister Garson.«

»Sie glauben doch nicht wirklich, dass Corda ein Verräter ist?«, fragte Thor.

»Nein«, gestand Reuben mit erstaunlicher Offenheit. »Ich …«, er zögerte, nahm einen weiteren Zug aus seiner Zigarette, einzig und allein um Zeit zu gewinnen, und überzeugte sich dann mit einem raschen Blick in die Runde davon, dass sie tatsächlich allein auf dem Vorderdeck waren. »Nein«, sagte er noch einmal. »Sehen Sie, Garson, wir wissen so ziemlich alles über Professor Corda. Sie haben völlig recht – er ist ein Dieb und Betrüger, aber er interessiert sich ungefähr so sehr für Politik und Macht wie ich mich für die Fruchtbarkeitsriten der Ureinwohner Neuguineas.« Er lächelte flüchtig über seinen eigenen Scherz. »Aber es ist möglich, dass er hier etwas gefunden hat, von dessen Bedeutung er selbst nichts weiß. Etwas, das sehr, sehr wertvoll ist. Und das in den falschen Händen sehr gefährlich werden kann.«

»Es hat mit dem Manhattan-Projekt zu tun«, vermutete Thor und diesmal nickte Henley.

»Ja. Ich will Ihnen die Wahrheit sagen, Mister Garson. Reuben wird mich köpfen, vierteilen und verbrennen, wenn er es herausfindet, aber ich finde, Sie haben ein Recht, es zu erfahren.« Wieder zögerte er einen Moment. Thor spürte, wie schwer es ihm fiel, weiterzureden. »Wir haben Ihnen bereits erzählt, dass einige der Kunden, die Cordas *Beute* gekauft haben, erkrankt sind.«

Thor nickte.

»Es war keine geheimnisvolle Tropenkrankheit«, fuhr Henley fort, »oder ein Fluch, wie der Dekan Ihrer Universität meinte.«

»Sondern?«

»Das Gold«, erklärte Henley, »das Professor Corda mitgebracht hat, ist radioaktiv verseucht.«

Thor blickte ihn gleichermaßen erschrocken wie fragend an.

»Einige der Stücke waren so heiß, dass die Skala unseres Geigerzählers schon gar nicht mehr ausreichte«, fuhr Henley fort, ohne ihn anzusehen. »Andere strahlten nur schwach radioaktiv, aber *alle* waren strahlenverseucht. Was wissen Sie über Radioaktivität, Garson?«

»Nicht viel«, gestand Thor.

»Nun«, sagte Henley, »dann können wir uns die Hand reichen. Ich weiß für meinen Teil nur das darüber, was man mir erzählt hat, und das ist wenig genug. Aber ich weiß, dass Radioaktivität in gefährlicher oder gar tödlicher Stärke in der Natur normalerweise nicht vorkommt. Aber die Stücke, die Corda mitgebracht hat, *waren* verseucht. Was immer er gefunden hat – möglicherweise ohne dass er selbst es auch nur ahnt –, ist ein Phänomen, für das wir bisher noch keine Erklärung haben.«

»Und jetzt fürchten Sie, dass –«

»Wir fürchten überhaupt nichts«, unterbrach Henley ihn in so scharfem Ton, dass Thor den Grund im ersten Moment gar nicht verstand. Dann begriff er, dass der FBI-Agent tatsächlich schlicht und einfach Angst hatte. »Ich weiß nicht, ob Sie sich darüber im Klaren sind, Mister Garson – aber im Augenblick findet so etwas wie ein Wettlauf zwischen uns und den Deutschen statt.«

»Ein Wettlauf?«

Henley nickte andeutungsweise und starrte weiter in den Fluss. »Wir sind nicht die Einzigen, die ein Manhattan-Projekt haben«, sagte er. »Bei den Deutschen heißt es anders, aber Tatsache ist, dass sie genauso intensiv an der Entwicklung einer Atomwaffe arbeiten wie wir. Die entscheidende Frage ist, wer sie zuerst haben wird. Ich glaube zwar, dass wir es sein werden, aber sicher kann man da nie sein.«

»Corda würde niemals mit den Nazis zusammenarbeiten«, sagte Thor überzeugt.

»Das weiß ich«, antwortete Henley. »Aber verstehen Sie doch, Mister Garson – die Vereinigten Staaten können es sich einfach nicht leisten, auch nur das winzigste Risiko einzugehen.« Er sah Thor mit einem Ausdruck von Angst in den Augen an, der ihn frösteln ließ. »Haben Sie eigentlich eine Vorstellung, was eine Atomwaffe in den Händen der Nazis anrichten könnte?«

»Nein«, gestand Thor schaudernd.

»Ich auch nicht«, sagte Henley. »Niemand weiß, was diese Waffe wirklich bewirkt. Aber ich möchte es wahrhaftig nicht erleben.«

Es wurde still. Lange Zeit standen sie einfach nur schweigend nebeneinander und blickten auf den Fluss hinaus, jeder in seine eigenen Gedanken versunken und jeder mit seinen eigenen Sorgen beschäftigt. Thor war nicht sicher, ob er die Tragweite dessen, was Henley ihm gerade erzählt hatte, wirklich begriff. Natürlich war die Vorstellung, dass Stanley Corda in irgendeine Spionagegeschichte verwickelt sein sollte, schlichtweg absurd. Aber es war ja möglich, dass er, ohne es selbst zu wissen, auf etwas gestoßen war, das den Lauf der Weltgeschichte verändern konnte.

Und dazu kam noch etwas, was Thor erst nach einigen Augenblicken klar wurde: Wenn das Gold, das Corda gefunden hatte, wirklich den Tod brachte, dann rannte er geradewegs ins Verderben. Und nicht nur er, sondern auch Ramos und seine Begleiter, die sich an Cordas Fersen geheftet hatten. Und mit ihnen Dale.

Er wollte sich mit einer entsprechenden Bemerkung an Henley wenden. Aber fast gleichzeitig fiel ihm auf, dass Henley nicht mehr so entspannt und locker dastand wie noch vor Augenblicken. Er lehnte noch immer vornübergebeugt auf der Reling, doch sein Gesicht wirkte angespannt und seine Hände hatten sich so fest um das rostige Eisen geschlossen, dass sie zitterten.

»Was haben Sie?«, fragte Thor alarmiert.

Henley antwortete nicht sofort. Sein Blick tastete aufmerksam über die undurchdringliche grüne Wand, die den Fluss zu beiden Seiten einschloss. »Hören Sie«, sagte er.

Thor lauschte. Er konnte nichts außer dem monotonen Tuckern des Dieselmotors und dem Rauschen des Wassers ausmachen. »Ich höre nichts«, sagte er.

Henley nickte. »Eben. Es ist zu still.«

Erst jetzt, als Henley das sagte, fiel es auch Thor auf: Der Chor aus Vogel- und Tierstimmen, das Knacken und Rauschen des Busches, das nie endende Geräuschkonzert des Dschungels, das ihre Fahrt während der letzten Stunden begleitet hatte, war verstummt.

Henley richtete sich leicht auf. »Was bedeutet das?«

»Ich weiß es auch nicht«, murmelte Thor. »Ich – *Vorsicht!*«

Seine Warnung wäre zu spät gekommen, hätte er sich nicht gleichzeitig zur Seite geworfen und Henley einfach mit sich gerissen. Sie stürzten aneinandergeklammert schwer auf das eiserne Deck des Schiffes, den Bruchteil einer Sekunde bevor sich ein ganzer Hagel winziger gefiederter Geschosse dort niedersenkte, wo er und Henley gerade noch gestanden hatten.

Henley fluchte und versuchte gleichzeitig auf die Füße zu springen, die Pistole aus dem Gürtel zu ziehen und sich der glühenden Zigarette zu entledigen, die ihm bei seinem Sturz in den Hemdkragen gerutscht war, während Thor sich eng gegen das Deck presste und zum östlichen Ufer hinübersah. Für einen Augenblick glaubte er schattenhafte huschende Bewegungen zwischen den Blättern zu erkennen, schlanke sonnengebräunte Körper, die nur als Schemen zu erkennen waren und sich vollkommen lautlos bewegten.

Henley hatte es endlich geschafft, die Zigarette aus seinem Hemd zu bergen und sich halbwegs auf die Knie zu erheben. Jetzt kämpfte er fluchend mit dem Verschluss seiner Pistolentasche, den er vor lauter Nervosität nicht aufbekam.

»Bleiben Sie bloß unten!«, sagte Thor.

Henley starrte ihn verstört an. Im selben Augenblick surrte etwas Kleines kaum eine Handbreit an seinem Gesicht vorbei und zerbrach klappernd an den Deckaufbauten hinter ihm. Henley warf sich mit einem neuerlichen Fluch herum und landete flach ausgestreckt neben Thor.

»Was ist das?«, keuchte er.

Wie zur Antwort klapperte es dicht neben ihnen, als sich eine weitere Salve der kleinen tödlichen Geschosse auf das Deck des Schiffes niedersenkte.

»Blasrohre!«, antwortete Thor, während er immer noch vergeblich versuchte, die Schützen im dichten Unterholz des Ufers auszumachen. »Irgendjemand mag uns nicht.«

Langsam, das Gesicht und den Oberkörper so dicht gegen das Deck gepresst, wie er konnte, begann er rückwärts auf das Ruderhaus zuzukriechen. Sie waren gute vierzig oder fünfzig Meter vom Flussufer entfernt; selbst für die schon fast legendären Blasrohrindios viel zu weit, um einen sicheren Schuss abzugeben. Trotzdem bewegte er sich mit äußerster Behutsamkeit. Er wusste, dass diese winzigen gefiederten Geschosse meistens vergiftet waren. Schon ein Kratzer reichte, um einen Menschen umzubringen oder für den Rest seines Lebens zum Krüppel zu machen.

Hinter ihnen flog krachend die Tür des Ruderhauses auf und die Hälfte von Henleys Söldnertruppe stürmte an Deck. Offensichtlich war der Angriff von ihnen nicht unbemerkt geblieben.

»Geht in Deckung!«, schrie Thor. »Vorsicht!«

Drei der vier Männer reagierten sofort. Noch bevor Thor seine Warnung ganz ausgesprochen hatte, zogen sie sich geduckt zurück und richteten ihre Waffen auf den Waldrand. Der vierte aber war töricht genug, den Helden spielen zu wollen. Hoch aufgerichtet und breitbeinig trat er an die Reling, riss das Gewehr an die Schulter und gab kurz hintereinander drei Schüsse ab. Thor konnte nicht erkennen, ob er irgendetwas anderes als Blätter und Äste traf. Das Echo des letzten Schusses war noch nicht ganz verklungen, als der Busch eine ganze Salve winziger gefiederter Pfeile ausstieß, die sich, einen eleganten Bogen beschreibend, auf den Fluss und das kleine Boot niedersenkten. Die meisten flogen zu kurz und fielen wie Regen neben dem Schiff ins Wasser. Drei oder vier zerbrachen klappernd an der Reling und auf dem stählernen Deck. Einer jedoch traf den Oberarm des Söldners und blieb zitternd in seinem Bizeps stecken.

Der Mann schrie vor Schmerz und Überraschung auf, prallte zurück, ließ sein Gewehr fallen und riss den Pfeil mit einer blitzschnellen Bewegung heraus. Die winzige Wunde blutete kaum. Trotzdem überlebte der Mann die Verletzung nur Sekunden. Einen Moment lang stand er wie erstarrt da, blickte abwechselnd den winzigen blutenden Punkt an seinem rechten Arm und den kaum fingerlangen Pfeil in seiner Hand an, machte einen weiteren halben Schritt zurück und begann zu wanken. Sein Gesicht verzerrte sich vor Schmerz. Er taumelte, brach ganz langsam in die Knie und stürzte schließlich nach vorn. Er war tot, noch ehe sein Körper auf dem Deck aufschlug.

Die drei überlebenden Söldner eröffneten wütend das Feuer auf den Waldrand, und auch im hinteren Teil des Schiffes flog eine Tür auf und der Rest von Reubens Privatarmee stürmte an Deck.

»Was ist los?«, brüllte Reuben, der als Letzter ins Freie gerannt kam. Henleys gebrüllte Antwort ging im Krachen der Gewehrsalven unter, aber aus dem Dschungel erhob sich ein weiterer Schwarm winziger Blasrohrpfeile und fiel wie tödlicher Regen auf das Deck, sodass sich auch Reuben und seine Begleiter hastig in Deckung warfen.

Thor hatte endlich das Ruderhaus erreicht, richtete sich halb auf und huschte geduckt zu Reuben hinüber. Auch er hatte seine Pistole aus dem Gürtel gezogen, schoss aber nicht. Es gab einfach nichts, worauf man zielen konnte. Der Waldrand lag noch immer scheinbar leblos da. Wer immer die Angreifer waren, sie waren Meister der Tarnung.

»Wer ist das?«, fragte Reuben erschrocken.

»Indios«, antwortete Thor. »Wir bewegen uns jetzt in ihrem Gebiet.«

»Eingeborene?« Reuben gab einen ungezielten Schuss auf das Flussufer ab. »Aber ich dachte, die wären friedlich.«

»Das sind sie normalerweise auch«, antwortete Thor. »Ich weiß nicht, was los ist. Wo ist Marian?«

Reuben machte eine Kopfbewegung auf die offen stehende Tür hinter sich. »Unter Deck. Keine Angst, ihr passiert nichts.« Einen Moment lang sah er gebannt zum Flussufer hinüber. Er wirkte eher irritiert als erschrocken. »Ich verstehe das nicht«, sagte er. »Man hat mir mehrfach versichert, dass die Eingeborenen dieser Gegend friedlich seien.«

Wie zur Antwort prasselte eine weitere Salve der kleinen tödlichen Geschosse auf das Deck herab. Sie war sehr viel besser gezielt als die ersten, richtete aber trotzdem keinen Schaden an, denn die Männer hatten sich allesamt zurückgezogen. Sie feuerten jetzt nicht mehr blindlings in den Busch, sondern gaben nur dann und wann einen gezielten Schuss ab, ohne jedoch einen sichtbaren Erfolg zu erzielen.

Reuben starrte sekundenlang weiter zum Ufer, dann bedeutete er Thor mit Gesten, zu bleiben, wo er war, und huschte geduckt zum Ruderhaus. Der Mann hinter dem Steuer hatte sich angstvoll zusammengekauert, obwohl die winzigen Geschosse wirklich nicht genug Wucht hatten, die Glasscheiben zu durchschlagen. Thor beobachtete, wie Reuben einige Sekunden lang aufgeregt und heftig gestikulierend auf ihn einredete, dann wurde das Tuckern des Diesels plötzlich langsamer und das Boot verlor merklich an Fahrt.

»Was … was soll das?«, fragte Thor, als Reuben einige Augenblicke später zu ihm zurückkehrte. »Sind Sie verrückt geworden? Wieso lassen Sie anhalten?«

»Ich muss wissen, was da los ist«, antwortete Reuben ernst. »Ich verstehe das nicht.«

»Aber ich«, antwortete Thor fassungslos. »Sie wollen uns alle umbringen.«

Reuben schüttelte den Kopf. »Man hat mir ausdrücklich versichert, dass diese Indios vollkommen friedlich sind«, sagte er noch einmal. »Und außerdem sind sie vielleicht primitiv, aber nicht dumm. Sie müssen wissen, dass sie keine Chance gegen uns haben.«

Zumindest was das anging, schien Reuben sich zu irren, denn im selben Moment prasselte eine weitere Pfeilsalve auf das Schiff herab. Eines der winzigen Geschosse verfehlte den FBI-Beamten nur um Zentimeter und Reuben wurde sichtlich blass. Trotzdem bedeutete er dem Steuermann mit befehlenden Gesten, das Tempo weiter zu verringern.

»Feuer einstellen!«, schrie er. »Hört auf zu schießen!«

Die Männer blickten ihn verwirrt und ungläubig an, gehorchten aber, und nach einer letzten, nicht mehr besonders gut gezielten Salve hörte auch der Pfeilregen aus dem Busch aus. Das Boot verlor mehr und mehr an Fahrt und dümpelte schließlich nahezu reglos auf der Stelle.

Thor blickte weiter gebannt zum Waldrand hinüber. Er erkannte jetzt hier und da Bewegungen: ein Huschen da, ein Schemen dort, nichts, was man wirklich sehen konnte. Aber schließlich teilte sich die grüne Wand aus Blättern und erst eine, dann zwei, drei und schließlich mehr als ein Dutzend kleinwüchsiger, schlanker Gestalten mit bronzefarbener Haut trat aus dem Wald. Die meisten von ihnen waren nackt bis auf einen knappen Lendenschurz und alle waren mit Blasrohren bewaffnet, die länger waren als sie selbst.

»Aymará«, sagte Reuben, »das sind Aymará. Ich erkenne den Federschmuck.«

Thor sah ihn verwirrt an. Reuben hatte sich entweder sehr gut auf diese Expedition vorbereitet oder er war nicht der unbedarfte kleine FBI-Beamte, der zu sein er vorgab.

Nach und nach traten immer mehr Indios aus dem Wald heraus. Die meisten blickten das Schiff nur aufmerksam und reglos an, einige hielten ihre Blasrohre schussbereit weiter auf das Boot gerichtet und ein paar wateten sogar in den Fluss hinaus, als wollten sie zu ihnen herüberschwimmen.

Reuben blickte die schweigende Armee – sie war mittlerweile auf gut fünfzig oder auch sechzig Männer angewachsen – sekundenlang mit unbewegter Miene an, dann steckte er seine Pistole in den Gürtel zurück und richtete sich auf.

»Was tun Sie da?«, fragte Thor erschrocken. »Sind Sie verrückt?«

Reuben achtete nicht auf ihn. Unendlich behutsam, die leeren Hände weit vor sich gestreckt, stand er ganz auf, verharrte einen Moment reglos und ging dann mit sehr langsamen Schritten zur Reling hinüber. Ein gutes Dutzend Blasrohre folgte seiner Bewegung, aber Reuben ging weiter und ignorierte auch Henleys heftiges Gestikulieren und die erschrockenen Rufe der Söldner.

Thor beobachtete mit angehaltenem Atem und ungläubig aufgerissenen Augen, wie er ganz dicht an die Reling herantrat und beide Arme hob, die leeren Handflächen auf das Ufer gerichtet.

»Beidrehen!«, befahl Reuben. »Zum Ufer!«

Der Mann hinter dem Ruder zögerte, bis Henley schließlich aufstand und ihm ebenfalls einen befehlenden Wink gab. Der Dieselmotor erwachte rumorend zum Leben. Ein sanftes Zittern lief durch den stählernen Rumpf des Schiffes, als es fast widerwillig Fahrt aufnahm und sich für einen Moment quer zur Strömung legte, um den Bug auf das Ufer auszurichten.

»Ich hoffe, Sie wissen, was Sie tun, Reuben«, murmelte Thor.

Er hatte sehr leise gesprochen, aber der FBI-Agent musste

seine Worte trotzdem verstanden haben, denn er nickte und antwortete, ohne den Blick von den stumm dastehenden Indios am Ufer zu nehmen. »Ich hoffe es auch, Mister Garson.« Er lachte humorlos. »Wenn nicht, bin ich der Erste, der es merkt.«

Ganz langsam näherte sich das Schiff dem Ufer. Die Zahl der Indios, die nach und nach aus dem Unterholz hervorgetreten waren, war weiter angewachsen, und zwischen den Kriegern entdeckte Thor nun auch Kinder und Alte und sogar ein paar Frauen. Auch sie waren bewaffnet.

Der Anblick verwirrte ihn. Die südamerikanischen Indios – beziehungsweise die Stämme, die noch existierten – waren nicht unbedingt sein Spezialgebiet, aber er wusste doch, dass das Volk der Aymará nicht besonders groß und außerdem, wie Reuben bereits behauptet hatte, für sein freundliches Wesen und seine Friedfertigkeit bekannt war. Thor fragte sich vergeblich, was diese Menschen so gereizt haben mochte, dass sie das Schiff und seine Besatzung ohne Warnung angegriffen hatten.

Das Schiff bohrte sich knirschend in das Gewirr aus Luftwurzeln und überhängenden Ästen, das das Ufer bedeckte, und kam mit einem letzten spürbaren Zittern zur Ruhe. Einige der Indios wichen ein paar Schritte zurück und Thor konnte trotz der Entfernung und der schreiend bunten Farben, mit denen sich die meisten Eingeborenen die Gesichter bemalt hatten, ihre Unsicherheit und ihr Misstrauen deutlich erkennen. Weitere Blasrohre richteten sich auf sie und er spürte gleichzeitig, wie die Nervosität unter Reubens Söldnern zunahm. Er schickte ein Stoßgebet zum Himmel, dass keiner von ihnen die Nerven verlor und einen Schuss abgab. Trotz ihrer überlegenen Bewaffnung hatten sie nicht die geringste Chance gegen diese Übermacht.

Aber der gefährliche Moment verging, ohne dass etwas

geschah. Reuben blieb noch einige Augenblicke reglos und mit erhobenen Händen an der Reling stehen, dann senkte er ganz langsam die Arme und rief ein einzelnes Wort in einem Dialekt, den Thor noch nie gehört hatte. Im ersten Moment schien es, als gäbe es keine Reaktion darauf, aber dann traten einige Aymará beiseite, um einem alten grauhaarigen Mann in einem grün und rot gemusterten Federmantel Platz zu machen. Er bewegte sich mit den mühsamen, schlurfenden Schritten eines wirklich *alten* Mannes, dabei schwer auf einen mit reichen Schnitzereien verzierten Stock gestützt, und trug den linken Arm in einer Schlinge aus geflochtenen Pflanzenfasern. Und jetzt, als hätte es dieses Anblicks bedurft, um seine Aufmerksamkeit darauf zu lenken, registrierte Thor, dass zahlreiche Indios verletzt waren. Viele trugen Verbände aus Blättern oder grobem Stoff, manche Wunden waren gar nicht versorgt worden oder begannen gerade zu heilen. Einige der Indios schienen kaum in der Lage zu sein, sich auf den Beinen zu halten. Trotzdem waren sie hierhergekommen, um an dem Angriff auf das Boot teilzunehmen. Was um alles in der Welt war hier passiert?, fragte sich Thor entsetzt.

Die Tür neben ihm wurde geöffnet und Marian machte einen halben Schritt auf das Deck hinaus, entdeckte die Indio-Armee und erstarrte mitten in der Bewegung. Erschrocken riss sie die Augen auf und schlug die Hand vor den Mund, um einen Schrei zu unterdrücken.

»Bleib, wo du bist!«, sagte Thor hastig. Und auch Reuben drehte sich um und warf Marian einen fast entsetzten, beschwörenden Blick zu.

Unter den Indios am Ufer war Unruhe aufgekommen. Noch mehr Waffen richteten sich auf das kleine Schiff und seine Besatzung, und für einen winzigen Moment spürte Thor, dass die Spannung wieder einen gefährlichen Punkt erreichte. Aber das Wunder wiederholte sich – auch diesmal verging der Augenblick, ohne dass einer der Indios die Nerven verlor. Zögernd senkten sich die meisten Waffen wieder. Die meisten. – Nicht alle.

Reuben drehte sich mit gemessenen Bewegungen wieder zum Ufer und blickte dem alten Indio entgegen. Der Eingeborene – Thor schloss aus seiner Kleidung und dem Respekt, den die anderen Aymará ihm entgegenbrachten, dass es ihr Häuptling oder der Medizinmann des Stammes sein musste – trat so dicht an das Ufer, wie er konnte, und straffte die dürren Schultern. Trotz seiner ausgemergelten Gestalt und der grauen Schatten, die Fieber und Schmerz auf seinen Wangen hinterlassen hatten, wirkte er stolz und Respekt gebietend.

Thor warf Marian einen beschwörenden Blick zu und erhob sich dann langsam hinter seiner Deckung. Vom Ufer aus folgten achtzig oder auch hundert Augenpaare misstrauisch seinen Bewegungen, als er neben Reuben an die Reling trat. Der FBI-Agent nickte beinahe unmerklich, um sein Einverständnis zu zeigen, löste den Blick jedoch nicht vom Gesicht des alten Indios. Der Aymará seinerseits blickte abwechselnd Reuben und Thor aus Augen an, deren Wachheit und Schärfe in krassem Gegensatz zu seinem faltenzerfurchten Gesicht standen. Schließlich sagte er etwas, was Thor nicht verstand, Reuben jedoch erleichtert aufatmen ließ. Der angespannte Ausdruck auf dem Gesicht des FBI-Mannes blieb, trotzdem spürte Thor, dass eine unsichtbare Last von Reuben genommen war.

»Was hat er gesagt?«, fragte er.

Reuben deutete ein hastiges Kopfschütteln an und antwortete dem Indio in der gleichen Sprache. Thors Respekt vor dem FBI-Mann stieg. Offensichtlich hatte sich Reuben wirklich *sehr* gründlich auf diese Expedition vorbereitet.

Oder, flüsterte eine leise, aber hartnäckige Stimme hinter seiner Stirn, auch Henley hatte ihm längst nicht die ganze Wahrheit erzählt und die beiden FBI-Beamten wussten sehr viel mehr, als sie bisher zugegeben hatten.

Reuben und der Indio unterhielten sich eine Weile in einer fremdartigen, sonderbar kehlig klingenden Sprache, die Thor noch nie zuvor gehört hatte, dann drehte sich Reuben um und machte eine Armbewegung, die das gesamte Deck einschloss. »Legt die Waffen weg«, sagte er. »Alle!«

Etwas, womit Thor nicht gerechnet hatte, geschah wie auf ein Kommando: Nicht nur Henley, sondern auch die Männer, die Thor bisher für gedungene Söldner gehalten hatte, gehorchten augenblicklich. Rasch und widerspruchslos legten sie ihre Gewehre auf den Boden, zogen auch Pistolen und Messer aus den Gürteln und standen auf.

»Was ist passiert?«, flüsterte Thor. »Wieso haben sie uns angegriffen?«

»Später«, antwortete Reuben leise. »Bitte sagen Sie jetzt nichts mehr, Mister Garson.« Einen Moment lang blickte er die Indios am Ufer und besonders den Alten noch unentschlossen an, dann gab er sich einen Ruck, schwang sich mit einer schnellen, aber vorher angedeuteten Bewegung über die Reling und sprang ins Wasser hinab. Selbst hier, unmittelbar am Ufer, war es noch so tief, dass Reuben fast bis zur Brust versank. Er breitete die Arme aus, um das Gleichgewicht zu halten, watete das letzte Stück zum Ufer und kletterte, die Luftwurzeln und überhängenden Äste geschickt als Halt nutzend, zu den Indios hinauf. Obwohl er einigen dabei so nahe kam, dass er sie hätte berühren können, machte keiner von ihnen Anstalten, ihm zu helfen. Allerdings griffen sie ihn auch nicht an.

Thor hörte, wie Henley hinter ihm erschrocken die Luft einsog und etwas murmelte, das sich wie »völlig übergeschnappt« anhörte, und auch Marian und die Söldner traten nacheinander zögernd näher an die Reling heran und sahen Reuben fassungslos zu.

Reuben redete eine ganze Weile mit dem alten Indio. Obwohl die an Bord Zurückgebliebenen nicht verstehen konnten, worum es ging, sprachen die Stimmen und Gesten der beiden ungleichen Männer eine deutliche Sprache. Offensichtlich war der alte Mann sehr erregt und sehr misstrauisch und Reuben schien mit Engelszungen zu reden, um ihn zu beruhigen. Ein- oder zweimal im Laufe des Gespräches war Thor nicht mehr sicher, dass Reuben Erfolg haben würde, denn die Krieger scharten sich enger um ihren Anführer und mehr als einer trat in eindeutig drohender Haltung auf den FBI-Mann zu. Aber schließlich machte der alte Mann eine gleichzeitig befehlende wie unendlich müde aussehende Geste und der Ring der Krieger lockerte sich wieder.

Reuben wandte sich um und bildete mit den Händen einen Trichter vor dem Mund, damit seine Worte an Bord des Schiffes verstanden wurden: »Mister Garson! Miss Corda! Kommen Sie an Land!«

Thor tauschte einen überraschten Blick zuerst mit Marian, dann mit Henley, aber etwas in Reubens Stimme hatte ihm klargemacht, dass jetzt nicht die Zeit für Fragen oder gar Diskussionen war. Er half zunächst Marian über die Reling und ließ sich dann selbst ins Wasser gleiten. Mühsam wateten sie zum Ufer hinüber, wo sie zu Reuben und dem alten Aymará traten.

»Wir werden sie begleiten«, sagte der FBI-Agent.

Es dauerte eine Sekunde, bis Thor ihn verstand. »Die Indios?«, fragte er.

Reuben nickte. »Ihr Dorf liegt zehn Minuten von hier entfernt. Sie haben mir versprochen, das Schiff nicht anzugreifen, solange wir bei ihnen sind. Ich denke, der Häuptling glaubt mir, dass wir nicht zu Ramos' Bande gehören.«

Thor ließ seinen Blick zweifelnd über die finsteren Indio-Gesichter gleiten. Er fühlte sich nicht besonders wohl in seiner Haut und er machte keinen Hehl daraus. »Was ist passiert?«

»Genau weiß ich das auch nicht«, antwortete Reuben ehrlich. »Ich beherrsche ihre Sprache nicht sehr gut. Aber wenn ich den Häuptling richtig verstanden habe, dann sind sie vor Kurzem von Männern überfallen worden, die auf einem Schiff wie dem unseren kamen. Und die von einem verkrüppelten Mann angeführt wurden, der nicht sehen konnte.«

»Ramos.«

Reuben nickte düster. »Ja. Es hat eine Menge Tote und noch mehr Verletzte gegeben.«

»Und sie haben geglaubt, wir gehören zu ihm?«

Reuben zuckte abermals mit den Schultern. »Ich weiß jetzt auch noch nicht, was sie glauben, Mister Garson. Was immer Ramos' Männer getan haben, hat sie so in Wut versetzt, dass sie keinem weißen Mann mehr trauen. Vielleicht gelingt es uns, ihr Misstrauen zu zerstreuen, wenn wir mit ihnen kommen. Oder ist Ihnen das zu gefährlich?«, fügte er beinahe lauernd hinzu.

»Nein«, antwortete Thor. »Aber ich halte es für keine gute Idee, dass Miss Corda uns begleitet.«

»Ich auch nicht«, erwiderte Reuben. »Aber der Häuptling besteht darauf.«

»Warum?«

»Woher, zum Teufel, soll ich das wissen?«, antwortete Reuben gereizt. »Fragen Sie ihn doch.« Er beruhigte sich so schnell wieder, wie er in Zorn geraten war, und zwang sich ein verunglücktes Lächeln ab. »Entschuldigung«, sagte er.

»Warten Sie einen Moment hier. Ich muss Henley noch ein paar Anweisungen geben.«

Marian trat angstvoll näher zu Thor, als Reuben sich zum Ufer wandte und sich die Reihen der Krieger enger um sie schlossen. Thor versuchte so gelassen und sicher wie möglich auszusehen, aber er spürte selbst, wie kläglich dieser Versuch wirken musste. Er war nervös und er hatte allen Grund dazu. Keiner der Aymará-Krieger reichte ihm weiter als bis zur Schulter und die meisten Gestalten waren schon nicht mehr schlank zu nennen, sondern ausgemergelt. Aber es waren mehr als hundert, und was Thor in ihren Gesichtern erblickte, war nur zu oft blanke Mordlust. Doch auch eine fast kindliche Neugier, als sie zuerst zögernd, dann immer mutiger immer dichter an Marian und ihn herantraten. Schließlich streckte einer der Indios die Hand aus und tastete mit spitzen Fingern nach Marians Haar. Sie zuckte unter der Berührung zurück, war aber geistesgegenwärtig genug, nichts zu sagen und die Hand des Kriegers auch nicht beiseitezuschlagen.

Den ersten neugierigen Fingern folgten andere und in das drohende Murren der Menge mischte sich aufgeregtes Schnattern, während die Indios Marians Haar, ihre Kleider und schließlich ihr Gesicht betasteten.

»Rühr dich nicht«, wisperte Thor. »Sie werden dir nichts tun.«

Es war nicht zu erkennen, ob Marian seine Worte verstanden hatte oder ob sie einfach starr vor Schrecken war; jedenfalls blieb sie reglos stehen und ließ es zu, von den Indios ausführlich betastet zu werden. Und Thor spürte auch, dass an den Gesten der Männer nichts Feindseliges mehr war. Sie waren einfach neugierig wie Kinder, die etwas sahen, was sie noch nie zuvor oder nur äußerst selten zu Gesicht bekommen hatten.

Trotzdem atmete auch er erleichtert auf, als nach einer Weile Reuben und der Häuptling zurückkamen und die Krieger wieder von ihnen zurückwichen. Der FBI-Mann war nicht mehr allein. In seiner Begleitung befand sich einer der Söldner, ohne Waffen wie Reuben selbst und auch Thor, und sichtlich nervös.

»Okay«, sagte Reuben. »Gehen wir.«

Was Reuben mit zehn Minuten bezeichnet hatte, erwies sich als ein gut halbstündiger Fußmarsch durch dichten Dschungel, und obwohl Thor geglaubt hatte, auf das vorbereitet zu sein, was sie erwartete, traf ihn der Anblick des Indiodorfes wie ein Schlag.

Die Siedlung lag auf einer weiten Lichtung mitten im Busch und bestand aus einem guten Dutzend großer, strohgedeckter Hütten, die sich um einen gewaltigen Rundbau in der Mitte erhoben.

Oder besser: Es hatte daraus bestanden. Von den ehemals zwölf oder vierzehn Hütten standen nur noch drei. Der Rest war zu verkohlten Gerippen verbrannt, die von den Indios zum Teil bereits wieder notdürftig mit Blättern gedeckt worden waren. Auch das große Gebäude in der Mitte des Dorfes hatte gebrannt; sein Dach war verschwunden und ein Drittel des Kreises aus aneinandergebundenen Baumpfählen schwarz verkohlt. Obwohl der Überfall einen guten Tag her sein musste, lag noch immer ein durchdringender Brandgeruch über dem Ort; und noch ein anderer, schlimmerer Geruch, den Thor im ersten Moment einfach wegzuleugnen versuchte. Aber er wusste sehr gut, was es war: der Gestank von verbranntem Fleisch.

Und dann sahen sie es: Am Waldrand, dicht neben der Stelle, an der sie aus dem Busch getreten waren, lagen die Leichen von zehn bis fünfzehn Indios, davon einige wenige scheinbar unverletzt, manche mit Schusswunden, die allermeisten aber auf furchtbare Weise verbrannt. Und auch viele von denen, die ihnen aus dem Dorf entgegenkamen – es waren ausnahmslos Frauen, Kinder und Alte, augenscheinlich waren sämtliche jungen Männer mit dem Häuptling zum Ufer geeilt –, wiesen mehr oder weniger schwere Brandwunden auf. Thor tauschte einen gleichermaßen fragenden wie entsetzten Blick mit Reuben, aber der FBI-Mann zuckte nur mit den Achseln.

»O mein Gott«, flüsterte Marian, als sie zwischen den Aymará auf die Lichtung hinaustraten und durch das niedergebrannte Dorf gingen. »Was ist hier passiert?«

Thor sagte nichts darauf, schon deshalb nicht, weil ihm das Entsetzen über diesen Anblick die Kehle zuschnürte – aber er glaubte die Antwort auf ihre Frage zu wissen: Ramos war hierfür verantwortlich. Warum auch immer seine Männer das Dorf angegriffen hatten, sie mussten mit unvorstellbarer Brutalität vorgegangen sein. Und sie hatten ganz offensichtlich mehr mitgebracht als nur einige Pistolen und Gewehre.

»Das war ein Flammenwerfer«, sagte Reuben plötzlich.

Thor sah ihn zweifelnd an. Der FBI-Mann zog die Augenbrauen zusammen und fuhr leiser und mit düsterem Gesichtsausdruck fort: »Ich kenne die Spuren, die diese Waffe hinterlässt. Aber warum hat er das getan?«

»Vielleicht brauchte er keinen Grund«, murmelte Thor. Er dachte an den Hass und den Wahnsinn, den er in Ramos' blinden Augen gesehen hatte.

Wenn er geglaubt hatte, die Grenzen des vorstellbaren Schreckens zu kennen, so täuschte er sich. Die Indios führten sie zu dem großen Rundbau in der Mitte des Dorfes, und als sie durch die verkohlte Tür traten, schlug Marian mit einem erschrockenen Schrei die Hände vor den Mund,

und selbst Reuben und sein hartgesottener Begleiter erbleichten sichtlich.

Die Aymará hatten ihre Schwerverletzten hierhergebracht. In dem ausgebrannten Gebäude befanden sich sicherlich zwanzig Personen – Männer, Frauen und auch Kinder – mit zum Teil so schrecklichen Brandwunden, dass sich Thor fragte, wieso sie überhaupt noch leben konnten. Ein furchtbarer Geruch hing in der Luft und dann und wann war ein leises Stöhnen zu hören.

Der alte Indio wandte sich mit einer Frage an Reuben, und der FBI-Mann riss sich mit sichtlicher Mühe von dem furchtbaren Anblick los und drehte sich zu Marian um.

»Können Sie ihnen helfen?«

Marian schüttelte fast erschrocken den Kopf. »Ich bin keine Ärztin«, sagte sie. »Ich verstehe überhaupt nichts von solchen Dingen.«

»Versuchen Sie es wenigstens«, sagte Reuben beinahe beschwörend. »Ich weiß nicht, warum – aber er scheint zu glauben, dass alle weißen Frauen so etwas können.« Er brach ab, überlegte eine Sekunde und wandte sich dann mit einer Frage an den alten Indio, die dieser nach spürbarem Zögern und auch mit sichtbarem Widerwillen, aber doch mit einem Nicken beantwortete. Reuben drehte sich zu dem Söldner um. »Gehen Sie zurück zum Schiff«, befahl er. »Sagen Sie Henley, er soll mit zwei Männern hierherkommen. Und sie sollen den Erste-Hilfe-Kasten und jedes bisschen Verbandszeug mitbringen, das wir an Bord haben.«

Der Söldner ging, sichtlich froh, entlassen zu sein. Marian überwand sich nach einem weiteren bittenden Blick Reubens und trat zu einem der verletzten Kinder. Thor sah, dass ihre Hände zu zittern begannen, als sie sich neben ihm auf die Knie niederließ.

»Was ist passiert?«, flüsterte Thor. »Fragen Sie ihn.«

Reuben tat es und nach und nach schien es ihm zu gelingen, das Vertrauen des alten Aymará-Häuptlings zu erringen. Trotzdem gestaltete sich die Unterhaltung schwierig und es dauerte lange, bis sich aus den zum Teil zusammenhanglosen, zum Teil scheinbar völlig sinnlosen Informationen, die Thor nach und nach von Reuben bekam, ein Bild zusammensetzen ließ.

Die Geschichte, die Thor hörte, war so erstaunlich wie furchtbar. Sie waren nicht das zweite, sondern das dritte Schiff mit weißen Männern, das während der letzten beiden Tage auf dem Fluss gekommen und in das Gebiet der Aymará eingedrungen war. Cordas Vorsprung war nicht so groß, wie sie bisher angenommen hatten, und sie waren auf dem richtigen Weg. Er war mit einem Schiff hier vorbeigekommen, das drei oder vier Meilen weiter nördlich in einer kleinen Bucht angelegt und ein Dutzend Männer und zwei geländegängige Lastwagen ausgespuckt hatte. Die Aymará hatten ihn und seine Begleiter freundlich begrüßt, wie es ihre Art war, aber dann war es wohl zum Streit gekommen. Wie und worüber, konnte oder wollte der Alte ihnen nicht sagen. Cordas Begleiter hatten einen der Krieger erschossen und die Tochter des Häuptlings als Geisel genommen, um sich freien Abzug zu sichern. Offenbar hatten sie das Mädchen tatsächlich unverletzt wieder laufen lassen, als sie sich in sicherem Abstand zum Dorf befanden.

Doch entsprechend misstrauisch waren die Indios natürlich gewesen, als kaum einen Tag später ein zweites Schiff mit bewaffneten Männern flussabwärts gefahren kam und an der gleichen Stelle anlegte. Und es war auch zwischen diesen Männern und den Aymará zu einer Auseinandersetzung gekommen; auch den Grund dieses zweiten Streites verschwieg der Häuptling beharrlich. Allerdings war die Konfrontation diesmal anders verlaufen. Während sich Cordas Begleiter darauf beschränkt hatten, sich zu verteidigen und ihren Abzug zu sichern, hatten Ramos' Leute das Feuer aus Maschinenpistolen und Flammenwerfern auf die Indios eröffnet und fast ein Viertel der Krieger verletzt oder getötet. Danach hatten sie das Dorf gestürmt und niedergebrannt. Auch sie hatten wie Corda zuvor Geiseln genommen – den Medizinmann des Stammes und zwei jüngere Krieger. Diese drei waren bisher nicht zurückgekehrt und der Stamm hatte eine Anzahl seiner besten Männer losgeschickt, um Ramos und seine Mörderbande zu verfolgen und den Medizinmann zu befreien.

Thor schüttelte verwirrt den Kopf, als Reuben seinen Bericht zu Ende gebracht hatte. »Das klingt irgendwie nicht sehr überzeugend«, murmelte er.

»Ich weiß«, antwortete Reuben. »Aber er sagt die Wahrheit. Jedenfalls glaube ich das. Die Aymará sind ein friedliches Volk. Ich kann es ihnen wahrhaftig nicht verdenken, dass sie uns angegriffen haben.«

»Das meine ich nicht«, antwortete Thor. » Ich habe das Gefühl, er verschweigt uns etwas.« Er machte eine weit ausholende Handbewegung, die den ganzen Raum einschloss. »Nicht einmal ein Ungeheuer wie Ramos tut so etwas völlig grundlos. Von Corda ganz zu schweigen. Fragen Sie ihn doch bitte, worum es bei dem Streit ging.«

»Das habe ich bereits«, sagte Reuben. »Er hat irgendetwas von Tabu und verbotenen Fragen gefaselt.« Er lächelte flüchtig und nicht sehr echt. »Außerdem scheint er mich prinzipiell immer dann nicht mehr zu verstehen, wenn ich ihn darauf anspreche. Ich wollte auch nicht zu sehr in ihn dringen. Sie glauben uns anscheinend, dass wir nichts mit Corda und Ramos zu tun haben, aber sie sind natürlich immer noch misstrauisch und voller Angst, was ich für meinen Teil sehr gut verstehen kann.«

Thor sparte es sich, eine weitere Frage zu stellen. Neben allem anderen hatte er das sichere Gefühl, dass ihm Reuben selbst dann nicht die Wahrheit sagen würde, wenn er sie wüsste. Einen Moment lang war er in Versuchung, zu erzählen, was er von Henley erfahren hatte. Aber er wollte Reubens Kollegen keine Schwierigkeiten bereiten – und vielleicht erfuhr er sogar mehr, wenn er so tat, als wisse er noch immer nicht, was hinter alldem steckte. So ging er stattdessen zu Marian hinüber und half ihr dabei, sich um die Verwundeten zu kümmern. Wenigstens versuchte er es.

Es gab nicht viel, was sie für sie tun konnten. Thor verstand so viel oder wenig von Medizin und Heilkunde, wie ein Mann eben davon versteht, der einen beträchtlichen Teil seines Lebens in unwegsamen Regionen der Welt verbracht hatte. Aber es ging hier nicht darum, einen gebrochenen Arm zu schienen oder eine Fleischwunde zu versorgen. Sowohl Marian als auch ihm war bereits nach wenigen Minuten klar, dass die wenigsten Indios, die sie hier sahen, ihre Verletzungen überleben würden.

Der Anblick der mehr als zwanzig Schwerverwundeten und der Gedanke an die fast ebenso vielen Toten, die sie draußen gesehen hatten, erfüllte ihn mit einer kalten Wut, die ihn beinahe selbst erschreckte. Ramos hatte mehr getan, als diese Menschen umzubringen. Der Stamm würde auch dies überstehen, aber Thor war klar, dass er hinterher nicht mehr derselbe sein würde. Und auch Marians Gesicht hatte sich in eine Maske aus Entsetzen und Furcht verwandelt, in der ein tiefes, ungläubiges Erschrecken mitschwang, das noch so heftig war wie im allerersten Moment.

»Ich verstehe einfach nicht, warum er das getan hat«, flüsterte sie.

»Ich auch nicht«, sagte Thor. »Aber ich werde ihn fragen, mein Wort darauf.«

Marian sah ihn aus großen, schreckgeweiteten Augen an. »Es ist Stans Schuld, nicht wahr?«, flüsterte sie.

»Was für ein Unsinn«, sagte Thor.

»Es ist seine Schuld«, beharrte Marian. »Das wäre nicht passiert, wenn ... wenn er nicht hierhergekommen wäre oder wenn er diesem Verbrecher gegeben hätte, was der haben wollte. Ich ... ich hätte dafür sorgen müssen, dass er es tut.«

»Unsinn!«, widersprach Thor noch einmal und diesmal weitaus heftiger als das erste Mal. »Hör auf, Marian. Du hast damit genauso wenig zu tun wie ich.«

Marian schüttelte den Kopf. Ihre Lippen bebten und ihr Gesicht hatte jede Farbe verloren. »Ich ... ich hätte es vielleicht verhindern können«, murmelte sie. »Ich hätte mit ihm reden müssen. Vielleicht ...« Sie brach ab. Ihr Blick begann zu flackern. Für einen winzigen Moment glaubte Thor, dass sie die Beherrschung verlieren würde. Aber dann beruhigte sie sich wieder.

»Natürlich. Du hast recht«, murmelte sie. »Entschuldige.«

»Das macht doch nichts«, sagte Thor.

Marian lächelte traurig. »Ich fühle mich so hilflos«, sagte sie. »Wenn ich diesen Menschen doch nur helfen könnte.«

»Reubens Männer bringen Medikamente und Verbandszeug«, sagte Thor. »Vielleicht können wir wenigstens ihre Schmerzen ein wenig lindern.«

»Das meine ich nicht«, antwortete Marian. »Das alles hätte nie passieren dürfen. Ich hätte Ramos aufhalten können.«

Thor deutete mit einem gequälten Lächeln auf seinen Arm. Seit seinem Sprung von Bord des Schiffes schmerzte er wieder höllisch. »Du hast es versucht«, sagte er ironisch. »Ich bin ganz froh, dass es dir nicht gelungen ist. Sonst wäre ich jetzt vielleicht tot.«

Marian lächelte matt, aber ihre Augen blieben ernst und Thor sah Tränen darin schimmern. Und plötzlich fühlte er sich ebenso hilflos wie Marian, wenn auch aus einem ganz anderen Grund.

IM DORF DER AYMARÁ

Es dauerte bis spät in die Nacht, bis sie die am schlimmsten Verwundeten wenigstens notdürftig versorgt hatten. Es war tatsächlich so, wie Thor befürchtet hatte – es gab nicht viel, was sie für diese Menschen tun konnten. Die Hälfte von denen, denen Thor, Marian und Henley, der sich als überraschend geschickt in solchen Dingen erwies, frische Verbände anlegten, Salben oder zumindest schmerzstillende Mittel verabreicht hatten, würden in den nächsten Tagen mit Sicherheit sterben. Thor fühlte sich hinterher hilfloser und niedergeschlagener als zuvor und sein Zorn auf Ramos und die Männer, die ihn begleiteten, war zu etwas geworden, was an Hass grenzte und ihn selbst erschreckte. Gleichzeitig fragte er sich immer mehr und mehr, *warum* sie das getan hatten. Er wusste, dass Ramos verrückt und völlig gewissenlos war; aber selbst ein Verrückter brauchte einen *Grund,* um so etwas zu tun, und sei es auch nur ein eingebildeter.

Lange nach Mitternacht trat er erschöpft aus dem niedergebrannten Rundbau heraus, lehnte sich gegen die Wand neben der Tür und atmete die kühle Nachtluft ein. Sie roch noch immer nach Feuer und Asche, aber zumindest war der Geruch von Schmerzen und Tod hier draußen nicht so intensiv. Er sehnte sich nach einer Tasse starkem Kaffee oder wenigstens einem Whiskey.

Aus müden, brennenden Augen sah er sich auf der Lichtung um. Der Mond war eine schmale, bleiche Sichel, die kein nennenswertes Licht spendete, aber die Indios hatten einige Feuer entzündet und auch in den stehen gebliebenen Hütten glomm Licht. Offensichtlich schlief in dieser Nacht niemand in diesem Dorf.

Aber vielleicht hatte das auch einen anderen Grund, als er

im ersten Moment annahm. Nach einer Weile fiel ihm auf, dass die meisten Feuer am entgegengesetzten Ende der Lichtung brannten. Schatten bewegten sich davor, hektisch und scheinbar sinnlos, trotzdem einem Rhythmus folgend, den er erst erkannte, als er die Musik hörte: leise, atonale Musik, das dumpfe Hämmern einer Trommel, die klagenden Töne einer Flöte und das an und ab schwellende Summen aus zahlreichen Kehlen, das ein anderes Lied intonierte als die Instrumente.

Thor zögerte. Er war müde. Er war erschöpft wie selten zuvor in seinem Leben und er war sich darüber im Klaren, dass er von mehr als einem Augenpaar misstrauisch beobachtet wurde, obwohl er im Moment keinen Indio in seiner Nähe entdecken konnte. Trotzdem weckte das Geschehen dort drüben am Waldrand seine Neugier. Irgendetwas sagte ihm, dass es wichtig war.

Er sah sich genauer um, stellte auch diesmal fest, dass er allein zu sein schien, und spürte abermals, dass er es nicht war. Nachdem die Aymará ihr Misstrauen überwunden hatten, erwiesen sie sich tatsächlich als das freundliche und hilfsbereite Volk, das zu sein man ihnen nachsagte. Der Häuptling hatte keine Einwände erhoben, als Reuben ihn darum bat, alle seine Männer und ihre gesamte Ausrüstung von Bord des Schiffes ins Dorf bringen zu dürfen. Trotzdem war Thor nicht entgangen, dass sich stets zwei oder drei Krieger unauffällig in der Nähe jedes einzelnen weißen Mannes aufhielten; ebenso wenig wie ihm entgangen war, dass diese Krieger stets bewaffnet und jederzeit bereit waren, diese Waffen auch einzusetzen. Es war nicht so, dass er dieses Verhalten nicht verstand oder auch nur missbilligte. Aber es war kein besonders angenehmes Gefühl, in jeder Sekunde das vergiftete Ende eines Pfeiles auf seinen Rücken gerichtet zu wissen.

Er verscheuchte den Gedanken und ging quer über die Lichtung auf den Feuerschein und die tanzenden Schatten zu. Das Hämmern der Trommeln wurde lauter und aus den auf und ab hüpfenden Schemen wurden die Gestalten von circa zwanzig Aymará-Kriegern, die, mit bunten Erdfarben bemalt und jeweils einen prachtvollen Kopf- und Hüftschmuck aus Vogelfedern tragend, zum Takt der Musik um drei gleichmäßig angeordnete Feuer tanzten. Die Flammen schlugen sehr hoch, brannten aber trotzdem nicht besonders hell und konnten auch keine sehr große Hitze ausstrahlen, denn in der Mitte des gleichschenkligen Dreiecks, das die Feuer bildeten, stand der alte Häuptling des Stammes. Auch seine Lippen bewegten sich zur Musik der Trommeln und Flöten, aber er stand völlig reglos da, die Arme ausgebreitet und das Gesicht zu den Sternen gewandt.

Als er sich dem Feuer bis auf zehn Schritte genähert hatte, trat eine Gestalt aus der Dunkelheit hervor und hob den Arm. Thor blieb stehen und erkannte Reuben. Er wollte etwas sagen, aber der FBI-Mann schüttelte hastig den Kopf, bedeutete ihm zu schweigen und entfernte sich wieder ein paar Schritte vom Feuer und den tanzenden Indios. Thor folgte ihm.

»Was tun sie da?«, fragte Thor mit einer Geste auf die Aymará.

Reuben zuckte mit den Schultern. »Ich hatte gerade gehofft, dass Sie mir diese Frage beantworten könnten«, sagte er.

Thor blickte noch einmal aufmerksamer zum Feuer hinüber. Die Indios bewegten sich hektisch, mit zuckenden, abgehackten Bewegungen, die Arme wild und nur scheinbar willkürlich in alle Richtungen schleudernd und manchmal kleine, spitze Schreie ausstoßend, die sich mit dem unheimlichen Klang der Musik zu etwas noch Düstererem, fast Furchteinflößendem vermischten.

»Es scheint so eine Art Gebet zu sein«, murmelte Reuben. Thor konnte seinen Blick spüren, obwohl er ihn nicht ansah. »Vielleicht flehen sie ihre Götter um Hilfe an.«

»Nein«, murmelte Thor. »Das ist … etwas anderes.« Er hatte viele Indio-Tänze gesehen; bekannte und unbekannte, verbotene und solche, die zu keinem anderen Zweck als für die Augen neugieriger weißer Forscher bestimmt waren – aber so etwas wie hier noch nicht. Musik und Gesang der Indios, obgleich scheinbar unabhängig voneinander, ja verschiedenen unhörbaren Melodien folgend, vereinigten sich zu etwas, was schwer in Worte zu fassen war, zu etwas Bedrohlichem, Aggressivem. Trotzdem spürte er gleichzeitig, dass es kein Kriegstanz war. »Ich weiß es nicht«, sagte er noch einmal. »Aber ich glaube, es ist besser, wenn wir sie dabei nicht stören.«

Reuben sah ihn unsicher an, aber ein weiterer Blick auf die tanzenden Indios schien auch ihn davon zu überzeugen, dass Thor recht hatte. Vielleicht war es auch der Anblick des Häuptlings, der sie beide so verunsicherte. Die reglos und hoch aufgerichtet zwischen den Flammen stehende Gestalt hatte etwas Unheimliches.

Sie gingen zurück und Reuben führte Thor zu einer der wenigen stehen gebliebenen Hütten. Die Aymará hatten sie für Reubens Männer und ihre Ausrüstung geräumt. Reubens Begleiter hatten ihr Lager im hinteren Teil des Gebäudes aufgeschlagen, während das vordere Drittel sich in eine Art improvisiertes Warenlager verwandelt hatte: Offensichtlich war das Schiff bis unter die Luken mit Fracht beladen gewesen, von der allerdings nur ein kleiner Teil hier gelandet war.

Thor musterte den Stapel aus Kisten und eng verschnürten Ballen einen Moment lang und suchte vergeblich nach irgendeiner Aufschrift oder einem Anhaltspunkt, was sie enthalten mochten. Aber zu seiner Überraschung entdeckte er etwas anderes: Außer Reubens Söldnern waren auch die beiden Polizeibeamten mit ins Dorf gekommen. Einer von ihnen hatte sich zum Schlafen ausgestreckt und schnarchte, was das Zeug hielt. Der andere saß an einem tragbaren Funkgerät, das auf einem kleinen Klapptisch aufgebaut worden war, betätigte die Morsetaste und lauschte ab und zu auf die Antwort, die aus seinen Kopfhörern drang.

Thor tauschte einen Blick mit Reuben. »Was tut er da?«

»Wir bekommen Hilfe aus La Paz«, antwortete Reuben. »In einer Stunde sind zwei Wasserflugzeuge mit Medikamenten und einem Arzt hier.«

Thor schwieg dazu. Natürlich war Reubens Entscheidung richtig. Es gab nicht viele Aymará in diesem Dorf, die ganz ohne Verwundung davongekommen waren. Und sie hatten weder die Mittel noch das Wissen, diesen Menschen die notwendige medizinische Hilfe angedeihen zu lassen. Und trotzdem gefiel ihm der Gedanke nicht. Irgendwie spürte er, dass Reuben mehr angefordert hatte als *ärztliche* Hilfe. Aber er sagte nichts dazu, sondern steuerte den Tisch an und setzte sich auf einen der Klappstühle, die davorstanden.

Reuben setzte sich zu ihm. »Haben Sie Hunger?«, fragte er.

Thor zog eine Grimasse. Nach dem, was er in den letzten Stunden in dem Rundbau in der Mitte des Dorfes gesehen hatte, hatte er das Gefühl, nie wieder etwas essen zu können, aber sein Magen knurrte und so nickte er. Reuben stand auf und kam nach einigen Augenblicken mit einem Stück Brot und zwei Dosen Ölsardinen zurück, die er ungeschickt mit einem Klappmesser zu öffnen versuchte. Thor sah ihm einen Moment lang dabei zu und nahm ihm dann diese Arbeit ab, bevor Reuben sich selbst ein Auge ausstechen oder einen Finger abschneiden konnte.

»Ich möchte wissen, was sie dort tun«, murmelte Reuben, während Thor lustlos in der Fischdose herumzustochern begann. »Es ist irgendwie …«

»Unheimlich?«, half Thor, als Reuben nicht weitersprach.

»Richtig«, sagte der FBI-Mann. Er lächelte unsicher. »Ich dachte, Sie wären der Spezialist für so etwas.«

»Wofür?«, fragte Thor und brach ein Stück von dem trockenen Weißbrot ab. »Für unheimliche Dinge? Oder für indianische Tänze?«

Reuben lächelte pflichtschuldig, aber sein Blick blieb kalt. »Wissen Sie, Garson«, sagte er, »das Schlimme an Ihnen ist, dass ich einfach nicht schlau aus Ihnen werde. Ich weiß immer noch nicht genau, auf wessen Seite Sie stehen. Sind Sie jetzt hier, um Ihren Freund zu befreien oder um uns zu helfen?«

»Ich bin hier, oder?«, erwiderte Thor.

Reuben starrte ihn finster an, zog es aber vor, nicht weiter auf dem Thema herumzureiten, sondern sah Thor eine geraume Weile schweigend beim Essen zu. »Ich habe vorhin noch einmal mit dem Häuptling gesprochen«, sagte er schließlich.

Thor sah ihn wortlos an.

»Er bleibt bei seiner Geschichte«, fuhr Reuben fort. »Angeblich haben Ramos und seine Männer völlig grundlos das Feuer eröffnet. Aber damit wird er nicht durchkommen.«

»Wieso?«

Reuben machte eine Kopfbewegung auf den Polizeibeamten, der noch immer vor seinem Funkgerät saß und von Zeit zu Zeit die Morsetaste bediente. »Die Sache wird verdammt große Kreise ziehen, Mister Garson«, sagte er.

»Es geht jetzt nicht mehr darum, Mister Anderson zu befreien und Ramos hinter Gitter zu bringen. Jedenfalls nicht nur.«

»Sondern?«

»Ich fürchte, Sie verstehen den Ernst der Lage nicht«, sagte Reuben. »Ramos ist amerikanischer Staatsbürger. Und er hat dieses Dorf überfallen und mehr als ein Dutzend Menschen umgebracht.«

»Und das ist etwas, was die bolivianische Regierung gar nicht gern sieht«, vermutete Thor sarkastisch. »Selbst wenn es sich *nur* um Indios handelt.«

Reuben blieb ernst. »Stellen Sie sich vor, ein bolivianischer Gangsterboss käme nach Texas und würde dort eine kleine Ortschaft überfallen und ausräuchern. Das würden wir auch nicht besonders gern sehen. Und das macht die ganze Sache kompliziert.«

»Ach?«

»Bisher lief die ganze Angelegenheit mehr oder weniger diskret ab«, erklärte Reuben. Er lächelte flüchtig, als er den zweifelnden Blick bemerkte, den Thor auf den Polizeibeamten warf. »Der Polizeichef von Trinidad ist mir – nun, sagen wir – einen Gefallen schuldig gewesen«, sagte er. »Aber jetzt lässt sich unser Hiersein nicht mehr vertuschen. Vermutlich wird das Flugzeug tatsächlich nur einen Arzt und einige Kisten voller Medikamente bringen. Aber spätestens morgen früh wird hier ein Boot aus Trinidad anlegen, darauf wette ich. Und eine halbe Stunde später wimmelt es hier von Polizisten und möglicherweise sogar Militär. Bis dahin müssen wir weg sein.«

Thor war nicht sonderlich überrascht. Er hatte sich im Gegenteil schon gewundert, warum Reuben keinerlei Einspruch dagegen erhoben hatte, dass sie den Rest des Tages darauf verwandt hatten, den Indios zu helfen, obwohl Ramos' Vorsprung dadurch um mehrere Stunden wachsen musste. Trotzdem sagte er: »Das ist unmöglich. Die Männer sind völlig erschöpft. Sie können keinen Nachtmarsch von ihnen verlangen.«

»Wer sagt das?«, fragte Reuben.

Thor sah ihn fragend an.

Reuben lächelte, überzeugte sich mit einem raschen Blick davon, dass der Polizeibeamte weiterhin die Kopfhörer auf den Ohren hatte, und fuhr beinahe im Flüsterton fort: »Sie schicken zwei Flugzeuge, Mister Garson. Ich habe vor, mir eines davon … auszuleihen.«

»Sie meinen stehlen«, vermutete Thor.

Reuben machte eine wegwerfende Handbewegung. »Nennen Sie es, wie Sie wollen. Sie wissen ja, worum es geht. Ich würde auch den Kronschatz von England stehlen, wenn es nötig wäre. Kann ich auf Ihre Mithilfe zählen?«

»Wobei? Das Flugzeug zu entwenden?«

Diesmal war Reubens Verärgerung schon deutlicher. »Nein«, antwortete er scharf und etwas lauter. »Für so etwas haben wir Spezialisten dabei. Aber das Flugzeug nutzt uns überhaupt nichts, wenn wir nicht wissen, wohin wir fliegen sollen. Ich bitte Sie, noch einmal mit dem Häuptling zu sprechen. Vielleicht gelingt es Ihnen, ihn davon zu überzeugen, dass er uns die Wahrheit erzählen muss.«

»Sie glauben, dass er weiß, wohin Ramos und Corda gegangen sind?«

»Wahrscheinlich.« Reuben zuckte mit den Achseln. »Wenn ich ehrlich sein soll – es ist meine letzte Hoffnung. Falls wir ihre Spur nicht wiederfinden, können wir genauso gut umkehren.«

»Sie sprachen davon, dass Corda einen Lastwagen mitgebracht hat«, erinnerte Thor. »Ein solches Fahrzeug hinterlässt Spuren. Ganz besonders im Dschungel.«

Abermals machte Reuben eine entsprechende Handbewegung. »Theoretisch ja«, sagte er. »Praktisch wird der Boden hier aber schon nach einigen Meilen so steinig, dass nicht einmal ein Panzer eine Spur hinterlassen würde. Der Dschungel ist zwar sehr dicht, aber nicht besonders breit. Eigentlich ist es nur ein schmaler Streifen rechts und links des Flusses. Wir wissen, dass sie nach Norden gefahren sind, aber das ist auch schon alles.«

»Ich spreche ja nicht einmal ihre Sprache«, sagte Thor.

»Aber er unsere«, antwortete Reuben. Thor sah erstaunt hoch. Reuben lächelte wieder, beugte sich vor und angelte mit der Spitze seines Klappmessers die letzte Sardine aus Thors Dose. »Wie gesagt – ich habe noch einmal mit ihm gesprochen. Er spricht ganz gut englisch, aber er hat es wohl vorgezogen, zuerst einmal so zu tun, als verstünde er uns nicht. Der Mann ist vielleicht alt, aber ziemlich gerissen.«

»Ich kann es versuchen«, sagte Thor. »Doch ich kann Ihnen nichts versprechen.«

»Das verlange ich auch nicht«, sagte Reuben kauend. In fast beiläufigem Ton fügte er hinzu: »Ach ja, da wäre noch etwas.«

»So?«

»Marian Corda«, sagte Reuben. »Ich halte es für besser, wenn sie hierbleibt.«

»Ich fürchte, da wird sie anderer Meinung sein«, erwiderte Thor.

»Bestimmt sogar. Aber darauf kann ich keine Rücksicht mehr nehmen.« Seine Stimme wurde eindringlich. »Sehen Sie sich doch um, Garson. Was hier passiert ist, ist vielleicht nur ein Vorgeschmack auf das, was uns erwartet. Ramos gibt keinen Pfifferling für ein Menschenleben. Wollen Sie sie wirklich einer solchen Gefahr aussetzen?«

»Sie wird nicht hierbleiben«, seufzte Thor.

»Das wird sie müssen. Wir werden weg sein, bevor sie überhaupt merkt, was los ist.«

Thor wollte antworten und Reuben erklären, dass er offensichtlich noch immer nicht verstanden hatte, was für eine Frau Marian Corda war – aber im selben Moment erscholl vor der Tür ein scharfer Ruf, gefolgt von einem überraschten Aufschrei und dem gedämpften Aufprall eines Körpers. Eine halbe Sekunde lang blickten sich Reuben und Thor nur überrascht an, dann sprangen sie beide fast gleichzeitig auf die Füße und stürmten aus der Hütte, gefolgt von drei oder vier Söldnern, die noch im Laufen nach ihren Waffen griffen.

Thor rannte so dicht hinter Reuben her, dass er um ein Haar gegen ihn geprallt wäre, als der FBI-Beamte plötzlich stoppte und sich zu einer Gestalt hinabbeugte, die vor der Tür auf dem Boden lag. Im schwachen Widerschein der Feuer konnte Thor erkennen, dass es Henley war. Er blutete aus einer hässlichen Platzwunde über dem linken Auge und wirkte benommen, war aber bei Bewusstsein. Mühsam hob er die Hand und gestikulierte in Richtung Waldrand.

Reuben spurtete weiter und auch Thor und die Söldner folgten ihm, obwohl Thor insgeheim bereits glaubte, dass das völlig sinnlos war. Bei der herrschenden Dunkelheit konnten sie an dem Mann, der Henley niedergeschlagen hatte, praktisch in drei Meter Entfernung vorbeilaufen, ohne ihn zu sehen. Aber plötzlich stieß einer von Reubens Begleitern einen scharfen Ruf aus und deutete nach links, und als Thor und die anderen herumfuhren, glaubte auch er einen Schatten zu sehen, der in großer Eile davonhastete.

»Stehen bleiben!«, schrie Reuben. Der Schatten bewegte sich noch hektischer und verschwand im Schwarz des Waldes, während Reuben noch seine Pistole zog und einen Warnschuss abgab.

Der Schuss krachte in der Stille der Nacht wie ein Kanonenschlag. Der Gesang der Indios verstummte und für eine Sekunde breitete sich ein unnatürliches Schweigen über das Dorf. Dann erscholl ein ganzer Chor schreiender, aufgeregt durcheinanderrufender Stimmen. Und plötzlich hasteten aus allen Richtungen Menschen auf sie zu.

Reuben beachtete sie nicht, sondern rannte weiter. Auch Thor verdoppelte seine Anstrengungen, nicht zurückzufallen. Der Schatten war mittlerweile völlig verschwunden, aber sie hörten das Brechen von Zweigen im Unterholz – und plötzlich einen Schrei!

Thors Herz machte einen erschrockenen Sprung, als er die Stimme erkannte. »Marian!«, schrie er. Die Angst gab ihm zusätzliche Kraft. Er spurtete an Reuben und seinen Begleitern vorbei und erreichte als Erster den Waldrand – um beinahe über einen Körper zu fallen, der zusammengekrümmt im Unterholz lag.

Es war tatsächlich Marian. Sie zitterte am ganzen Leib, als Thor neben ihr niederkniete und ihr ins Gesicht sah. Ihre Haut war bleich wie die einer Toten und ihre Augen groß und dunkel vor Angst. Im allerersten Moment schien sie Thor nicht zu erkennen, denn sie zuckte erschrocken vor ihm zurück und hob angstvoll die Hände vor das Gesicht, aber dann sagte er ihren Namen und aus der Furcht in ihrem Blick wurde unendliche Erleichterung.

»Marian!«, sagte Thor. »Was ist passiert? Was tust du hier?«

Auch Reuben und die anderen kamen jetzt bei ihnen an. Der FBI-Agent blieb stehen, aber die drei Männer liefen weiter und brachen krachend durch das Unterholz.

»Was ist passiert?«, herrschte nun Reuben Marian an. Und was Thors erschrockene Frage nicht bewirkt hatte, das gelang seinem befehlsgewohnten Tonfall. Marian schrak zusammen und kam sichtlich wieder zu sich. Sie zitterte noch immer am ganzen Leib, war jetzt aber offensichtlich nicht mehr nahe daran, einfach hysterisch loszuweinen.

»Ich weiß es nicht«, murmelte sie verstört. »Ich ... ich wollte ein bisschen frische Luft schnappen. Ich musste einfach raus. Und plötzlich ... hörte ich Schritte und Rufe. Und dann tauchte ein Mann auf und schlug mich nieder.«

»Ein Mann?«, schnappte Reuben. »Was für ein Mann? Ein Indio? Oder ein Weißer?«

Marian schüttelte unglücklich den Kopf. »Ich weiß es nicht«, gestand sie. »Ich habe nur einen Schatten gesehen. Es ging alles so furchtbar schnell.«

Reuben setzte zu einer weiteren Frage an, aber Thor fiel ihm ins Wort. »Ich glaube, sie hat wirklich nichts gesehen«, sagte er. »Vielleicht fragen wir Henley. Möglicherweise hat er mehr erkennen können.«

»Möglicherweise auch nicht«, sagte eine Stimme hinter ihnen. Thor und Reuben drehten sich im gleichen Moment um und erkannten Henley, der sich aufgerappelt hatte und ihnen gefolgt war. Er war noch immer blass. Die Platzwunde über seinem Auge blutete heftig, schien aber nicht weiter schlimm zu sein, denn sein Blick war wieder klar. »Ich habe überhaupt nichts gesehen«, sagte er mit einer Geste auf Marian. »Es war genau wie bei ihr. Ich dachte, da ist ein Schatten, und dann wurde ich auch schon niedergeschlagen.«

»Vielleicht einer der Indios«, vermutete Reuben. »Sie beobachten uns.«

»Sie haben es wohl kaum nötig, im Dunkeln um die Hütte zu schleichen«, gab Thor zu bedenken.

Reuben warf ihm einen unsicheren Blick zu, aber er antwortete nicht, denn aus dem Dorf kamen jetzt immer mehr Aymará herbeigerannt. Nicht wenige von ihnen waren wieder bewaffnet und hatten den gleichen grimmigen

Ausdruck, mit dem sie sie am Abend am Fluss empfangen hatten.

Reuben wandte sich zu den Indios um und machte eine besänftigende Geste. Doch die nutzte nicht sehr viel. Die Indios kamen immer näher und das drohende Murren verstärkte sich eher noch. Fast im gleichen Augenblick trat auch der alte Häuptling aus der Dunkelheit heraus und die Krieger wichen wieder ein Stück zurück, um ihm Platz zu machen.

Reuben sprudelte ein paar hastige Worte im Dialekt der Aymará hervor, auf die der Indio in der gleichen Sprache antwortete. Dann stockte er, blickte Thor, Henley und Marian der Reihe nach sehr nachdenklich an und wechselte übergangslos in ein zwar schleppendes, aber beinahe akzentfreies Englisch über. »Sprechen wir Ihre Sprache, Mister Reuben. So können Ihre Freunde hören, was wir sagen. Warum haben Sie geschossen?«

»Das war nur ein Warnschuss«, sagte Reuben. Er wirkte nervös, und ein weiterer Blick in die finsteren Gesichter der Aymará bestätigte Thor, dass er auch allen Grund dazu hatte. Das Eis, auf dem sie sich bewegten, war so dünn, dass man glauben konnte, es schon knacken zu hören. Obwohl sie den Indios nach Kräften geholfen hatten, war ihr Misstrauen längst nicht ausgeräumt. Vielleicht würde es das nie sein.

»Ein Warnschuss? Wieso?«

Reuben deutete auf Henleys blutüberströmte linke Gesichtshälfte. »Jemand hat meinen Kollegen niedergeschlagen. Und Miss Corda hier auch. Jemand, der versucht hat uns zu belauschen und dabei von Henley überrascht wurde.« Er zögerte einen winzigen Moment, dann fragte er geradeheraus: »War es einer Ihrer Krieger?«

Der Alte sah Reuben eine Sekunde lang fast verächtlich

an. »Wenn wir deinen Tod wollten, weißer Mann«, sagte er, »dann hättest du unser Dorf niemals betreten.«

»So war das nicht gemeint«, lenkte Reuben nervös ein. »Aber es ist –«

»Ich bin sicher, dass es keiner deiner Krieger war«, mischte sich Thor ein. »Doch vielleicht haben deine Leute etwas gesehen. Jemanden, der nicht hierhergehört?«

In die Verachtung im Blick des alten Mannes mischte sich etwas anderes, das Thor im ersten Moment nicht deuten konnte. Dann wandte er sich in seiner Muttersprache mit einer Frage an einen der Krieger, die hinter Reuben standen, und der Aymará antwortete mit einem Kopfschütteln und einer heftigen Geste. »Niemand hat etwas gesehen«, sagte der Häuptling. »Ich habe Befehl gegeben, euch wie Gäste zu behandeln. Wir belauschen unsere Gäste nicht.«

Mit einer heftigen Bewegung wandte er sich um und wollte gehen, Thor rief ihn jedoch noch einmal zurück. »Häuptling!«

Der Aymará blieb stehen. Er drehte sich nicht um, wandte aber den Kopf und maß Thor mit einem so eisigen Blick, dass es diesem zunächst unmöglich war, weiterzusprechen. Schließlich überwand er sich, trat einen Schritt auf den alten Mann zu und blieb wieder stehen, als einer der Krieger neben ihm eine drohende Bewegung machte.

»Bitte, hör mir zu«, begann Thor. »Du musst uns vertrauen. Wir sind nicht deine Feinde. Aber die Männer, die das hier getan haben«, er machte eine weit ausholende Handbewegung, »sind es. Und der, den wir gerade verfolgt haben, gehört wahrscheinlich zu ihnen.«

Das darauf folgende Mienenspiel des Häuptlings bewies Thor, dass dessen Überlegungen in die gleiche Richtung gegangen waren. Erstaunlicherweise konnte er weder Furcht noch Erschrecken darin erkennen, obwohl schon der erste Zusammenprall zwischen den Aymará und Ramos' Männern fast zur Vernichtung des Stammes geführt hatte.

»Ich glaube es zwar selbst nicht«, fuhr Thor fort, »aber sie werden möglicherweise zurückkommen. Was immer sie dort im Dschungel suchen, sie haben es wahrscheinlich nicht gefunden.«

»Der Wald ist groß«, antwortete der Häuptling. »Und er weiß seine Geheimnisse gut zu verbergen.«

»Du weißt also, wonach sie suchen?«, hakte Reuben nach.

Der Häuptling antwortete nicht direkt. Er sah Reuben nicht einmal an. Sein Blick blieb weiter unverwandt auf Thor gerichtet. »Es gibt Dinge, die Menschen nicht wissen sollten«, antwortete er. »Und es gibt Dinge, die Menschen wissen und besser für alle Zeiten für sich behalten.«

»Ramos wird wiederkommen«, sagte Thor ernst. »Er wird deinen ganzen Stamm auslöschen, wenn du ihm nicht sagst, was er wissen will.«

»Wenn es der Wille der Götter ist, so wird es geschehen«, bestätigte der Aymará gelassen. Er hob die Hand, als Thor etwas sagen wollte. »Es ist sinnlos, dass du weitersprichst, weißer Mann. Wir alle würden eher sterben, als die Geheimnisse unseres Volkes preiszugeben.«

Die Offenheit dieser Antwort überraschte Thor. Nachdem der Aymará den ganzen Tag über beharrlich geschwiegen hatte, machte er sich jetzt nicht einmal mehr die Mühe, etwas zu leugnen. Dann begriff Thor, dass dieses Eingeständnis nichts anderes als ein Zeichen des Vertrauens war, das der Alte ihnen trotz allem entgegenbrachte.

»Ich weiß das«, sagte Thor. »Und ich bitte dich, mir zu glauben, dass ich so denke wie du. Niemand hat das Recht, sich in die heiligen Geheimnisse anderer Völker einzumischen.«

»Warum seid ihr dann hier?«

»Weil nicht alle so denken wie wir«, erwiderte Thor. »Die Männer, die zuerst hier waren, und die, die ihnen folgten und euch das hier angetan haben, sind schlechte Menschen. Verbrecher und Mörder. Sie werden nicht ruhen, bis sie gefunden haben, wonach sie suchen. Willst du wirklich, dass dein Volk noch mehr Leid ertragen muss?«

Der Alte lächelte. »Und du glaubst, das würde nicht geschehen, wenn ich euch verrate, was ich ihnen nicht gesagt habe?«

»Vielleicht«, antwortete Thor.

»Warum?«

Thor deutete auf die beiden FBI-Beamten, dann auf sich selbst. »Weil wir vielleicht die Möglichkeit haben, sie aufzuhalten. Und weil es nicht Gold und Ruhm ist, was wir suchen, sondern Gerechtigkeit.«

»Gerechtigkeit ...« Wieder lächelte der Alte und diesmal war es ein fast melancholisches Lächeln. »Aus deinem Mund klingt das Wort anders als aus dem deiner Begleiter. Ich glaube dir. Ich glaube, du bist ein Mann, dem man vertrauen kann. Aber wir haben geschworen, das Geheimnis zu wahren.«

Reuben trat mit einem Schritt neben Thor. Er wollte auffahren, aber Thor legte ihm rasch die Hand auf die Schulter und schüttelte den Kopf. »Lassen Sie ihn«, sagte er. »Es hat keinen Sinn. Er wird nicht antworten.«

Reubens Augen verschossen kleine zornige Blitze in seine Richtung, aber er sagte nichts von alle dem, was ihm sichtlich auf der Zunge lag, sondern presste die Lippen zu einem schmalen, ärgerlichen Strich zusammen und drehte sich dann mit einem Ruck herum.

»Ich danke dir, Häuptling«, sagte Reuben, wieder an den Aymará gewandt. »Und ich verspreche dir trotz allem, dass wir die Männer, die das hier getan haben, finden und bestrafen werden.«

»Sie müssen völlig verrückt geworden sein, Garson«, sagte Reuben zornig, als der Alte und seine Begleiter gegangen waren und Thor sich wieder zu ihm herumdrehte. »Wie, glauben Sie, sollen wir Ramos denn finden? Haben Sie überhaupt eine Ahnung, wie groß diese Wälder sind? Der Alte war unsere einzige Chance. Sie hätten ihn mit etwas mehr Nachdruck fragen sollen.«

»So wie Ramos?« Reubens Gesichtsausdruck verfinsterte sich noch einmal um mehrere Grade. Thor spürte den drohenden Wutausbruch und fuhr hastig fort: »Außerdem gibt es vielleicht noch eine andere Möglichkeit.«

»Und welche?«

Thor zögerte. Sie waren allein. Die Indios waren so rasch gegangen, wie sie aufgetaucht waren, und seine Augen hatten sich an das schwache Licht hier draußen gewöhnt. Er war sicher, dass niemand in der Nähe war. Und trotzdem hatte er das intensive Gefühl, beobachtet zu werden. Unwillkürlich senkte er die Stimme, als er antwortete. »Vorhin, als wir die Indios beobachtet haben«, sagte er, »ist Ihnen nichts aufgefallen?«

Reuben schüttelte den Kopf.

»Aber mir«, fuhr Thor fort. »Ich glaube, ich weiß, in welcher Richtung wir suchen müssen.«

Reuben blickte ihn aufmerksam an. Thor sagte jedoch nichts mehr, sondern lächelte nur flüchtig und wandte sich dann wieder zu Marian um, um zusammen mit ihr zur Hütte zurückzugehen.

Es war einer jener Gedanken, die einfach da sind. Man fühlt ihre Nähe, man spürt, dass da etwas ist, was sich nur noch nicht greifen lässt. Es war kein Zufall gewesen, dass er nicht weitergesprochen, sondern Reuben mit verdutztem Gesicht und wachsendem Ärger stehen gelassen hatte.

Ihm *war* etwas aufgefallen, vorhin, beim Anblick der tanzenden Indios, vor allem an ihrem Häuptling, aber er konnte noch nicht genau sagen, was es war. Trotzdem war er sehr sicher, eine Spur gefunden zu haben, und er verschwendete nicht einmal Zeit darauf, sich den Kopf zu zermartern, was seine Beobachtungen bedeuteten und was sein Unterbewusstsein ihm sagen wollte. Er kannte dieses Gefühl. Es war ihm schon so oft begegnet, dass er wusste, er würde im richtigen Moment sagen können, was es bedeutete.

Für die nächsten zwei Stunden jedenfalls war dieser richtige Moment noch nicht gekommen. Sie waren in die Hütte zurückgegangen, in der sich Reubens provisorisches Hauptquartier befand, und Thors Vermutung erwies sich als richtig: Solange sie sich in der Nähe der Söldner und vor allem der beiden bolivianischen Polizeibeamten aufhielten, versuchte der FBI-Beamte nicht mehr, weiter in ihn zu dringen, sondern durchbohrte ihn nur mit zornigen Blicken. Thor quittierte sie stets auf die gleiche Weise, mit einem freundlichen Lächeln, und nutzte die verbliebene Zeit bis zur Ankunft des Flugzeuges, ein wenig von dem Schlaf nachzuholen, den er seinem Körper schon zu lange vorenthalten hatte.

Die beiden Maschinen kamen nicht nach einer, wie Reuben vermutet hatte, sondern erst nach mehr als zwei Stunden. Und es war die Aufregung, die beim Geräusch der Motoren unter den Aymará entstand, die Thor weckte. Erschrocken fuhr er hoch, im ersten Moment felsenfest davon überzeugt, dass Ramos und seine Killertruppe zurückgekehrt waren, um zu Ende zu bringen, was sie vor drei Tagen begonnen hatten. Doch dann hörte er das tiefe Brummen der Flugzeugmotoren über dem Fluss und somit eine halbe Stunde Fußmarsch entfernt. In der stillen, klaren Nachtluft jedoch waren sie so deutlich zu hören, als kreisten die Maschinen über dem Dorf. Schlaftrunken erinnerte er sich daran, weshalb der Polizist sein Funkgerät bedient hatte.

Noch immer ein wenig benommen setzte er sich auf und drehte sich zur Seite, um Marian zu wecken, die sich neben ihn auf eines der provisorischen Lager gelegt hatte.

Sie war nicht da.

Thor blinzelte, rieb sich mit den Fingerknöcheln den Schlaf aus den Augen und sah sich noch einmal aufmerksamer in der Hütte um. Mit Ausnahme eines einzelnen schnarchenden Söldners war er allein. Offenbar hatten alle anderen die Flugzeuge vor ihm gehört und die Hütte bereits verlassen. Auch er stand auf, trat aus der Hütte und registrierte mit einer Mischung aus Resignation und Verärgerung, dass noch immer tiefste Nacht herrschte. Es war dunkler geworden, bis auf zwei waren sämtliche Feuer gelöscht, aber der ganze Stamm schien auf den Beinen zu sein.

In einiger Entfernung erkannte er Reuben und Henley, die heftig gestikulierend auf den Häuptling einredeten und ihm offensichtlich zu erklären versuchten, was der Lärm zu bedeuten hatte. Automatisch hielt er nach Marian Ausschau, konnte sie aber nirgendwo entdecken. Allerdings nahm er doch an, dass sie nach den schlechten Erfahrungen, die sie gerade erst gemacht hatte, jetzt vorsichtiger war.

Als Thor die kleine Gruppe erreicht hatte, drehte sich der Häuptling gerade um und schritt stolz und erhobenen Hauptes davon. Reuben blickte ihm finster nach, antwortete aber nicht, als Thor eine entsprechende Frage stellte, sondern machte eine rüde Kopfbewegung in die Richtung, in der der Fluss lag. »Die Flugzeuge sind da«, sagte er überflüssigerweise. »Wir sollten ihnen entgegengehen. Sie können sicher Hilfe beim Ausladen gebrauchen.«

Thor sah ihn immer noch fragend an und Reuben warf ihm einen fast beschwörenden Blick zu. Thor verstand. Außer Henley und drei oder vier von Reubens Söldnern befand sich auch einer der Polizeibeamten in Hörweite. Offensichtlich hatte aber Reuben seinen – Thors Meinung nach völlig verrückten – Plan, sich eines der Flugzeuge zu bemächtigen, immer noch nicht aufgegeben. Thor fragte sich nur, *wohin* sie dann fliegen wollten.

Er beherrschte sich mühsam, bis sie die Lichtung verlassen hatten und ein Stück weit in den Wald eingedrungen waren. Dann stellte er die Frage laut.

Reuben fuhr zusammen wie jemand, der bei etwas Verbotenem ertappt worden ist, und sah sich hastig nach allen Seiten um, obwohl es so dunkel war, dass man kaum die Hand vor Augen sehen konnte. »Zuallererst einmal weg hier«, sagte er nach einer geraumen Weile und in einer Tonlage, die deutlicher als seine Worte klarmachte, wie widerwillig er überhaupt antwortete. »Wenn sich die bolivianischen Behörden erst in die Untersuchung einschalten, können wir jede Hoffnung begraben, Ramos noch einzuholen. Von Professor Corda ganz zu schweigen.« Er warf Thor einen schrägen Blick zu und fügte in lauerndem Tonfall hinzu: »Und Mister Andersons Leben ist dann keinen Cent mehr wert.«

Thor wusste, dass er damit mehr als recht hatte. Aber das änderte nichts daran, dass ihm nicht wohl in seiner Haut war. Einen Verrückten wie Ramos, der sich in Begleitung einer Bande mit Maschinenpistolen und Flammenwerfern bewaffneter Killer befand, quer durch den bolivianischen Regenwald zu jagen, war schlimm genug. Die Vorstellung aber, dass sie zu allem Überfluss ihrerseits von der bolivianischen

Polizei oder gar dem Militär gesucht werden würden, ließ ihm einen kalten Schauer über den Rücken laufen. Aber er sprach nichts von alledem aus, sondern ging wortlos neben Reuben her. In einem Punkt hatte der FBI-Mann recht: Wenn Ramos auch nur den Anflug des Gefühls hatte, in Gefahr zu sein, dann war Dale Andersons Leben nichts mehr wert.

Sie brauchten länger als am Abend vorher, um die Strecke vom Dorf bis zum Fluss zurückzulegen. Als sie sich dem Wasser näherten und Licht und Geräusche durch das Unterholz zu ihnen zu dringen begannen, wichen sie ein Stück weit vom geraden Weg ab und näherten sich der Anlegestelle der beiden Wasserflugzeuge in einem weiten Bogen.

Es waren zwei große, schwerfällig aussehende Maschinen, die unweit des Bootes, mit dem sie hergekommen waren, im Wasser lagen. Eine von ihnen war bereits entladen worden: Eine große Anzahl Männer drängte sich in der Dunkelheit um das Frachtgut, das am Ufer aufgestapelt war, und Thor sah das gelegentliche Aufblitzen einer Taschenlampe und hörte spanische Wortfetzen. Reuben gab ihm und den anderen mit Gesten zu verstehen, still zu sein und sich wieder ein Stück in den Dschungel zurückzuziehen, dann schlich er selbst, geduckt und sehr geschickt jede Deckung ausnutzend, weiter, verschwand für einen Moment in der Dunkelheit und kam nach kaum einer Minute zurück. Der Ausdruck auf seinem Gesicht war besorgter geworden.

»Probleme?«, fragte Thor nicht ohne Schadenfreude.

Reuben bedachte ihn mit einem ärgerlichen Blick. »Sie haben schneller reagiert, als ich gedacht habe«, gestand er. »Ein paar sind Polizisten. Und ich bin nicht sicher – aber ich glaube, ich habe etwas von einem dritten Flugzeug gehört, das auf dem Weg hierher ist.« Er starrte einen Moment lang düster an Thor vorbei ins Leere, dann gab er sich einen sichtlichen Ruck und wandte sich an einen der Männer. »Wo sind die anderen?«

»In Position.« Der Söldner deutete den Fluss hinab. »Sie warten auf das Zeichen.«

»Noch nicht«, sagte Reuben. »Wir müssen warten. Es sind mindestens zwanzig Mann.«

»Das ist kein Problem«, antwortete der Söldner. »Wir haben den Vorteil der Überraschung auf unserer Seite und –«

»Halten Sie den Mund!«, unterbrach ihn Reuben in scharfem Ton. »Ich habe nicht vor, mir auch noch ein Feuergefecht mit der bolivianischen Polizei zu liefern! Wir warten. Mit ein bisschen Glück gehen sie alle zum Dorf. Oder lassen nur eine Wache zurück.«

Der Mann senkte betreten den Blick und zog sich vorsichtshalber einige Schritte zurück. Auch Thor machte wieder einige Schritte in den Wald und lehnte sich gegen einen Baum. »Was haben Sie überhaupt vor?«, fragte er, als sich Reuben und Henley nach einer Weile wieder zu ihm gesellten. Er machte eine Kopfbewegung in Richtung auf die Wasserflugzeuge. »Wollen Sie mit dem Ding starten und darauf hoffen, dass Ramos Ihnen Lichtzeichen gibt?«

Er konnte Reubens zornigen Blick in der Dunkelheit nicht sehen, aber sehr deutlich spüren. »Wir sind nicht ganz so dumm, wie Sie anscheinend glauben, Mister Garson«, antwortete Reuben beleidigt. »Ich gebe zu, dass es sehr viel leichter gewesen wäre, wenn Sie den Häuptling zum Reden gebracht hätten, doch es gibt noch andere Möglichkeiten.«

»Zum Beispiel?«

Reuben antwortete nicht, sondern hüllte sich in beleidigtes Schweigen, aber sein Kollege Henley erwies sich als etwas zugänglicher. »Wir haben eine ziemlich genaue Vorstellung von der Gegend, in die Corda und damit auch Ramos wollen«, sagte er.

»So?« Thor wurde hellhörig. »Woher?«

»Nun, zum Beispiel durch die Dinge, die sie mitgenommen haben«, erklärte Henley, wobei er Reubens wütende Blicke einfach ignorierte. »Corda und seine Männer haben einen geländegängigen Lastwagen bei sich. Nicht unbedingt das ideale Fahrzeug für den Dschungel, nicht wahr?«

»Unter Umständen schon«, erwiderte Thor, aber Henley schüttelte lächelnd den Kopf und zündete sich eine Zigarette an, bevor er weitersprach. Er nahm allerdings nur einen einzigen Zug, dann fuhr er erschrocken zusammen und blickte hastig zum Fluss zurück, während er die Zigarette zu Boden warf und sie sorgfältig austrat.

»Außerdem mehrere Schlauchboote und eine komplette Bergsteigerausrüstung.«

»Dschungel, Wasser und Felsen«, zählte Thor auf. »Von jedem gibt es reichlich hier.«

»Aber nicht in dieser Kombination«, beharrte Henley. »Das engt die Auswahl ihrer Ziele doch beträchtlich ein.« Er zögerte einen winzigen Moment. Dann senkte er die Hand zum Gürtel und löste ein kaum handtaschengroßes Metallkästchen von einer Schnalle. Es schien sehr schwer zu sein, und Thor erkannte eine Skala und mehrere Knöpfe auf seiner Vorderseite. Und etwas, was wie ein abnehmbares Mikrofon aussah, aber keines war. »Vielleicht finden wir ihn damit.«

Reuben sog scharf die Luft ein und setzte gleichzeitig an, etwas zu sagen, aber Thor kam ihm zuvor: »Ich weiß es sowieso, Reuben.«

Reubens Augen wurden schmal. »Woher?«, fragte er.

»Auch ich bin nicht so dumm, wie Sie glauben«, erwiderte Thor. »Ich bin durchaus in der Lage, zwei und zwei zusammenzuzählen.« Er sah aus den Augenwinkeln, dass Henley im allerersten Moment überrascht, dann aber eindeutig erleichtert aussah. Reuben wirkte eher misstrauisch. Und sehr aufgebracht.

»Wenn Sie wirklich wissen, warum wir hier sind, Mister Garson, dann wissen Sie ja auch, wie wichtig unser Auftrag ist. Vielleicht stehen Tausende von Menschenleben auf dem Spiel. Vielleicht sogar Millionen.«

»Ihre gar nicht mitgezählt, nicht wahr?«, fragte Thor mit einer Geste auf die Gestalten der Söldner. »Von Ihrem eigenen und meinem und Marians ganz zu schweigen. Wissen die auch …?«

»Was?«

»Dass der Ort, an den Sie sie führen, sie vielleicht umbringt?«, sagte Thor. »Ich meine, es sind ja schließlich nur Söldner. Männer, die für Geld kämpfen und die man für Geld auch umbringen kann, nicht wahr?«

»Allmählich reicht es, Mister Garson«, sagte Reuben mit mühsam beherrschter Stimme. »Ich habe Sie gewarnt. Ich habe Ihnen sehr dringend davon abgeraten, uns zu begleiten. Sie haben es trotzdem getan. Gut. Aber wenn Sie schon wussten, worauf Sie sich einlassen, dann verstehe ich nicht, warum Sie mir jetzt Vorwürfe machen.«

»Wissen Sie, Reuben«, antwortete Thor in fast freundlichem Tonfall. »Ich habe Ihnen von Anfang an nicht vertraut. Und ich glaube, ich weiß jetzt auch, warum. Sie und Ihr Kollege sind hier, weil es Ihr Job ist, sich notfalls auch in Lebensgefahr zu begeben. Ich bin hier, weil ich noch eine Rechnung mit Ramos offen habe und einen Freund befreien muss. Aber diese Männer sind nur hier, weil Sie ihnen genug dafür bezahlt haben. Ich frage mich, ob Sie ihnen auch gesagt haben, *worauf* sie sich da einlassen.«

»Warum gehen Sie nicht hin und sagen es ihnen?«, erwiderte Reuben kalt. »Ich beginne mich allmählich zu fragen, auf welcher Seite Sie stehen, Mister Garson.«

»Auf Ihrer«, antwortete Thor im gleichen eisigen Tonfall. »Ich bin nur nicht mehr sicher, ob es wirklich die richtige ist.«

»Ruhe!«, sagte Henley plötzlich. Und der alarmierte Ton, in dem er sprach, bewirkte, dass Thor und Reuben auf der Stelle verstummten und sich zum Fluss umwandten. Henley deutete flussabwärts. Das Sternenlicht reichte nicht aus, mehr als Schatten zu erkennen, doch einer dieser Schatten bewegte sich. Er blieb ein verwaschener, undeutlicher Fleck in der Dunkelheit, aber er kam ganz langsam näher. Nach einigen weiteren Sekunden hörten sie das leise Plätschern, mit dem sich das Wasser am Rumpf eines Bootes brach.

»Wer ist das?«, flüsterte Thor.

Reuben zuckte mit den Schultern und machte eine hastige Geste, still zu sein. Das Boot war immer noch zu weit entfernt, um mehr als ein Schatten in der Nacht zu sein, aber sie konnten zumindest erkennen, dass es entschieden zu groß für einen der Einbäume war, die sie bei den Aymará gesehen hatten. Außerdem kam es gegen die Strömung flussaufwärts und fuhr in Richtung des Dorfes, das hinter ihnen lag.

»Da stimmt etwas nicht«, murmelte Reuben.

Auch die Männer, die das zweite Flugzeug entluden, schienen das Boot mittlerweile bemerkt zu haben. Sie hörten auf, Kisten und Kartons aus dem Rumpf über die schwankende Laufplanke an Land zu tragen, und wandten sich dem näher kommenden Schatten zu, dann flammte eine starke Taschenlampe auf und schickte einen zitternden Lichtkreis über den Fluss.

Nur eine Sekunde lang.

Plötzlich zerriss der peitschende Knall eines Schusses die Nacht, jemand schrie auf und die Taschenlampe überschlug sich mehrmals in der Luft und verschwand dann im Wasser.

»Was –?«, begann Reuben erschrocken. Der Rest ging im Krachen einer ganzen Gewehrsalve unter. Weitere Schreie gellten auf und zwei der schattenhaften Gestalten zwischen dem Flugzeug und dem Ufer brachen zusammen und stürzten ins Wasser.

»Ramos!«, schrie Henley. »Das ist bestimmt Ramos!«

Und wie um seine Worte zu bestätigen, glomm plötzlich am Bug des näher kommenden Schiffes ein grellorangefarbenes, unerträglich helles Licht auf. Ein furchtbares Zischen und Heulen erklang und mit einem Male spannte sich ein lodernder Flammenbogen zwischen dem Boot und dem vorderen der beiden Wasserflugzeuge. Gleichzeitig begann eine Maschinenpistole zu hämmern. Im flackernden Licht des Flammenwerfers war eine doppelte Spur aufspritzender Miniaturgeysire zu erkennen, die sich über die Wasseroberfläche bewegte und sich rasend schnell den Männern am Ufer näherte. Aus den erschrockenen Rufen wurde ein Chor gellender Schmerzens- und Angstschreie und wieder brachen zwei, drei Gestalten zusammen. Der Rest spritzte in heller Panik auseinander und suchte sein Heil in der Flucht.

Thor schloss geblendet die Augen und wandte sich ab, als das Flugzeug mit einem einzigen krachenden Schlag Feuer fing und sich in eine lodernde Fackel auf dem Wasser verwandelte. Die Druckwelle ließ die zweite Maschine taumeln. Der Laufsteg brach und Spritzer des brennenden Öls, das der Flammenwerfer verschleuderte, regneten auf Tragfläche und Rumpf herab und setzten auch sie in Brand. Eine zweite MP-Salve raste über das Wasser und hämmerte in ihren Rumpf und plötzlich flog die Kanzeltür der Maschine auf. Eine Gestalt taumelte ins Freie und rettete sich mit einem Sprung ins Wasser; kaum eine Sekunde bevor der Flammenwerfer eine zweite brüllende Feuerlanze ausstieß, die den Rumpf der Maschine regelrecht aufspießte, ehe auch in ihrem Inneren etwas explodierte und sie in Stücke riss. Im flackernden, grellen Licht der Explosion bot sich Thor ein unheimlicher Anblick: Das Boot mit Ramos' Männern war bis auf dreißig oder vierzig Meter herangekommen. Fast ein Dutzend Gestalten drängte sich an Bord, und an seinem Bug stand Ramos selbst, hoch aufgerichtet und vom flackernden Widerschein des Feuers in rotes Licht wie in Blut getaucht.

»Warum tun Sie nichts?«, fragte Thor. »Reuben! Sagen Sie Ihren Männern, dass –«

»Noch nicht«, unterbrach ihn Reuben. »Warten Sie!«

Gebannt beobachteten sie, wie das Boot sich näherte. Die beiden Flugzeugwracks brannten lichterloh und tauchten den Fluss und das Ufer in fast taghelles Licht. Von der Flugzeugbesatzung war nichts mehr zu sehen. Wer den heimtückischen Überfall überlebt hatte, war geflohen. Aber Thor war sehr erleichtert, dass die Männer nicht versucht hatten Widerstand zu leisten. Selbst wenn einige von ihnen bewaffnet waren, hatten sie doch mit allem gerechnet, nur nicht damit, in einen Hinterhalt zu geraten. Gegen die überlegene Bewaffnung von Ramos' Söldnertruppe hätten sie wohl keine Chance gehabt.

»Wir haben ihn!«, flüsterte Reuben aufgeregt. »Er läuft uns direkt in die Arme.«

»Hoffentlich behalten die anderen die Nerven«, murmelte Henley nervös. Er sah flussabwärts, wo Thor die zweite Hälfte ihres kleinen Trupps vermutete. Offensichtlich hatte Reuben vorgehabt, die beiden Flugzeuge aus zwei verschiedenen Richtungen gleichzeitig anzugreifen, vermutlich um eines davon zu entern und das andere flugunfähig zu machen, sodass es ihnen nicht folgen konnte. Und vielleicht hatte Reuben sogar recht. Ramos hatte offensichtlich ganz in der Nähe gewartet und die Landung der beiden Maschinen beobachtet; vielleicht sogar ihren Funk abgehört. Aber möglicherweise hatte er keine Ahnung, dass er es nicht nur mit einem völlig verschreckten Team aus Ärzten und Helfern, sondern mit einer gut ausgerüsteten und bewaffneten Truppe zu tun hatte, die es mit seiner eigenen durchaus aufnehmen konnte. Doch dann fiel Thor etwas ein.

»Marian!«, sagte er erschrocken. »Wo ist Marian?«

Reuben sah ihn verwirrt an. »Im Dorf, denke ich«, antwortete er. »Sie lag schlafend neben Ihnen in der Hütte, als wir es verließen.«

»Als ich aufwachte, nicht mehr«, erwiderte Thor. »Ich dachte, sie wäre bei Ihnen.«

Reubens Lippen bewegten sich in einem lautlosen Fluch. »Ich wusste, dass es ein Fehler war, sie mitzunehmen«, sagte er. »Aber daran ist jetzt nichts mehr zu ändern.«

»Außerdem ist es besser so«, fügte Henley hinzu. »Solange sie im Dorf ist, passiert ihr nichts.«

Ramos' Boot kam langsam näher. Ohne sichtbaren Antrieb und scheinbar nur gegen die Strömung treibend manövrierte es vorsichtig zwischen den beiden brennenden Wasserflugzeugen hindurch, näherte sich Reubens kleinem Dampfschiff und ging längsseits. Zwei von Ramos' Söldnern kletterten geschickt an Bord, dann trieb das Boot weiter, bis sein stumpfer Bug gegen das Ufer stieß. Auch der Rest der kleinen Söldnerarmee ging von Bord und bildete einen lockeren waffenstarrenden Halbkreis am Ufer. Ramos selbst ging als Letzter an Land, vorsichtig und beide Hände tastend ausgestreckt, aber ohne Hilfe. Thor versuchte seine Begleiter zu zählen. Die Dunkelheit machte es schwer, aber er schätzte, dass es acht oder zehn sein mussten, die beiden, die an Bord ihres Schiffes gegangen waren, nicht einmal mitgerechnet. Fast so viele Männer wie sie selbst hatten, dachte er. Und annähernd doppelt so viel, wie Reuben behauptet hatte.

Er begann sich immer unwohler zu fühlen. Er hatte keine Angst; er hatte gewusst, dass es gefährlich werden würde, und spätestens der Anblick des verbrannten Indiodorfes hatte ihm gezeigt, wie skrupellos Ramos war. Aber nun sah es so aus, als würde er mitten in eine Schlacht zwischen zwei Söldnertruppen hineingezogen, und das war nun wirklich nicht mehr das, was er unter einem *akzeptablen* Risiko verstand.

Reuben schien seine Gedanken lesen zu können, denn er wandte sich plötzlich zu ihm um und sagte: »Sie bleiben hier, Garson. Das da geht Sie nichts an.«

Die Verlockung, Ja zu sagen, war für einen Moment fast übergroß. Trotzdem schüttelte Thor den Kopf. »Ich bin nicht mit Ihnen gekommen, um tatenlos zuzusehen. Ich will Dale.«

Reuben winkte ärgerlich ab. »Sehen Sie ihn irgendwo? Wahrscheinlich sind das nicht einmal alle Männer, die dieser Verrückte hat. Doch der Rest kann nicht sehr weit sein, sonst wären sie nicht so schnell hier gewesen. Sie tun, was ich Ihnen sage. Meinetwegen gehen Sie zurück ins Dorf und passen auf, dass Miss Corda nichts geschieht. Aber Sie mischen sich nicht ein.«

Thor wollte widersprechen, aber im selben Moment gewahrte er eine Bewegung am Waldrand, nur wenige Schritte von Ramos' Truppe entfernt. Eine Gestalt trat aus dem Unterholz, und nicht nur er, sondern auch Reuben und sein Kollege sogen erschrocken die Luft ein.

Marian Corda trat mit ruhigen Schritten aus dem Busch heraus, sah sich nach beiden Seiten um und steuerte dann, ohne auch nur ein Mal zu zögern, auf Ramos' Söldnertruppe zu. Sie war in der Dunkelheit wohl der Meinung, es mit Reuben und seinen Begleitern zu tun zu haben, dachte Thor entsetzt. Und noch bevor Reuben oder einer der anderen ihn daran hindern konnten, war er mit einem Satz auf den Füßen, brach durch das Gebüsch und schrie Marians Namen, so laut er konnte.

»Marian! Nicht! Das ist Ramos!«

Ramos' Männer fuhren beim Klang seiner Stimme herum und auch Marian prallte mitten im Schritt zurück. Thor konnte trotz der großen Entfernung erkennen, dass sie entsetzt zusammenfuhr, als sie ihren Irrtum begriff. Aber es war zu spät. Sie machte eine fast zaghafte Bewegung rückwärts, doch zwei der Banditen waren blitzschnell bei ihr und packten sie. Drei, vier andere richteten ihre Waffen auf Thor.

Auch Thor erstarrte mitten in der Bewegung, als sich immer mehr Waffen auf ihn richteten und mehrere der schattenhaften Gestalten in seine Richtung zu laufen begannen; allerdings in einem weiten Bogen, um nicht ins Schussfeld ihrer Kameraden zu gelangen. Er gestand sich ein, dass er möglicherweise ein wenig übereilt gehandelt hatte – aber diese Einsicht kam etwas spät …

»Halt! Erschießt ihn nicht!«

Noch vor zehn Sekunden hätte Thor jeden ausgelacht, der behauptet hätte, er würde einmal froh sein, Ramos' Stimme zu hören. Jetzt aber atmete er erleichtert auf. Trotzdem erstarrte er zur Reglosigkeit und wagte es nicht einmal, die Hände zu heben, bis die drei Männer ihn erreicht und gepackt hatten und ihn grob zum Ufer hinüberzerrten. Als er an Marian vorüberkam, fing er einen Blick ihrer großen schreckgeweiteten Augen auf. Sie wirkte verstört und bis ins Innerste verwirrt, als begreife sie einfach nicht, was geschah. Und wahrscheinlich war es auch so: Ramos und seine Killertruppe hier anzutreffen, war wahrscheinlich das Allerletzte, womit sie gerechnet hatte.

Thor wurde grob auf den Blinden zugestoßen. Jemand

packte seinen Arm und verdrehte ihn so heftig, dass er vor Schmerz aufstöhnte, dann traf ein derber Fußtritt seine Kniekehlen und ließ ihn hilflos zu Boden sinken.

»Nicht doch«, sagte Ramos. »Bitte behandeln Sie unseren Gast mit etwas mehr Respekt, meine Herren. Wir wollen doch, dass er sich bei uns wohlfühlt.«

Ein raues Gelächter antwortete auf seine Worte und auch über Ramos' entstelltes Gesicht huschte ein dünnes, durch und durch böses Lächeln. Er kam näher, streckte die Hand aus und tastete mit den Fingerspitzen über Thors Gesicht. »Tatsächlich«, sagte er. »Mister Garson. Was für eine Überraschung, Sie hier wiederzusehen. Die Welt ist doch klein.« Er trat zurück und machte eine knappe, befehlende Geste. »Lasst ihn los!«

Der Mann, der Thors Arm gepackt hatte, zögerte. Dann traf ihn ein Blick aus Ramos' unheimlichen blinden Augen und er ließ Thors Arm beinahe hastig los und trat einen halben Schritt zurück. Thor spürte, dass er sich jedoch nicht sehr weit entfernte. Und er spürte auch, dass sich die Läufe von mindestens drei oder vier Waffen gleichzeitig auf seinen Rücken richteten. Unendlich behutsam und mit nach beiden Seiten ausgestreckten Armen erhob er sich und wagte es erst nach einigen Sekunden, die Hände ganz langsam zu senken.

»Was wollen Sie?«, fragte Thor.

»Ich?« Ramos verzog in gespielter Verwunderung das Gesicht. »Oh, ich muss da wohl etwas verwechseln. Ich dachte, *Sie* wären es, der zu mir gekommen ist, nicht umgekehrt.«

»Das sehe ich zwar anders«, maulte Thor, »aber im Grunde haben Sie recht. Ich *wäre* zu Ihnen gekommen, wenn Sie mir den Weg nicht abgenommen hätten.«

»Darf ich fragen, warum?«, fragte Ramos beinahe freundlich.

»Sie haben bei unserem letzten Treffen etwas vergessen, Ramos«, antwortete Thor. »Wir hatten eine Abmachung, wenn ich mich richtig erinnere. Ich habe Ihnen gewisse Informationen verschafft, aber ich warte immer noch auf Ihre Gegenleistung.«

»Ja, ich erinnere mich«, antwortete Ramos. »Ich glaube, es gab eine solche Abmachung. Aber dass Sie mir mit einer ganzen Armee folgen, gehörte nicht dazu, wenn ich mich richtig erinnere.«

»Wo ist Dale?«, fragte Thor. »Wenn Sie ihm etwas getan haben, Ramos, dann schwöre ich, dass ich Sie persönlich mit Vergnügen umbringen werde.«

»Getan?« Ramos lachte ganz leise. »Ich bitte Sie, Mister Garson. Wofür halten Sie mich? Ich werde doch nicht dem einzigen Menschen etwas zuleide tun, mit dem man in dieser Wildnis ein halbwegs gebildetes Gespräch führen kann. Keine Sorge – Mister Anderson ist wohlauf und unversehrt.«

»Wo ist er?«, schnappte Thor. Seine Gedanken rasten. Er musste Ramos und seine Bande irgendwie ablenken, damit Reubens Männer eine günstige Gelegenheit zum Zuschlagen fanden.

»Ich sagte bereits – er ist wohlauf«, wiederholte Ramos. »Sie werden bald Gelegenheit haben, mit ihm zu reden. Aber vorher eine Frage: Sie sind wohl nicht bereit, mir zu verraten, wo sich Ihre Freunde vom FBI und die Männer, die sie mitgebracht haben, in diesem Moment befinden?«

»Sie sind gut informiert«, sagte Thor.

»Informiert zu sein ist mein Beruf«, erwiderte Ramos. »Aber das ist keine Antwort auf meine Frage, Mister Garson. Ich hoffe um Ihret- und Mrs Cordas willen, dass diese Narren nicht versuchen uns mit Waffengewalt aufzuhalten. Wie Sie sehen, sind wir ihnen durchaus gewachsen.«

»Da wäre ich nicht so sicher«, sagte Thor, ließ sich nach vorn fallen und trat noch im Sturz mit beiden Beinen nach hinten aus. Er traf irgendetwas. Ein schmerzerfüllter Schrei erscholl und eine kurze, abgehackte MP-Salve riss den Boden unmittelbar neben seinem Gesicht auf. Thor rollte herum, stieß sich mit aller Kraft ab, die er aufbringen konnte, und bekam Ramos' Fußgelenke zu fassen. Ramos keuchte überrascht und begann mit den Armen zu rudern, um sein Gleichgewicht zu halten, doch Thor zerrte noch einmal an seinen Beinen und dieser zweite Ruck war zu viel. Noch während sich zwei, drei seiner Männer gleichzeitig auf Thor stürzten und ihn mit Fußtritten und Faustschlägen zu traktieren begannen, kippte Ramos rücklings zu Boden und riss in der gleichen Bewegung auch Marian mit sich.

Und darauf hatten Reuben und seine Begleiter offensichtlich nur gewartet. Aus dem nahen Waldrand stach ein halbes Dutzend orangeroter Mündungsflammen. Ramos' zorniger Schrei ging im Peitschen der Schüsse unter und plötzlich spritzten überall zwischen den Banditen kleine Erd- und Schlammfontänen auf.

»Keine Bewegung!«, erscholl eine befehlende Stimme. »Wer sich auch nur rührt, wird erschossen!«

Die Überraschung war gelungen. Reuben hatte die Zeit, in der Ramos und seine Killer mit Thor beschäftigt waren, offensichtlich genutzt, um seine kleine Truppe im Halbkreis im Gebüsch am Ufer zu verteilen, und Ramos' Männer schienen nicht nur Profis im Morden, sondern auch im Überleben zu sein. Bis auf einen einzigen sahen sie offensichtlich ein, wie sinnlos ein Widerstand gegen einen Gegner war, den sie nicht einmal sehen konnten. Nur einer von ihnen war dumm genug, seine MP zu heben und eine ungezielte Salve in den Busch abzugeben. Er überlebte diesen Fehler nicht einmal um eine Sekunde.

Thor stemmte sich mit zusammengebissenen Zähnen auf Hände und Knie hoch. Sein ganzer Körper schmerzte von den Schlägen und Tritten, die er hatte einstecken müssen. Trotzdem kroch er hastig auf Ramos zu, packte ihn bei den Schultern und riss ihn grob in die Höhe. Ramos keuchte und begann blind um sich zu schlagen, bis Thor ihm eine schallende Ohrfeige versetzte. Dann riss er ihn herum, schlang von hinten den Arm um seinen Hals und drückte so heftig zu, dass Ramos kaum noch Luft bekam.

»Befehlen Sie ihnen, sich zu ergeben«, sagte er.

Ramos rang mühsam nach Luft und begann sich so heftig zu wehren, dass Thor ihn kaum noch halten konnte. »Sie sind verrückt!«, keuchte er. »Wenn Sie mich umbringen, sterben Sie auch!«

»Das kann sein«, antwortete Thor gelassen. »Aber Sie mit mir – das schwöre ich Ihnen.«

»Legt die Waffen nieder!«, drang Reubens Stimme aus der Dunkelheit. »Ihr habt fünf Sekunden, sonst eröffnen wir das Feuer!«

Thor stemmte sich umständlich in die Höhe und verstärkte den Druck auf Ramos' Kehle noch ein wenig. Der Blinde zappelte in seinem Griff und stellte seinen Widerstand erst ein, als er wirklich keine Luft mehr bekam.

»Noch drei Sekunden!«, rief Reuben vom Wald her. »Ich meine es ernst!«

Eine weitere Sekunde verging, dann noch eine – und dann ließ sich der Erste von Ramos' Männern vorsichtig in die Hocke sinken, legte seine Maschinenpistole auf den Boden und stand mit erhobenen Händen wieder auf. Einer nach dem anderen folgten die übrigen seinem Beispiel.

Auch Ramos versuchte nicht mehr sich loszureißen, als Thor seinen Griff wieder ein wenig lockerte und zuließ, dass er atmen konnte. »Das werden Sie bereuen«, keuchte er atemlos. »Ich wollte fair zu Ihnen sein, Mister Garson, aber Sie haben mich hereingelegt. Niemand betrügt mich zweimal hintereinander. Niemand!«

Die Dunkelheit am Waldrand erwachte rasch zum Leben, als Reubens Männer aus dem Schutz des Gebüsches heraustraten. Die beiden FBI-Beamten selbst folgten ihnen in einigem Abstand; Henley mit gezückter Pistole, während sich Reuben nicht einmal die Mühe gemacht hatte, seine Waffe zu ziehen.

Thor sah sich nach Marian um. Auch sie hatte sich wieder erhoben und stand einige Schritte abseits. Der Ausdruck auf ihrem Gesicht war noch immer voller Verwirrung und Schrecken. Aber sie war offensichtlich unverletzt, und als sie Thors Blick begegnete, zwang sie sich zu einem mühsamen Lächeln. Dann sah sie in Ramos' Gesicht und ein Schatten huschte über ihre Züge.

Thor überzeugte sich mit einem raschen Blick davon, dass Marian weder ein Messer noch eine andere sichtbare Waffe bei sich trug, machte vorsichtshalber zwei Schritte zurück und wandte sich dann den beiden FBI-Beamten zu.

Reuben kam ohne Hast näher. Er betrachtete Ramos mit einer fast wissenschaftlich anmutenden Neugier, ohne eine Spur von Zorn oder Triumph. »Lassen Sie ihn los, Mister Garson«, sagte er.

Thor gehorchte, blieb aber dicht hinter Ramos stehen, bereit, jederzeit wieder zuzugreifen. Dass Ramos blind war, bedeutete ganz und gar nicht, dass er sich nicht wehren konnte, wie er bereits am eigenen Leib gespürt hatte.

»Auf dem Schiff sind noch zwei«, sagte er.

»Ich weiß.« Reuben drehte sich zu Henley um und machte eine Kopfbewegung in Richtung auf das kleine Dampfschiff. »Kümmere dich darum.«

Während Henley mit zwei Männern zur Anlegestelle des

Bootes hinüberging, blickte Reuben noch eine Sekunde lang ausdruckslos in Ramos' Gesicht, ehe er sich mit einem Seufzer an Marian wandte. »Das war nicht besonders klug von Ihnen, Mrs Corda«, sagte er. »Ich hatte Sie doch gebeten im Dorf zu bleiben.«

»Ich ... hatte Lärm gehört«, verteidigte sich Marian unsicher. »Und Schüsse. Ich wollte nachsehen, was passiert ist.«

»Um ein Haar hätten Sie alles verdorben«, sagte Reuben. »Das war jetzt das zweite Mal, dass Sie sich in Gefahr gebracht haben, Mrs Corda. Ich kann nicht ständig auf Sie aufpassen wie auf ein Kind.«

»Ich weiß«, sagte Marian kleinlaut. »Es tut mir leid.«

»Das glaube ich Ihnen. Aber es wird Ihnen nichts nützen, wenn das nächste Mal vielleicht niemand da ist, um Sie zu retten. Es war wirklich nicht besonders klug – und von Ihnen auch nicht, Mister Garson«, fügte er an Thor gewandt hinzu.

»Wieso?«, fragte Thor trotzig. »Irgendjemand musste Ramos und seine Bande schließlich ablenken, oder?«

Ein spöttisches Lächeln verzog Reubens Lippen. »Sicher. Und deshalb sind Sie blindlings losgestürmt und hätten sich um ein Haar erschießen lassen, nicht wahr?«

»Das war ein kalkuliertes Risiko«, log Thor. »Ich war sicher, dass sie mich nicht umbringen würden.«

Reuben schien widersprechen zu wollen, sah dann wohl ein, wie sinnlos jedes weitere Wort war, und wandte sich wieder dem Blinden zu. »Sie sind also Mister Ramos«, sagte er. »Ich muss gestehen, ich hatte Sie mir ... etwas anders vorgestellt.«

Ramos schürzte trotzig die Lippen. »Wer sind Sie?«

»Mein Name ist Reuben«, antwortete Reuben. »FBI. Ich könnte Ihnen meinen Dienstausweis zeigen, aber ich fürchte, Sie könnten ihn sowieso nicht lesen. Sie müssen sich also auf mein Wort verlassen.«

»FBI? Sie haben hier überhaupt nichts zu sagen. Wir sind in Bolivien, nicht in den Staaten. Sie haben nicht das Recht, mich zu verhaften.«

»Das stimmt«, gestand Reuben ruhig. »Aber wir haben es nun einmal getan – und ganz davon abgesehen: Wäre es Ihnen lieber, wir würden Sie den Aymará überlassen?«

Ramos antwortete nicht.

»Obwohl«, fuhr Reuben nach einer Sekunde fort, »ich nicht sicher bin, ob ich es nicht einfach tun sollte. Was halten Sie von dieser Vorstellung?«

Ramos schwieg noch immer und Reuben starrte ihn einige Sekunden lang zornig an, bis ihm klar wurde, dass Ramos den drohenden Ausdruck auf seinem Gesicht ja gar nicht sehen konnte. »Aber das, was die bolivianischen Behörden mit Ihnen tun werden, ist auch nicht viel angenehmer«, fuhr er fort. »Wie Sie gerade so richtig bemerkten, Mister Ramos: Wir sind hier nicht in den Staaten. Die Polizei in manchen dieser südamerikanischen Länder arbeitet fallweise mit erschreckend primitiven Methoden – wenn Sie verstehen, was ich meine. Und ich fürchte, ich werde Sie ausliefern müssen, Mister Ramos.«

Thor sah Reuben fragend an. Der FBI-Beamte macht eine rasche Handbewegung, er solle schweigen, und fuhr nach einer neuerlichen Pause und in leicht verändertem Tonfall fort. »Warum sind Sie zurückgekommen, Ramos? Warum dieser zweite Überfall?«

»Warum sollte ich Ihnen auch nur eine einzige Frage beantworten?«, gab Ramos trotzig zurück.

»Nun, dafür gibt es mehrere Gründe«, erwiderte Reuben. »Einer wäre zum Beispiel, dass ich eine Waffe in der Hand halte und damit auf Sie ziele.«

Ramos lachte humorlos. »Dann erschießen Sie mich doch einfach«, sagte er, »wenn Sie den Mut dazu haben.«

»Nein«, erwiderte Reuben. »Das wäre zu einfach. Ich fürchte, ich muss Sie ausliefern, Ramos. Entweder an die Aymará oder an die bolivianischen Behörden. Es sei denn …«

»Es sei denn – was?«, fragte Ramos, als Reuben nicht weitersprach, sondern den Satz absichtlich in der Luft hängen ließ.

»Es sei denn, Sie beantworten mir einige Fragen«, sagte Reuben. »Und es wäre besser, Sie versuchten nicht erst, mich zu belügen. Wo ist Professor Corda? Wohin wollte er und was sucht er hier?«

Ramos schwieg beharrlich.

»Überlegen Sie es sich gut, Ramos«, sagte Reuben eindringlich. »Und tun Sie es schnell. Die Männer aus dem Dorf, das Sie überfallen haben, werden gleich hier sein. Und ich fürchte, ich kann Sie dann nicht mehr beschützen.«

»Das tun Sie doch sowieso nicht«, sagte Ramos. »Wollen Sie mir erzählen, dass Sie mich danach laufen lassen?«

»Nein«, erwiderte Reuben ernst. »Ganz bestimmt nicht. Aber Sie sollten vielleicht einmal über den Unterschied zwischen US-amerikanischen und bolivianischen Gefängnissen nachdenken, Mister Ramos. Der dürfte gewaltig sein – selbst für einen Blinden.«

»Niemand bringt mich ins Gefängnis«, sagte Ramos überzeugt.

Reuben ignorierte seine Antwort. »Also?«

»Überlassen Sie ihn mir«, verlangte Marian. Ihre Stimme zitterte. »Ich bringe ihn schon zum Reden.«

»Vielleicht ist das gar keine so schlechte Idee«, sinnierte Reuben.

Ramos wandte das Gesicht in die Richtung, aus der Marians Stimme kam. »Ich habe Ihrem Mann nichts getan, meine Liebe«, sagte er. »Und Ihnen auch nicht. Ich habe mein Wort gehalten, oder? Sie sind frei. Und Sie, Mister Garson –«, er wandte sich zu Thor um, »– sollten besser darüber nachdenken, ob Sie mich wirklich diesen FBI-Beamten überlassen. Ich gebe Ihnen mein Wort, dass Dale Anderson stirbt, wenn ich nicht bis Sonnenaufgang zurück in unserem Lager bin.«

Thor wollte antworten, aber Reuben fiel ihm ins Wort. »Sie verschlimmern Ihre Lage nur, Ramos«, sagte er zornig. »Mister Garson weiß, dass ich auf Mister Andersons Leben keine Rücksicht mehr nehmen kann. Ich fürchte, Sie haben nicht begriffen, worum es hier wirklich geht. Die Sache ist ein paar Nummern zu groß für Sie, Ramos.«

Auf dem Schiff hinter ihnen wurde eine Tür geöffnet und Henley trat ins Freie. »Hier ist niemand mehr«, rief er. »Die beiden müssen sich aus dem Staub gemacht haben.«

Reuben runzelte die Stirn, sagte aber nichts dazu, sondern warf einen nervösen Blick in den Dschungel. Thor war nicht sicher, aber er glaubte, Stimmen zu hören und die Geräusche von Menschen, die näher kamen.

»Entscheiden Sie sich, Ramos«, sagte Reuben. »Ich verspreche Ihnen allerdings nicht die Freiheit. Sie werden den Rest Ihres Lebens im Gefängnis verbringen – aber es ist Ihre Entscheidung, ob es ein US-amerikanisches oder ein bolivianisches Gefängnis sein wird. Und überlegen Sie sich Ihre Antwort gut. Die Menschen hier mögen US-Amerikaner nicht besonders. Und was sie mit Ihnen machen werden, nach allem, was Sie hier getan haben, brauche ich Ihnen wahrscheinlich nicht zu erzählen.«

»Sie ... Sie wollen doch nicht wirklich ein Geschäft mit diesem ... diesem Ungeheuer machen?«, fragte Marian fassungslos.

»Sie hören nicht zu, Mrs Corda«, erwiderte Reuben. »Ich

habe ihm nur zugesagt, ihn am Leben zu lassen, mehr nicht. Wenn wir ihn den Indios überlassen, dann bringen sie ihn um. Und dann finden wir Ihren Mann vielleicht gar nicht mehr.«

Die Stimmen und Geräusche waren mittlerweile lauter geworden. Und sehr viel zahlreicher. Thor erinnerte sich, dass es vielleicht acht oder zehn Männer gewesen waren, die vor Ramos' Banditen geflüchtet waren – aber was sich da durch das Unterholz auf sie zubewegte, klang wie eine ganze Armee. Und wahrscheinlich war es das auch.

»Gut, dass Sie vernünftig werden«, sagte Reuben. »Also, los jetzt – schnell. Aufs Schiff.«

»Was haben Sie vor?«, fragte Thor misstrauisch.

»Von hier verschwinden«, erwiderte Reuben. »Bevor es hier von rachelustigen Indios wimmelt.« Er deutete mit einer Kopfbewegung auf das Boot. »Beeilen Sie sich. Ich werde irgendwie versuchen sie aufzuhalten. Und passen Sie auf Mrs Corda auf – ich brauche Ramos lebend.«

Sie beeilten sich, an Bord des Schiffes zu gehen, aber zum Schluss wurde es doch ein Wettlauf um Sekunden. Thor hatte es selbst übernommen, Ramos zu überwachen, obwohl ihm die Logik sagte, dass ein blinder Mann kaum einen Fluchtversuch in den Wald unternehmen würde. Trotzdem ließ er ihn keine Sekunde aus den Augen, während sie über die schwankende Laufplanke an Bord des Schiffes und ins Ruderhaus hasteten, und er postierte sich wie durch Zufall so, dass er stets zwischen dem Blinden und Marian blieb. Auch Ramos' Männer, die von Reubens Begleitern mittlerweile entwaffnet und gefesselt worden waren, wurden an Bord und in einen sicheren Raum unter Deck gebracht.

Der kleine Hilfsdiesel im Rumpf des Schiffes war kaum angesprungen, als auch schon die ersten Aymará aus dem Dschungel gestürmt kamen. Reubens Versuch, die Indios irgendwie aufzuhalten, schien kläglich gescheitert zu sein, denn er rannte in Riesensätzen vor den Aymará her und es war deutlich zu erkennen, dass er vor ihnen *floh*. Während das kleine Schiff zu zittern und sich schwerfällig rückwärts zu bewegen begann, erreichte er im letzten Moment die Reling, zog sich mit einer hastigen Bewegung herüber und kappte die Laufplanke mit einem Tritt.

Ein Aymará, der ihm dicht auf den Fersen gewesen war, fiel mit wild rudernden Armen ins Wasser; zwei, drei andere versuchten das Schiff mit einem Sprung zu erreichen. Die meisten verfehlten es und nur einer klammerte sich an die Reling und wollte sich in die Höhe ziehen. Reuben versetzte ihm einen Faustschlag auf die Finger und auch dieser Indio schrie auf und kippte rücklings ins Wasser. Dann waren sie weit genug vom Ufer entfernt, um in den Sog der Strömung zu geraten und schneller zur Flussmitte hinauszutreiben.

AUF DEM FLUSS

Es hatte eine gute halbe Stunde gedauert, den Dampfkessel so weit aufzuheizen, dass das Schiff nennenswerte Fahrt aufnehmen konnte. Der kleine Hilfsdiesel war längst nicht stark genug, das eiserne Schiff wirklich effektiv anzutreiben, sodass sie für eine geraume Weile kaum von der Stelle gekommen waren, sondern eigentlich nur ihre Position in der Flussmitte hatten halten können. Reuben hatte zwei starke Scheinwerfer am Heck und Bug des Schiffes aufstellen lassen, deren Lichtkegel beständig über das Wasser tasteten, und tatsächlich waren ein paarmal die Gestalten schwimmender Aymará sichtbar geworden, die trotz der Strömung versuchten das Schiff zu erreichen. Reuben hatte Warnschüsse auf sie abgegeben und sie hatten tatsächlich kehrtgemacht.

Thor atmete jedoch erst erleichtert auf, als das Schiff endlich wirklich Fahrt aufnahm und das Aymará-Gebiet langsam hinter ihnen zurückblieb. Er gab sich nicht der Illusion hin, dass sie damit tatsächlich in Sicherheit waren. Wenn nicht die Indios, so würde spätestens die bolivianische Polizei ihre Verfolgung aufnehmen. Dass Ramos' Männer die beiden Flugzeuge niedergebrannt hatten, verschaffte ihnen möglicherweise einen Vorsprung, aber keinen großen. Reuben hatte ja selbst gesagt, dass eine dritte Maschine zu ihnen unterwegs war, und es gab noch immer das Funkgerät, über das die beiden im Dorf zurückgebliebenen Polizisten verfügten. Ihr einziger Schutz war die Dunkelheit.

Auf Reubens Gesicht lag ein sehr besorgter Ausdruck, als er die Tür des Ruderhauses hinter sich zuzog und fröstelnd die Hände aneinanderrieb. Die Nacht draußen auf dem Fluss war sehr kalt. »Das war knapp«, sagte er.

»Und ich fürchte, das bleibt es auch«, fügte Henley hinzu, der das Ruder übernommen hatte und versuchte, das Schiff in der fast vollkommenen Dunkelheit in der Flussmitte zu halten. Dann und wann ließ er den Scheinwerfer am Bug aufflammen. »Ihr glaubt doch nicht wirklich, dass sie uns so einfach davonkommen lassen? Nicht nach dem, was diese Verbrecher den Indios angetan haben.«

»Sie werden uns nicht folgen«, erklärte Ramos. Es waren die ersten Worte, die er überhaupt sprach, seit Thor ihn an Bord gebracht hatte.

»Wieso können Sie sich da so sicher sein?«, fragte Reuben lauernd.

»Der Fluss ist ab hier tabu für sie«, erwiderte Ramos. »Sie würden nicht einmal hierherkommen, wenn der Teufel selbst ihnen im Nacken säße.«

»Aber vielleicht, wenn sie ihn verfolgen«, murmelte Henley.

Ramos quittierte seine Bemerkung mit einer Grimasse, doch er sagte nichts mehr. Reuben warf seinem Kollegen einen strafenden Blick zu, schüttelte wortlos den Kopf und blickte Ramos dann auffordernd an, aber es vergingen weitere Sekunden, bis ihm klar wurde, wie sinnlos das vor einem Blinden war. Er seufzte. »Okay, Mister Ramos«, begann er. »Reden Sie! Warum sind Sie zurückgekommen? Was sollte dieser völlig sinnlose Überfall? Wo sind Corda und die anderen?«

»Ich weiß genauso wenig wie Sie, wo Corda steckt«, antwortete Ramos. »Glauben Sie, ich wäre hier, wenn ich wüsste, wo er ist? Wir haben seine Spur verloren.«

»Sie lügen!«, behauptete Thor. »Ich glaube, Sie wissen sehr gut, wo Corda ist.«

Ramos machte ein verächtliches Gesicht. »Und warum bin ich dann hier statt auf seiner Spur?«

»Das weiß ich nicht«, antwortete Thor. »Aber es interessiert mich auch nicht. Ich will Dale. Wo ist er?«

»Ich sagte Ihnen doch – in Sicherheit. Und das wird er auch bleiben, solange mir nichts geschieht. Und dasselbe gilt auch für Sie. Wenn Sie vernünftig sind, dann gibt es überhaupt keinen Grund, dass irgendjemandem etwas zustoßen sollte.«

Reuben blickte den Blinden einen Moment lang fassungslos an. In seinem Gesicht arbeitete es. »Ich fürchte, Sie haben Ihre Lage immer noch nicht verstanden, Ramos«, sagte er dann mit mühsam beherrschter Stimme. »Sie haben verloren. Es ist aus. Sie können uns weder drohen noch irgendwelche Forderungen stellen.«

»Sind Sie sicher?«, fragte Ramos lächelnd.

»Vollkommen«, erwiderte Reuben zornig. »Und falls ich mich nicht deutlich genug ausgedrückt haben sollte, Ramos: Wenn wir Professor Cordas Spur nicht wiederfinden – egal, ob mit oder ohne Ihre Hilfe –, dann gibt es keinen Grund mehr für mich, Sie zu schützen. Und ich verspreche Ihnen, dass ich Sie an die Aymará oder an die bolivianischen Behörden ausliefere, je nachdem, auf wen wir zuerst stoßen. Aber ich fürchte, es werden wohl die Indios sein.«

»Das wäre Mord«, sagte Ramos. »Und Sie sind nicht der Typ, der einen Mord begeht.«

»Mord?« Reuben lachte unecht. »Sie irren sich, Ramos. Ich glaube, dass meine Regierung das anders sieht. Was ich vor einer Stunde getan habe, wird für eine Menge Aufregung sorgen. Und meine Vorgesetzten haben ganz bestimmt kein Verständnis dafür, dass ich internationale diplomatische Verwicklungen auslöse, ohne einen triftigen Grund dafür nennen zu können.«

»Vielleicht gibt es den ja«, sagte Ramos. »Ich könnte mir sogar ein paar Millionen Gründe vorstellen.«

»Was soll das heißen?«, fragte Reuben misstrauisch.

»Was verdienen Sie in Ihrem Job?«, fragte Ramos anstelle einer Antwort. »Zweitausend im Jahr? Drei?«

Reubens Gesicht verfinsterte sich noch weiter. »Ich bin nicht zu kaufen, Ramos«, sagte er.

»Unsinn. Jeder Mensch hat seinen Preis, auch Sie.«

»Selbst wenn es so wäre«, erwiderte Reuben, der sich zwar äußerlich noch in der Gewalt hatte, aber sichtlich vor Wut kochte, »so könnten Sie *meinen* ganz bestimmt nicht bezahlen.«

»Sehen Sie, Mister Reuben, und genau da irren Sie sich«, antwortete Ramos. »Wenn wir Corda finden, dann kann ich *jeden* Preis zahlen. Können Sie sich vorstellen, was es heißt, reich zu sein? Ich meine, wirklich *reich.* Sich alles leisten zu können, was immer Sie wollen?«

»Sparen Sie sich die Mühe«, sagte Reuben. »Ich bin nicht zu bestechen. Und wissen Sie auch, warum? Selbst wenn ich käuflich wäre – ich traue Ihnen nicht.«

»Oh, Sie meinen, ich würde Sie betrügen?« Ramos lachte leise und schüttelte den Kopf. »Das würde ich nicht, mein Wort darauf. Ich bin immer gut mit dem Prinzip gefahren, einen Mann lieber zu kaufen, als ihn zu töten. Und was Corda gefunden hat, ist so wertvoll, dass Ihr Preis keine Rolle mehr spielt.«

»Sie glauben doch nicht wirklich an diesen Unsinn?«, fragte Henley.

»Unsinn?« Ramos schnaubte erregt. »Es ist kein Unsinn. Corda hat El Dorado entdeckt, davon bin ich fest überzeugt. Wenn Sie mir nicht glauben, dann fragen Sie Mister Garson. Er wird es Ihnen bestätigen.«

Henley sah ihn fragend an, doch Thor zögerte, etwas dazu zu sagen. Nach allem, was er bisher erlebt hatte, war er nicht mehr sicher, ob seine Vermutung wirklich zutraf. Und wenn ja, ob El Dorado nicht vielleicht etwas völlig anderes war, als sie alle sich bisher unter diesem Wort vorgestellt hatten.

»Nun?«, fragte Reuben.

»Ich … bin nicht sicher«, murmelte Thor ausweichend. »Es spricht einiges dafür, dass er recht hat.«

»Aber El Dorado ist doch nur eine Legende«, sagte Henley verwirrt. »Ich meine – ein Mythos wie …« Er suchte nach Worten.

»Troja?«, schlug Thor lächelnd vor.

»Genug!«, unterbrach Reuben ungeduldig. »Von mir aus kann er den Weihnachtsmann höchstpersönlich entdeckt haben, das interessiert mich nicht. Mich interessiert, wohin Professor Corda mit seinen Begleitern will und wo er sich jetzt aufhält.« Er trat einen Schritt näher an Ramos heran. »Und ich bin mir inzwischen ziemlich sicher, dass Sie beides wissen.«

»Wenn das so wäre, dann wäre ich kaum zurückgekommen, nicht wahr?«, erwiderte Ramos abfällig.

»Das bringt uns wieder zurück zu der Frage«, mischte sich Thor ein, »warum Sie gekommen sind.«

»Ich habe etwas vergessen«, sagte Ramos.

»Und was?«

»Das geht Sie nichts an.«

Thor wollte auffahren, aber Reuben warf ihm einen mahnenden Blick zu, schüttelte unmerklich den Kopf und trat so dicht an Ramos heran, dass der Blinde seine Nähe spüren musste. »Für einen Mann in Ihrer Lage, Ramos«, sagte er, »sind Sie ziemlich mutig. Ich kann es mir immer noch anders überlegen und Sie zurück zu den Aymará bringen.«

»Blödsinn!«, antwortete Ramos. »Sie brauchen mich, Reuben. Sie brauchen mich dringender als ich Sie, denn im

Moment bin ich der Einzige, der Sie zu Corda führen könnte.«

»Oh, ich denke, das kann Mister Garson auch erledigen«, antwortete Reuben. »Zugegeben – vielleicht nicht ganz so schnell wie Sie, dafür aber sehr viel bereitwilliger.«

»Glauben Sie?« Ramos lachte hässlich. »Dann frage ich mich allerdings, wieso Sie sich überhaupt mit einem Verbrecher wie mir abgeben. Sie bluffen, Reuben. Mister Garson ist mit seinem Latein genauso am Ende wie Sie. Corda hat drei Tage Vorsprung. Wissen Sie, was drei Tage in einem Land wie diesem bedeuten? Ebenso gut könnten es drei Monate sein. Oder drei Jahre.« Er lachte abermals. Der Blick seiner blinden Augen wanderte von Reuben zu Henley und Thor und zurück. Wieder hatte Thor das seltsame Gefühl, er könnte sie auf eine unheimliche Art und Weise sehen. »Ich will Ihnen etwas verraten, Reuben. Wir sind nicht einmal mehr weit entfernt von ihm – keine fünfzig Meilen mehr, um genau zu sein. Aber fünfzig Meilen in diesem Land sind mehr als fünfhundert in dem, aus dem Sie kommen. Sie haben keine Chance, ihn zu finden, wenn ich Ihnen nicht verrate, wo er ist.«

»Was Sie allerdings nicht tun werden«, vermutete Thor.

Ramos machte eine vage Handbewegung. »Wer sagt das? Vielleicht werden wir uns ja einig? Ich will nicht viel – nur einen fairen Anteil.«

Reuben ächzte. »Sie wagen es, jetzt auch noch *Forderungen* zu stellen?«

»Und warum nicht? Sie wollen etwas von mir – und ich will etwas von Ihnen – was liegt da näher, als dass –«

»Das reicht!«, unterbrach ihn Reuben scharf. »Ich denke nicht daran, Geschäfte mit einem Mörder zu machen!«

»Aber haben Sie das denn nicht schon?«, sagte Ramos beinahe freundlich.

Reuben wollte erneut auffahren, doch Thor brachte diesmal ihn mit einer besänftigenden Geste zum Schweigen. »Warten Sie«, sagte er. »Möglicherweise brauchen wir diesen …«, er blickte Ramos verächtlich an, »*Herrn* gar nicht.«

Sowohl Reuben als auch Henley sahen ihn mit neu erwachendem Interesse an. Auch Ramos wirkte plötzlich ein ganz kleines bisschen nervös. Thor lächelte, obwohl Ramos es nicht sehen konnte. »Fünfzig Meilen, sagten Sie?«

Ramos reagierte nicht, aber Thor wandte sich mit einer auffordernden Geste an Henley, der lässig gegen das Ruder gelehnt dastand und abwechselnd ihn und seinen Kollegen ansah. »Ich glaube, ich weiß es jetzt«, sagte er. »Haben Sie eine Karte von diesem Gebiet?«

Henley nickte und wandte sich wortlos um, um aus dem Durcheinander auf dem Pult vor sich die verlangte Karte herauszufischen, während Reuben ungeduldig von einem Fuß auf den anderen zu treten begann.

»Ich glaube, ich weiß jetzt, woran mich der Tanz der Indios erinnert hat«, beantwortete Thor die unausgesprochene Frage des FBI-Agenten. »Ich bin noch nicht ganz sicher, aber …« Nervös drehte er sich wieder zu Henley herum und wartete, bis dieser ihm das zerknitterte Etwas gereicht hatte, das wohl den Vorstellungen des Bootsbesitzers von einer Karte entsprechen mochte. Im schwachen Licht der Kabinenbeleuchtung waren nicht sehr viele Details zu erkennen, als Thor sie hastig auf dem kleinen Tisch an der Rückseite der Steuerkabine ausbreitete und mit dem Handrücken glatt strich. Er sah schnell, wonach er suchte.

»Hier!« Thor deutete mit dem ausgestreckten Zeigefinger auf drei in etwa kreisförmige Markierungen am oberen Rand der Karte, die ein ungleichmäßiges Dreieck bildeten.

Reuben beugte sich neugierig über seine Schulter, blickte

einen Moment stirnrunzelnd auf die Karte hinab und sah ihn dann völlig verwirrt an. »Und?«

»Erinnern Sie sich nicht?«, fragte Thor. »Denken Sie an die Aymará! Drei Feuer, zwischen denen der Häuptling gestanden hat.«

»Und?« wiederholte Reuben.

»Das hier –«, Thor tippte triumphierend mit Zeige- und Mittelfinger auf die Karte, »sind erloschene Vulkane. Ich war nicht sicher, aber jetzt erinnere ich mich wieder.«

Reubens Gesicht hellte sich auf. »Und Sie glauben, das, was wir suchen –«

»– liegt genau dazwischen«, führte Thor den Satz zu Ende. »Dort, wo der Häuptling gestanden hat.« Er behielt Ramos bei diesen Worten genau im Auge und sah, dass der Gangster erschrocken zusammengefahren war.

»Aber das ist unmöglich«, protestierte Henley. »Wenn es so wäre, hätte man es längst gefunden. Dieses Gebiet –«

»– ist so gut wie unerforscht«, fiel ihm Thor ins Wort. »Lassen Sie sich nicht von dieser Karte täuschen. Man hat ein paar Luftaufnahmen gemacht und die Informationen verwertet, die man bekommen konnte. Realistisch ist eher die Annahme, dass diese Karte so glaubwürdig ist wie Ramos' letzte Einkommenssteuererklärung. Es würde mich nicht wundern, wenn herauskäme, dass noch kein Weißer einen Fuß in dieses Gebiet gesetzt hat.«

Reuben beugte sich abermals vor und blickte aus zusammengekniffenen Augen auf die Stelle am oberen Rand der Karte, auf die Thor gedeutet hatte. Zwischen den drei angedeuteten Kreisen waren nur die grünen Striche zu sehen, mit denen der Kartenzeichner Dschungel angedeutet hatte, »Fünfzig Meilen …« murmelte er.

»Wenn die Karte stimmt, sind es eher achtzig oder auch hundert«, wandte Henley ein. »Und der Fluss macht eine

Biegung. Mit dem Boot werden wir nicht sehr nahe herankommen.«

»Und zu Fuß auch nicht«, mischte sich Ramos ein. Er hatte seinen Schrecken überwunden und seine alte Überheblichkeit zurückgewonnen. Auf seinem entstellten Gesicht erschien sogar wieder die Andeutung eines Lächelns. »Wissen Sie, Mister Henley – in einem Punkt hat Mister Garson recht. Diese Karte ist nicht besonders genau. Es gibt zwischen dem Fluss und diesen Vulkanen ein paar Dinge, die nicht eingezeichnet sind. Was mich wieder zu unserer Abmachung zurückbringt.«

Reuben durchbohrte ihn mit Blicken, schwieg aber.

»Und da wäre zu guter Letzt noch Mister Anderson«, fügte Ramos lächelnd hinzu. »Ich nehme doch an, dass Sie immer noch daran interessiert sind, ihn lebend und unverletzt zurückzubekommen?«

»Genauso wie Sie daran denken sollten, wie Sie lebend und unverletzt aus diesem Land herauskommen können«, sagte Thor. Die Drohung in seinen Worten war nicht zu überhören, aber Ramos lächelte nur noch breiter.

»Ich sehe, wir sind dabei, eine gemeinsame Basis zu entwickeln«, sagte er. »Ich schlage vor, Sie lassen mich und meine Leute frei, und dafür verrate ich Ihnen den Aufenthaltsort von Mister Anderson.«

»Ha!«, sagte Reuben.

Und dabei blieb es für die nächsten Stunden, bis die Sonne aufging.

Thor hatte versucht noch ein wenig Schlaf zu finden, aber es war bei dem Versuch geblieben. Auf dem Schiff herrschte nicht nur eine drückende Enge, sondern auch eine gespannte, gereizte Atmosphäre, die an einen Vulkan kurz vor dem Ausbruch erinnerte. Weder Ramos' Leute noch er selbst hatten den Versuch unternommen, auszubrechen oder ihnen auch nur Schwierigkeiten zu bereiten – aber gerade das war es, was Thor nervös machte. Ramos gehörte nicht zu den Männern, die aufgaben, selbst wenn sie sich in einer vermeintlich aussichtslosen Situation befanden.

Als die Sonne aufging, war Thor schon wieder an Deck und blickte aus brennenden, rot geränderten Augen nach Norden. Der Fluss wälzte sich träge in seinem Bett dahin und der Dschungel war so dicht geworden, dass er eine undurchdringliche Mauer zu beiden Seiten des Flusses zu bilden schien. Henley, der noch immer am Ruder stand, hielt das Boot genau in der Flussmitte, sodass kaum die Gefahr bestand, abermals überfallen zu werden. Obwohl auf der Landkarte wenig mehr als ein dünner blauer Strich eingezeichnet war, war selbst dieser Nebenfluss doch in Wahrheit ein breiter Strom, der sich in zahllosen Windungen und Kehren durch das Land schlängelte. Und trotz ihrer vermeintlichen Sicherheit wurde Thor immer nervöser.

Er hörte Schritte hinter sich, drehte sich um, blickte in Reubens Gesicht und erkannte, dass es dem FBI-Mann nicht anders ging. Auch er sah müde aus und auch hinter seiner rein körperlicher Erschöpfung verbarg sich eine zweite, tiefere Nervosität, die zu überspielen er nicht ganz imstande war.

»Ich habe das Gefühl, in eine Falle zu laufen«, begann Reuben übergangslos.

»So?« Thor lächelte müde. »Ich nicht.«

Reuben seufzte. »Ihren Optimismus möchte ich haben.«

»Wieso Optimismus? Bei mir ist es nicht nur ein Gefühl, in eine Falle zu tappen, ich *weiß* es«, antwortete Thor.

Reubens Antwort bestand nur aus einem Stirnrunzeln und einem tiefen, erschöpften Seufzen, während er sich schwer auf die Reling stützte und ins Wasser sah. Eine ganze

Weile schwiegen sie beide, dann fragte Reuben unvermittelt: »Woher haben Sie es gewusst?«

Thor blickte ihn fragend an.

»Das mit den drei Vulkanen«, erklärte Reuben. »Ist Südamerika Ihr Spezialgebiet?«

Thor schüttelte den Kopf. »Im Gegenteil. Es war ...« Er zögerte unmerklich, lächelte knapp und gestand: »Eigentlich war es purer Zufall. Ich habe in Stans Haus ein paar Bücher durchgeblättert. Dabei ist mir eine bestimmte Landkarte aufgefallen. Und als ich gestern Abend den Häuptling beobachtet habe, fiel mir die Karte wieder ein. Das ist alles.«

Reuben lächelte müde. »Sie wären erstaunt, Garson, wenn Sie wüssten, wie oft große Dinge durch solche Kleinigkeiten entschieden werden!« Er lachte leise und nicht sehr humorvoll. »Wenn ich ehrlich sein soll, dann tut der Zufall die Hälfte unserer Arbeit. Mindestens.«

Thor wollte mit irgendeiner Belanglosigkeit antworten, aber plötzlich legte er den Kopf schräg und lauschte. Gleichzeitig blickte er gespannt nach vorn.

Reuben sah auf, wenn auch nur deshalb, weil ihm Thors veränderte Haltung aufgefallen war. »Was haben Sie?«, fragte er. Plötzlich klang er überhaupt nicht mehr müde und er sah auch nicht mehr so aus, sondern wirkte im Gegenteil aufs Höchste angespannt.

Thor zuckte mit den Schultern. »Ich weiß nicht«, murmelte er. »Da ... da ist irgendetwas.«

Aus den Augenwinkeln sah er, dass Reuben sich automatisch straffte und nach der Waffe an seinem Gürtel griff, die Bewegung dann aber nicht zu Ende führte, denn in diesem Moment hörte er es auch und er begriff, dass die Gefahr, die vor ihnen lag, nicht mit einer Waffe zu beseitigen war.

Durch die Geräusche des allmählich erwachenden

Dschungels und das monotone Tuckern des Dieselmotors drang ein dumpfes, grollendes Donnern; noch sehr weit entfernt, aber schon deutlich genug, um die beiden Männer wissen zu lassen, was da war: ein Wasserfall oder eine Stromschnelle.

Thor runzelte die Stirn. »Das muss eines von den Hindernissen sein, von denen Ramos gesprochen hat«, sagte er.

»Auf der Karte war aber nichts eingezeichnet«, sagte Reuben in beinahe vorwurfsvollem Ton.

»Ich habe Ihnen doch schon gesagt, was ich von dieser Karte halte«, antwortete Thor.

Reuben blickte noch einen Moment lang konzentriert nach vorn, dann zuckte er mit den Achseln. »Es spielt keine Rolle«, sagte er. »Wir müssen ohnehin an Land. Ob nun ein paar Meilen früher oder später, das macht keinen Unterschied.«

Sie gingen zurück ins Ruderhaus. Reuben erklärte Henley mit wenigen Worten, was sie entdeckt hatten, und bat ihn, das Schiff näher ans Ufer zu bringen und zugleich Ausschau nach einem möglichen Anlegeplatz zu halten, während Thor sich entschuldigte und unter Deck ging, um Marian zu wecken.

Sie war nicht da. Reuben hatte ihr die Kapitänskajüte zugewiesen – den einzigen abschließbaren Raum an Bord –, aber die Tür stand offen und die schmale Koje war unberührt. Offensichtlich hatte Marian in dieser Nacht so wenig Schlaf gefunden wie sie auch. Thor fragte sich trotzdem irritiert, wo sie sein mochte. Das Schiff war weiß Gott nicht groß genug, um darauf spazieren gehen zu können, ohne gesehen zu werden. Mit Ausnahme dieser und der Kabine, die sich Reuben und Thor geteilt hatten, gab es im Grunde nur noch den Maschinenraum – und den Lagerraum, in dem Ramos' Männer eingesperrt waren.

Verwirrt verließ er die Kabine wieder und ging in sein eigenes Quartier, um seine wenigen Habseligkeiten zusammenzusuchen. Wenige Minuten später trat er wieder an Deck hinaus.

Das Grollen der Stromschnellen war mittlerweile so laut geworden, dass es beinahe das Geräusch des Motors übertönte. Wo bisher die grüne Mauer des Dschungels den Fluss begrenzt hatte, erhob sich jetzt eine glitzernde Woge aus Schaum und Gischt, in der scharfkantiger, nasser Stein glänzte. Die Strömung hatte zugenommen, aber das Schiff näherte sich bereits dem Ufer. Reuben und Henley waren nicht mehr allein. Wie am Abend zuvor war Ramos wieder ins Steuerhaus gebracht worden, bewacht von einem der Söldner.

Thor streifte ihn mit einem flüchtigen Blick, dann wandte er sich an Reuben. »Wo ist Marian?«

»Mrs Corda?« Der FBI-Beamte zuckte mit den Schultern. »Ist sie denn nicht in ihrer Kabine?«

»Dann würde ich kaum fragen«, antwortete Thor gereizt.

Reuben sah ihn irritiert an, zuckte aber nur noch einmal mit den Achseln und konzentrierte sich dann weiter auf das allmählich näher kommende Ufer. Thor bemerkte mit einem leisen Gefühl von Sorge, dass der Dschungel an dieser Stelle besonders dicht zu sein schien. Aber dann beruhigte er sich damit, dass sie noch Meilen von den Stromschnellen entfernt waren.

»Was machen wir jetzt mit ihm und seinen Leuten?«, fragte er mit einer Kopfbewegung auf Ramos.

Reuben deutete auf das Funkgerät. »Wir lassen sie hier. Es wäre reichlich unpraktisch, ein Dutzend Gefangene mit durch den Dschungel zu schleppen, nicht wahr? Ich werde einen Funkspruch an die bolivianische Polizei absetzen, sobald wir an Land gegangen sind, damit die sie abholen.

Wahrscheinlich sind sie sowieso schon hinter uns her.« Er legte eine kurze, genau berechnete Pause ein, dann fuhr er fort, wobei er sich direkt an Ramos wandte: »Was mit Ihnen geschieht, Ramos, liegt ganz bei Ihnen. Es macht mir nichts aus, Sie zusammen mit Ihrer Mörderbande unten im Laderaum einzusperren. Was die Bolivianer mit Ihnen tun werden, können Sie sich vorstellen. Die andere Möglichkeit wäre, Sie begleiten uns – zu unseren Bedingungen.«

Ramos antwortete nicht. Reuben schien auch nicht ernsthaft damit gerechnet zu haben, denn er drehte sich mit einem beiläufigen Achselzucken um und konzentrierte sich wieder auf das Ufer.

Thors Blick wanderte unentschlossen zwischen seinem und Ramos' Gesicht hin und her. Er wusste, dass Reuben getan hatte, was in seiner Macht stand – aber das änderte nichts daran, dass Dales Schicksal so gut wie besiegelt war, wenn sie Ramos hier zurückließen. Er fühlte sich hilflos wie nie zuvor im Leben. Er musste irgendetwas tun.

Eine Bewegung im hinteren Teil des Schiffes erweckte plötzlich seine Aufmerksamkeit. Er drehte sich um und erkannte Marian, die gebückt aus der Tür am Achteraufbau trat, sich einen Moment lang suchend umsah und dann das Ruderhaus ansteuerte.

»Wo warst du?«, fragte Thor, als sie die Tür öffnete und eintrat.

»Unten«, antwortete sie. »Ich habe den Männern einen Kaffee gekocht – sie hatten ihn nötig. Die Nacht war –« Sie brach ab. Ihr Gesicht verdüsterte sich, als ihr Blick auf Ramos fiel, und Thor sah, wie sie am ganzen Leib zu zittern begann. Ihre Augen flatterten.

Wie beiläufig trat er zwischen sie und Ramos und erklärte: »Wir werden bald an Land gehen, und wenn du irgendwelche Sachen in der Kabine hast, solltest du sie holen.«

»An Land?« Marian war nur kurz irritiert: »O ja, die Stromschnellen.«

Reuben sah verwirrt auf und auch Thor musterte Marian einen Moment lang verblüfft.

»Woher weißt du davon?«

»Sie sind doch kaum zu überhören«, lächelte Marian. »Außerdem hat Stan einmal etwas davon erwähnt.« Sie trat einen Schritt auf Thor zu, aber ihr Blick blieb unverwandt auf Ramos geheftet.

»Nicht, Marian«, sagte Thor sanft. Er hob den Arm und berührte sie leicht an der Schulter. »Ich weiß, was du fühlst. Aber er ist es nicht wert.«

Marians Lippen wurden zu einem dünnen, blutleeren Strich. Thor konnte fast sehen, wie es hinter ihrer Stirn arbeitete. Dann wandte sie sich mit einem Ruck um und trat neben Reuben ans Fenster. Ihr Gesicht war starr und unbewegt, doch ihre Hände ballten sich unentwegt zu Fäusten und öffneten sich wieder.

Einen Moment lang musterte Reuben sie besorgt, aber er sagte nichts, sondern hob nur die Augenbrauen, schüttelte fast unmerklich den Kopf und drehte sich dann erneut zu Ramos.

»Ihre Bedenkzeit ist vorbei, Ramos«, sagte er. »Also, zum unwiderruflich letzten Mal: Möchten Sie mit Ihren Männern hier auf das Eintreffen der Bolivianer warten oder ziehen Sie es vor, mit uns zusammenzuarbeiten?«

»Vielleicht gibt es ja noch eine dritte Möglichkeit«, sagte Ramos ruhig.

Reuben legte den Kopf schräg und sah ihn misstrauisch an. Im selben Moment drehte sich Marian vom Fenster weg, zog mit einer raschen Bewegung die Pistole aus Reubens Halfter und wich mit zwei ebenso raschen Schritten von ihm zurück, als er nach der Waffe greifen wollte. Reuben erstarrte, als Marian den Hahn zurückzog und die Mündung der Pistole auf seinen Kopf richtete.

»Marian!« Auch Thor machte einen Schritt und blieb abrupt stehen, als Marian drohend mit dem Revolver fuchtelte.

»Geh zur Seite!«, verlangte Marian.

Thor rührte sich nicht.

»Geh zurück!«, verlangte sie noch einmal. Und diesmal lag in ihrer Stimme eine Schärfe, die Thor klarmachte, dass sie es ernst meinte. Für die Dauer eines Herzschlags sah er sie noch beschwörend an, wich dann aber gehorsam und mit halb erhobenen Händen zurück – ohne ihr allerdings die Schusslinie auf Ramos freizugeben. »Tu das nicht«, sagte er. »Er ist es nicht wert, Marian. Und wir brauchen ihn.«

»So?«

»Denk an Dale«, sagte Thor. »Und an Stanley. Ohne ihn finden wir deinen Mann vielleicht nie.«

»Bitte, Mrs Corda«, sagte auch Reuben. »Seien Sie vernünftig. Legen Sie die Waffe weg. Mister Garson hat recht – er ist es wirklich nicht wert.«

Marians Blick flackerte. Sie sah Reuben an, dann Thor und schließlich Henley, der in gespannter Haltung am Ruder stand, aber die Waffe in ihrer Hand blieb unverwandt weiter auf Ramos gerichtet – genauer gesagt: auf Thors Brust.

»Geh zur Seite, Thor«, flüsterte sie.

Thor schüttelte den Kopf. »Nein«, sagte er entschlossen. »Das werde ich ganz bestimmt nicht tun.«

»Bitte, Thor«, sagte Marian. »Ich möchte dich nicht verletzen.« Ihre Stimme zitterte, klang aber trotzdem fest und entschlossen. Und Thor hörte auf, auf sie einzureden. Er begriff, dass Marian nicht in der Verfassung war, sich von Worten beeindrucken zu lassen. Blitzschnell überschlug er seine

Chancen, sich auf sie zu werfen und ihr die Waffe zu entreißen, verwarf diesen Gedanken aber sofort wieder.

»Das hat doch keinen Sinn, Mrs Corda«, versuchte nun auch Henley Marian zu beruhigen. »Was versprechen Sie sich denn davon, ihn zu erschießen? Ich gebe Ihnen mein Ehrenwort, dass er seine Strafe bekommen wird. Er wird den Rest seines Lebens im Gefängnis verbringen, das schwöre ich.«

»Das glaube ich eigentlich nicht«, sagte Ramos ruhig. Beinahe gelassen trat er hinter Thor hervor, ging auf Marian zu und blieb einen Schritt neben ihr stehen, als er ihre Nähe spürte. Thor starrte ihn fassungslos an und auch auf Reubens und Henleys Gesicht erschien ein verblüffter, dann beinahe entsetzter Ausdruck.

»Was ist mit den Männern?«, fragte Reuben.

Marian lächelte flüchtig. »Ich sagte doch – ich habe ihnen einen Kaffee gekocht. Ich schätze, dass sie noch mindestens zwei oder drei Stunden schlafen werden.«

»Marian …«, murmelte Thor. »Was …«

»Das glaube ich jetzt einfach nicht«, flüsterte Reuben. »Das kann nicht Ihr Ernst sein!«

»Versuchen Sie lieber nicht, das herauszufinden«, sagte Marian ruhig.

Reuben versuchte es nicht. Aber Henley. Blitzschnell und ohne jede Vorwarnung warf er sich vor und schlug nach Marians Arm. Sie wich dem Hieb aus, senkte ihre Waffe um eine Winzigkeit und jagte ihm eine Kugel in den Oberschenkel. Henley schrie auf, taumelte zurück gegen das Ruder und brach mit schmerzverzerrtem Gesicht zusammen. Die Waffe in Marians Hand richtete sich nun blitzschnell auf Reuben, der nur einen Schritt auf sie zugemacht hatte.

»Versuchen Sie es nicht«, sagte sie. »Bitte. Ich möchte niemanden verletzen. Aber ich werde es tun, wenn Sie mich dazu zwingen.«

Auch Reuben hob langsam die Hände und blieb stehen. Auf seinem Gesicht mischten sich Schrecken und Verblüffung, aber es war ihm deutlich anzusehen, wie schwer es ihm fiel, wirklich zu glauben, was er da sah.

Marian deutete auf Henley. »Helfen Sie ihm.«

Während sich Reuben um seinen verwundeten Kollegen kümmerte, starrte Thor Marian einfach nur fassungslos an. Sie hielt seinem Blick einen Moment lang stand, sah dann jedoch weg, wenn auch ohne die Waffe zu senken. Thor war nicht sicher, ob sie auf ihn schießen würde – aber er wollte es auch nicht unbedingt darauf anlegen.

»Warum?«, murmelte er.

»Warum?«, wiederholte Marian, ohne ihn anzusehen. Sie lachte, sehr leise, sehr hart und sehr traurig.

»Was hat er dir versprochen?«, fragte Thor. »Dich zu Stan zu bringen? Das wird er nicht tun. Und wenn, dann wird er euch beide umbringen.«

»Stan?« Marian sah mit einem Ruck auf und blickte ihn nun doch direkt an. Und plötzlich war in ihren Augen eine Härte, die Thor erschreckte. »Stan?«, wiederholte sie. »Stanley ist mir egal, Thor. Es ist mir gleich, ob Ramos ihn tötet oder am Leben lässt, ob er mit ihm teilt oder ihn davonjagt. Was weißt du schon!«

»Ich –«

»Nichts!«, fiel ihm Marian ins Wort. »Du weißt wahrhaftig nicht, wie Stanley wirklich ist. Keiner von euch weiß das! Die letzten zehn Jahre mit ihm waren die Hölle! Oh, du denkst, du wüsstest alles über uns?« Wieder lachte sie. »Du weißt nichts, ebenso wenig wie alle anderen. Ich habe die Blicke bemerkt, die sie mir zugeworfen haben, und ich habe gehört, wie sie hinter meinem Rücken getuschelt haben, wenn sie glaubten, ich merke es nicht. Aber es war nicht so schlimm, wie ihr alle dachtet. Es war schlimmer. Er hat mir alles gestohlen. Meine Familie. Meine Freiheit. Meine Jugend. Ich habe ihm die besten Jahre meines Lebens geopfert, und zum Dank hat er mich geschlagen und schlechter behandelt als seinen Hund.«

»Und du glaubst jetzt, Ramos wäre besser?«

Marian machte ein abfälliges Geräusch. »Was interessiert mich Ramos. Wir sind Geschäftspartner, mehr nicht.«

»So wie Stan und er?«

»Stan hat ihn betrogen«, antwortete Marian so heftig, dass es fast wie ein Schrei klang. »Ich betrüge ihn nicht. Ich halte meinen Teil der Abmachung und er wird seinen Teil halten. Es ist nicht viel, was ich will. Nicht genug jedenfalls, dass es sich lohnen würde, mich deswegen zu töten. Aber genug für mich.«

»Bitte, Marian«, sagte Thor in fast flehendem Tonfall. »Komm zur Vernunft. Du weißt ganz genau, dass du Unsinn redest.«

»Unsinn? Weil ich für die letzten zehn Jahre auch etwas haben will? Weil ich auch einmal etwas abkriegen möchte?«

»Und du glaubst, Geld könnte wiedergutmachen, was Stanley dir angetan hat?«

»Nein«, antwortete Marian. »Aber ich kann ein neues Leben beginnen. Ein Leben ohne Angst und Demütigungen.«

»Mit Geld, das dir nicht gehört? Dann bist du nicht besser als Stanley.«

»Dann bin ich eben nicht besser als er«, antwortete Marian trotzig. »Warum sollte ich? Schließlich hat er Erfolg gehabt. Ihr habt doch alle gewusst, wie er ist. Ihr habt gewusst, woher sein Reichtum kam. Und ihr habt auch gewusst, wie er mich behandelt. Aber ihr habt *mich* verachtet, nicht ihn.«

»Aber das stimmt doch nicht!«, rief Thor.

»Schluss!«, mischte sich Ramos ein. »Sie werden später noch Gelegenheit genug haben, mit Mrs Corda zu reden, Mister Garson.«

»So?«, fragte Thor böse. »Haben Sie etwa vor, uns gemeinsam zu beerdigen?«

»Sie sollten Ihren Freunden glauben, Mister Garson«, erwiderte Ramos spöttisch. »Ich habe wirklich nicht vor, Ihnen etwas zuleide zu tun. Auf jeden Fall solange Sie mich nicht dazu zwingen. Aber Sie werden uns begleiten.« Er lächelte. »Erinnern Sie sich an gestern Abend, Mister Garson? Sie fragten mich, warum ich zurückgekommen sei. Nun, jetzt werde ich Ihnen diese Frage beantworten. Ich bin eigens zurückgekehrt, um Mrs Corda zu holen. Und Sie.«

»Mich?«

»Ich brauche Sie, Garson«, sagte Ramos. »Ich gestehe es nur ungern ein, aber ich fürchte, ich bin an einem Punkt angelangt, an dem ich auf Ihre Hilfe angewiesen bin.«

»Sie sind ja verrückt«, sagte Thor.

»Möglich«, antwortete Ramos gelassen. »Das hat man mir schon öfter nachgesagt. Aber ich lebe immer noch, während die meisten von denen, die diese kühne Behauptung aufgestellt haben, nicht mehr unter uns weilen. Das sollte Ihnen zu denken geben. Und bevor Sie weitere kostbare Zeit damit verschwenden, mir zu versichern, dass Sie mir ganz bestimmt nicht helfen werden, bedenken Sie bitte, dass sich Mister Anderson noch immer in meiner Gewalt befindet. Ganz egal, was Sie von mir halten – ich stehe zu meinem Wort. Helfen Sie mir und ich werde Mister Anderson und Sie gehen lassen.«

»Und Reuben und seine Männer?«

Ramos zuckte mit den Achseln. »Für sie gilt dasselbe, was Mister Reuben vorhin so treffend formulierte: Es wäre sehr unpraktisch, mit einem Dutzend Gefangener durch den Dschungel zu marschieren, nicht wahr?«

»Er wird uns umbringen«, sagte Reuben ruhig. Er kniete neben Henley und presste ein zusammengefaltetes Taschentuch auf die heftig blutende Wunde in dessen Oberschenkel.

»Ich bitte Sie, Mister Reuben«, sagte Ramos. Er brachte das Kunststück fertig, ehrlich betrübt zu klingen. »Ich werde Ihnen die gleiche Chance einräumen, die Sie mir und meinen Männern geben wollten. Allerdings werden Sie verstehen, dass ich darauf verzichte, die Behörden von Ihrem Aufenthaltsort in Kenntnis zu setzen. Wahrscheinlich sind sie ohnehin schon auf dem Weg hierher. Sie werden die Unbequemlichkeit Ihres eigenen Gefängnisses also allerhöchstens für wenige Stunden in Kauf nehmen müssen.«

Sie hatten sich den Stromschnellen bis auf eine halbe Meile genähert, bevor am Ufer endlich eine Stelle auftauchte, wo das Schiff anlegen konnte. Das Grollen des tobenden Wassers war so laut geworden, dass es nahezu jedes andere Geräusch übertönte, und das Schiff zitterte und bebte in der reißenden Strömung so heftig, dass Thor fast Mühe hatte, auf den Beinen zu bleiben. Über dem Fluss hing eine gewaltige Gischtwolke, und was aus der Entfernung wie winzige Felsen ausgesehen hatte, entpuppte sich aus der Nähe als ein Gewirr zyklopischer Brocken und Steintrümmer, die den Fluss auf zwei oder drei Meilen in eine Todesfalle verwandelten. Obwohl die Dampfturbine und der Hilfsdiesel beide arbeiteten, hatten sie alle Mühe, das Schiff auf der Stelle zu halten.

Thor war der Letzte ihres Trupps, der von Bord ging – genauer gesagt der *Vorletzte,* denn zwei Schritte hinter ihm folgte noch einer von Ramos' Männern, der eine entsicherte Maschinenpistole auf seinen Rücken gerichtet hatte. Ramos hatte nicht mehr sehr viel gesagt, aber er hatte keinen Zweifel daran gelassen, dass der Bursche die Waffe benutzen würde, wenn Thor auch nur einen winzigen Fehler machte; ganz egal, ob er ihn brauchte oder nicht. Und Thor glaubte ihm.

Aber ganz abgesehen davon – er fühlte sich ohnehin nicht in der Verfassung, *irgendetwas* zu tun. Der ungläubige Schrecken, der ihn gepackt hatte, als er sah, wie Marian Reubens Waffe an sich nahm, war keinen Deut schwächer geworden. Er fühlte sich immer noch wie vor den Kopf geschlagen, und selbst jetzt, nachdem etwas Zeit vergangen war, fiel es ihm schwer, auch zu glauben, was geschehen war. Er begriff es einfach nicht. Es war nicht das erste Mal, dass er belogen und sogar benutzt worden war, und doch hatte ihn seine Menschenkenntnis noch nie so im Stich gelassen wie diesmal. Und er *weigerte* sich einfach, es als Tatsache hinzunehmen. Nicht bei Marian.

Mit erhobenen Armen unsicher auf der schwankenden Planke balancierend, die vom Bord des Schiffes zum Ufer hinabführte, näherte er sich Ramos und seiner Mörderbande, legte die letzten eineinhalb Meter mit einem gewagten Satz zurück und richtete sich sehr vorsichtig wieder auf, als gleich ein halbes Dutzend Gewehrläufe zugleich auf ihn zielte.

»Was tun Sie?«, fragte Ramos scharf.

»Nichts«, antwortete Thor hastig. »Ich bin … ausgerutscht.«

Ramos' erloschene Augen starrten ihn an, als könnten sie ihn sehen, aber der Krüppel erwiderte nichts, sondern drehte sich mit einem Ruck zu seinen Leuten um und machte eine herrische Geste. »Kümmert euch um das Schiff.«

Während zwei von Ramos' Männern darangingen, das Boot mit Tauen zu befestigen, die Thors Meinung nach allerdings viel zu dünn waren, um der reißenden Strömung standzuhalten, durchsuchten die anderen die von Bord mitgebrachten Ausrüstungsgegenstände. Obwohl Reubens Truppe kaum halb so groß war wie die des Killers, gab es notfalls genug Vorräte für einen wochenlangen Marsch durch den Busch, und die Gangster hatten alles ausgeladen, was nicht niet- und nagelfest war. Trotzdem fiel Thor auf, dass sie sehr genau auswählten, was sie wirklich mitzunehmen gedachten und was dableiben sollte, und dass sie nur sehr wenige Vorräte an sich nahmen. Er vermutete, dass sie nicht mehr sehr weit von ihrem Ziel entfernt waren – oder dass es ein zweites Lager gab, in dem Ramos bereits sein eigenes Depot errichtet hatte.

Er bemerkte Marian am anderen Ende der kleinen Lichtung, an der sie angelegt hatten, und machte einen Schritt in ihre Richtung. Der Bursche, der ihn zu bewachen hatte, folgte ihm, hielt ihn aber nicht zurück. Marian blickte ihm mit einer Mischung aus Trauer und Trotz entgegen.

Eine ganze Weile blickte Thor sie nur stumm an. Er wollte irgendetwas sagen, aber er konnte es nicht. Dies war nicht der Moment, um ihr Vorwürfe zu machen oder etwas so Albernes zu tun, wie an ihre alte Freundschaft zu appellieren. Was immer in Marian vorgegangen war, um sie so weit zu bringen, hatte lange gedauert, sehr lange. Und es war nicht mit ein paar Worten wieder rückgängig zu machen.

»Es tut mir leid«, sagte er schließlich nur.

»Mir auch, Thor«, antwortete Marian. »Hoffentlich wirst du mich verstehen, wenn alles vorbei ist.«

»Wer sagt dir, dass ich das nicht jetzt schon tue?«, fragte Thor.

Marian biss sich auf die Unterlippe. Sie hielt seinem Blick jetzt nicht mehr stand, sondern sah unstet hierhin und dorthin und begann sich nervös auf der Stelle zu bewegen. Als

Thor hinter sich Ramos' schleifende Schritte und einen Augenblick später seine Stimme hörte, stellte er fest, dass sie sichtlich aufatmete.

»Es ist Zeit, Mister Garson«, sagte Ramos. »Sie werden später noch ausreichend Gelegenheit haben, sich mit Mrs Corda zu unterhalten.«

Ramos' Männer hatten Reubens Ausrüstung geplündert und die Reste achtlos am Ufer verstreut. Thor bemerkte, dass sich eine große Anzahl von Waffen und Munition unter den Dingen befand, die sie nicht mitnehmen wollten. Der Anblick irritierte ihn ein wenig. Entweder dieses Verhalten zeugte von einem geradezu bodenlosen Leichtsinn – oder sie rechneten nicht damit, überhaupt verfolgt zu werden. Sein Blick wanderte zurück zum Ufer und dem Schiff, das in der Strömung zitterte und an den beiden Tauen zerrte. Aber als er besorgt eine entsprechende Bemerkung machen wollte, unterbrach ihn Ramos wütend und gab das endgültige Zeichen zum Aufbruch. Der Mann hinter Thor nutzte die Gelegenheit, ihm einen derben Stoß mit dem Lauf der Maschinenpistole zu versetzen.

Eine gute halbe Stunde wanderten sie am Ufer des Flusses entlang, ohne in dieser Zeit mehr als eine Meile zurückzulegen. Vom Boot aus betrachtet hatte der Dschungel wie eine kompakte Mauer ausgesehen, und genau das war er auch: ein fast undurchdringliches Gestrüpp aus Bäumen, Unterholz, Farnen und den faulen Resten umgestürzter Baumriesen, aus deren Wurzeln schon wieder neue Bäume sprossen. All das setzte den unablässig hackenden Macheten der Männer zähen Widerstand entgegen. Sie entfernten sich nie sehr weit vom Fluss, den Ramos zumindest im Moment noch als Wegweiser zu benutzen schien. Die meiste Zeit über konnte Thor es blau und silbern durch das Gestrüpp zur Linken glitzern sehen und nur einmal mussten sie einen Bogen durch den Dschungel schlagen, als der Mann an der Spitze eine Warnung rief, die Thor zwar nicht verstand, die aber die anderen dazu brachte, hastig die Richtung zu wechseln.

Aber schließlich lichtete sich das Unterholz doch ein wenig und nach einer weiteren schweißtreibenden halben Stunde lag vor ihnen plötzlich kein Urwald mehr, sondern ein vielleicht fünfzig Yards breiter steiniger Uferstreifen, der unmittelbar neben den ersten Felsen der Stromschnellen in eine fast lotrechte, wie glatt geschliffen wirkende Felswand überging. Thor fragte sich unwillkürlich, wie Ramos dieses Hindernis überwinden wollte, und er stellte diese Frage auch laut.

Ramos lachte nur. »Warten Sie es ab, Mister Garson.«

Das Vorankommen wurde jetzt noch schwieriger. Hatten sie sich im Dschungel zwar langsam, aber doch einigermaßen sicher bewegen können, so war das Gehen auf dem unebenen, mit scharfkantigen Felsen und Steintrümmern übersäten Boden nicht nur schwieriger, sondern manchmal direkt lebensgefährlich. Mehr als einmal stürzte einer von Ramos' Männern oder löste eine kleine Steinlawine aus. Auch Thor glitt auf dem unsicheren Boden mehrmals aus und fand erst im letzten Moment seine Balance wieder.

Dafür bewegte sich Ramos mit geradezu unheimlicher Sicherheit. Thor hatte es längst aufgegeben, sich darüber zu wundern, wieso sich ein blinder Mann in einem Land wie diesem überhaupt zurechtfand; geschweige denn wie er ohne Hilfe in diesem Felsengewirr auf den Beinen blieb. Man sagte zwar, dass Blinde über ein fantastisches Gehör verfügen und sich allein anhand von Geräuschen zu orientieren vermögen, aber wenn das stimmte, dann musste Ramos die Ohren einer Fledermaus besitzen.

Es dauerte eine weitere halbe Stunde, bis sie den Fuß der

Felswand erreicht hatten. Nicht nur Thor war mit seinen Kräften völlig am Ende. Auch Ramos' Männer schleppten sich mehr dahin, als dass sie gingen, und Marian war zweimal gestürzt und das letzte Mal nur noch mühsam wieder auf die Beine gekommen. Thor hatte ihr helfen wollen, aber sein Bewacher hatte das verhindert. Der Einzige, der keinerlei Spuren von Erschöpfung zeigte, war Ramos selbst. Aber er erhob auch keinen Einspruch, als sich die Männer am Fuße der Felswand niedersinken ließen, um eine Pause einzulegen.

Auch Thor ließ sich erschöpft gegen die Wand fallen und schloss für einen Moment die Augen. Die Hitze war außerhalb des Dschungels unerträglich geworden. Die Luftfeuchtigkeit war so hoch, dass er das Gefühl hatte, Flüssigkeit zu atmen, und sein Herz hämmerte in seiner Brust, als wolle es jeden Moment zerspringen. Er begann allmählich zu begreifen, was Ramos gemeint hatte, als er sagte, fünfzig Meilen in diesem Land seien mehr als fünfhundert in dem, aus dem Reuben stammte.

Nach einer Weile hob er wieder die Lider und sah sich mühsam um. Er fragte sich, wie es überhaupt weitergehen sollte. Zur Rechten, so undurchdringlich und abweisend wie zuvor, erstreckte sich das Schwarzgrün des Dschungels. Auf der anderen Seite tobten die von einer gewaltigen Gischtwolke gekrönten Stromschnellen. Der Felsen – ein nahezu würfelförmiger, sicherlich fünfzig oder sechzig Yards hoher, massiver Block – reichte bis unmittelbar an den Fluss heran. Sein Fuß versank im weißen Schaum des kochenden Wassers.

Ein Schatten legte sich über ihn, und als er aufsah, blickte er in Ramos' entstelltes Gesicht. Es erfüllte Thor mit einem absurden Gefühl von Genugtuung, auch auf seiner Stirn Schweißperlen zu sehen.

»Was wollen Sie?«, fragte er unfreundlich. Er musste fast schreien, um das Tosen der Stromschnellen zu übertönen.

Ramos sah ihn nicht direkt an, sondern blickte auf eine Stelle ungefähr dreißig Zentimeter neben seinem Gesicht, als er antwortete. Thor begriff, dass der Lärm des Flusses seinen fast unheimlichen Orientierungssinn störte. Er merkte sich diese Beobachtung. Vielleicht würde sie noch einmal wichtig werden.

»Mit Ihnen reden, Garson.«

»Was gibt es da noch zu reden?«, erwiderte Thor knapp.

»Bitte, Mister Garson«, sagte Ramos. »Wir wissen beide, was wir voneinander zu halten haben, und wir wissen beide, in welcher Situation wir sind. Wir haben nicht genügend Zeit, um sie mit Wortgeplänkeln zu verschwenden.«

»Dann kommen Sie doch endlich zur Sache«, knurrte Thor.

Er stand auf. Ramos' blinde Augen folgten der Bewegung aber erst nach einigen Sekunden und nicht sehr präzise. »Das nächste Stück des Weges wird sehr anstrengend, Mister Garson«, sagte er. »Sehr anstrengend und sehr gefährlich. Sie werden möglicherweise auf die Idee kommen, zu fliehen. Deshalb möchte ich, dass Sie Folgendes wissen: Ich habe meinen Männern befohlen, nicht nur Sie, sondern auch Mrs Corda zu erschießen, sollten Sie einen Fluchtversuch unternehmen. Und was dann mit Mister Anderson geschehen wird, können Sie sich ja wohl denken.«

Thor starrte ihn zornig an und schwieg.

»Ich sehe, Sie haben verstanden«, sagte Ramos nach einer Weile. »Und nun kommen Sie.« Er machte eine auffordernde Bewegung.

Als Thors Blick der Geste folgte, sah er, dass sich Ramos' Männer an einem Punkt vor der Felswand, vielleicht fünf oder zehn Yards neben dem Fluss, versammelt hatten. Im gleißenden Licht der Sonne eigentlich nur durch seinen Schatten zu erkennen, hing ein geflochtenes Seil am Felsen herab. Als Thor näher kam und genauer hinsah, erkannte er Steighaken, die in regelmäßigen Abständen in den Stein getrieben worden waren. Ein überraschter Laut kam über seine Lippen.

Ramos lächelte dünn. »Professor Corda war so freundlich, diesen Weg für uns vorzubereiten«, sagte er.

Thor musterte das Seil und die Steighaken verwirrt. »Hat er auch seinen Lastwagen dort hinaufgezogen?«, fragte er spöttisch.

»Natürlich nicht. Er steht gar nicht weit entfernt von hier im Wald. Haben Sie ihn denn nicht gesehen?« Ramos lachte humorlos. »Ich dachte, nur ich wäre hier blind.«

Thor ersparte sich eine Antwort darauf.

Nacheinander begannen die Männer an der Wand emporzuklettern. Sie taten es in großem Abstand, sodass sich immer nur zwei Mann gleichzeitig am Seil befanden. Offensichtlich trauten sie dessen Tragfähigkeit nicht allzu sehr. Thor zögerte, als die Reihe an ihm war. Er war gut in Form und ein geübter Kletterer, aber der Anblick dieser dreifach haushohen, spiegelglatten Felswand ließ ihn trotzdem schaudern.

»Worauf warten Sie, Garson?«, schnappte Ramos.

Thor deutete mit einer Kopfbewegung auf Marian. »Das schafft sie niemals.«

»Oh, ich denke schon«, antwortete Ramos. »Sie muss es einfach.«

»Lassen Sie uns zusammen hinaufsteigen«, bat Thor. »Ich helfe ihr.«

Ramos lachte. »Für wie dumm halten Sie mich eigentlich, Mister Garson? Aber wenn es Sie beruhigt: Ich werde meinen besten Mann mit ihr hinaufsteigen lassen. *Nachdem*

Sie oben angekommen sind. Und nun – bitte. Unsere Zeit ist knapp.«

Thor starrte Ramos böse an, beeilte sich aber nach dem Seil zu greifen, bevor der Mann in seinem Rücken Ramos' Worten mit einem weiteren Gewehrstoß Nachdruck verleihen konnte.

Die ersten Meter waren leichter, als er geglaubt hatte. Das Seil war rau und lag gut in der Hand und auf den regelmäßig eingeschlagenen Steighaken fanden seine Füße sicheren Halt. Rasch, aber nicht hastig kletterte er fünf, sechs Meter weit in die Höhe und hielt inne, um sich umzusehen.

Der Wald und der Fluss machten auch von oben betrachtet keinen Vertrauen erweckenden Eindruck. Er befand sich noch nicht ganz auf Höhe der Baumwipfel, konnte aber bereits erkennen, dass sich der Dschungel zu beiden Seiten des Flusses so weit erstreckte, wie der Blick reichte, und der Fluss selbst –

Thor erstarrte. Auf dem Fluss bewegte sich etwas. Ein kleines, plumpes Boot aus rostigem Eisen, das offensichtlich steuerlos in der Strömung trieb und sich der tödlichen Felsbarriere mit wachsender Geschwindigkeit näherte!

»Worauf warten Sie, Garson?«, schrie Ramos von unten. »Klettern Sie weiter!«

Thor löste seine linke Hand vom Seil und deutete heftig gestikulierend den Fluss hinab. »Das Boot!«, schrie er. »Es hat sich losgerissen! Es treibt auf die Stromschnellen zu!«

Die Männer unter ihm drehten sich um. Nur Ramos' Gesicht blieb weiter auf ihn gerichtet. »Klettern Sie weiter, Mister Garson!«, befahl er.

»Aber sie werden gegen die Felsen prallen!«, schrie Thor zurück. »Das Boot ist führerlos! Sie werden alle sterben!«

»Was für ein schreckliches Unglück«, grinste Ramos spöttisch.

Thor starrte ihn voller Zorn an. »Das haben Sie absichtlich getan!«, schrie er. »Sie *wollen,* dass sie ertrinken!«

»Sie können sie sowieso nicht mehr retten«, erwiderte Ramos kalt. »Also, klettern Sie weiter, Mister Garson, bevor ich Sie an den Füßen hinaufziehen lasse.«

Thor rührte sich nicht. Seine Gedanken rasten. Sein Blick wanderte zwischen den Stromschnellen und dem Schiff, das sich ihnen immer rascher näherte, hin und her. Die Strömung war so stark, dass das Schiff wahrscheinlich nicht einmal zu retten wäre, wenn seine Maschinen laufen würden und seine Mannschaft nicht im Laderaum eingesperrt wäre. Aber er konnte nicht einfach zusehen, wie mehr als ein halbes Dutzend Menschen hilflos ertrank!

Ramos wartete weitere zehn Sekunden lang vergeblich darauf, dass Thor weiterkletterte, dann trat er zurück und machte eine befehlende Geste mit der linken Hand. Zwei seiner Männer richteten ihre Gewehre auf Thor, während ein dritter die Waffe über die Schulter schwang und dann mit beiden Händen nach dem Seil griff, um mit raschen Bewegungen zu ihm hinaufzusteigen.

Das Boot war mittlerweile noch näher gekommen. Thor schätzte, dass allerhöchstens eine Minute Zeit blieb, bis es auf die ersten Felsen treffen und unweigerlich daran zerschellen musste.

Entschlossen packte er das Seil wieder mit beiden Händen, stemmte die Füße gegen die Felswand – und stieß sich mit aller Kraft davon ab!

Der Mann unter ihm schrie überrascht auf und klammerte sich mit Armen und Beinen an das Seil. Thor warf sich herum, wodurch das Tau wild zu pendeln begann.

»Garson!«, schrie Ramos. »Was tun Sie?«

Thor verschwendete keine Energie darauf, diese sinnlose Frage zu beantworten, sondern stieß sich abermals von der

Wand ab und sah schnell nach unten. Obwohl das Seil jetzt wie ein Pendel an der Wand auf und ab schwang, kletterte der Bursche unter ihm verbissen weiter und war jetzt allerhöchstens noch einen oder eineinhalb Meter von ihm entfernt. Jemand schoss auf ihn. Die Kugel schlug meterweit unter ihm gegen den Felsen und gefährdete eher den anderen. Ramos sorgte auch sofort mit einem gebrüllten Befehl dafür, dass das Feuer wieder eingestellt wurde.

Thor stieß sich abermals von der Wand ab. Das Seil pendelte immer stärker und begann hörbar zu knirschen. Seine rechte Schulter streifte immer wieder den Felsen und tat höllisch weh, doch Thor nahm keine Rücksicht darauf, sondern versuchte im Gegenteil die Pendelbewegung des Seiles noch zu verstärken.

Etwas berührte seinen Fuß. Thor sah nach unten und bemerkte entsetzt, dass Ramos' Killer ihn beinahe erreicht hatte. Trotz seiner lebensgefährlichen Lage war der andere weitergeklettert und grinste hämisch, während er sich nur noch mit einer Hand am Seil festklammerte und mit der anderen nach seinem Fuß angelte. Thor fluchte, holte mit dem anderen Fuß aus und platzierte den Absatz seines rechten Stiefels zielsicher in diesem Grinsen, das sich unverzüglich in eine schmerzerfüllte Grimasse verwandelte. Aber der Kerl schien nicht nur über die Muskeln eines Orang-Utans zu verfügen, sondern auch über dessen Ausdauer, denn er klammerte sich noch verbissener an Thors Fuß fest.

Dessen Augen suchten das Boot. Es war bis auf achtzig oder hundert Yards herangekommen, wurde immer schneller und schoss, dem Sog der Strömung folgend, auf eine Lücke zwischen den Felsen zu, vielleicht fünfzehn, zwanzig Meter vom Ufer entfernt. Das Wasser war an dieser Stelle so glatt, dass Thor sich die Strömung, die dort herrschen musste, lieber erst gar nicht vorstellte.

Das Seil schwang wieder zurück und für einen Moment kam der Fluss außer Sicht. Fünf oder sechs Meter unter sich sah er Ramos' Männer kopflos durcheinanderrennen. Ramos gestikulierte wie wild und schien nun doch die Orientierung verloren zu haben, denn er brüllte in eine Richtung, in der niemand war, während Marian starr vor Schrecken zu ihm hinaufsah.

Das Seil hatte den höchsten Punkt seiner Pendelbewegung erreicht und schwang zurück. Thor half abermals mit den Füßen nach, um seine Geschwindigkeit noch zu erhöhen. Wieder schrammte seine Schulter an der Wand entlang und diesmal hinterließ sie eine blutige Spur auf dem Stein. Schneller und schneller werdend raste Thor auf Ramos' Bande zu, warf sich noch einmal herum und trat nach der Hand, die sich um seinen linken Knöchel klammerte. Er traf. Ein gellender Schrei erscholl. Plötzlich war der furchtbare Druck auf sein Bein verschwunden und der Bursche flog wie ein lebendes Geschoss mitten unter Ramos' Männer und riss drei oder vier von ihnen gleichzeitig von den Füßen. Das Seil bewegte sich weiter, schwang wieder in die Höhe – und dann war unter ihm kein Fels mehr, sondern weißes, schaumgekröntes Wasser.

Thor ließ los.

Eine Sekunde lang hatte er das Gefühl, schwerelos in der Luft zu hängen, dann begann er zu stürzen. Brodelndes Wasser und rasiermesserscharfe Felskanten schienen ihm entgegenzuspringen, doch plötzlich sah er etwas Graues, Auf-und-Ab-Hüpfendes unter sich.

Der Aufprall auf dem eisernen Deck des Schiffes war weniger hart, als er erwartet hatte. Thor wurde von den Füßen gerissen und überschlug sich drei- oder viermal, aber er kam allein durch den Schwung seiner Bewegung wieder auf die Beine. Blitzschnell fuhr er herum, machte einen Schritt und stürzte nun doch, als sich das Boot unter ihm aufbäumte wie ein durchgehendes Pferd. Irgendetwas traf mit einem fürchterlichen Knirschen den Rumpf unter der Wasseroberfläche. Thor kämpfte sich auf Hände und Knie hoch und kroch auf das Ruderhaus zu. Durch die tobende Gischt konnte er Ramos' Männer erkennen, die ans Ufer gestürmt waren und wild mit den Armen fuchtelten und schrien. Einige zielten mit ihren Gewehren auf ihn, aber niemand schoss. Oder möglicherweise doch – aber das Brüllen des Wassers war so gewaltig, dass es jeden anderen Laut verschlang.

Wieder traf etwas mit unvorstellbarer Wucht den eisernen Rumpf des Schiffes und Thor wurde erneut herumgeschleudert. Hilflos schlitterte er über das Deck, prallte schmerzhaft gegen eine Wand und suchte instinktiv irgendwo nach Halt.

Er hatte Glück im Unglück – die Tür, gegen die er geprallt war, war die des Ruderhauses; und trotz des wild auf und ab springenden Decks unter seinen Füßen gelang es ihm, auf die Beine zu kommen und sie aufzureißen.

Er torkelte durch den Raum, prallte schwer gegen das Ruder und klammerte sich instinktiv daran fest. Das hölzerne Rad warf sich in seinen Händen hin und her wie ein wildes Tier, das sich gegen seinen Griff zur Wehr setzte, und vor den Scheiben der Ruderkabine war nichts als kochende Gischt, in der es manchmal grau und tödlich aufblitzte. Das Schiff kippte zur Seite, richtete sich wieder auf und schlug zum dritten Mal gegen ein Hindernis. Diesmal konnte Thor hören, wie Metall splitterte und nachgab.

Mit verzweifelter Kraft versuchte er das Ruder gerade zu halten. Er konnte kaum etwas sehen. Das Schiff wurde noch immer schneller, obwohl es jetzt unablässig gegen Felsen krachte. Vor ihm schien etwas wie eine Lücke zwischen zwei großen Felsbrocken zu sein, aber er war sich nicht sicher –

und er wusste erst recht nicht, was sich unter der schäumenden Wasseroberfläche verbarg.

Sein Blick irrte über das Kontrollbord und schließlich fand er den Anlasser der Dieselmaschine. Mit verzweifelter Kraft drückte er ihn und hörte, wie tief im Rumpf des Bootes der Motor anzuspringen versuchte. Es gelang nicht. Und selbst wenn – der kleine Hilfsdiesel war viel zu schwach, um das Schiff gegen *diese* Strömung zu halten.

Thor gab seine vergeblichen Bemühungen auf, den Motor zu starten, und verwandte stattdessen seine Kraft und Konzentration darauf, den stumpfen Bug des Schiffes auf die Lücke zwischen den Felsen vor sich auszurichten. Die rasende Strömung warf das Boot hin und her, schleuderte es in die Höhe und drückte den Bug fast einen Meter weit unter Wasser. Irgendetwas traf die rechte Seite des Ruderhauses und ließ sämtliche Scheiben zerbersten. Eiskaltes Wasser und ein Hagel scharfkantiger Glassplitter überschütteten Thor. Er ignorierte das alles und konzentrierte sich ganz auf die Lücke zwischen den Felsen, die sich rasend schnell näherte. Das Boot driftete nach rechts, schwenkte zurück und legte sich wieder gefährlich auf die Seite, ehe es sich schwerfällig und beinahe widerwillig wieder aufrichtete. Die Felsen ragten jetzt direkt vor ihm aus dem Wasser, schienen dem Schiff plötzlich entgegenzuspringen. Thor registrierte voller Entsetzen, dass die Lücke nicht halb so breit war, wie es bisher den Anschein gehabt hatte, und sich auch unter Wasser eine Barriere aus tödlichen Felsen dahinzog.

Er fand gerade noch Zeit, jeden Muskel im Leib anzuspannen, dann lief das Schiff mit einem fürchterlichen Schlag auf. Der Rumpf dröhnte wie eine übergroße Glocke, irgendetwas zerbrach mit einem furchtbaren Krachen und dann gab es einen zweiten, noch härteren Ruck, in den sich der schreckliche Laut von Metall mischte, das gegen einen noch härteren Widerstand gepresst wurde.

Und mit einem Male hörte der Boden auf zu zittern.

Das Brüllen des Wassers und die eiskalte Gischt, die durch das zerborstene Fenster hereinströmte, dauerten an, aber das Schiff lag von einer Sekunde auf die andere still.

Thor war durch den Aufprall von den Füßen gerissen worden und richtete sich nun mühsam und benommen wieder auf. Es dauerte einige Sekunden, bis er begriff, dass sich das Boot zwischen beiden Felsen festgekeilt haben musste. Unsicher – jederzeit auf einen neuen furchtbaren Schlag gefasst – stand er auf und watete erneut zum Ruder.

Die Steuerkabine bot einen furchtbaren Anblick. Alles, was nicht angeschraubt oder geschweißt war, war losgerissen und zertrümmert worden. Das Wasser stand bereits knöcheltief, und mit Ausnahme der Frontscheibe waren alle anderen Fenster zerborsten. Die Tür hing schräg und halb aus den Angeln gerissen im Rahmen und das Heck des Bootes war in einer Wolke aus brodelnder Gischt verschwunden. Er spürte jetzt, dass der Boden nicht ganz so ruhig war, wie es ihm im ersten Moment vorgekommen war. Er zitterte und vibrierte ganz sacht. Vielleicht, dachte er voller Schrecken, würde sich das Schiff doch wieder losreißen. Und er konnte kaum damit rechnen, ein zweites Mal ein solches Glück zu haben.

Mit zusammengebissenen Zähnen und wie ein Mann, der sich schräg gegen einen Sturm stemmt, verließ er vornübergebeugt das verwüstete Steuerhaus und kämpfte sich zum Heck. Er brauchte fast fünf Minuten, um das knappe Dutzend Schritte zurückzulegen. Immer wieder glitt er aus und rutschte den Weg zurück, den er sich mühsam nach hinten gekämpft hatte. Immer wieder trafen ihn eiskalte Brecher und drohten ihn über Bord zu spülen, und das Zittern der eisernen Planken unter seinen Füßen nahm ganz allmählich, aber spürbar zu.

Als Thor die Tür des Achteraufbaus erreicht hatte, war er mit seinen Kräften fast am Ende. Auf Händen und Knien kroch er die eiserne Treppe zum Laderaum hinunter und suchte blind im Dunkeln umher, bis er die Tür fand. Seine Finger tasteten über nasses rostiges Metall, zerrten am Riegel – und ertasteten ein gewaltiges Vorhängeschloss.

Thor fluchte. Einen Moment lang zerrte er vergeblich an dem Schloss, dann begann er mit beiden Fäusten gegen die Tür zu hämmern. Sekundenlang geschah gar nichts, dann antwortete eine Folge dumpfer Schläge und Reubens Stimme drang verzerrt durch das Metall. »Garson? Sind Sie das?«

»Die Tür ist verriegelt!«, schrie Thor zurück.

»Machen Sie auf!«, brüllte Reuben. »Wir ertrinken. Hier dringt Wasser ein!«

»Die Tür ist zu!«, schrie Thor verzweifelt. »Sie haben ein Schloss angebracht!«

Hinter der Tür erklangen jetzt andere Stimmen voller Panik. Jemand begann gegen die Wand zu hämmern und für Augenblicke verstand Thor überhaupt nichts mehr. Dann sorgte Reuben mit erhobener Stimme halbwegs für Ruhe. »Eine Brechstange!«, schrie er. »Irgendwo dort draußen muss eine Brechstange liegen! Suchen Sie sie! *Und beeilen Sie sich!*«

Thor drehte sich auf den Knien herum und begann blind um sich zu tasten. Seine Hände patschten durch eiskaltes Wasser, fuhren über den Boden und die Wände und glitten über das eiserne Treppengeländer. Einen Moment lang zerrte er vergeblich daran, ehe er weitersuchte.

In Wahrheit dauerte es wahrscheinlich nur Sekunden, bis er die Brechstange fand, von der Reuben geredet hatte, aber ihm kam es vor wie eine Ewigkeit. Das Wasser schlug weiter mit fürchterlicher Gewalt gegen den Schiffsrumpf und aus dem sanften Zittern war mittlerweile ein deutlich spürbares Vibrieren geworden, in das sich immer mehr und immer heftigere Schläge mischten. Manchmal drang ein mahlender, knirschender Laut aus den Wänden des Schiffes und er glaubte zu spüren, wie das Metall rings um sie herum zerbrach. Als er die Brechstange schließlich gefunden hatte und sich aufzurichten versuchte, hatte sich das Schiff so weit zur Seite geneigt, dass es ihm erst beim zweiten Anlauf gelang und auch nur, indem er das linke Bein anhob und sich in einem absurden Spagat zwischen dem Boden und einer der Seitenwände abstützte.

»Beeilen Sie sich!«, schrie Reuben. »Um Gottes willen!«

Thor tastete mit der linken Hand nach dem Vorhängeschloss, setzte das Brecheisen an und stemmte sich mit aller Kraft dagegen. In den ersten Sekunden hielt das Metall seinen Bemühungen stand und er begann bereits zu fürchten, dass seine Kraft einfach nicht mehr reichen würde. Dann gab der Bügel mit einem knirschenden Laut nach und zerbrach. Thor schleuderte das Brecheisen von sich, zerrte mit fliegenden Fingern das Schloss herunter und riss den Riegel zurück.

Gleichzeitig wurde die Tür von innen aufgestoßen und Reuben, Henley und zwei der anderen versuchten zugleich den Laderaum zu verlassen.

Und im selben Augenblick traf ein unvorstellbarer Schlag das Schiff. Thor wurde von den Füßen gerissen, segelte hilflos durch die Luft und stürzte gegen Reuben und die anderen, die unter seinem Aufprall in den Laderaum zurücktaumelten. Neben- und übereinander stürzten sie zu Boden, während sich das Schiff weiter und weiter aufbäumte und, von der unvorstellbaren Gewalt des Wassers geschoben, zwischen den Felsen hervorglitt, zwischen denen es eingekeilt gewesen war.

Das Letzte, was Thor für die nächsten Minuten wahrnahm, war einer von Reubens Männern, der wie ein lebendes Geschoss quer durch den Lagerraum und direkt auf ihn zugeflogen kam.

Dann sah er nichts mehr.

Auch nach seinem Erwachen sah er zunächst nichts. Er lag halb aufgerichtet in eiskaltem Wasser, umgeben von einer Finsternis, in der man nur Schemen wahrnehmen konnte, ohne zu erkennen, wer sie waren. Er hörte die Geräusche zahlreicher Menschen, Stimmen, ein Stöhnen, dicht neben sich die raschen, hektischen Atemzüge eines Mannes, der große Schmerzen litt oder einer Panik nahe war. Dann Reubens Stimme, die halblaut mit jemandem sprach, ohne dass er die Worte verstehen konnte, die aber einen sonderbaren Hall hatten. Schließlich glomm eine flackernde Streichholzflamme in der Schwärze auf und erlosch sofort wieder.

Reuben fluchte, Thor hörte es rascheln und knistern, und ein zweites Streichholz wurde angerissen, flackerte, brannte diesmal einen kleinen Moment länger und erlosch wieder. Reuben fluchte erneut und lauter.

Thor bewegte vorsichtig die Hände, die sich unter Wasser befanden, und stellte fest, dass es ging. Das eiskalte Wasser sog fast jedes Gefühl aus seinen Gliedern, aber er konnte sich bewegen – offensichtlich hatte er sich weder einen Knochenbruch noch eine andere größere Verletzung zugezogen.

Zum dritten Mal wurde ein Streichholz angerissen und diesmal erlosch die Flamme nicht, sondern wuchs im Gegenteil nach einigen Augenblicken zum ruhig brennenden gelben Licht einer Petroleumlampe heran. »Passt auf mit dem Ding«, hörte er Reubens Stimme. »Es ist die einzige Lampe. Alle anderen sind verschwunden.«

Thor blinzelte in die ungewohnte Helligkeit. Im ersten Moment konnte er nur Schatten und formlose Umrisse erkennen, denn das Licht brach sich in verwirrender Vielfalt auf der Wasseroberfläche. Doch dann gewöhnten sich seine Augen daran und er sah, dass sie sich noch immer im Laderaum des kleinen Dampfschiffes befanden. Allerdings hatte der sich auf erstaunliche Weise verändert: Der Raum stand zu gut zwei Dritteln unter Wasser und war völlig verwüstet. Auf der Wasseroberfläche trieben Holz, Stofffetzen und aufgerissene Lebensmittelpakete mit verquollenem Inhalt. Aber das war nicht das Schlimmste.

Fußboden und Decke hatten die Plätze getauscht. Das Schiff trieb kieloben im Wasser.

Reuben musste bemerkt haben, dass Thor zu sich gekommen war, denn er watete durch die eiskalten Fluten auf ihn zu. »Sind Sie verletzt?«, erkundigte er sich besorgt. Bevor Thor auch nur antworten konnte, fügte er hinzu: »Sie wären um ein Haar ertrunken, Mister Garson. Sie waren bewusstlos. Einer der Männer hat Sie aus dem Wasser gefischt und an die Wand gelehnt.«

Thor hob die Hand an den schmerzenden Kopf und stöhnte. »Ich bin noch nicht sicher, ob ich ihm dankbar dafür sein soll«, murmelte er.

Reuben lächelte, aber sein Blick blieb ernst. Als Thor ihn genauer ansah, erkannte er unter der mühsam aufrechterhaltenen Maske von Beherrschung eine Furcht, wie er sie bisher an dem FBI-Beamten noch nie gesehen hatte.

»Was ist passiert?«, fragte er alarmiert.

»Das weiß ich nicht«, antwortete Reuben. »Sie waren oben, ich nicht. Aber es sieht ganz so aus, als wären wir gekentert.«

»Die Stromschnellen«, murmelte Thor. Er hatte noch immer Mühe, sich zu erinnern. Der Schlag auf seinen Kopf war zwar nicht so heftig gewesen, dass er das Gedächtnis verloren hätte, aber er fühlte sich benommen und es fiel ihm schwer, seine Gedanken in die richtige Reihenfolge zu bringen. »Das Boot muss sich losgerissen haben«, murmelte er. »Ich habe Ramos gesagt, er soll es besser vertäuen lassen.«

»Losgerissen?« Reuben lachte hart. »So kann man es auch nennen.«

Thor sah auf. »Wie meinen Sie das?«

Ein grimmiger Ausdruck huschte über Reubens Gesicht. »Nachdem alle von Bord gegangen waren, ist er noch einmal zurückgekommen und hat eines der Taue gelöst«, sagte er. »Ich habe es zwar nicht gesehen, aber man konnte die Schritte hier unten deutlich hören, und das waren seine.«

Thor war nicht einmal besonders erstaunt, trotzdem erschütterte es ihn zutiefst. Er war noch niemals einem Menschen begegnet, der so völlig ohne Gewissen handelte wie Ramos. Einen Moment lang fragte er sich, ob es vielleicht daran lag, dass er blind war. Vielleicht war das Leben für einen Menschen, dessen Welt nur aus Geräuschen, Gerüchen und dem bestand, was er ertasten konnte, nicht so kostbar und heilig wie für ihn und all die anderen, die sehen konnten.

Er verscheuchte den Gedanken. Wahrscheinlich verhielt es sich eher so, dass Ramos verrückt war; verrückt, unberechenbar und gefährlich. Warum er das war, darüber konnte er sich den Kopf zerbrechen, wenn sie hier heraus sein würden. *Falls* sie jemals herauskamen.

Obwohl er sich die Antwort auf seine Frage denken konnte, wandte er sich wieder an Reuben. »Was ist mit der Tür?«

»Verklemmt«, antwortete der FBI-Beamte. »Irgendetwas

muss von außen dagegengefallen sein, als sich das Schiff überschlagen hat. Wir haben versucht sie aufzubrechen. Es geht nicht. Sie liegt unter Wasser.«

Thors Blick suchte die Wand, in der sich die Tür befand. Der Lagerraum hatte sich ein gutes Stück unter dem Niveau des Ganges draußen befunden. Die kurze Eisenleiter, die zu seinem Boden herabgeführt hatte, hing jetzt von der Decke aus vier oder fünf Stufen weit nach unten, ehe sie im Wasser verschwand.

»Steigt es?«, flüsterte er.

»Das Wasser?« Reuben zuckte mit den Schultern und machte gleichzeitig eine Bewegung, die ein wenig überzeugtes Kopfschütteln sein mochte. »Im Augenblick nicht. Das Schiff scheint auf Grund gelaufen zu sein. Wie es aussieht, haben wir Glück im Unglück gehabt. Wenn die Strömung uns weitergerissen hätte, wären wir wahrscheinlich längst ertrunken.«

Thor blickte ihn mit gemischten Gefühlen an. Er dachte an die furchtbare Kraft des Wassers, die er selbst erlebt hatte. Das Schiff war hoffnungslos zwischen den Felsen eingekeilt gewesen und doch hatten der Strömung wenige Minuten gereicht, es loszureißen.

»Aber das alles wird uns sowieso nicht viel nützen«, fuhr Reuben düster fort. »Die Luft hier drinnen reicht vielleicht noch für eine Stunde – wenn wir Glück haben.«

Und wie um seine Überlegungen zu bestätigen, durchlief in diesem Moment ein sachtes Zittern den Rumpf des Bootes. Die Wasseroberfläche begann Wellen zu schlagen und einige der Männer bewegten sich angespannt. Trotzdem legten sie eine erstaunliche Disziplin an den Tag, fand Thor, wenn man bedachte, dass sie dem sicheren Tod ins Auge sahen. So weit es bei der spärlichen Beleuchtung möglich war, sah er sich die Männer aufmerksam an. Das hatte er bisher nicht getan. Ihrem Aussehen und der Art nach, wie Reuben und Henley mit ihnen umgingen, hatte er sie für Söldner gehalten, käufliche Abenteurer wie die, die in Ramos' Diensten standen und für Geld alles taten. Männer, die er zur Genüge kannte und mied, wo es ging.

Doch er war mit einem Mal nicht mehr so sicher. Die Gesichter, in die er blickte, waren bärtig und übermüdet und zeigten Spuren der überstandenen Anstrengung. Er las Furcht in ihren Augen, aber da war auch noch etwas anderes.

»Das sind keine Söldner«, sagte er plötzlich.

Reuben blickte ihn an und schwieg.

»Das sind Soldaten, nicht wahr?«, fuhr Thor fort. Reuben sagte immer noch nichts und es gelang Thor auch nicht, genau den vorwurfsvollen Ton in seine Stimme zu legen, wie er es eigentlich vorgehabt hatte. »Sie sind mit einer kleinen Armee hierhergekommen, Reuben. In ein fremdes Land. Mit ein bisschen bösem Willen könnte man das als einen kriegerischen Akt bezeichnen. Deshalb hatten Sie es so eilig, zu verschwinden, als sich die bolivianischen Behörden einschalteten. Und Sie haben mich mit in Ihren kleinen Privatkrieg hineingezogen.«

Reuben versuchte eine zornige Geste zu machen, vergaß aber offensichtlich, dass er bis zur Brust im Wasser stand. Es platschte, Reuben blinzelte überrascht und hob dann zum zweiten Mal und diesmal langsamer die Hand, um sich das Wasser aus den Augen zu wischen. »Es ist kein *Privatkrieg*«, antwortete er betont. »Und ich schlage vor, dass wir uns darüber unterhalten, wenn wir hier herausgekommen sind – *falls* wir es überleben, heißt das.«

Thor schluckte die wütende Antwort, die ihm auf der Zunge lag, hinunter. Stattdessen richtete er sich vorsichtig auf, watete an Reuben vorbei und näherte sich der Treppe, die von der Decke herabhing. Er zitterte am ganzen Leib; die Kälte war unerträglich und das eisige Wasser tat sein Bestes, um auch noch das letzte bisschen Wärme aus seinem Körper herauszusaugen. Vielleicht hatten sie nicht nur die Wahl zwischen Ersticken und Ertrinken, sondern auch noch die Chance, zu erfrieren, bevor sie eine der beiden anderen Todesarten kennenlernen konnten.

Er erreichte die Treppe, versuchte einen Moment lang vergeblich, sich in Erinnerung zu rufen, wie dieser Lagerraum ausgesehen hatte, als er noch nicht zu zwei Drittel unter Wasser und auf dem Kopf stand, atmete tief ein – und tauchte unter. Seine Hände tasteten ziellos umher. Er fühlte Widerstand, griff fester zu und zog sich an den metallenen Treppenstufen weiter unter Wasser und gleichzeitig auf die Wand zu. Sein Herz raste. Er hatte viel zu wenig Luft eingesogen, ehe er untergetaucht war, und spürte bereits Atemnot, bevor er die Tür auch nur erreicht hatte. Trotzdem widerstand er dem Drang, auf der Stelle wieder aufzutauchen, und tastete mit den gespreizten Fingern der rechten Hand über die Tür.

Sie bewegte sich zwei oder drei Zentimeter, bevor sie auf Widerstand traf. Thor drückte heftiger, versuchte sich mit der linken Hand an der Treppe festzuhalten und presste die andere mit aller Gewalt gegen die Tür. Das Metall zitterte und er glaubte zu spüren, wie irgendetwas nachgab, aber bevor er sich mit aller Gewalt gegen die Tür werfen konnte, wurde die Atemnot unerträglich. Er tauchte auf, rang keuchend nach Luft und klammerte sich an dem Erstbesten fest, was er zu fassen bekam – Reubens Schulter.

»Und?«, fragte der FBI-Mann ruhig, als Thor wieder halbwegs zu Atem gekommen war.

»Sinnlos«, murmelte Thor. »Sie geht nicht auf.«

Reuben zog die Augenbrauen hoch. »Es hätte mich auch

gewundert, wenn Sie Erfolg gehabt hätten, Mister Garson«, sagte er spöttisch. »Wir haben es zu viert versucht.«

Thor schüttelte beinahe trotzig den Kopf. »Ich … ich hatte das Gefühl, dass sie sich bewegt. Ein kleines bisschen mehr und –«

»Ich weiß«, knurrte Reuben. »Wahrscheinlich liegt bloß irgendein Trümmerstück davor. Nur ein paar kräftige Stöße und …« Er zuckte mit den Schultern. »Dummerweise kann niemand lange genug die Luft anhalten.«

»Wir bräuchten ein Werkzeug«, murmelte Thor. Er sah sich suchend um, während Reuben ein zweites Mal mit den Achseln zuckte.

»Auf diese Idee sind wir allerdings auch schon gekommen«, sagte er. »Ramos' Männer haben alles mitgenommen. Zumindest alles, was auch nur *irgendwie* nach einem Ausbruchswerkzeug aussah.«

Thor antwortete nicht. Konzentriert betrachtete er die herumschwimmenden Trümmerstücke. Reuben schien recht zu haben – obwohl auf dem Wasser genug Gerümpel herumtrieb, um eine kleine Müllkippe damit zu füllen, war nichts darunter, mit dem man eine massive Eisentür aufbrechen konnte. Nichts, außer –

Zwischen dem Gerümpel und Reubens Männern trieb ein leerer Zinkeimer auf dem Wasser. Er war zu vier Fünftel vollgelaufen, sodass nur noch ein handbreiter Metallkreis aus dem Wasser ragte. Aber als Thor hinüberwatete und ihn hochhob, sah er, dass er unbeschädigt war.

»Wollen Sie das Boot damit leer schöpfen?«, fragte Reuben spöttisch, als Thor triumphierend mit seinem Fund zurückkehrte.

Thor würdigte ihn keiner Antwort, sondern hob den Eimer so weit aus dem Wasser, wie er konnte, drehte ihn herum und überzeugte sich noch einmal davon, dass er tatsächlich vollkommen unbeschädigt war. Reuben betrachtete ihn stirnrunzelnd und sagte jetzt nichts mehr.

»Helfen Sie mir«, befahl Thor. »Versuchen Sie ihn gerade zu halten. So gerade wie möglich.«

Reuben runzelte die Stirn – dann hellte sich sein Gesicht auf, als er endlich begriff, was Thor vorhatte. Auch zwei oder drei seiner Männer, die Thors Suche neugierig verfolgt hatten, kamen herbeigewatet und streckten hilfreich die Arme aus.

Thor ging so weit in die Knie, bis ihm das Wasser buchstäblich bis zur Unterlippe reichte, dann stülpte er sich den Eimer – der von einem Dutzend Hände in der Waage gehalten wurde – über wie ein Ritter seinen altertümlichen Helm. Es war schwerer, als er erwartet hatte, ihn gerade zu halten, und es war noch schwerer, ihn unter Wasser zu ziehen, denn die darin eingeschlossene Luft strebte nach oben – aber es ging. Behutsam ließ er sich fast bis auf die Knie herabsinken, hielt den Eimer nur noch mit einer Hand fest, tastete mit der anderen um sich und betete, dass keiner der Männer über ihm stolperte oder eine falsche Bewegung machte. Er wusste, dass er trotz allem nur wenig Zeit hatte. Die Luft würde vielleicht für zwei oder drei Minuten reichen, kaum länger. Aber zwei oder drei Minuten und ein bisschen Glück waren vielleicht alles, was sie brauchten.

Gut die Hälfte dieser Zeit verging, bis er die Tür überhaupt wiederfand, denn er konnte sich nur langsam bewegen, musste seine Bewegungen außerdem mit denen von Reuben und den drei anderen abstimmen, die ihm folgten und versuchten seinen improvisierten Taucherhelm am Umkippen zu hindern, aber schließlich erreichte er die Tür. Seine Finger ertasteten den Spalt und quetschten sich hindurch.

Er drückte mit aller Kraft. Die Tür zitterte, bewegte sich

einige Millimeter weit, ächzte wie ein lebendes Wesen, das sich seiner Kraft entgegenstemmte, und stieß erneut auf Widerstand. Aber sie *hatte* sich bewegt.

Der Luftvorrat in dem Eimer war so gut wie aufgebraucht, als Thor auftauchte. Wieder benötigte er einige Sekunden, bis er seine Lungen so weit mit Sauerstoff gefüllt hatte, um überhaupt sprechen zu können. »Sie bewegt sich«, keuchte er. »Ich brauche ein Werkzeug. Irgendetwas. Einen Hebel.«

Die Männer begannen gemeinsam den Raum abzusuchen. Sie tauchten unter, rissen die zerfetzten Pakete noch weiter auf und zerrten sogar an den Trägern, die die Decke hielten, aber alles, was Thor am Schluss in den Händen hielt, war ein losgerissenes Kistenbrett, das vom Wasser völlig verquollen und aufgeweicht war. Aber wenn das wirklich alles war, was sie hatten, dann musste es eben damit gehen.

Er atmete noch einmal so tief ein, wie er konnte, stülpte seinen improvisierten Taucherhelm über und ließ sich in die Knie sinken. Diesmal fand er die Tür schneller. Mit zusammengebissenen Zähnen zwängte er die Latte durch den Türspalt, zog mit aller Kraft – und stürzte hilflos nach hinten, als das Brett sich durchbog und abbrach.

Keuchend und nach Luft schnappend kam er wieder hoch. Reuben sah ihn schweigend an, aber diesmal war das Flackern in seinen Augen keine Furcht mehr, sondern etwas, das an Panik grenzte.

Thor wartete, bis sich seine keuchenden Lungen wieder einigermaßen beruhigt hatten. »Also gut«, sagte er. »Auf ein Neues. Ich *muss* es schaffen.«

Er streckte die Hände nach dem Eimer aus, aber Reuben zögerte. »Sie sind völlig fertig, Garson«, sagte er. »Lassen Sie es einen der Männer versuchen.«

»Das nächste Mal«, antwortete Thor. »Ich probiere etwas

anderes aus.« Er hob die Arme aus dem Wasser und streckte sie nach beiden Seiten weg. »Haltet mich fest.«

Zwei weitere Männer kamen herbeigeeilt und griffen nach seinen Händen, während Reuben und die drei anderen wieder den Eimer hielten. Thor ließ sich behutsam in die Hocke sinken, krabbelte – in einer grotesken, halb nach hinten geneigten Haltung – auf die Tür zu, sog seinen gesamten Luftvorrat aus dem Eimer auf einmal ein und trat mit aller Gewalt zu, die er aufbringen konnte. Ein scharfer Schmerz schoss durch sein Bein und er hätte um ein Haar das Gleichgewicht verloren, trotz der Hände, die seine ausgestreckten Arme hielten. Was noch in dem Eimer war, verdiente nicht mehr den Namen Luft, und seine Lungen schienen zerspringen zu wollen. Trotzdem tauchte er noch nicht auf, sondern ließ mit der Linken seinen Halt los und griff noch einmal nach der Tür. Sie hatte sich weit genug geöffnet, um die geballte Faust durch den Spalt zu schieben. Und den Bruchteil einer Sekunde, bevor er die Hand wieder zurückzog, spürte er das Scharren.

Etwas kratzte von außen an der Tür. Das war kein Trümmerstück, das daran scheuerte. Es war, als kratzten … Fingernägel oder *Krallen* über das Eisen …

Dieser Gedanke ließ Thors Herz einen erschrockenen Satz machen; aber gleichzeitig wurde ihm schwindelig und im selben Augenblick begriff er, dass der Sauerstoffmangel wahrscheinlich bereits zu Halluzinationen führte. Trotzdem richtete er sich so hastig und erschrocken auf, dass er fast gestürzt wäre.

Vor seinen Augen tanzten bunte Farbringe und Lichtblitze, während er keuchend ein und aus atmete und vergeblich versuchte etwas zu sagen. Wie durch graue Nebelschleier hindurch registrierte er, wie Reuben einen der anderen Männer herbeiwinkte und ihm ohne ein weiteres Wort den umgedrehten Eimer überstülpte, damit er Thors Stelle einnehmen konnte. Er hob die Hand, gestikulierte schwach und versuchte vergeblich den Männern eine Warnung zuzurufen. Alles, was er hervorbrachte, war ein unverständliches Keuchen und Stöhnen.

»Alles in Ordnung?«, erkundigte sich Reuben besorgt.

Anstelle einer direkten Antwort schob Thor sich an ihm vorbei und verfolgte gebannt die Wellen auf der Wasseroberfläche, die die Spur des Mannes kennzeichneten, der seine Stelle eingenommen hatte. Nach einigen Augenblicken hörte der Schatten unter der Wasseroberfläche auf sich zu bewegen, dann erschollen zwei, drei hallende Schläge, als der Mann mit aller Gewalt gegen die Tür hämmerte.

Thor atmete hörbar auf. Reuben sah ihn verwirrt an und Thor stieß keuchend hervor: »Es ist alles in Ordnung. Ich habe unter Wasser nur für einen Moment gedacht, ich –«

Das Wasser zwischen ihnen schien regelrecht zu explodieren. Keuchend und Wasser spuckend tauchte der Soldat zwischen ihnen auf, warf sich mit einem gellenden Schrei zurück und überschüttete sie dabei mit einem weiteren Schwall eiskalten Wassers. »Ein Ungeheuer!«, brüllte er. »Da ist irgend so ein verdammtes Monster!«

Wieder erklang ein dröhnender Schlag, und obwohl die Tür völlig unter Wasser lag, konnten Thor und die anderen regelrecht spüren, wie sie mit furchtbarer Gewalt aufgerissen wurde und irgendetwas zu ihnen *hereinkam.*

Ein monströser Schatten erschien unter der Wasseroberfläche und glitt mit fantastischer Schnelligkeit auf Reuben zu, der gelähmt vor Schreck und mit weit aufgerissenen Augen dastand und das formlose Etwas anstarrte, das sich ihm näherte. Reuben taumelte zurück und plötzlich griff ein schuppiger Arm mit einer monströsen *sechsfingrigen* Hand nach seiner Schulter, grub sich hinein – und zerrte den FBI-Beamten mit unvorstellbarer Kraft unter Wasser!

Thor erwachte endlich aus seiner Erstarrung und warf sich vor, aber seine Hilfe kam zu spät. Schaum und Wellen brodelten dort, wo Reuben verschwunden war. Für einen winzigen Moment glaubte er noch, zwei ineinander verschlungene kämpfende Schatten zu sehen, aber als er anlangte, fanden seine tastenden Hände nichts mehr.

Auch einige der anderen Männer begannen zu schreien. Plötzlich stürzten und rannten alle durcheinander. Das Wasser im Lagerraum begann Wellen zu schlagen und das Licht flackerte.

»Die Lampe!«, schrie Thor entsetzt. »Passt auf die Lampe auf!«

Niemand reagierte auf seine Worte. Ganz im Gegenteil: Die Panik wurde nur noch schlimmer. Und eine Sekunde später vergaß auch Thor die Petroleumlampe, die kopflos durcheinanderstürzenden Männer und überhaupt alles andere rings um sich herum, denn er starrte, ebenso entsetzt wie Reuben zuvor, auf eine Stelle dicht neben der Tür, an der plötzlich ein geschuppter, auf entsetzliche Weise missgestalteter Schädel durch die Wasseroberfläche brach!

Thor war nicht sicher, ob es ein Mensch war. Das Gesicht war eine verzerrte glänzende Fratze, aus der ihm Augen wie aus einem Albtraum entgegenstarrten. Die Nase des Wesens war praktisch nicht vorhanden, der Mund ein lippenloser dünner Schlitz wie der eines Fisches und der Schädel war nur auf einer Seite behaart; die andere war von Geschwüren und Warzen bedeckt und hier und da schimmerte es weiß, als sähe man blanke Knochen. Als das Wesen den Mund öffnete, erblickte Thor eine doppelte Reihe nadelspitzer, nach innen gebogener Zähne.

Wieder begann das Wasser zu brodeln und neben dem

Ungeheuer erschien ein zweites, womöglich noch entsetzlicher anzusehendes *Ding*, das Thor und die anderen aus riesigen verquollenen Augen anglotzte. Ein verkrüppelter Arm hob sich aus dem Wasser und griff mit einer Hand, die diesmal zu wenige Finger hatte, nach Thor.

Der schrie auf und warf sich zurück, aber seine Reaktion kam zu spät, denn er konnte sich in dem brusthohen Wasser nicht schnell genug bewegen. Die Hand packte ihn, zerrte ihn mit furchtbarer Gewalt herum und auf die beiden Ungeheuer zu. Thor fand gerade noch Zeit, ein letztes Mal Atem zu schöpfen, dann wurde er unter Wasser gezogen und von zwei, drei weiteren unmenschlichen Händen gepackt und auf die Tür zugezerrt. Das Letzte, was er klar registrierte, war, dass eine weitere Welle die Lampe traf und auslöschte, während mehr und mehr der fürchterlichen Kreaturen in den Laderaum des gekenterten Schiffes eindrangen und über die Männer herfielen.

Er verlor nicht wirklich das Bewusstsein, aber für einen Moment, kurz bevor er draußen durch die Wasseroberfläche brach und wieder atmen konnte, war er dem Tod sehr nahe gewesen; so nahe wie vielleicht niemals zuvor im Leben. Er wusste nicht, wie viel Zeit vergangen und was in diesen Minuten mit ihm geschehen war, bis sich seine Gedanken endlich klärten und er sich, keuchend und qualvoll nach Atem ringend, halb gegen einen Felsen am Ufer gelehnt wiederfand. Nur allmählich gewöhnte er sich an den Gedanken, noch am Leben zu sein. Er zitterte am ganzen Leib und in seiner Brust tobte ein furchtbarer Schmerz, der mit jedem Atemzug schlimmer zu werden schien. Er nahm Laute und verzerrte Schatten um sich wahr, die so fremdartig und nicht menschlich waren, dass er sich im ersten Moment bemühte, nicht hinzusehen und auch die Ohren zu verschließen.

Natürlich ging beides nicht. Er hörte nicht nur weiter das Dröhnen der Stromschnellen, sondern auch Worte, die er nicht nur nicht verstand, sondern die auch gar nicht wie eine Sprache klangen, sondern wie etwas völlig Fremdes, für das es keinen Ausdruck gab. Irgendetwas berührte ihn im Gesicht, etwas Kaltes und Hartes, das sich wie Metall anfühlte, und obwohl er die Augen fest geschlossen hielt, fiel es ihm nicht schwer, sich die zu diesem Gefühl passende Hand vorzustellen: riesig und verkrümmt, eine Kralle mit nur zwei oder drei Fingern, die von stahlharten Schuppen bedeckt war.

Das ist doch verrückt, dachte er. Er musste sich das alles nur eingebildet haben. Das schlechte Licht und der Sauerstoffmangel hatten ihn Dinge sehen lassen, die es einfach nicht gab. Es gibt keine Monster, dachte er. Weder hier noch sonst wo auf der Welt. Er hämmerte sich diesen Gedanken immer wieder ein, während er sich dazu zwang, mit einer langsamen Bewegung zuerst den Kopf und dann die Lider zu heben. *Es gibt keine Monster.*

Es gab sie doch. Eines davon stand vor ihm, ein zwei Meter großer Koloss mit einem winzigen Kopf und Schultern, die so breit waren, dass es schon fast missgestaltet wirkte. Seine Arme waren zu lang und die Hände hatten tatsächlich nur drei Finger, aber sie waren zumindest nicht mit Schuppen bedeckt, sondern mit einer Haut, die wie Leder wirkte und von zahllosen Geschwüren und entzündeten Wunden übersät war. Obwohl er wie Thor selbst gerade aus dem Wasser gekommen war und vor Nässe troff, strömte er einen durchdringenden Geruch nach Krankheit und Tod aus.

Das Ding stand einige Augenblicke lang reglos über Thor gebeugt, dann schien es sich davon überzeugt zu haben, dass er am Leben und halbwegs unverletzt war, denn es wandte sich mit einer Grimasse um, von der Thor erst sehr viel später begreifen sollte, dass sie ein Lächeln darstellte, und watete wieder ins Wasser zurück. Thors Blick folgte der bizarren Gestalt wie hypnotisiert. Obwohl ihn der Anblick mit kaltem Entsetzen erfüllte, war es ihm gleichzeitig unmöglich, wegzusehen. Er starrte dem Koloss nach, bis dieser das gekenterte Schiff fast erreicht hatte und untertauchte.

Wenige Augenblicke später erschien dort, wo das Monster verschwunden war, eine andere, fast ebenso bizarr aussehende Gestalt. Und sie war nicht allein. Als sie sich mit grotesk aussehenden, aber sehr kräftigen Schwimmbewegungen dem Ufer näherte, erkannte Thor, dass sie einen der Männer aus dem Lagerraum mit sich schleppte. Der Soldat musste das Bewusstsein verloren haben, doch die bizarre Kreatur transportierte ihn auf die Art eines geübten Rettungsschwimmers – auf dem Rücken liegend und seinen Kopf auf die eigene Brust gebettet, sodass er atmen konnte.

»Sie holen alle raus«, sagte eine Stimme neben ihm.

Thor wandte den Kopf und bemerkte erst jetzt, dass er nicht allein war. Neben ihm, zitternd, die Knie an den Körper gezogen und mit den Armen umschlungen und mit einer noch immer blutenden Platzwunde unter dem linken Auge, die bewies, dass er sich heftiger als Thor gewehrt haben musste, hockte ein kreidebleicher Reuben. »Ich verstehe das nicht – aber es sieht so aus, als wollten sie uns das Leben retten.«

Thor antwortete nicht – was hätte er auch sagen können? Reuben hatte recht. Schweigend und zutiefst verwirrt sahen sie zu, wie die Horrorgestalt den nahezu bewusstlosen Mann ans Ufer brachte und neben Reuben ablegte. Der Mann stöhnte. Er keuchte, begann plötzlich zu würgen und erbrach sich. Die Kreatur drehte ihn hastig herum, grub die Hand in sein Haar und schüttelte seinen Kopf so lange, bis er wieder frei atmen konnte. Dann legte sie ihn fast behutsam wieder zu Boden, bedeutete Thor und Reuben mit einer Geste, sich um den Mann zu kümmern, und watete zurück ins Wasser.

Und so ging es weiter. Es waren fünf oder sechs der grausig entstellten Gestalten, die nacheinander die Männer aus dem Laderaum des Schiffes holten. Die meisten waren bewusstlos oder zumindest nicht in der Verfassung, sich zu wehren. Einzig Henley, der als Letzter aus dem Schiff herausgebracht wurde, tobte wie ein Wahnsinniger. Es bedurfte zwei der monströsen Geschöpfe, ihn ans Ufer zu bringen und zwischen den anderen abzulegen. Die hastig verbundene Wunde an seinem Oberschenkel brach dabei wieder auf und begann heftig zu bluten, aber das schien er nicht einmal zu spüren.

Während sich Reuben um seinen verletzten Kollegen kümmerte, betrachtete Thor ihre unheimlichen Retter etwas aufmerksamer. Das helle Tageslicht ließ sie ein wenig menschlicher aussehen als unten im Schiff. Die vermeintlichen Schuppen entpuppten sich als ledrige Haut, die von Geschwüren und Warzen und bei einigen von weißlichem Geflecht wie von einem Pilz bedeckt war. Und natürlich waren es keine Ungeheuer. Es *waren* Menschen; aber Menschen, die auf entsetzliche Weise entstellt waren. Die meisten hinkten, hatten einen Buckel, ungleich lange Arme, verkrüppelte Hände, entstellte Gesichter und andere schreckliche Missbildungen. Bei einem glaubte Thor tatsächlich so etwas wie Kiemen zu erkennen, aus dem Handgelenk eines anderen wuchs ein faustgroßer Fleischklumpen, als hätte sich dort eine dritte Hand bilden wollen, es aber nicht ganz geschafft.

»Was um Gottes willen sind das?«, flüsterte Reuben entsetzt. »Das … das sind doch keine Menschen, oder?« Das letzte Wort hatte er mit schriller, beinahe hysterischer Stimme hervorgestoßen.

»Ich fürchte doch«, antwortete Thor leise.

»Aber das ist unmöglich«, flüsterte Reuben. »So … so etwas habe ich noch nie gesehen. Was sind das für Männer?«

Thor antwortete nicht. Jedoch nicht deshalb, weil er die Antwort nicht wusste. Ganz im Gegenteil – er hatte plötzlich das furchtbare Gefühl, dass sie dem Geheimnis, das Corda, Ramos und sie und vor ihnen schon so viele hierhergebracht hatte, jetzt sehr nahe waren. Und er war nicht mehr so sicher, ob er es wirklich ergründen wollte.

IRGENDWO IM REGENWALD

Die Höhle war groß, feucht und kalt und wurde von einem Dutzend rußender Fackeln erhellt, die rotes Licht und Schatten an die Wände warfen und die Winkel mit einer Bewegung füllten, die nicht wirklich war.

Thor wusste nicht, wie lange sie gebraucht hatten, um diesen Unterschlupf zu erreichen – keiner von ihnen wusste das. Keiner von ihnen wusste, wo sie überhaupt waren. Thor konnte nicht einmal mehr sagen, ob sie einen oder zwei oder vielleicht sogar drei Tage unterwegs gewesen waren. Ihre unheimlichen Retter hatten ihnen Zeit genug gelassen, sich zu erholen und wieder zu Kräften zu kommen, aber diese kurze Rast war auch die letzte gewesen, die sie ihnen gönnten.

Sie waren nahezu ununterbrochen marschiert. Zuerst nach Osten, in nahezu rechtem Winkel vom Fluss weg und tiefer in den Dschungel hinein, später wieder in nördliche Richtung. Die Zahl ihrer Bewacher war auf gut zwei Dutzend angewachsen. Nicht alle von ihnen waren so monströs wie die, die Thor und die anderen Männer gerettet hatten, und doch war nicht einer unter ihnen, der nicht eine oder mehrere mehr oder weniger schlimme Missbildungen hatte. Obwohl keiner von ihnen des Englischen oder einer anderen Thor oder Reuben und seinen Männern geläufigen Sprache mächtig war, waren ihre Gesten und die stumme Präsenz ihrer Waffen – und vor allem ihr *Aussehen* – Warnung genug gewesen, dass keiner der Männer es gewagt hatte, einen Fluchtversuch zu unternehmen.

Davon abgesehen hatten sie alle spätestens während der ersten Nacht hoffnungslos die Orientierung verloren. Der Dschungel war so dicht geworden, dass sie die meiste Zeit über nicht einmal den Sternenhimmel hatten sehen können, und als der nächste Tag heraufgedämmert war, stieg mit der Sonne ein dichter, wattiger Nebel über den Horizont, sodass Thor schließlich nicht einmal mehr wusste, in welche Himmelsrichtung sie marschierten.

Was danach kam, war in Thors Erinnerung zu einem Durcheinander monotoner graugrüner Bilder geworden, in denen nur eines immer gleich blieb: einen Fuß vor den anderen zu setzen und weiterzumarschieren. Ihre Bewacher gaben ihnen zu essen und zu trinken, aber sie redeten nicht und sie gestatteten ihnen nicht die winzigste Pause. Als Henley schließlich zusammenbrach und einfach nicht mehr weiterkonnte, bauten zwei der Monstermenschen eine Trage aus Ästen und Pflanzenfasern, ohne dass sie eine Pause einlegten.

Immerhin glaubte Thor sich zu erinnern, dass das Gelände allmählich unwegsamer geworden war. Der Boden stieg sanft, aber beharrlich an und immer mehr Steine und später große, scharfkantige Felsblöcke erschienen zwischen den Urwaldriesen.

Und schließlich hatten sie diese Höhle erreicht; ein jäh aufklaffendes Loch im Boden, das so perfekt getarnt war, dass Thor es nicht einmal gesehen hatte, als ihre Bewacher sie direkt darauf zu führten. Wie alle anderen war er dort praktisch zusammengebrochen und auf der Stelle eingeschlafen, wo man ihn hingeführt hatte, und wie alle anderen fand er nach seinem Erwachen eine Schale mit frischem Wasser und ein wenig Obst sowie eine Portion eines undefinierbar aussehenden, aber köstlich schmeckenden Breies neben sich. Er hatte gegessen, getrunken und wieder geschlafen; wahrscheinlich einen ganzen Tag oder länger. Als er das nächste Mal erwachte, waren die heruntergebrannten Fackeln an den Wänden durch neue ersetzt worden, und mit Ausnahme von Henley, der fiebernd dalag und fantasierte, waren auch alle anderen wach.

Seither waren Stunden vergangen. Stunden, die sie zum Teil mit Reden und dem Aufstellen und Verwerfen der wildesten Theorien über ihre unheimlichen Lebensretter, die meiste Zeit aber stumm und dumpf vor sich hin brütend zugebracht hatten. Gegen Reubens Rat hatte Thor einmal versucht ihr steinernes Gefängnis zu verlassen. Er war nicht sehr weit gekommen. Vor dem Eingang stand der gleiche Monstermensch Wache, der ihn aus dem Schiffswrack gerettet hatte. Sein Kopf mit den winzigen, aber sehr aufmerksam blickenden Augen kam Thor immer noch lächerlich klein für den riesigen Körper vor; aber dafür war die steinerne Axt, die er in einer seiner gewaltigen Pranken hielt, umso größer. Thor verzichtete darauf, herauszufinden, wie gut er mit dieser Waffe umgehen konnte, und kehrte zu den anderen zurück.

»Das ist doch vollkommen sinnlos«, sagte Reuben resigniert, aber auch mit einer Spur von Schadenfreude in der Stimme, als Thor sich wieder neben ihn auf den nackten Felsboden sinken ließ. »Ich habe es auch schon versucht. Sowohl mit guten Worten als auch mit Gewalt.« Er lächelte schmerzlich. »Aber der Bursche ist nicht nur taub wie ein Fels, sondern auch genauso widerspenstig.« Er beugte sich über Henley, der im Schlaf den Kopf hin und her geworfen hatte und stöhnte, sah einen Moment lang besorgt auf ihn hinab und richtete sich dann wieder auf. »Außerdem«, knüpfte er an seine Worte an, »würde es wahrscheinlich auch nichts nützen, wenn wir hier herauskämen. Oder wissen Sie zufällig, wo wir sind?«

»Nein«, gestand Thor. »Aber ich glaube, einer der Gründe dafür, warum ich immer noch am Leben bin, ist der, dass ich mir über solche Dinge erst den Kopf zerbreche, wenn es so weit ist.«

Reuben blickte ihn einen Moment lang irritiert an, dann

zuckte er andeutungsweise mit den Achseln. »Das gilt vielleicht in einer normalen Gegend«, sagte er, »mit normalen Menschen. Aber nicht in einer Welt voller … voller Ungeheuer.«

»Glauben Sie, dass sie das sind?«, fragte Thor. »Ungeheuer?«

»Jedenfalls sind es keine normalen Menschen!«, antwortete Reuben weitaus heftiger, als nötig gewesen wäre. Er begriff wohl selbst, dass er sich im Ton vergriffen hatte, denn er lächelte entschuldigend und fuhr mit jetzt eher verwundert als zornig klingender Stimme fort. »Aber der Teufel soll mich holen, wenn ich weiß, *was* sie sind.« Er machte eine hilflose Geste und ein entsprechendes Gesicht. »Wissen Sie, Garson«, fuhr er fort. »Ich habe so etwas bisher nur ein einziges Mal gesehen.«

Thor sah ihn fragend an.

»Auf dem Jahrmarkt«, erklärte Reuben. »Ich war damals noch ein Kind – vielleicht zehn oder elf. Mein Vater hat mich in eine dieser Freak-Shows mitgenommen. Sie wissen doch – eines dieser Zelte, in denen man die bärtige Frau oder siamesische Zwillinge oder einen Mann mit Schlangenhaut begaffen kann. Aber das waren …« Er suchte krampfhaft nach Worten. »Missgeburten, Krüppel – bedauernswerte Geschöpfe im Grunde.«

»Sind das diese Geschöpfe nicht?« Der verkappte Vorwurf, der in dieser Frage mitschwang, tat Thor beinahe im gleichen Moment schon leid. Aber Reuben schien ihn gar nicht zu hören; und wenn, so überging er ihn.

»So etwas kommt vielleicht einmal unter hunderttausend Menschen vor!«, fuhr Reuben fort und wurde wieder heftiger. »Es ist die Ausnahme, Garson. So erstaunlich, dass es lohnt, sie auf dem Jahrmarkt auszustellen. Aber hier scheint ein … ein ganzes Volk von Missgeburten zu leben.«

»Vielleicht hat das einen Grund«, sagte Thor nachdenklich.

»Und was für einen?«

»Ich weiß es nicht«, erwiderte Thor. »Und ich bin auch nicht wirklich sicher, ob ich es wissen will.«

Reuben schwieg sekundenlang und starrte an Thor vorbei ins Leere. Dann sagte er: »Wissen Sie, woran mich diese Männer noch erinnern, Garson?«

»Nein.«

»Wirklich nicht?« Reuben lachte humorlos. »Haben Sie unseren blinden, verkrüppelten Freund schon vergessen?«

»Ramos?«, fragte Thor zweifelnd. »Wie kommen Sie darauf?«

»Ich weiß es nicht«, murmelte Reuben. »Doch ich habe das Gefühl, dass die ganze Geschichte viel komplizierter ist, als wir bisher alle geglaubt haben.« Er wollte weitersprechen, legte aber plötzlich den Kopf schräg und lauschte einen Moment. »Da kommt jemand«, sagte er dann.

Als Thor sich zum Eingang umwandte, traten zwei bewaffnete Indios in die Höhle. Und zwischen ihnen –

»Dale!«, schrie Thor erstaunt. Mit einem Satz war er auf den Füßen, rannte auf Dale Anderson zu und schloss ihn so ungestüm in die Arme, dass er ihn um ein Haar von den Füßen gerissen hätte.

Dale keuchte vor Überraschung. Einige Augenblicke lang ließ er Thors Wiedersehensfreude wortlos über sich ergehen, dann befreite er sich mit sanfter Gewalt aus seinem Griff und trat einen halben Schritt zurück.

»Dale«, sagte Thor noch einmal. »Großer Gott, du lebst! Und du bist unverletzt!«

»Natürlich lebe ich«, sagte er in einem Ton solcher Verblüffung, als hätte Thor ihn gefragt, warum die Sonne am Morgen aufgeht. »Aber was tust du hier? Du solltest hundert

Meilen entfernt sein und diesen Schuft jagen, der mich entführt und hierhergebracht hat.«

Es dauerte einen Moment, bis Thor ihn verstand. »Ramos?«, vergewisserte er sich. »Er hat dich *hierher*gebracht?«

»Nicht direkt«, schränkte Dale ein. »Und auch nicht ganz freiwillig. Und, wie ich betonen möchte, es ist auch nicht unbedingt sein Verdienst, dass ich mich am Leben und in guter körperlicher Verfassung befinde.« Er legte die Stirn in Falten. »Dieser Ramos ist der unmöglichste Mensch, dem ich jemals begegnet bin, Thor. Seine Manieren lassen einiges zu wünschen übrig, sehr vorsichtig ausgedrückt. Deshalb habe ich es schließlich auch vorgezogen, mich vor einigen Tagen aus seiner Gesellschaft zu entfernen.«

Voller Wut begriff Thor, dass Ramos ihn die ganze Zeit über belogen hatte. Seine Drohung, Dale umzubringen, war nichts als ein Bluff gewesen, da Anderson sich zu diesem Zeitpunkt schon gar nicht mehr in seiner Gewalt befunden hatte.

»Sie sind ihm entkommen?«, fragte Reuben zweifelnd. »Wie?«

Dale wandte sich mit einem herablassenden Lächeln an den FBI-Beamten, aber er schien wohl im letzten Moment Thors warnenden Blick aufzufangen, denn plötzlich lächelte er fast verlegen und zuckte mit den Schultern. »Eigentlich war es pures Glück«, gestand er. »Die Wächter griffen Ramos' Mörderbande an und in dem Durcheinander konnte ich entkommen.«

»Und dann?«, fragte Reuben.

Wieder antwortete Anderson nicht sofort. Der Ausdruck von Verlegenheit auf seinen Zügen wurde stärker. »Ich gestehe, dass es vielleicht etwas übereilt war, bei der erstbesten Gelegenheit zu fliehen«, murmelte er. »Um ganz ehrlich zu sein – ich bin stundenlang durch den Dschungel geirrt und war fast verdurstet und zu Tode erschöpft, als die Wächter mich fanden.«

»Die Wächter?« Es war bereits das zweite Mal, dass Dale diese Bezeichnung benutzt hatte.

»Die Männer, die Sie und Ihre Freunde aus dem sinkenden Schiff gerettet haben, Mister Garson«, erklärte eine Stimme vom Eingang her. »In unserer Sprache tragen sie einen anderen Namen, aber ich glaube, dieser Ausdruck kommt seiner Bedeutung nahe.«

Thor sah an Dale vorbei und riss ein zweites Mal und noch verblüffter die Augen auf, als er erkannte, wer da gesprochen hatte. Es war der Häuptling der Aymará-Indios, dessen Dorf sie vor wenigen Tagen verlassen hatten.

»Sie?«, murmelte er. Doch im Grunde hätte er es sich denken können.

Der alte Mann lächelte, deutete ein Nicken an und kam näher. Seltsam – vielleicht lag es an der Beleuchtung, vielleicht war es auch nur Einbildung –, aber Thor hatte das Gefühl, dass er sich hier viel sicherer und kraftvoller bewegte als im Dorf. In seinem Gesicht fand er einen energischen Zug, der vorher nicht da gewesen war. Und er schien jetzt noch viel mehr als zuvor ein Herrscher zu sein, ein Mann, der zwar alt, aber nicht gebrechlich, der sanftmütig, aber nicht weich war.

»Sie?«, fragte er noch einmal. »Aber wieso –«

Der Aymará-Häuptling machte eine knappe, befehlende Geste. »Ich bin hier, um Ihnen alles zu erklären, Mister Garson«, sagte er. »Aber lassen Sie uns zu Ihren Freunden gehen. Das macht es überflüssig, alles zweimal erzählen zu müssen.«

Diesmal war Thor sicher, Spott in seiner Stimme zu hören. Dann fiel ihm noch etwas auf. Der Aymará sprach plötzlich ein so perfektes Englisch, als wäre es seine Muttersprache. Doch er sprach ihn nicht darauf an, sondern fügte diesen Punkt der langen, sehr langen Liste von Fragen hinzu, die er dem alten Mann später stellen wollte, und ging zusammen mit ihm und Dale zu Reuben und den anderen zurück.

Wortlos und mit einem Ausdruck im Gesicht, den Thor nicht zu deuten vermochte, musterte er einen nach dem anderen, sehr lange und sehr aufmerksam und auf eine Art, als genüge ihm ein einziger Blick in ein Gesicht, um den wirklichen Menschen dahinter zu erkennen und ein Urteil über ihn zu fällen. Am längsten blickte er auf den fiebernden Henley hinab. Schließlich beugte er sich zu ihm hinunter, berührte seine glühende Stirn mit der Hand und schloss für einen Moment die Augen. Und etwas geradezu Unheimliches geschah: Henley hörte nach einigen Sekunden auf, wirre Wortfetzen und Laute zu stammeln, und Thor konnte sehen, dass sich sein hämmernder Pulsschlag beruhigte.

Nicht nur er starrte den alten Aymará fassungslos an, als dieser sich nach einer Weile wieder aufrichtete und den Blick nun auf Reuben heftete.

Der FBI-Beamte hielt seinem Blick nur einen Moment lang stand. Schon bald begann er, sich unruhig auf der Stelle zu bewegen und nervös mit den Händen zu spielen. »Was wollen Sie?«, fragte er schließlich. Seine Stimme zitterte und er brachte nicht die Kraft auf, dem alten Mann offen ins Gesicht zu sehen. »Wieso halten Sie uns hier gefangen? Wir sind nicht Ihre Feinde. Mit dem, was Ramos getan hat, haben wir nichts zu schaffen.«

»Das weiß ich«, antwortete der Aymará ruhig. »Doch ihr seid aus dem gleichen Grund hier wie er. Und deshalb kann ich über euch nur urteilen, wie ich über ihn geurteilt habe.«

Reuben raffte alle Kraft zusammen, die er noch in sich fand, streckte trotzig das Kinn vor und starrte den Alten kampflustig an. Genauer gesagt – er versuchte es. In den Augen des alten Indios erschien ein sanftes Lächeln und plötzlich hatte es Reuben sehr eilig, den Blick zu senken. Und auch in seiner Stimme war keine wirkliche Kraft mehr, sondern nur noch Trotz.

»Sie müssen verrückt sein«, sagte er. »Woher wollen Sie eigentlich wissen, warum wir hier sind? Wir suchen den Mann, der Ihnen und Ihrem Volk all dies angetan hat. Er ist ein gefährlicher Verbrecher. Ich bin hier, damit er seine gerechte Strafe bekommt.«

»Das weiß ich«, antwortete der Aymará. »Aber ich weiß auch, dass das nur ein Teil der Wahrheit ist.«

Reuben wollte erneut auffahren, aber diesmal unterbrach ihn Thor. »Lassen Sie das, Reuben«, sagte er. »Ich glaube, es ist wirklich sinnlos, ihn belügen zu wollen.«

Reuben starrte ihn feindselig an, schwieg aber, und der alte Indio lächelte erneut. »Sie haben recht, Mister Garson«, sagte er. »Dies ist kein Ort, an dem irgendeine Lüge Bestand haben könnte. Ich weiß, weshalb ihr wirklich gekommen seid. Ihr sucht dasselbe, was all die anderen gesucht haben, die vor euch kamen. Und ihr werdet dasselbe finden wie sie, wenn ihr nicht von eurer Suche ablasst. Den Tod.«

»Vor uns waren also schon andere hier?«, fragte Thor. »Wir sind nicht die Ersten, die den Weg fanden.«

»Es waren viele, die kamen«, antwortete der Alte. »Doch keiner ist wieder zurückgekehrt.«

»Dann … dann ist es wahr?«, fragte Reuben plötzlich aufgeregt. »El Dorado … *existiert?* Es ist nicht nur eine Legende?«

»El Dorado …« Der Alte wiederholte die Worte mit einer sonderbaren Betonung. Dann nickte er. »O ja, einige haben es so genannt. Andere hatten andere Namen, doch es war immer dasselbe, was sie suchten, Gold und Reichtum.«

»El Dorado existiert wirklich?«, fragte Reuben noch einmal. Seine Furcht war mit einem Mal wie weggeblasen. In seinen Augen erschien ein sonderbares Glitzern, und Thor bemerkte voller Erschrecken, dass sich auch einige seiner Männer näher herangeschoben hatten und ihre Blicke fasziniert an den Lippen des Alten hingen. Den Ausdruck, der plötzlich in ihren Augen war, kannte er nur zu genau. Vielleicht war es besser, wenn der alte Mann nicht weitersprach.

Der Aymará sah ihn einen Moment fast so an, als hätte er seine Gedanken gelesen, und lächelte dünn und traurig. »Es gibt tatsächlich dieses Land, von dem alle träumen«, sagte er. »Mein Volk und ich haben nie verstanden, weswegen das gelbe Metall so wertvoll für euch ist, aber ja, es existiert. Und wir sind das Volk, das die Götter auserwählt haben, darüber zu wachen. Es ist uns nicht immer gelungen. Manche haben uns überlistet, manche haben sich den Weg mit Gewalt frei gekämpft. Keiner wollte einsehen, dass das Gold von El Dorado den Tod bringt.«

»Das Gold von El Dorado?« Reuben lachte hysterisch. »Du meinst … Du und deine …« Er suchte einen Moment nach Worten, biss sich auf die Lippe und fuhr stotternd fort: *»Männer.«*

»Nicht wir«, widersprach der Alte. »Wir sind Wächter und wir sind Warner. Wir töten niemanden, der uns nicht angreift.« Er hob die Hand, als Reuben ihn abermals unterbrechen wollte. »Ich will dir die Geschichte unseres Volkes erzählen, weißer Mann. Auch wir waren einst wie ihr. Auch unseren Vorfahren war die Gier nach dem gelben Metall nicht fremd. Sie waren es, die damals den einzigen Eingang ins Tal der Götter fanden. Sie nahmen das gelbe Metall und trugen es hinaus in die Welt und sie wurden reich und mächtig.«

»Das Gold der Inkas«, murmelte Thor. Reuben sah ihn fragend an und der alte Aymará nickte.

»Ja«, sagte er. »Das kam aus dem Land, das die Spanier El Dorado nannten. Es machte sie reich, es machte sie mächtig, aber es tötete sie. Auch damals gab es schon Stimmen, die davor warnten, sich am Besitz der Götter zu vergreifen, doch unsere Vorfahren schlugen diese Warnungen in den Wind. Es heißt, dass einst, vor unendlich langer Zeit, als es noch keine Menschen gab, die Götter selbst das Land aus Gold erschufen. Doch da sie wussten, was geschehen würde, sprachen sie einen Fluch aus. Jeder, der das Gold berührte, sollte sterben. Die, die es schürften, starben eines schrecklichen Todes. Mein Volk siechte dahin. Es war reich, doch es bezahlte einen furchtbaren Preis für seinen Reichtum. Die Männer starben und die Frauen gebaren Kinder, auf denen der Fluch der Götter lag.«

Thor schauderte. Sein Blick glitt über die entstellten Gestalten der beiden Krieger, die den Alten begleitet hatten.

»Seither sind es die Aymará, die den Weg nach El Dorado bewachen«, fuhr der Alte fort.

»Aber die Männer und Frauen im Dorf ...« murmelte Reuben verwirrt.

»Sie bringen die Kinder hierher«, sagte Thor. Er wandte sich an den Alten. »Eure Frauen gebären immer noch Kinder, auf denen der Fluch der Götter liegt, nicht wahr?«

Der alte Mann nickte. »Sie werden hierhergebracht. In dieses geheime Versteck in den Bergen, wo niemand sie sieht«, sagte er. »Vielleicht werden die Götter eines Tages ein Einsehen haben und ihren Fluch von uns nehmen. Doch bis es so weit ist, werden wir unsere Aufgabe erfüllen und den Weg in ihr Land bewachen.«

»Das wird euch nicht viel nützen, wenn Ramos mit seiner Mörderbande hier auftaucht«, sagte Reuben. »Du hast gesehen, was er mit deinem Dorf angestellt hat, Häuptling. Sie werden sich den Weg einfach freischießen.«

»Wir sind viele«, sagte der Aymará, aber Reuben wischte seine Worte mit einer Handbewegung beiseite.

»Unterschätz diesen Mann nicht, Häuptling. Ich will gar nicht abstreiten, dass deine Vorfahren vielleicht mit den spanischen Konquistadoren fertig geworden sind oder auch mit ein paar Abenteurern, die es hierher verschlagen hat. Aber Ramos und seine Leute haben moderne Waffen und du hast gesehen, wie rücksichtslos sie diese einsetzen. Du hast nur eine Wahl, wenn du ein zweites furchtbares Blutvergießen verhindern willst: Lass uns gehen. Und zeig uns den Weg. Wir werden auf Ramos warten.«

»Wir sind hier die Wächter«, wiederholte der Häuptling stur. »Uns haben die Götter die Aufgabe übertragen, den Weg ins Land des gelben Metalls zu bewachen. Und wenn wir dabei sterben, so ist auch dies der Wille der Götter.«

»Der Wille der Götter!«, wiederholte Reuben aufgebracht. »Ich will dir nicht zu nahe treten, alter Mann, aber Ramos' Flammenwerfern werden auch deine Götter nicht allzu viel entgegenzusetzen haben. Dieser Mann ist verrückt, verstehst du das denn nicht? Verrückt und völlig gewissenlos. Es ist ihm vollkommen egal, wie viele Menschen er umbringen muss, um zu bekommen, was er will.«

»Und du?«, fragte der Alte.

Reuben blinzelte. »Wie meinst du das?«

»Was würdest du tun, um das Geheimnis von El Dorado zu ergründen?« Der Häuptling deutete auf die Männer, die sich im Halbkreis hinter Reuben aufgestellt hatten. »Hast du nicht auch die Leben all dieser Männer riskiert, um an dein Ziel zu gelangen?«

»Das ist etwas anderes«, protestierte Reuben, aber der Alte unterbrach ihn sofort.

»Oh, ich weiß«, sagte er. »Du glaubst das wirklich. Du glaubst aus edleren Gründen hier zu sein. Aber das stimmt nicht. Es ist zwar nicht das Gold, das du suchst. Aber es ist Macht. Was ist Gold anderes als das Werkzeug, sich Macht zu verschaffen?«

»Blödsinn!«, antwortete Reuben. Aber seine Stimme klang jetzt doch ein wenig unsicher. »Selbst wenn es dieses sagenhafte Tal wirklich gibt – welche Art von Macht sollte ich dort wohl finden?«

»Es ist vor allem die Furcht, die Macht zu verlieren, die du bisher hast«, erwiderte der Alte.

»Was … was für ein haarsträubender Unsinn«, murmelte Reuben verstört. Sein Blick flackerte. Er sah Thor beinahe Hilfe suchend an. »Ich verstehe einfach nicht, wovon er überhaupt redet.«

»Aber ich«, sagte Thor leise.

Der Aymará wandte sich an ihn. »Ihr seid leicht zu durchschauen«, sagte er. »Ihr wisst so viel und doch nur ganz wenig. Und am wenigsten über euch selbst. Wirklich, Mister Garson, glauben Sie immer noch, dass Sie hergekommen sind, um Ihren Freund zu retten? Aber war es nicht mindestens ebenso sehr das Abenteuer, das Sie gelockt hat? Und die Liebe zu einer Frau, wobei Sie nicht einmal wahrhaben wollen, dass Sie sie lieben? Oder wissen Sie es wirklich nicht?«

Thor schwieg verwirrt.

Der Aymará wandte sich wieder an Reuben. Und diesmal waren seine Worte ernst. Er sprach nicht mehr wie zu einem Kind. »Und Sie, Mister Reuben – Sie glauben verhindern zu müssen, dass Ihre Feinde El Dorado finden. Sie haben Angst, Sie könnten dort etwas entdecken, was die Vormachtstellung Ihres Volkes gefährdet. Aber Sie werden scheitern. Sie täuschen sich. Der Mann, den Sie verfolgen, ist kein Verräter an seinem Volk. Er kam aus dem gleichen Grund hierher wie all die anderen vor ihm. Er suchte Gold. Und auch Sie werden der Verlockung des Goldes erliegen, wenn Sie es sehen. Und wenn nicht Sie, so die Männer, die Sie begleiten. Sie sehen also – ich kann Sie nicht gehen lassen.«

Reuben starrte den Aymará mit offenem Mund an. »Woher … wissen Sie das?«, stammelte er. »Das … das ist völlig unmöglich. Sie *können* das nicht wissen.«

»Doch«, sagte Thor leise. »Er kann es.«

Der alte Mann wandte sich zu ihm um und sah ihn auf sonderbare Weise an. Thor fügte beinahe flüsternd hinzu: »Er liest unsere Gedanken – nicht wahr?«

»Ja«, sagte der Häuptling. »Das tue ich.«

DER NÄCHSTE MORGEN
EINE STUNDE VOR SONNENAUFGANG

Sie hatten noch lange mit dem alten Häuptling geredet. Die Erkenntnis, dass der Aymará ihre Gedanken so mühelos las wie er selbst ein aufgeschlagenes Buch, hatte Thor bis ins Innerste erschüttert. Er wusste, dass der Alte die Wahrheit sagte. Er hatte vom ersten Moment an gewusst, wer sie waren und was sie wirklich hier suchten, ebenso wie er vom allerersten Moment an Corda und später Ramos durchschaut hatte. Thor versuchte erst gar nicht, eine Erklärung dafür zu finden, warum der alte Mann diese unheimliche Macht besaß. Er hatte sie und Thor konnte sie so deutlich fühlen, dass er erst gar nicht auf den Gedanken kam, sie anzuzweifeln.

Auch Reuben war sichtlich erschüttert gewesen – aber im Gegensatz zu Thor gab er seine eigenen Pläne nicht auf. Fast eine Stunde lang redete er weiter auf den Alten ein, versuchte ihn mit Argumenten der Vernunft zu überzeugen, bettelte, flehte und drohte ihm schließlich ganz unverblümt. Natürlich nutzte nichts von alledem. Der Alte blieb bei seiner beharrlichen Weigerung, sie gehen zu lassen, und bei seiner Behauptung, dass das Gold von El Dorado sich selbst am besten zu schützen wüsste, ohne dies weiter zu erklären. Als er schließlich ging, verabschiedete er sich mit den Worten, dass er am nächsten Morgen zurückkommen und ihre Entscheidung erwarten würde.

Als Thor erwachte, quälten ihn sonderbare Gefühle. Er hatte leichte Kopfschmerzen und zwischen seinen Schläfen saß ein dumpfer Druck, der ihm das Denken schwer machte. Im Nachhinein kam ihm das, was er am vergangenen Abend erlebt hatte, fast wie ein Traum vor. Auch die Erinnerung an das Gespräch mit dem alten Häuptling war wie der Nachklang eines Traums: klar, aber nicht ganz real.

Benommen richtete er sich auf. Er war nicht der Einzige, der an diesem Morgen Mühe zu haben schien, richtig wach zu werden. Außer Anderson, der wie ein ganzes Sägewerk schnarchte, und Henley, der nicht mehr fantasierte, aber in den tiefen, fast an eine Betäubung grenzenden Schlaf eines Kranken versunken war, waren alle anderen bereits wach und hatten sich aufgesetzt. Doch die Gesichter, in die er blickte, wirkten so benommen und verwirrt, wie er selbst sich fühlte. Die Bewegungen der Männer waren unsicher und fahrig, und als er sich umdrehte und in Reubens Gesicht blickte, las er in dessen Augen im ersten Moment nichts als Verwirrung, fast als hätte er Mühe, sich in Erinnerung zu rufen, wo er überhaupt war und warum.

Und es wurde nicht besser. Die vom Gold verfluchten Indios brachten ihnen zu essen und frisches Wasser, kurz darauf erschien der Aymará-Häuptling wieder, und die ganze Zeit über hielt das irreale Gefühl in Thor an, das alles nicht wirklich zu erleben, sondern nur zu träumen.

Als die Sonne aufging, hörten sie die Schüsse.

Zuerst war Thor nicht einmal sicher, ob er sie sich nicht nur einbildete. Aber die Salven kamen rasch näher und nahmen nicht nur an Lautstärke, sondern auch an Heftigkeit zu. In das anfangs nur vereinzelt krachende Gewehrfeuer mischten sich bald das hämmernde Stakkato von automatischen Waffen, Schreie, dumpfe Explosionen und dann und wann ein furchtbares Zischen und Prasseln, von dem Thor zu wissen glaubte, was es bedeutete.

Sie waren aufgeregt aufgesprungen und zum Höhlenausgang gestürmt, aber der davor postierte Indio verwehrte ihnen auch jetzt den Weg; stumm, aber beharrlich. Hinter ihm huschten die roten Lichtreflexe von Flammen über die

Felsen, und die Schüsse und Schreie waren jetzt so nahe, als tobe direkt vor dem Höhleneingang eine Schlacht. Wahrscheinlich war es so.

»Verdammt, was ist da los?«, fragte Reuben aufgeregt. »Ramos! Das müssen Ramos und seine Leute sein!« Er machte einen weiteren Schritt auf den Indio am Eingang zu und der Aymará hob drohend seine Keule. Reuben blieb stehen. Doch Thor konnte sehen, wie es in seinem Gesicht arbeitete. Sie waren zwar unbewaffnet, aber immerhin zu acht.

Hastig trat er vor Reuben, ging auf den Indio zu und begann mit den Händen zu gestikulieren. »Du musst uns durchlassen!«, sagte er. »Wir sind nicht eure Feinde! Ruf deinen Häuptling! Wir … wir können euch helfen!«

Der Indio blickte ihn an und grinste nur. Offensichtlich hatte er kein Wort verstanden. Oder er *wollte* sie nicht verstehen.

Thors Blick wanderte fast verzweifelt zum Ausgang. Das MP-Feuer hatte für einen Moment aufgehört, aber der Kampf war noch nicht vorbei, ganz im Gegenteil. Das Schreien und die Geräusche hastender Schritte kamen immer näher und plötzlich hämmerte eine MP so dicht vor dem Höhleneingang los, dass selbst der Aymará erschrocken zusammenfuhr – ohne allerdings auch nur einen Deut von seinem Platz zu weichen.

Der Kampf tobte noch eine gute Viertelstunde, ehe sich die Schüsse und Schreie langsam wieder entfernten. Und auch dann verging noch eine geraume Weile, bevor der Wächter endlich zur Seite trat, um dem Häuptling Platz zu machen.

»Was ist passiert?«, fragte Thor aufgeregt. »Das war Ramos, nicht wahr?«

Der Aymará bedachte ihn mit einem Blick, der Thor

klarmachte, wie überflüssig diese Frage gewesen war, und in dem sich zugleich eine tiefe Resignation wie ein körperloser Schmerz spiegelten. Ohne auf die Frage zu antworten, wandte er sich wieder um und gab ihnen mit einer Handbewegung zu verstehen, sie sollten ihm folgen.

Es war hell geworden, aber noch nicht richtig Tag. Die nördliche Hälfte der Welt bestand aus grauem Nebel, der alles verschlang, was weiter als zwanzig oder dreißig Schritte entfernt war.

Aber was Thor auf diesen zwanzig oder dreißig Schritten sah, war fast mehr, als er sehen *wollte.* Zwischen den Felsen lagen tote und verwundete Indios. Hier und da brannte es noch und in der Luft hing der Geruch von heißem Stein, verbranntem Benzin und verkohltem Fleisch. Manchmal drang ein leises Stöhnen aus dem Nebel. Die Aymará hatten einen furchtbaren Preis für den Versuch bezahlt, Ramos' Söldnerheer aufzuhalten. Und Thor musste den Alten nicht fragen, ob es ihnen gelungen war.

Auch Reuben war blass geworden, obwohl ihn das, was sie erblickten, im Grunde ebenso wenig hätte überraschen dürfen wie Thor. Auf seinem Gesicht mischten sich Zorn und Hilflosigkeit miteinander.

»Ich hoffe, du bist jetzt zufrieden, alter Mann!«, sagte er mit zitternder Stimme. Wütend deutete er auf die Toten. »Das da ist ganz allein deine Schuld! Du wolltest mir nicht glauben, wie? Ich habe dir vorhergesagt, was passieren würde, wenn ihr versuchen solltet Ramos mit Gewalt aufzuhalten!«

»Hören Sie schon auf, Reuben«, sagte Thor müde. »Bitte!«

Reuben funkelte ihn böse an und für einen Moment sah es so aus, als würde sich sein Zorn nun auf Thor entladen. Doch dann wich die Wut so abrupt wieder aus seinem

Blick, wie sie aufgeflammt war. Im Grunde, das begriff Thor plötzlich, war er nicht *wirklich* wütend gewesen. Wahrscheinlich war dies einfach seine Art, mit dem Entsetzen fertig zu werden.

»Wahnsinn«, flüsterte er. »Mit Pfeil und Bogen gegen Flammenwerfer und MPs. Wahnsinn!«

»Wo sind sie?«, fragte Thor.

Der Aymará machte eine unbestimmte Geste in den Nebel. »Dort. Auf dem Weg zum Gipfel. Meine Männer verfolgen sie – aber keine Sorge«, fügte er rasch hinzu, als er Thors Erschrecken bemerkte, »sie werden sie nicht mehr angreifen.«

»Das hätte nicht passieren müssen«, flüsterte Reuben. »Wir hätten euch geholfen. Zusammen hätten wir es geschafft.«

»Um noch mehr Blut zu vergießen?« Der Häuptling schüttelte traurig den Kopf. »Was geschehen soll, wird geschehen. Es ist der Wille der Götter, der zählt, nicht die Pläne der Menschen. Die Mörder werden ihrer Strafe nicht entgehen.«

Thor blickte sekundenlang in die Richtung, in die der alte Mann gedeutet hatte, aber er sah dort nichts als grauen, undurchdringlichen Nebel. In der anderen Richtung fiel ein steiniger Hang sanft ab, aus dem nur spärliche Pflanzen wuchsen. Als die Indios sie hierhergebracht hatten, war Thor viel zu erschöpft gewesen, um auf seine Umgebung zu achten; jetzt begriff er, dass sich die Höhle offensichtlich in der Flanke eines Berges befand, der den Dschungel überragte und dessen Gipfel in diesem immerwährenden Nebel verborgen lag. Thor wusste einfach, dass sich dieser Nebel niemals lichtete. Und dass er niemals aufgerissen war, seit dieser Berg existierte.

Auch das gehörte zu dieser sonderbaren Nichtrealität, in

der er sich seit seinem Erwachen gefangen fühlte: es gab Dinge, die er einfach wusste, ohne dass es eines Beweises bedurft hätte.

Mit einer Mischung aus Furcht und Resignation wandte er sich an den Aymará-Häuptling. »Und was geschieht jetzt mit uns?«, fragte er.

»Ich habe nachgedacht und mich mit meinen Brüdern beraten«, antwortete der Alte. »Ich glaube, wir können euch vertrauen. Ihr seid nicht wie die anderen, die herkamen, um nach Reichtum zu suchen. Ihr könnt gehen. Meine Krieger werden euch bis zum Fluss führen. Von dort werdet ihr den Weg zurück allein finden. Es ist nicht leicht, aber ihr könnt es schaffen.«

»Und Henley?«, fragte Reuben.

»Euer Kamerad kann hierbleiben, bis er weit genug genesen ist, euch zu folgen«, antwortete der Alte. »Keine Sorge – ihm wird nichts geschehen.«

»Du lässt uns … einfach so gehen?«, vergewisserte sich Thor zweifelnd.

»Ich sagte bereits – ihr seid nicht wie die anderen, die vor euch kamen«, wiederholte der Alte. »Ich vertraue euch.«

Aber das war nicht die ganze Wahrheit. Das spürte Thor deutlich, als er in die Augen des alten Mannes blickte. Er würde sein Wort halten und sie gehen lassen – es gab für ihn keinen Grund, ihnen etwas vorzuspielen, um sie dann irgendwo dort unten im Wald hinterrücks ermorden zu lassen. Hätte der Alte ihren Tod gewollt, dann hätten sie das gekenterte Boot im Fluss niemals verlassen. Und doch wusste Thor, dass noch etwas passieren würde, bevor er sie gehen ließ.

Bevor er aber eine entsprechende Frage stellen konnte, geschah etwas Unheimliches.

Es war Thor plötzlich unmöglich, seinen Blick von dem

des Alten zu lösen. Er sah in Augen, die direkt bis auf den Grund seiner Seele zu blicken schienen und die … *etwas darin berührten.* Jeder Zweifel an der Aufrichtigkeit des alten Mannes, jeder Gedanke an den Grund ihres Hierseins, ja selbst die Erinnerung an Corda, an Ramos und selbst an Marian – das alles verblasste und wurde unwichtig. Es war noch da, doch es war plötzlich so, als spielte das alles keine Rolle mehr, als wäre alles Teil eines Traumes, der sehr realistisch gewesen war, aber keinerlei Einfluss auf sein wirkliches Leben hatte.

Lange, unendlich lange, wie ihm schien, stand der Aymará einfach da und sah ihn an, dann wandte er sich langsam ab und richtete seinen unheimlichen Blick auf Reuben, und Thor konnte sehen, wie auch in den Augen des FBI-Beamten etwas erlosch. Für einen Moment spiegelte sich Schrecken auf Reubens Gesicht, dann verging auch der und zurück blieb eine tiefe Gelassenheit, die nichts mehr erschüttern konnte.

Nacheinander ging der Aymará von Mann zu Mann und der unheimliche, aber trotzdem nicht erschreckende Vorgang wiederholte sich bei jedem einzelnen. Auf einer tieferen Ebene seines Bewusstseins begriff Thor sehr wohl, dass die unheimliche Macht dieses Mannes sich nicht darauf beschränkte, Gedanken zu lesen; er konnte sie auch *beherrschen.* Aber er versuchte vergeblich, Zorn darüber zu empfinden.

Sie brachen auf, diesmal nur von zwei der missgebildeten Aymará-Krieger und ihrem Häuptling selbst begleitet. Niemand sprach, niemand versuchte sich den Anweisungen des Aymará zu widersetzen. Selbst Reuben ging wortlos neben dem alten Mann und seinen beiden monströsen Begleitern her, während sie sich langsam den Berghang hinunterbewegten und sich der Wechsel von Felsen zu Pflanzenwuchs und wieder zu Felsen vor ihnen vollzog.

Der Nebel lichtete sich nur langsam. Gut eine Stunde lang marschierten sie durch feuchtes Grau, bevor das erste Mal die Sonne durch eine Lücke im Blätterdach zu ihnen herabschien. Und jeder einzelne Schritt, den sie in dieser Stunde taten, schien sie ein Stück fort, in eine andere Wirklichkeit, zu bringen, in eine Welt, in der es die Tage seit ihrer Rettung aus dem gekenterten Boot einfach nicht mehr geben würde. Dieser Gedanke erfüllte Thor schließlich doch mit Zorn – nein, nicht mit Zorn, sondern eher mit einer Mischung aus Verbitterung und Trauer. Er fand es ungerecht, dass ihm diese Tage seines Lebens einfach genommen werden würden, herausgerissen wie Seiten aus einem Buch, auf denen ein furchtbares Geheimnis aufgeschrieben war. Doch auch dieser Gedanke entglitt ihm schließlich wieder. Mit Schritten, die so gleichmäßig waren wie die eines Automaten, bewegte er sich zwischen den anderen dahin, tiefer in den Dschungel hinein und fort von dem Berg, hinter dessen himmelstürmenden Flanken sich vielleicht eines der letzten großen Geheimnisse dieser Welt verbarg.

Sie traten auf eine schmale Lichtung aus dem Wald hinaus, als eine plötzliche Windbö den Nebel über ihnen auseinanderriss. Nicht lange und nicht gänzlich; der Gipfel des Berges war noch immer hinter grauen Schleiern verborgen und würde es auch immer bleiben, aber Thor konnte doch erkennen, dass er viel höher war, als er bisher angenommen hatte, und die Form eines stumpfen Kegels mit steilen Wänden hatte. Vermutlich der Krater eines erloschenen Vulkans.

Und auf halber Höhe bewegte sich eine Kette winziger menschlicher Gestalten.

Thor blieb stehen und sah zu den ameisengroßen Figuren hinauf, bis sich die Lücke im Nebel wieder schloss und sie seinen Blicken entzog. Aber auch dann ging er nicht weiter, sondern sah in den Nebel empor.

Dale war ebenfalls stehen geblieben. Nach einigen Augenblicken machte auch Reuben kehrt, kam die wenigen Schritte zu ihm zurück und legte den Kopf in den Nacken, um in die gleiche Richtung blicken zu können wie Thor. »Was haben Sie?«, fragte er. Seine Stimme klang dünn und flach; so als interessiere ihn seine eigene Frage im Grunde gar nicht.

»Ramos«, sagte Thor. »Ich glaube, dort oben sind Ramos und seine Männer.«

Beim Klang dieses Namens schien kurz etwas in Reubens Blick wieder zu erwachen. Das Flackern erlosch jedoch, bevor es zu einer Flamme werden konnte, und erneut breitete sich die bisherige Gleichgültigkeit auf seinen Zügen aus.

»Kommen Sie, Mister Garson«, sagte der Aymará-Häuptling, der ebenfalls stehen geblieben war. »Der Weg, der vor uns liegt, ist noch weit.«

Aber Thor reagierte diesmal nicht, sondern blickte weiter zu der Stelle in dem grauen Nichts empor, an der er die Bewegung erspäht hatte. »Da sind Ramos und seine Söldner.«

Ein Schatten huschte über das Gesicht des Häuptlings. »Ich weiß.«

»Und ihr lasst sie einfach so hindurch?«

»Wir konnten sie nicht aufhalten«, antwortete der Aymará. »Sie haben es selbst gesehen – wir sind ihnen nicht gewachsen. Vielleicht hätten wir sie schließlich doch aufhalten können, aber es hätte das Leben vieler meiner Brüder gekostet, und dieser Preis wäre zu hoch gewesen. Sie sind gekommen, weil sie Gold suchten. Sie werden Gold finden. Aber der Weg ins Tal der Götter führt nur in eine Richtung.«

»Ich verstehe«, murmelte Thor. »Ihr lasst sie hinein – aber nicht wieder heraus.«

Er las die Antwort auf seine Frage in den Augen des alten

Mannes, wenn dieser auch kein Wort sagte, und ein Gefühl tiefer Trauer überkam ihn. Trotz allem waren Ramos und seine Begleiter Menschen, Verbrecher vielleicht, Mörder und Diebe, aber immer noch Menschen, und es widerstrebte ihm einfach, ein Dutzend Männer in den sicheren Tod gehen zu lassen, ohne etwas dagegen zu unternehmen; ganz gleich, was sie getan hatten.

Und plötzlich begriff er, dass es nicht nur Ramos und seine Söldner waren, die sich auf dem Weg zum Gipfel des Berges befanden.

Marian.

Marian war bei ihnen.

Der Gedanke tat ihm weh, unendlich weh. Thor vermochte nicht einmal zu sagen, was schlimmer war – Angst, nein, das sichere *Wissen,* dass sie zusammen mit Ramos und den anderen dort oben sterben würde, oder der Schmerz über den Verrat, den sie begangen hatte. Wahrscheinlich beides.

In den Augen des alten Aymará erschien ein Ausdruck tiefen, ehrlich empfundenen Mitleids. »Sie irren sich, Mister Garson«, sagte er. »Sie hat Sie nicht verraten. Sie ist von allen die Einzige, die nicht dorthin geht, weil sie Gold sucht. Sie musste tun, was sie getan hat, aber sie hat Sie nicht verraten. Keine Sekunde lang.«

Thor starrte den Alten an und plötzlich war es, als würde der Schleier, der bisher über seinen Gedanken gelegen hatte, mit einem Ruck weggerissen. Es war wie ein blitzartiges, fast körperlich schmerzendes Erwachen. Zum ersten Mal an diesem Tag war er wieder völlig Herr seiner Gedanken und seines Willens.

»Ich muss sie zurückholen!«, sagte er entschlossen.

»Das geht nicht«, sagte der Aymará ruhig. »Ich kann es nicht zulassen.«

»Dann müsst ihr mich schon umbringen«, erwiderte Thor trotzig. Er machte eine Kopfbewegung zum Gipfel des Vulkankraters hinauf. »Dort oben erwartet sie der sichere Tod. Ich werde nicht zusehen, wie sie in ihr Verderben rennt.«

»Es ist zu spät«, sagte der alte Mann. »Ihr Vorsprung ist bereits zu groß. Selbst wenn ich es zulassen würde – Sie könnten sie niemals einholen, bevor sie den Gipfel erreichen.«

»Ich muss es wenigstens versuchen!«, protestierte Thor.

Der alte Mann blickte ihn traurig an. »Ich lasse Sie gehen, Mister Garson. Nur Sie allein. Weder ich noch einer meiner Krieger wird versuchen Sie aufzuhalten. Aber auch Sie werden den Tod finden. Der Fluch von El Dorado macht keinen Unterschied zwischen Gut und Böse. Niemand kehrte je zurück.«

»Unsinn!«, widersprach Thor heftig. »Corda hat den Rückweg gefunden und zumindest einer der Konquistadoren muss es auch geschafft haben, denn sonst wäre die Legende von El Dorado wohl kaum entstanden, nicht wahr?«

Der Alte antwortete nicht darauf. Aber er unternahm auch keinen Versuch, Thor aufzuhalten, als sich dieser nach einigen weiteren Augenblicken mit einem Ruck umdrehte und in die Richtung zurückzugehen begann, aus der sie gekommen waren.

Je höher er kam, desto dichter war der Nebel geworden, bis er sich schließlich durch eine graue Unendlichkeit bewegte, in der er selten weiter als zwei oder drei Schritte sehen konnte und in der er sich schon nach wenigen Augenblicken hoffnungslos verirrt hätte, wäre er nicht einfach der Steigung des Berges gefolgt.

Thor konnte später nicht sagen, wie lange er gebraucht

hatte, um den Kraterrand zu erreichen. Das Fehlen der Sonne machte es unmöglich, die Tageszeit zu bestimmen – aber er schätzte, dass sich der Tag bereits wieder seinem Ende zuneigte und ihm allerhöchstens noch zwei oder drei Stunden Helligkeit blieben. Aber vielleicht war das ja genug.

Er hatte Ramos' Spur wiedergefunden und das war nicht einmal Zufall. Thor war stundenlang durch das Gewirr aus Felsen und jäh aufklaffenden Spalten und Schluchten geirrt, bis er schließlich auf einen gewundenen, an der Flanke des Vulkans steil in die Höhe führenden Pfad gestoßen war. Wahrscheinlich gab es nur diesen einen Weg zum Kraterrand hinauf. Er war zum Teil auf natürlichem Wege, zum Teil aber auch eindeutig von Menschenhand erschaffen worden: Thor kam an gewaltigen Felsen vorüber, die offensichtlich gewaltsam gespalten oder aus dem Weg geräumt worden waren, und mehrmals stieß er auf in den Stein gemeißelte Stufen. Wahrscheinlich hatten die Vorfahren der Aymará diesen Pfad geschaffen, um das Gold abzutransportieren, das ihrem Volk beinahe den Untergang gebracht hatte.

Und es war nicht zu übersehen, dass kurz vor ihm andere Menschen hier entlanggegangen waren. Ramos' Männer waren nicht sehr achtsam gewesen – Thor stieß auf Zigarettenkippen, Stofffetzen, vergessene oder verlorene Stücke ihrer Ausrüstung ... Offensichtlich rechneten die Goldgräber nicht damit, noch verfolgt zu werden. Oder es war ihnen vollkommen gleich – was aus ihrer Sicht auch naheliegend schien. Schließlich mussten sie Thor und die anderen für tot halten, und wie hoffnungslos unterlegen ihnen die Indios mit ihren primitiven Waffen waren, das hatte nicht nur das Gemetzel im Dorf auf furchtbare Weise demonstriert.

Kurz bevor er den Kraterrand erreichte, legte Thor eine letzte Rast ein, und als er weiterging, sah er den Schatten.

Er war nicht einmal ganz sicher, ob die Bewegung wirklich da war oder ob er sie sich nur einbildete; ob vor ihm wirklich etwas war oder ob er nur das Wogen eines Nebelfetzens gesehen hatte. Trotzdem machte sein Herz einen erschrockenen Sprung und er erstarrte mitten im Schritt und wagte nicht einmal zu atmen. Sein Blick bohrte sich in die graue Wand aus gestaltloser Watte vor ihm. Er lauschte angespannt, aber er sah nichts außer treibenden feuchten Schwaden und hörte nichts außer dem Hämmern seines eigenen Herzens.

Und trotzdem war er mit einem Mal völlig sicher, sich nicht getäuscht zu haben. Vor ihm *war* etwas und es war keiner von Ramos' Männern, der vielleicht zurückgeblieben war, um den Rücken der kleinen Söldnertruppe zu decken.

Vielleicht, dachte er, verließ sich der Häuptling der Aymará doch nicht allein auf den Fluch von El Dorado, wie er sie alle hatte glauben machen wollen.

Er blieb noch einen Moment stehen und lauschte, dann gab er sich einen Ruck und ging weiter, so schnell es ihm möglich war.

Er sah den Schatten noch zwei weitere Male, bevor er den Gipfel erreichte, und einmal hörte er ein Stück über sich das Kollern eines Steines und dann einen dumpfen Laut, den er nicht einzuordnen vermochte, der aber fast eindeutig aus einer menschlichen Kehle kam.

Endlich hörte der Boden unter seinen Füßen auf, in immer steilerem Winkel anzusteigen. Der Nebel war noch dichter geworden, sodass er jetzt nur noch gut zwei Meter weit sehen konnte, aber vor ihm lag jetzt ebenes, von Lavabrocken und Geröll bedecktes Gelände, doch Thor konnte die Tiefe dahinter regelrecht fühlen.

Wieder blieb er stehen und sah sich um. Sein Herz begann zu hämmern und seine Hände wurden feucht vor Aufregung. El Dorado … Er wusste, dass er es gefunden hatte. Was immer sich hinter diesem Wort wirklich verbarg, gleich würde er es sehen, und die Erregung, die ihn bei diesem Gedanken überkam, war für Augenblicke stärker als seine Furcht. Es war dasselbe Gefühl, das ihn zu dem gemacht hatte, was er jetzt war. Jener unstillbare Wissensdurst, die Besessenheit des wirklichen Forschers, die kaum mehr etwas mit rein wissenschaftlicher Neugier zu tun hatte, sondern tiefer in seiner Seele wurzelte; in Bereichen, die er in seinem bewussten Denken niemals auszuloten vermocht hatte; jener manchmal an Tollkühnheit grenzende Mut, der nichts mit der die Gefahr verachtenden Dummheit zu tun hatte, die die meisten Menschen fälschlicherweise für Mut hielten – dies alles hatte ihn zu dem gemacht, der er war. Wenn er auf etwas stieß, das ihn interessierte, das ihn wirklich interessierte, dann gab es meistens einen Punkt, an dem er nicht mehr zurückkonnte, selbst wenn er das wollte. Doch er gestand sich erst jetzt ein, dass er diesen Punkt schon längst überschritten hatte. Er war hier, um Marian zu retten, aber das war nicht der alleinige Grund. Der wirkliche Grund war, dass er einfach wissen musste, was sich hinter dieser Mauer aus Lava und Nebel verbarg.

Minutenlang blieb er reglos stehen und genoss einfach das prickelnde Gefühl, das ihn durchströmte.

Als er weiterging, hörte er plötzlich ein Geräusch hinter sich. Thor zwang sich, ganz ruhig noch einen Schritt zu machen – und fuhr ansatzlos und blitzartig herum.

Ein verzerrter Schatten bewegte sich durch den Nebel auf ihn zu. Riesig, taumelnd und beinahe lautlos näherte er sich ihm, ein monströses Etwas, das im selben Moment aufgetaucht war, in dem er die unsichtbare Grenze zwischen dem

Land der Menschen und dem der Götter überschritten hatte. Vielleicht war er von dem alten Indio doch getäuscht worden. Vielleicht wäre es besser gewesen, seine Warnung ernster zu nehmen, als er es getan hatte. Aber zumindest würde er gleich herausfinden, ob die unheimlichen Indios wirklich so stark waren, wie sie aussahen.

Der Schatten näherte sich schnell und mit seltsam torkelnden Bewegungen. Thor wich einen halben Schritt zurück, spannte sich – und warf sich mit weit ausgebreiteten Armen nach vorn.

Die Gestalt registrierte seinen Angriff und versuchte darauf zu reagieren, aber ihre Abwehrbewegung kam zu spät. Ungeschickt versuchte sie zur Seite auszuweichen und zugleich nach Thor zu schlagen, aber der warf sich mitten im Sprung herum, duckte sich unter einem Fausthieb weg und riss den Mann durch die pure Wucht seines Aufpralls von den Füßen. Ein gequälter Schrei erscholl, als sie aneinandergeklammert auf den mit scharfkantiger Lava übersäten Boden prallten und ein Stück weit davonrollten. Scharfe Fingernägel kratzten über Thors Gesicht und ein Knie stieß zwei- oder dreimal hintereinander in seinen Leib, sodass er fast hören konnte, wie seine Rippen ächzten. Dann hatte er sich herumgeworfen und den anderen unter sich, presste ihn mit der linken Hand auf den Boden und hob die andere zu einem Fausthieb.

»Thor! Um Gottes willen – nein!«

Thors erhobene Faust erstarrte in der Bewegung, während er verblüfft auf Dale Andersons schreckensbleiches Gesicht hinabsah. Dales Augen schienen vor Entsetzen fast aus den Höhlen zu quellen und sein Gesicht war so weiß wie das eines Toten.

»Dale …«, murmelte Thor verwirrt. »Was um alles in der Welt tust du hier?«

»Das … das sage ich dir, wenn du … von mir heruntersteigst«, keuchte Dale.

Thor nagelte ihn mit seinem Gewicht an den Boden, sodass er Mühe hatte, überhaupt zu atmen, geschweige denn zu reden.

Hastig stand Thor auf, blickte noch eine halbe Sekunde lang verstört auf seinen Freund hinab und beeilte sich dann die Arme auszustrecken, um ihm auf die Füße zu helfen. Dale nahm seine Hilfe an, ließ danach jedoch seine Hände los und entfernte sich hastig einen Schritt weit von ihm. Mit zusammengebissenen Zähnen und schmerzverzerrtem Gesicht begann er seinen Körper abzutasten, als müsse er sich davon überzeugen, dass noch alles an seinem angestammten Platz und unbeschädigt war. Dabei sah er Thor immer wieder vorwurfsvoll an, sagte aber kein Wort mehr.

»Was tust du hier?«, wiederholte Thor. »Warum bist du mir nachgekommen?«

»Jedenfalls nicht, um mich verprügeln zu lassen«, antwortete Dale. Der Vorwurf in seinem Blick vertiefte sich. »Du hast manchmal eine sonderbare Art, deine Freunde zu behandeln, Thor.«

Thor wischte seine Worte mit einer ärgerlichen Handbewegung beiseite. »Bist du wahnsinnig?«, fragte er. »Hast du nicht gehört, was der Indio gesagt hat? Sie werden uns nicht zurückkehren lassen.«

Anderson zog eine Grimasse. »Ich denke ja nicht daran, mit diesen unzivilisierten Wilden allein durch den Dschungel zu laufen«, antwortete er. »Außerdem wirst du meine Hilfe brauchen.«

»Hilfe?!«, ächzte Thor. Er gestikulierte wild in den Nebel hinein. »Verdammt, ich weiß nicht einmal, was dort unten auf mich wartet. Verschwinde, Dale, solange du es noch kannst. Vielleicht lassen sie dich noch gehen.«

»Und du glaubst, ich sehe zu, wie du mit offenen Augen in dein Verderben rennst?«, erwiderte Dale. Er schüttelte heftig den Kopf. »Nichts da, mein Freund.« Plötzlich grinste er. »Außerdem denke ich ja gar nicht daran, dir allein den Ruhm zu überlassen, El Dorado gefunden zu haben.«

»Das ist nicht komisch«, sagte Thor ernst. »Ich weiß nicht, ob es dir aufgefallen ist, Dale – wir sind nicht allein. Irgendwo hinter uns sind ein paar dieser Indios –«

»Ich habe drei gezählt«, sagte Dale. »Aber ich denke, es sind mehr. Ramos und seine Spießgesellen werden eine böse Überraschung erleben, wenn sie versuchen auf dem gleichen Weg zurückzukehren.«

»Nicht nur sie«, sagte Thor. »Ich beschwöre dich, Dale!«

Dale Anderson sah ihn an, lächelte und schüttelte wieder den Kopf. »Nichts da«, sagte er. »Ich begleite dich. Weißt du, Thor – ich hatte eine Menge Zeit nachzudenken, während ich bei den Indios war. Ich glaube, ich kann dir helfen, wenn du einverstanden bist.«

»Du weißt, warum ich hier bin?«

»Wegen Marian Corda«, antwortete Anderson. Er seufzte. »Du hättest dir und mir eine Menge Ärger ersparen können, wenn du gleich auf mich gehört hättest. Ich habe schon in diesem Lagerhaus in New York gemerkt, dass sie in Wahrheit auf Ramos' Seite stand.«

»Und was soll ich tun?«, erwiderte Thor. »Die Hände in den Schoß legen und in aller Seelenruhe darauf warten, dass sie stirbt?«

»Bist du in sie verliebt?«, fragte Dale plötzlich.

Thor antwortete nicht gleich. »Ich weiß es wirklich nicht«, gestand er schließlich. »Und das nicht nur, weil sie zehn Jahre älter ist als ich. Auf jeden Fall ist sie mir nicht gleichgültig. Und ich glaube, ich kann es schaffen.«

»Dann sollten wir nicht noch mehr Zeit vertrödeln, sondern lieber versuchen sie einzuholen«, sagte Dale. Etwas ernster fügte er hinzu: »Außerdem habe ich das gar nicht gute Gefühl, dass es besser für uns ist, wenn wir nicht zu lange an diesem Ort bleiben. Also komm.«

Thor kam nicht mehr dazu, ihn abermals zurückzuhalten, denn Dale drehte sich herum und ging so schnell in den Nebel hinein, dass es plötzlich Thor war, der sich beeilen musste, ihm zu folgen.

Gold.

Unter ihnen lag eine Welt aus Gold. El Dorado existierte. Es war keine Legende. Es existierte und es lag unter ihnen, zum Greifen nah.

Zum zweiten Mal an diesem Tag hatte Thor das Gefühl, in einem verrückten, irrealen Traum gefangen zu sein. Aber diesmal war der Grund dafür nicht der, dass etwas seine Gedanken beeinflusste. Es war das Bild, das sich ihm bot; ein Anblick, der gleichzeitig so bizarr erschreckend wie faszinierend war, dass sich der logische Teil von Thors Denken einfach weigerte, ihn zu akzeptieren.

Eine gute halbe Stunde lang waren sie nebeneinander durch diesen unheimlichen Nebel gelaufen, der bald so dicht geworden war, dass Thor nicht einmal mehr Dales Gesicht hatte erkennen können, obwohl er kaum einen halben Meter von ihm entfernt war. Was sie während dieser Zeit gefunden hatten, hatte beinahe schon ausgereicht, Thor an seinem Verstand zweifeln zu lassen. Dabei hätte es ihn warnen müssen. Und trotzdem traf Dale und ihn der Anblick des Talkessels mit der Wucht eines körperlichen Hiebes.

Das Tal, das nichts anderes als der Krater eines erloschenen Vulkanes war, hatte einen Durchmesser von drei, vielleicht vier Meilen. Alles unter ihnen bestand aus Gold. Und es war nicht einfach nur eine Ansammlung von Goldklumpen und -brocken, es war ein gewaltiger, wuchernder Dschungel, ein winziger, aber perfekt nachgebildeter Ausschnitt einer schon vor Jahrtausenden oder -millionen untergegangenen Welt, die akribisch bis ins letzte Detail aus dem gelben Edelmetall nachgebildet worden war. Es gab Büsche und Sträucher, Felsen und Bäume, Gräser und mannshohe Farngruppen, alles mit schier unglaublicher Präzision herausgearbeitet. Selbst der Boden, auf dem sie standen, bestand aus Gold.

Während sie sich durch den Nebel getastet hatten, war Thor ein paarmal stehen geblieben und hatte das eine oder andere aufgehoben – eine Pflanze, ein winziges Tier oder einfach nur einen Stein, der kein Stein war. Jeder einzelne Gegenstand, den Dale und er betrachtet hatten, war seinem natürlichen Vorbild auf die gleiche, unvorstellbar genaue Art nachgebildet, nachempfunden wie die beiden Stücke aus Stanley Cordas Besitz, die er in New York gesehen hatte.

Nein – er hätte nicht überrascht sein dürfen von dem, was sie jetzt sahen. Aber er war es trotzdem, denn das, was vor ihnen lag, war vollkommen unmöglich. Kein Volk dieser Welt, ganz gleich, wie hoch entwickelt seine Kultur und Technik war, ganz gleich, wie viel Zeit und welche Möglichkeiten ihm zur Verfügung standen, konnte *so etwas* vollbringen. Er musste plötzlich wieder an das denken, was der Aymará-Häuptling ihnen erzählt hatte, und mit einem Male kam ihm seine Behauptung, die Götter selbst hätten diesen Teil der Welt erschaffen, gar nicht mehr so weit hergeholt vor. Plötzlich hatte er nur noch Angst. Sie hatten El Dorado gefunden. Sie hatten das vielleicht größte Geheimnis dieses Planeten gelüftet, aber er spürte keinen Triumph, keine Freude, nicht einmal Zufriedenheit. Was er sah, erfüllte ihn mit einer an Panik grenzenden Furcht. Sie sollten nicht hier sein. Kein Mensch dieser Welt sollte hier sein. Ganz gleich, wer diese fantastische Landschaft aus Gold erschaffen hatte und warum – es waren keine Menschen gewesen und dies war kein Ort, an dem Menschen leben konnten.

Fünf, vielleicht sogar zehn Minuten standen Dale und er einfach reglos da und starrten auf das in allen nur denkbaren Schattierungen von Gold schimmernde Abbild einer längst untergegangenen Welt unter sich, bevor Thor endlich seine Lähmung überwand und einen zögernden Schritt machte. Ein warmer Windhauch schlug ihm entgegen und er blieb noch einmal stehen und hob den Kopf. Der Anblick, den der Himmel bot, war kaum weniger unheimlich als der des Vulkankraters. Der Nebel war hinter ihnen zurückgeblieben, aber er war nicht etwa dünner geworden und hatte sich auch nicht gelichtet, sondern hörte plötzlich wie abgeschnitten auf, um einen beinahe zum Greifen nahe über dem Talboden hängenden Himmel zu bilden. Auch das war unmöglich, wie Thor sehr wohl wusste. Aber anscheinend hatten sie einen Winkel der Welt betreten, in dem die Gesetze der Physik und Logik außer Kraft gesetzt waren. Es hätte Thor auch nicht weiter verwundert, wären sie auf einen Fluss gestoßen, der bergauf strömte.

»Sechzig Millionen«, sagte Dale plötzlich. Seine Stimme war dünn und zitterte, er atmete heftig und so schwer, als hätten sie die letzten Meilen im Laufschritt zurückgelegt. Im ersten Moment verstand Thor nicht, was er meinte. Fragend sah er ihn an.

»Das da unten ist mindestens sechzig Millionen Jahre alt«, wiederholte Dale mit einer erklärenden Geste auf den goldenen Dschungel. »Einige dieser Pflanzen sind vor sechzig Millionen Jahren ausgestorben. Erinnerst du dich an den Saurier?«

Natürlich erinnerte sich Thor. Die lebensgroße Nachbildung der fleischfressenden Riesenechse war so unvermittelt aus dem Nebel vor ihnen aufgetaucht, dass Thor fast vor Schrecken aufgeschrien hätte. Paläontologie war nicht unbedingt sein Spezialgebiet, aber er wusste, dass Dale mit seiner Schätzung richtigliegen musste – plus/minus ein paar Millionen Jahre, aber was machte das schon? Trotzdem schüttelte er den Kopf.

»Unmöglich«, sagte er mit einer Stimme, deren Klang verriet, wie wenig ihn seine eigenen Worte überzeugten. »Vor sechzig Millionen Jahren gab es noch keine Menschen.«

»Wer sagt dir denn, dass es Menschen waren?«, erwiderte Dale ruhig.

Thor sah ihn sehr unsicher an, verzichtete aber vorsichtshalber auf eine Antwort und drehte sich wieder herum, um weiterzugehen. Er musste sich mit Gewalt in Erinnerung rufen, was sie überhaupt wollten. Es wurde wärmer, je mehr sie sich dem Rand des bizarren Urweltdschungels näherten. Der Boden unter ihren Füßen knisterte und Thor handelte sich zwei schmerzhafte Schnitte an den Händen ein, ehe er endgültig begriff, dass die Pflanzen, die er sah, nur wie Gräser und Farne aussahen, aber zum Teil rasiermesserscharfe Kanten hatten.

Jeder Schritt, den sie taten, führte sie tiefer in eine fantastische, vor unvorstellbar langer Zeit untergegangene Welt hinein. Obwohl alles in ihm sich dagegen sträubte, begriff Thor doch sehr wohl, wie recht Dale mit seiner Behauptung gehabt hatte. Sie stießen auf Pflanzen und Tiere, die noch keines Menschen Auge erblickt hatte, auf Geschöpfe, von denen bisher niemand wusste, dass es sie überhaupt jemals gegeben hatte. Einmal stolperte Dale in ein Spinnennetz hinein, das einen Durchmesser von sicherlich acht oder zehn Metern hatte, und dessen Fäden wie messerscharfer Draht in seine Haut schnitten, ein anderes Mal hätte sich Thor beinahe selbst aufgespießt, als er aus reiner Gewohnheit nach einem dünnen Zweig schlagen wollte, der ihm im Weg hing, und sich erst im letzten Moment wieder daran erinnerte, dass nichts von alledem hier *lebendig* war.

Sie waren gute hundert Meter weit in den Golddschungel eingedrungen, als sie den Toten fanden.

Er hockte mit angezogenen Knien am Stamm eines fast mannsdicken Farnbaumes und Thor prallte erschrocken zurück, weil er ihn für einen von Ramos' Männern hielt, der zurückgeblieben war, um Wache zu halten. Aber fast im gleichen Moment erkannte er auch, dass er sich getäuscht hatte. Der Mann war tot. Er starrte aus weit aufgerissenen erloschenen Augen an Thor und Dale vorbei ins Leere und das Gewehr in seinen verkrampften Händen war auf den Boden gerichtet. Sein Gesicht und die Haut an seinen Armen und Händen wiesen furchtbare Verbrennungen auf und der Schädel unter der halb heruntergerutschten Mütze war beinahe kahl, das Haar zum größten Teil ausgefallen.

»Mein Gott ...«, flüsterte Thor entsetzt. »Was ... ist hier passiert?«

Dale antwortete nicht, aber er tat etwas, was Thor völlig überraschte. Während er selbst vor Schreck und Ekel wie gelähmt stehen blieb und aus sicherer Entfernung auf den Toten hinabsah, ging Dale zu ihm hinüber, ließ sich vor ihm in die Hocke sinken und betrachtete aufmerksam sein verwüstetes Gesicht, hob schließlich sogar die Hand und tastete mit den Fingerspitzen über Schädel, Wangenknochen und Hals des Toten.

»Das ist keiner von Ramos' Männern«, sagte er, nachdem er sich wieder aufgerichtet hatte und zu Thor zurückgekehrt war. »Ich war lange genug mit ihm und seinen Kumpanen zusammen. Er muss zu Cordas Begleitern gehören. Ich schätze, dass er schon seit zwei oder drei Tagen tot ist.«

Thor überwand endlich seinen Widerwillen und trat ebenfalls näher an den Leichnam heran. Auch aus der Nähe bot er keinen angenehmen Anblick; aber er zwang sich, ihn genauso aufmerksam zu betrachten, wie Dale es zuvor getan hatte. Was er im ersten Moment für furchtbare Brandwunden gehalten hatte, war ... etwas anderes. Es waren Verbrennungen, aber von einer Art, wie Thor sie niemals zuvor im Leben gesehen hatte. Trotzdem hatte er plötzlich das Gefühl, er wüsste, was hier geschehen war. Die Erklärung war irgendwo in seiner Erinnerung bereits vorhanden, aber noch nicht bereit, sich ihm zu offenbaren. Er war noch immer viel zu verwirrt und erschreckt, um wirklich einen klaren Gedanken zu fassen.

Mit einem Ruck wandte er sich zu Dale um und sah ihn wenig freundlich an. »Würde es dir etwas ausmachen, nicht länger den Geheimnisvollen zu spielen und mir zu erklären, was in drei Teufels Namen hier vorgeht?«

»Ehrlich gesagt – ja«, antwortete Dale. Ein grimmiger Ausdruck breitete sich auf seinem Gesicht aus. »Weißt du, ich war lange genug mit den Aymará zusammen. Und ich hatte Zeit, über das nachzudenken, was mir der Häuptling erzählt hat. Es ist nur eine Theorie ... aber wenn ich recht habe, dann sollten wir besser von hier verschwinden, so schnell wir können. Und vor allem nichts mehr anfassen.« Fast in der gleichen Sekunde tat er das genaue Gegenteil dessen, was er Thor gerade geraten hatte: Er bückte sich, brach einen der goldenen Zweige von einem Busch ab und zerbrach ihn vor Thors Augen ohne sichtliche Anstrengung in zwei Teile. Einige Sekunden lang blickte er mit düsterem Gesicht auf die Kanten des zerbrochenen Astes, dann hielt er ihn Thor hin und sagte: »Das passt.«

Thor blickte neugierig auf den Zweig in Dales Händen. Er bestand nicht völlig aus Gold. Im Grunde war es nur eine kaum millimeterdicke Goldauflage, die seine Oberfläche in allen Konturen perfekt nachbildete. Darunter kam etwas zum Vorschein, das vor hundert Millionen Jahren vielleicht einmal Holz gewesen war.

»Ich glaube, ich weiß, was hier passiert ist«, sagte Dale. »Ein Meteor.«

»Ein – *was?*«, wiederholte Thor.

Dale nickte, ließ die Holzstücke fallen und wischte sich mit hektischen Bewegungen die Hände an den Hosenbeinen ab. »Wahrscheinlich ist hier vor rund sechzig Millionen Jahren ein Meteor heruntergekommen«, sagte er. »Er muss aus purem Gold bestanden haben – oder einer Legierung, die einen sehr hohen Goldanteil hatte. Wahrscheinlich ist er dicht über diesem Talkessel verdampft und das Gold hat alles hier eingeschlossen und für alle Zeiten konserviert.«

»Das … das ist doch … lächerlich«, murmelte Thor unsicher. »Ich könnte dir ein Dutzend Gründe nennen, aus denen das unmöglich ist.«

»Eher zwei Dutzend«, gestand Dale ruhig. »Und trotzdem muss es so gewesen sein. Es ist die einzige Erklärung, die einen Sinn ergibt.« Plötzlich war er sehr erregt. »Es gibt all diese Pflanzen und Tiere doch seit Millionen Jahren gar nicht mehr, Thor. Und selbst wenn – niemand könnte so etwas erschaffen. Kein Mensch wäre *dazu* in der Lage.«

Thor sah sich verstört um. Etwas in ihm protestierte fast hysterisch dagegen, Dales haarsträubende Theorie auch nur in Betracht zu ziehen. – Aber hatte er nicht im Laufe seines Lebens mehr als einmal erfahren müssen, dass es Dinge gab, die mit Wissenschaft und Logik nicht zu erklären waren? Und außerdem – er sah es. Er konnte dieses Gold anfassen, es berühren. Sie standen inmitten eines Ausschnittes einer Welt, die untergegangen war, als der Geburtstag des ersten Menschen noch Millionen Jahre in der Zukunft gelegen hatte.

Unsicher deutete er auf den toten Söldner. »Und was hat ihn getötet?«

»Dasselbe, was uns töten wird, wenn wir zu lange hierbleiben«, antwortete Dale ernst. »Der Fluch von El Dorado. Denk daran, was der alte Mann erzählt hat. Jeder, der dieses

Gold berührt hat, wurde krank und starb. Denk an die Dinge, die Corda mitgebracht hat. Und an das, was denen zugestoßen ist, denen er sie verkaufte. Vielleicht ist es kein Gold. Vielleicht ist es nur etwas, was aussieht wie Gold, aber tödlich wirkt.« Er machte eine winzige Pause. »Doch ich nehme eher an«, sagte er plötzlich, »dass es radioaktiv verseucht ist.«

»Radio…« Thor stockte mitten im Wort. Ein eisiger Schauer durchrieselte ihn und dann ergab alles einen Sinn. Der Fluch von El Dorado. Stanley Cordas geheimnisvolle Krankheit. Die Hysterie, die unter Reubens Vorgesetzten ausgebrochen sein musste, als sie Cordas erste Mitbringsel untersuchten und feststellten, dass sie hochgradig verstrahlt waren. Thor hätte beinahe gelacht, als ihm klar wurde, *wie sehr* sich der FBI-Mann geirrt hatte. Und um wie viel entsetzlicher die Wahrheit war.

Mit einer Mischung aus Furcht und Verwirrung blickte er auf den toten Söldner hinab. Er stimmte mit Dales Schätzung überein, dass der Mann vor ungefähr zwei Tagen gestorben war. Aber Corda hatte nur zwei Tage Vorsprung vor ihnen gehabt; drei, rechnete man die Zeit ein, die sie im Dorf der Aymará und später in Ramos' Gefangenschaft verloren hatten. Und das bedeutete nichts anderes, als dass ein einziger Tag in dieser Umgebung ausgereicht hatte, den Mann auf diese furchtbare Weise ums Leben kommen zu lassen. Thor versuchte blitzschnell abzuschätzen, wie lange Dale und er sich schon in diesem Tal aufhielten. Sicher nicht mehr als eine Stunde, aber vielleicht war auch das schon zu viel.

»Wir müssen Marian finden«, sagte er plötzlich. »Schnell – bevor es wirklich zu spät ist.«

Dale wollte widersprechen, aber Thor gab ihm keine Gelegenheit dazu, sondern stürmte einfach los. Seine überreizte Fantasie gaukelte ihm vor, den lautlosen, unsichtbaren

Tod bereits zu fühlen, der überall rings um sie herum in der Luft lag. War es nicht schon wärmer geworden? Spürte er nicht bereits ein Brennen und Nagen tief in sich, das erste Anzeichen des tödlichen Feuers, das seinen Körper von innen heraus verzehrte?

Er verscheuchte den Gedanken. Wenn es tatsächlich so war, dann war es jetzt ohnehin bereits zu spät, umzukehren.

Sie bewegten sich eine weitere halbe Meile durch den unheimlichen Dschungel, in dem ihre Schritte und Atemzüge widerhallten, als liefen sie durch einen Korridor aus Metall, bis sie die ersten Stimmen hörten. Thor blieb stehen, hob hastig die Hand, als Dale eine Frage stellen wollte, und lauschte. Es war schwer, in dieser bizarren Umgebung die Richtung zu bestimmen, aus der ein Geräusch kam, aber plötzlich sah er eine Bewegung in dem goldenen Schimmern vor sich. Geduckt und die in Gold konservierten Büsche und Farne als Deckung ausnützend schlichen sie weiter.

Der Dschungel setzte sich noch ein knappes Dutzend Schritte weit fort und hörte dann mit einem Mal auf. Vor ihnen lag eine kreisrunde, gut zwei- oder dreihundert Meter messende Lichtung, in deren Mitte sich ein fast haushoher Block aus purem Gold erhob. Ein knappes Dutzend Gestalten bewegte sich auf der Lichtung; die meisten in unmittelbarer Nähe des Riesennuggets, andere einfach kopflos und hysterisch schreiend durcheinanderlaufend, und Thor fiel auch auf, dass zwei oder drei von Ramos' Männern sich sehr unsicher bewegten. Einer hockte unmittelbar neben dem Goldklumpen auf dem Boden und krümmte sich, als wäre ihm übel.

»Ich glaube, du hast recht«, flüsterte er. »Das da dürfte dein Meteor sein.«

Dale nickte. Obwohl vor ihnen genau das lag, was er Thor prophezeit hatte, blickte er den riesigen Goldklumpen fassungslos an. »Unvorstellbar«, flüsterte er. »Das ... das Ding muss hundert Tonnen wiegen. Er muss Milliarden wert sein. *Milliarden!*«

Thor dachte an das verbrannte Gesicht des Toten, den sie gerade gefunden hatten, und Generationen von verkrüppelten Indios, die diesen Goldberg seit Menschengedenken bewachten. Aber er kam nicht dazu, Dale zu antworten, denn plötzlich erklang hinter ihnen ein Geräusch wie von zerbrechendem Glas, und als Dale und er herumfuhren, blickten sie in die Läufe zweier Maschinenpistolen, die sich genau auf ihre Gesichter richteten.

Die Waffen lagen in den Händen von zwei Männern, zwischen denen sich eine dritte, kleinere und halb verkrüppelte Gestalt bewegte.

»Sie irren sich, Mister Anderson«, sagte Ramos. »Es dürften wohl eher Billionen sein. Wahrscheinlich gibt es in diesem Tal mehr Gold als auf der ganzen übrigen Welt zusammengenommen.« Er lächelte leicht. »Aber keine Sorge – ich werde nicht so viel davon mitnehmen, dass der Goldpreis entscheidend in den Keller fällt. Schließlich will ich mir nicht selbst das Geschäft verderben.«

»Sie werden überhaupt nichts davon mitnehmen, Ramos«, sagte Thor ruhig. »Haben Sie immer noch nicht begriffen, dass dieses Gold den Tod bringt?«

Ramos lachte, trat ein Stück zurück und gab seinen Männern einen Wink. Die beiden packten Thor und Dale und zerrten sie grob zu Ramos hinüber. Thor ließ es klaglos mit sich geschehen, während Dale versuchte sich zu wehren, was ihm einen derben Rippenstoß mit einem Gewehrlauf einbrachte. Er keuchte vor Schmerz, krümmte sich und stellte seinen Widerstand ein.

»Es freut mich, dass Sie den Weg doch noch gefunden haben, Mister Garson«, sagte Ramos. »Es war nicht sehr klug von Ihnen, zu fliehen, ich selbst konnte Ihre kleine artistische Einlage zwar nicht gebührend bewundern, aber meine Männer haben mir erzählt, was Sie getan haben. Sehr tapfer, aber auch sehr dumm. Sie hätten bei diesem Kunststück zu Schaden kommen können.«

»Wir werden alle zu Schaden kommen«, sagte Thor, »und zwar ziemlich drastisch, Ramos, wenn wir nicht auf der Stelle von hier verschwinden. Dieses Gold ist verseucht. Es bringt jeden um, der es berührt.«

»Nun, ich zumindest lebe noch«, erwiderte Ramos beinahe fröhlich. »Und meine Männer auch. Und wir *haben* es berührt.«

»Sie verdammter Narr!«, sagte Thor aufgebracht. »Ich wusste, dass Sie blind sind, aber ich wusste nicht, dass Sie dumm sind, Ramos. Haben Sie vergessen, was mit den Leuten passiert ist, die Cordas Gold gekauft haben?« Er deutete zornig in den Wald hinauf. »Dort oben liegt ein Toter, der auch geglaubt hat, der Fluch von El Dorado wäre nur eine Legende. Es ist schade, dass Sie ihn nicht sehen können. Aber vielleicht fragen Sie einen Ihrer Männer, was mit ihm passiert ist. Und wenn Ihnen das nicht reicht, dann gehen Sie zu den Aymará-Indios und lassen sich von ihnen erzählen, welches Schicksal ihr Volk ereilt hat.«

»Der Fluch von El Dorado?«, wiederholte Ramos. Er lachte, aber plötzlich klang es bitter, vielmehr wie ein Aufschrei. »Sie täuschen sich, Mister Garson. Ich *weiß,* dass es ihn gibt. Oh, und ob ich es weiß. Wenn nicht ich, wer sonst.«

»Wie … meinen Sie das?«, erkundigte sich Thor verwirrt.

Plötzlich wurde Ramos zornig. Mit einer heftigen Geste deutete er auf sein eigenes Gesicht und kam auf Thor zu. »Sehen Sie mich an!«, verlangte er erregt. »Ich bin ein Krüppel. Oh, ich weiß, was alle über mich reden, wenn ich es nicht höre. Ich kann nicht sehen, aber ich weiß trotzdem, wie sie mich anblicken, und ich weiß, was sie denken. Haben Sie sich nie gefragt, warum ich so bin?«

»Nein.«

»Warum auch?«, erwiderte Ramos mit einem neuerlichen bitteren Lachen. »Ich will es Ihnen sagen, Mister Garson. Ich weiß, dass dieses Gold verflucht ist, und ich weiß, was es den Aymará angetan hat, denn es hat dasselbe mir und meinen Vorfahren angetan. Und darum gehört es mir. Ich habe ein Recht darauf. Es war einer meiner Vorfahren, der den Weg nach El Dorado fand. Meine Familie stammt in direkter Linie von den ersten Konquistadoren ab. Einer von ihnen fand dieses Tal und er kehrte lebend zurück. Aber seither liegt der Fluch von El Dorado auch auf unserer Familie. Ich bin nicht der erste Krüppel, der in unserer Blutlinie gezeugt wurde. Mein Vater und dessen Vater und dessen Vorfahren wussten von El Dorado und dem, was es wirklich ist.«

»Wenn das stimmt, dann sind Sie noch verrückter, als ich geglaubt habe«, antwortete Thor. »Sie haben es gewusst und sind trotzdem hierhergekommen?«

»Es gehört mir!«, antwortete Ramos mit schriller Stimme. »Zehn Generationen meiner Familie haben den Preis für dieses Gold bezahlt. Das Wissen, dass El Dorado mehr als eine Legende ist, wurde in meiner Familie vom Vater auf den Sohn weitervererbt, und ich bin es, der dieses Erbe antritt. Sie nennen mich verrückt? Weil ich den Lohn für vierhundert Jahre Leid verlange?«

»Es wird Sie umbringen!«, schrie Thor. »Begreifen Sie das denn nicht? Glauben Sie wirklich, Sie wären immun? Es wird uns alle hier töten, wenn es das nicht bereits getan hat.«

»Halten Sie den Mund, Garson!«, keifte Ramos.

»Warum?«, erkundigte sich Thor ruhig. »Haben Sie

Angst, dass Ihre Männer es hören könnten? Haben Sie Angst, sie könnten begreifen, dass sie nicht Reichtum, sondern den Tod finden werden?« Er wandte sich an den Mann, der neben ihm stand und mit seinem Gewehr auf ihn zielte. »Hat er es euch denn nicht erzählt?«

Der Mann schwieg, aber in seinen Augen erschien ein unsicheres Flackern. Auch sein Kamerad begann nervös von einem Fuß auf den anderen zu treten und abwechselnd ihn und Ramos anzublicken.

»Sagen Sie es ihnen, Ramos«, verlangte Thor. »Sagen Sie ihnen, dass dieses Gold nichts wert ist. Sagen Sie ihnen, woran Cordas Männer gestorben sind, oder habt ihr noch einen von ihnen gesehen? Und woran alle anderen, die hierherkamen, ebenfalls gestorben sind.«

»Sie sollen den Mund halten!«, schrie Ramos, aber Thor sprach unbeeindruckt zu dem Mann neben sich: »Dieses Gold wird euch umbringen. Es tötet jeden, der es berührt. Ihr werdet nicht lange genug leben, um es wegzuschaffen und euren Reichtum zu genießen.«

»Das ist nicht wahr!«, brüllte Ramos. »Halten Sie den Mund oder ich lasse Sie auf der Stelle erschießen!«

»Wahrscheinlich sind wir sowieso schon alle so gut wie tot«, erwiderte Thor gelassen. »Und Sie wissen das, Ramos. Sie haben es von Anfang an gewusst, nicht wahr?«

Ramos starrte ihn hasserfüllt an, aber er sagte nichts mehr. Dafür begannen sich die beiden Söldner immer unruhiger zu bewegen und schließlich senkte der, der Dale bewachen sollte, mit einem Ruck seine Waffe und drehte sich zu Ramos um. »Ist das wahr?«, fragte er. »Sagt er die Wahrheit?«

»Es ist wahr«, sagte Thor an Ramos' Stelle. »Er ist nicht hierhergekommen, weil er das Gold haben wollte. Ich glaube, er wusste ganz genau, dass man es nicht fortschaffen kann. Er wollte dieses Gold niemals von hier fortbringen.«

»Sie … Sie lügen«, behauptete der Söldner. Seine Lippen zitterten und seine Augen waren weit vor Angst. »Das ist doch alles Blödsinn. Was … was soll an diesem Gold gefährlich sein? Es ist Gold, nicht mehr. Gold ist nicht giftig.«

»Dieses schon«, sagte Thor. Er blickte den Mann aufmerksam an, betrachtete sein Gesicht, seine Hände und dann die seines Kameraden. »Sie haben ihn angefasst, nicht wahr?«

»Wen?«

»Den großen Brocken.« Thor machte eine Kopfbewegung zu der Lichtung hin. »Sie haben ihn mit den Händen berührt. Sehen Sie sich die jetzt an.«

Der Söldner hob langsam die Arme, sah auf seine Hände hinab – und wurde kreidebleich. Seine Haut war gerötet wie bei einer ganz leichten Verbrennung.

»Das … das kann nicht sein«, stammelt er. »Es ist doch nur Gold. Und …« Er starrte Ramos an. »Er hat ihn auch angefasst. Wir alle haben ihn angefasst! Er würde doch auch sterben!«

»Nein«, sagte Thor leise. Und mit einem traurigen Lächeln: »Er ist schon tot. Er hat es nur noch nicht gemerkt.«

»Es gehört mir«, flüsterte Ramos. Er schien gar nicht begriffen zu haben, was Thor sagte. »Es gehört mir. Ich habe dafür bezahlt und jetzt gebe ich es nicht mehr her.«

»Du … du verdammter Mistkerl!«, stammelte der Söldner. »Du hast uns alle umgebracht!« Plötzlich schrie er auf, riss das Gewehr in die Höhe und legte auf Ramos an.

Thor versetzte ihm einen Stoß in die Seite, der ihn taumeln und das Gewehr verreißen ließ. Der Schuss löste sich, verfehlte Ramos um Meter und fuhr harmlos in den Boden. Der zweite Söldner hob ganz automatisch seine Waffe und zielte auf Thor, führte die Bewegung dann aber nicht zu Ende, sondern senkte das Gewehr wieder. Auf seinem Gesicht erschien eine Mischung aus Entsetzen und Unglaube.

»Es … es gehört mir«, stammelte Ramos immer und immer wieder. »Ich habe ein Recht darauf! Ich –« Und plötzlich schrie er auf, stürzte auf den einen Söldner und entriss ihm mit einer blitzartigen Bewegung das Gewehr.

Es ging alles viel zu schnell, als dass Thor noch Zeit gefunden hätte, auf irgendeine andere Weise zu reagieren als die, sich zu Boden zu werfen und dabei Dale mit sich zu reißen. Ramos wirbelte die Waffe herum, schrie wie ein Wahnsinniger und riss den Abzug durch. Die MP-Salve ließ winzige Goldgeysire aus dem Boden explodieren, fuhr klirrend und scheppernd in einen Busch und hinterließ eine gleichmäßige Linie dunkler, rasch größer werdender Flecken auf den Hemden der beiden Söldner. Die Männer waren tot, noch ehe sie zu Boden stürzten.

Thor rollte herum, versuchte auf Hände und Knie hochzukommen – und erstarrte mitten in der Bewegung, als sich Ramos' Waffe plötzlich direkt auf ihn richtete. Das Gesicht des Blinden war zu einer Grimasse geworden. Speichel lief über sein Kinn und in seinen Augen brannte ein verzehrendes Feuer.

»Es gehört mir!«, stammelte er. »Niemand wird es mir wegnehmen! Das Gold gehört mir.«

»Seien Sie vernünftig, Ramos!«, sagte Thor. Er fuhr sich nervös mit der Zungenspitze über die Lippen, verlagerte sein Körpergewicht ein wenig und erstarrte wieder, als sich die Waffe in Ramos' Händen drohend bewegte. Der Blinde schien seine Bewegung tatsächlich *gehört* zu haben oder er hatte sie auf eine andere Weise gespürt. Thor überschlug blitzartig seine Chancen, aufzuspringen und Ramos die MP zu entreißen, ohne dabei perforiert zu werden. Das Ergebnis, zu dem er kam, gefiel ihm nicht besonders.

»Niemand will es Ihnen wegnehmen, Ramos«, sagte er noch einmal. »Aber dieses Gold bringt Sie um, verstehen Sie das doch!«

»Sie lügen!«, keifte Ramos. »Und selbst wenn Sie recht haben – Sie werden auf jeden Fall vor mir sterben. Und zwar genau jetzt!«

Thor stieß sich mit aller Kraft ab, gleichzeitig krümmte sich Ramos' Zeigefinger um den Abzug der MP. Die Waffe stieß eine orangerote Feuerlanze aus, die sich rasend schnell auf Thor zubewegte und einen perfekten Halbkreis beschrieb, der die Bahn seines Sprunges schneiden musste, ehe er den Blinden erreichen konnte. Thor wusste plötzlich, dass er es *diesmal* nicht mehr schaffen würde.

Aber der tödliche Schmerz kam nicht. Plötzlich brach der Feuerstoß aus Ramos' MP ab, und in der nächsten Sekunde prallte Thor gegen den Blinden, riss ihn von den Füßen und schlug ihm die Waffe aus der Hand. Gleichzeitig hämmerte er Ramos die Faust mit aller Gewalt in den Leib.

Ramos gab nicht einmal einen Schmerzenslaut von sich. Er versuchte auch nicht, sich zu wehren. Das konnte er gar nicht mehr. Er war tot. Seine Augen waren weit aufgerissen und starr und zwischen seinen Brauen war ein winziges rundes Loch.

Sekundenlang starrte Thor nur verblüfft auf den Toten, dann sah er mit einem Ruck auf – und sog überrascht die Luft ein.

»Du?!«

Marian trat einen Schritt aus dem Dschungel hervor und blieb wieder stehen. Sie zitterte. Ihr Gesicht war schweißüberströmt und bleich und ihre Hände umklammerten das Gewehr so fest, dass sich die Haut über den Knöcheln weiß spannte. Ihr Blick war so leer, wie es der des Blinden gewesen war.

»Du?«, flüsterte Thor noch einmal. Er stand auf, streckte die Hand in Marians Richtung aus – und erstarrte abermals mitten in der Bewegung, als sich ihre Waffe plötzlich auf ihn richtete.

»Bleib stehen, Thor«, sagte sie. »Bitte bleib stehen. Komm … mir nicht zu nahe.«

»Was … was soll denn das?«, murmelte Thor verstört. Er versuchte zu lachen, aber es misslang. »Ich bin es, Marian – Thor!«

»Bleib stehen«, sagte Marian noch einmal. »Komm mir nicht zu nahe!« Der Lauf ihres Gewehres richtete sich auf sein Gesicht, und ihr Zeigefinger näherte sich dem Abzug.

Thor gehorchte; aber eher aus Verwirrung als aus Furcht. Er verstand gar nichts mehr. »Marian«, murmelte er. »Was … was bedeutet das?«

Marians Lippen begannen zu zittern. Das Gewehr in ihrer Hand schwankte, senkte sich, richtete sich dann wieder auf Thor und senkte sich endgültig.

»Kommt mit«, sagte sie leise.

Geführt von Marian umkreisten sie die Lichtung und den todbringenden Schatz in ihrem Herzen in respektvollem Abstand.

Dabei fanden sie noch mehr Tote – zwei, drei, schließlich fünf von Stanley Cordas Begleitern, die alle auf die gleiche entsetzliche Weise ums Leben gekommen waren wie der Mann, den sie als Ersten gefunden hatten. Sie lagen nur wenige Schritte vom Rand der Lichtung entfernt im Wald, als hätten sie sich mit letzter Kraft dorthin geschleppt. Vielleicht hatten sie begriffen, dass es der riesige Goldklumpen im Zentrum der Lichtung war, der ihnen den Tod brachte, und noch versucht aus seiner Nähe zu fliehen. Schließlich stießen sie auf einen Mann, der noch lebte. Aber er war ohne Bewusstsein und fieberte und wies die gleichen von innen nach außen wachsenden Verbrennungen auf wie alle anderen. Thor wusste, dass jeder Versuch, ihm zu helfen, sinnlos war. Sie betteten ihn etwas bequemer auf den harten, metallversiegelten Boden, und Dale flößte ihm ein wenig Wasser aus seiner Feldflasche ein, dann gingen sie weiter.

Und schließlich fanden sie Stanley Corda.

Es war Dale, der ihn entdeckte – ein kleines Stück vom Waldrand entfernt auf der Lichtung, genau auf der entgegengesetzten Seite des goldenen Findlings, hinter dem die Freudenschreie von Ramos' Männern längst verklungen waren und einem tödlichen Schweigen Platz gemacht hatten. Er berührte Thor am Arm und deutete mit der anderen Hand nach rechts. Im ersten Moment sah Thor nicht einmal, was Dale meinte, dann erkannte er die verkrümmte, auf der Seite liegende Gestalt im goldverkrusteten Gras – und rannte ohne ein weiteres Wort los.

Es war unglaublich – aber Corda lebte noch. Seine Augen waren offen und seine Brust hob und senkte sich in schnellen, unregelmäßigen Zügen. Aber auch er war bereits vom Tode gezeichnet. Sein Gesicht war aufgedunsen und rot, die Lippen eiternde Wunden und seine Hände so schrecklich verbrannt, dass Thor bei ihrem Anblick beinahe übel wurde.

Sekundenlang blieb Thor zwischen Entsetzen und Furcht hin- und hergerissen reglos stehen, dann machte er einen weiteren Schritt und ließ sich neben Stanley in die Hocke sinken.

»Professor?«

Corda stöhnte. Er versuchte sich zu bewegen, hatte aber offensichtlich nicht mehr genug Kraft dazu, sodass Thor seine eigene Position so veränderte, dass Corda ihn sehen konnte, ohne den Kopf zu heben.

»Können Sie mich verstehen?«, fragte Thor.

Cordas Lippen bewegten sich. Er wollte sprechen, aber er brachte nur ein unartikuliertes Stöhnen zustande.

»Sagen Sie nichts«, sagte Thor. »Ich weiß es.« Er stockte. Warum fiel es ihm im Angesicht des Todes so schwer, die passenden Worte zu finden? »Es … es wird alles gut«, fuhr er fort. »Wir bringen Marian hier raus, das verspreche ich Ihnen.«

Corda musste seine Worte verstanden haben, denn er bot noch einmal alle Kräfte auf, um zu antworten: »… flieh, Garson. Ihr müsst … verlassen … schnell … es ist … verseucht.«

»Ich weiß«, sagte Thor.

Corda bäumte sich auf. »Nichts anfassen …« stöhnte er. »Ihr dürft … den großen Block … nicht anfassen.« Mit einer schier unglaublichen Kraftanstrengung hob er die Hand und deutete auf einen Gegenstand im Gras neben sich, den Thor bisher nicht bemerkt hatte.

Thor griff danach. Nach einigen Sekunden erkannte er, was es war. Ein Geigerzähler. Das Modell ähnelte dem, das Reuben mit an Bord des Schiffes gebracht hatte, es war nur kleiner und handlicher.

»Schalt … es ein«, stöhnte Corda.

Thor gehorchte. Auf der Vorderseite des kleinen Kästchens begann sich ein Zeiger über eine Skala zu bewegen und ein schnelles, durchdringendes Knattern erscholl.

»Sich …« stöhnte Corda. »Und Dale.«

Thor richtete das Gerät nacheinander auf sich und Dale Anderson. Die Nadel auf der Skala schlug aus, aber nicht sehr weit.

»Wo … steht es?«, flüsterte Corda.

»Drei«, antwortete Thor. »Etwas mehr.«

»Dann habt ihr … eine Chance«, stöhnte Corda. »Ihr müsst … gehen. Schnell. Zwei … Stunden …«

»Er hat recht,«, sagte Dale nervös. »Lass uns verschwinden. Wir sind schon viel zu lange hier.«

Thor nickte, rührte sich jedoch trotzdem nicht von der Stelle, sondern hob nur den Kopf und sah zu Dale und Marian hoch. Und als er in ihr Gesicht blickte, da begriff er endlich alles.

Marians Augen waren verschleiert. Sie sah ihn an, aber ihr Blick schien direkt durch ihn hindurchzugehen, und auf ihren Zügen hatte sich ein Ausdruck von Schmerz eingegraben, den Thor nie wieder völlig vergessen sollte. Tränen liefen über ihr Gesicht, aber sie weinte, ohne es auch nur selbst zu merken. Ihre Finger strichen unentwegt und fast liebkosend über den Lauf des Gewehres in ihren Händen. »Ich kann es nicht«, flüsterte sie.

Thor wollte etwas sagen, aber seine Kehle war plötzlich wie zugeschnürt. Mit einem Mal wusste er, was der Aymará-Häuptling gemeint hatte, als er sagte, Marian hätte ihn nicht verraten, keine Sekunde lang.

»Ich kann es nicht«, sagte Marian noch einmal mit dünner, brechender Stimme. »Ich … ich bin hierhergekommen, um ihn zu töten, Thor. Aber ich kann es nicht.«

Thor konnte immer noch nichts sagen. Wortlos richtete er sich auf, trat neben Marian, griff nach dem Gewehr und nahm es an sich. Ihr Blick folgte der Waffe und plötzlich lächelte sie traurig und sagte zum dritten Mal: »Ich kann es nicht. Ich … ich bin hierhergekommen, um ihn zu töten, und jetzt habe ich nicht die Kraft, abzudrücken. Ist das nicht lächerlich?«

Thor legte behutsam das Gewehr zu Boden, streifte die sterbende Gestalt neben sich mit einem flüchtigen Blick und streckte dann die Hand nach Marian aus.

Sie schüttelte den Kopf. Als Thor ihre Weigerung missachten und sie einfach an sich ziehen wollte, schob sie seinen Arm zur Seite. »Lass mich«, sagte sie. »Geh, Thor. Vielleicht ist es noch nicht zu spät für euch. Lass mich hier bei ihm.«

»Er ist es nicht wert, Marian«, sagte Thor sanft. »Er ist es nicht wert, dass du einen Mord begehst, und schon gar nicht, dass du seinetwegen stirbst.« Er begriff es nicht. Er begriff, warum Marian hier war, und er verstand jetzt sogar, warum sie sich Ramos angeschlossen hatte, statt bei ihm und den anderen zu bleiben. Aber er verstand nicht, *warum* sie es getan hatte.

»Komm«, sagte er noch einmal und etwas eindringlicher. »Wir müssen weg hier. Dieses Ding da bringt uns um.«

Marians Blick folgte seiner Bewegung, verharrte für einen Moment auf dem hausgroßen Goldklumpen und kehrte dann wieder zur Gestalt ihres sterbenden Mannes zurück. »Ich wollte ihn umbringen, Thor«, flüsterte sie, als hätte sie gar nicht gehört, was er gesagt hatte. »Er hat mir mein Leben gestohlen. Er hat mich geschlagen und gedemütigt und mir ein Leben aufgezwungen, das ich nicht haben wollte. Und am Schluss hat er mich umgebracht. Ich wollte ihn töten. Ich dachte, ich würde hierherkommen, um ihn zu töten. Und jetzt kann ich es nicht. Und weißt du, warum? Weil ich ihn trotz allem noch liebe. Ist das nicht verrückt?«

»Wie meinst du das – er hat dich umgebracht?«, fragte Thor alarmiert.

Marian starrte sekundenlang an ihm vorbei ins Leere, dann blickte sie ihn an, hob langsam die Hand und griff in ihr Haar. Als sie die Finger wieder zurückzog, sah Thor ein ganzes Büschel abgelöster Haare darin.

»Ich habe dich belogen, Thor«, sagte sie. »Ich wusste die ganze Zeit, was er gefunden hat. Er hat es mir erzählt, nachdem er zurückkam. Und er hat mir etwas mitgebracht. Ein Schmuckstück.«

Langsam hob sie die Hand und öffnete die drei oberen Knöpfe ihrer Bluse.

Thor stöhnte auf, als er die Haut darunter sah. Zwischen ihren Brüsten waren die Umrisse eines Eichenblattes zu erkennen, das sie an einer Kette um den Hals getragen haben musste. Das Schmuckstück war nicht mehr da, aber es hatte seinen Schatten zurückgelassen: Er hatte sich tief in ihre Haut eingebrannt, sodass an einigen Stellen das rohe, entzündete Fleisch zu sehen war.

»Mein Gott, Marian!«, flüsterte Thor. »Das … das wusste ich nicht. Wieso hast du nichts gesagt? Vielleicht … vielleicht hätte man etwas …« Seine Stimme versagte. Ein bitterer Kloß saß plötzlich in seiner Kehle und er fühlte sich so hilflos.

»Es war ein so wunderschönes Geschenk«, murmelte Marian. »Ich habe so etwas Schönes nie zuvor gesehen. Und er war so verändert. Er war ein völlig anderer Mensch, Thor. Wir haben uns versöhnt. Ich meine, *wirklich* versöhnt. Er hat es nicht einfach nur so gesagt wie zuvor. Ich habe gespürt, dass er es ehrlich meint. Er hat geschworen, nur noch diese eine Reise zu unternehmen und sich zu ändern.« Sie lächelte bitter. »Er hat mir versprochen, mir ein Haus aus Gold zu bauen, wenn ich bei ihm bleibe.«

Aber jetzt würde es ein Grab werden, dachte Thor. Aus Augen, die sich gegen seinen Willen mit Tränen füllten, blickte er die furchtbare Wunde auf Marians Brust an. Er wusste, dass sie tödlich war. Es war ein Wunder, dass Marian überhaupt noch lebte. Trotzdem sagte er: »Komm mit uns, Marian. Wir … wir gehen zu einem Arzt. Ich suche dir den besten Spezialisten, den es gibt. Es ist noch nicht zu spät.«

Marian hörte seine Worte gar nicht. Obwohl noch immer

Tränen über ihr Gesicht liefen, lächelte sie plötzlich. Dann drehte sie sich um, beugte sich zu ihrem bewusstlosen Mann hinab und berührte sein zerstörtes Gesicht mit den Fingerspitzen.

Nach einer Weile stand Thor leise auf, entfernte sich behutsam einige Schritte von Marian und drehte sich dann lautlos um, um mit schnellen Schritten und ohne ein einziges Wort zu sprechen zum Waldrand zurückzugehen. Er bemerkte nicht einmal, dass Dale ihm folgte. Bis sie den Rand des Waldes erreicht hatten und in den alles verschlingenden Nebel eintauchten, der das Geheimnis von El Dorado seit mehr als sechzig Millionen Jahren wie ein getreuer Paladin bewachte. Und es auch für weitere sechzig Millionen Jahre tun würde. Vielleicht bis ans Ende der Welt.

EPILOG
DREI TAGE SPÄTER

Sie erreichten den Fluss und mit dem letzten Licht der Sonne die Stromschnellen, deren monotones Dröhnen ihnen während der letzten Stunden den Weg gewiesen hatte. Der Rumpf des gekenterten Bootes ragte noch immer wie der Rücken eines silbernen Riesenfisches aus dem Wasser, und am Ufer, nicht sehr weit davon entfernt, erkannte Thor eine Anzahl winziger Gestalten, die sich um ein loderndes Feuer drängten; sieben oder acht, die meisten in zerschlissene, grünbraun gefleckte Tarnanzüge gehüllt, zwei aber auch in khakifarbenen Tropenuniformen, die Thor sonderbar unpassend vorkamen. Zu seiner Überraschung erkannte er auch Henley unter den Männern. Offensichtlich hatte er sich schneller erholt, als zu erwarten gewesen war; oder die Aymará hatten ihn auf einem anderen Weg hierhergebracht.

Thor erinnerte sich kaum noch, wie und auf welchem Weg sie das Tal verlassen hatten. Zwei- oder dreimal hatte er geglaubt einen Schatten zu sehen, der sich irgendwo in der grauen Unendlichkeit vor ihnen bewegte, und einmal hatten sie einen Schrei gehört, so entsetzlich, dass er ihnen schier das Blut in den Adern gerinnen ließ. Sie hatten keinen Menschen gesehen, weder auf dem Rückweg vom Berg hinab noch später bei ihrem Marsch durch den Dschungel. Aber sie waren nicht allein gewesen. Einmal hatten sie am Morgen eine Schale mit frischem Wasser und gebratenem Fisch neben sich vorgefunden, und das Gefühl, beobachtet zu werden, hatte sie die ganze Zeit über begleitet.

Es waren die schlimmsten drei Tage seines Lebens gewesen.

Zu dem Schmerz über Marians Tod und – zu Thors eigener Verwunderung – auch einem tiefen, trauernden Bedauern über den von Stanley Corda hatte sich bald körperliche Erschöpfung und in der ersten Nacht Fieber gesellt, das ihnen beiden Schüttelfrost und eine heftige Übelkeit bereitete. Am nächsten Morgen fühlten sie sich beide so ausgelaugt und erschöpft, als hätten sie einen Zwanzigmeilenmarsch durch den Dschungel hinter sich.

Aber es war besser geworden. Sie hatten einen kleinen Fluss gefunden und ausgiebig gebadet. Thor hoffte jetzt, dass sie der Strahlung des tödlichen Göttergeschenks nicht lange genug ausgesetzt gewesen waren, um nachhaltige Schäden davonzutragen. Alles in allem hatten sie sich kaum zwei Stunden in dem verbotenen Tal aufgehalten – und sie waren mit dem riesigen Brocken in seinem Herzen nicht in Berührung gekommen, so wie es Ramos und seine Leute getan hatten. Keiner von ihnen würde überleben, das wusste Thor. Vermutlich waren sie jetzt bereits alle tot.

Einige der Gestalten am Feuer sahen auf, als sie ihre Schritte hörten. Überraschte Rufe wurden laut, und als Thor und Dale ans Flussufer traten, erhob sich Reuben und kam ihnen entgegen. Einen Augenblick später folgte ihm Henley, humpelnd und mit schmerzverzerrtem Gesicht, aber offensichtlich schon wieder fast im Vollbesitz seiner Kräfte. Die heilende Magie des Aymará schien wahre Wunder vollbracht zu haben.

»Garson!«, rief Reuben überrascht, als er Thor und Dale erreichte. »Gott sei Dank, Sie sind am Leben. Beide!« Ein verwirrter Ausdruck breitete sich auf seinem Gesicht aus, aber Thor sah auch, wie müde und erschöpft der FBI-Mann war. »Wo kommen Sie her?«, murmelte er. »Was … was ist mit Ramos und den anderen? Wie sind Sie ihnen entkommen?«

»Ramos ist tot«, antwortete Dale. »Er und alle seine Männer. Und ich wäre es auch, wenn Thor nicht gewesen wäre.«

»Und Mrs Corda?«

»Auch«, sagte Thor leise. »Wir sind die Einzigen, die es geschafft haben.«

»Das … das tut mir leid«, sagte Reuben leise. Das Bedauern in seiner Stimme klang ehrlich. »Aber jetzt erzählen Sie, Garson – was ist passiert? Wie sind Sie Ramos und seiner Bande entkommen?«

Thor zögerte. Einen Moment lang betrachtete er unschlüssig Reuben und den zweiten FBI-Beamten, dann blickte er eine Weile das umgeschlagene Boot im Fluss an, ohne zu antworten.

Reuben folgte seinem Blick und seine Miene verdüsterte sich noch weiter. »Wir haben verdammtes Glück gehabt, Garson«, sagte er und beantwortete eine Frage, die Thor gar nicht gestellt hatte. »Das Boot hat sich losgerissen und ist in die Strömung geraten. Ich sage Ihnen – es war die reinste Höllenfahrt. Dass keiner von uns draufgegangen ist, ist ein Wunder.« Er seufzte. »Aber ich fürchte, sehr weit kommen wir mit diesem Schiff nicht mehr.«

Thor registrierte im letzten Moment Dales warnenden Blick und schluckte die verblüffte Antwort hinunter, die ihm auf der Zunge lag. »Das … ist auch nicht nötig«, sagte er stattdessen. Er zwang sich zu einem Lächeln. »Ich fürchte nur, der Rückweg wird ziemlich anstrengend werden, zu Fuß.«

Reuben runzelte die Stirn. »Nicht nötig? Wie meinen Sie das? Sie …« Er stockte. »Sie haben El Dorado gefunden?«, fragte er fassungslos. »Sie waren da?«

Thor zögerte erneut. Es war offensichtlich, dass sich Reuben an nichts mehr erinnern konnte; so wenig wie Henley oder einer der anderen Männer. Sonderbar, dachte er, dass der Alte *ihm* das Gedächtnis gelassen hatte.

»Ja«, sagte er schließlich. »Wir waren da. Es ist nicht einmal mehr besonders weit von hier.«

»Wo liegt es?«, fragte Henley erregt. »Was ist El Dorado, Garson? Existiert es wirklich?«

»Nein«, antwortete Thor lächelnd. »Es ist nur eine Legende, Henley. Kein Gold. Nichts, was von irgendeinem Interesse wäre. Für niemanden auf der Welt.«

Während Henley und Reuben ihn gleichermaßen verwirrt wie enttäuscht ansahen, drehte Thor sich noch einmal um und sah zum Waldrand zurück. Wieder hatte er das Gefühl, beobachtet zu werden, und diesmal war es zu intensiv, um es als Einbildung abzutun. Und für einen winzigen Moment glaubte er eine Gestalt zu sehen, vielleicht auch nur den Schatten einer Gestalt, klein und schmal und sehr alt, der ihn für einen kurzen Moment ansah und dann die Hand zum Gruß hob, ehe er wieder im Wald verschwand.

»Nur eine Legende«, sagte er noch einmal. »Nicht mehr.«

Wolfgang Hohlbein

THOR GARSON

Der Dämonengott

Thor Garson wird von seinem sterbenden Freund ein Amulett anvertraut – es zeigt Quetzalcoatl, den gefiederten Schlangengott der Maya. Von zwielichtigen Gestalten verfolgt entdeckt Thor bald, was in dem besonderen Schmuckstück steckt, denn einer alten Legende zufolge kann es den Schlangengott wieder zum Leben erwecken. Thor stürzt sich in ein turbulentes Abenteuer und versucht eine Katastrophe zu verhindern.

Großes Abenteuer mit Wolfgang Hohlbein!

ISBN 978-3-8000-5353-7

UEBERREUTER

Wolfgang Hohlbein

THOR GARSON

Das Totenschiff

Ein riesiger schwimmender Eisberg und ein wahnsinnig gewordener Wissenschaftler, der ein mystisches Wikingerschiff bewacht – Thor Garson bricht auf, um das Geheimnis zu ergründen. Zu spät erkennt er, dass die Mission keineswegs nur wissenschaftlichen Zwecken dient, und es beginnt ein erbitterter Kampf um Naglfar, das Totenschiff des Göttervaters Odin.

Großes Abenteuer mit Wolfgang Hohlbein!

ISBN 978-3-8000-5352-0

UEBERREUTER